Alexander Ziegler

Eines Mannes Liebe

Roman

Personen und Örtlichkeiten im vorliegenden Bericht
sind frei erfunden

© 1980 by Schweizer Verlagshaus AG
Printed in Switzerland
by AG Carl Meyers Söhne, CH-8645 Jona
3-7263-6289-4

*Das Leben ist eine Komödie für die Denkenden
und eine Tragödie für jene, die fühlen.*

Hippokrates

1

Als Erich Barmettler am Sonntagmorgen kurz vor neun Uhr aufwachte, hatte er, scheinbar grundlos und zum erstenmal in seinem Leben, Selbstmordgedanken. Er lag allein in dem breiten, altmodischen Mahagonibett, dem Hochzeitsgeschenk seiner Schwiegereltern. Seit sechsundzwanzig Jahren ärgerte er sich stets von neuem über dieses Möbel. Aber für seine Frau Olga war es so etwas wie ein Relikt, das sie an die glückliche Zeit zu Beginn ihrer Ehe im Frühjahr 1953 erinnerte.
Barmettler drehte sich zur Seite und versuchte noch einmal einzuschlafen, aber es gelang nicht. Durch die halbgeschlossenen Vorhänge sah er, daß der Fenstersims von einer Schneeschicht bedeckt war. Heute war zwar Herbstbeginn, aber zugleich, so machte es den Eindruck, Winteranfang. Aus dem Wohnzimmer vernahm Barmettler gedämpfte Radiomusik; in der Küche hörte er Olga hantieren, die, obwohl es Sonntag war, um acht Uhr aufgestanden war, um das traditionelle Familienfrühstück herzurichten: Frischbackbrötchen, Spiegeleier mit Schinken, Kaffee und Früchtekuchen. Die vertrauten Geräusche von nebenan, die ihn oft erfreut hatten, weil sie ihm ein Gefühl von Zusammengehörigkeit mit seiner Familie gaben. Heute gingen sie Barmettler auf die Nerven. Er hatte Kopfschmerzen, die wohl vom Wetter herrührten; er sehnte sich nach Ruhe, hatte nicht die geringste Lust, jemanden zu sehen oder mit jemandem zu sprechen. Aber plötzlich fragte er sich, warum Olga nicht so wie früher bei ihm im Bett geblieben war. Sie hatten viele Monate nicht miteinander geschlafen.

Barmettler fror. Es fehlte ihm die Energie aufzustehen und das Fenster zu schließen. Er starrte zur Decke, regungslos, kam sich, obschon er erst achtundvierzig war und der Arzt ihm vor wenigen Wochen die körperliche Konstitution eines Dreißigjährigen bescheinigt hatte, ausgelaugt, alt und überflüssig vor. Er wußte, daß ihm etwas fehlte, aber er wußte nicht was. In Gedanken ließ er den sonntäglichen Tagesablauf vor sich abrollen wie einen viel zu oft gesehenen Film, den er bis in alle Einzelheiten kannte, und den er – aus Gewohnheit und Gutmütigkeit – auch heute wieder über sich ergehen lassen würde: nach dem Frühstück die obligate Schachpartie mit Rainer, seinem Sohn, der im zweiten Semester Jus studierte und den er vermutlich auch heute wieder in endlosen Diskussionen davon abhalten mußte, den «Progressiven Organisationen der Schweiz» beizutreten, einer «Partei von linken Wirrköpfen ohne Lebenserfahrung», wie Barmettler sich auszudrücken pflegte, um jeweils abschließend hinzuzufügen, daß Rainer seine Juristenkarriere aufs Spiel setze, wenn er, im Gespräch mit seinen Kommilitonen, den Beitritt zur POCH überhaupt in Erwägung zog. Erst kürzlich hatte ihn nämlich Staatsanwalt Honegger, der an der Uni Vorlesungen über Strafrecht hielt, bei einem Essen im «Zunfthaus zur Meisen» auf die politische Gesinnung von Rainer angesprochen und ihm deutlich zu verstehen gegeben, Linksextremisten hätten bei der Bewerbung um eine Substitutsstelle bei der Zürcher Justiz auch nach erfolgreich abgeschlossenem Staatsexamen so gut wie keine Chancen. «Er soll sich diese Flausen aus dem Kopf schlagen», hatte Honegger geraten.
Zum Mittagessen würde Elvira kommen, seine Tochter, die in Hergiswil das Kindergärtnerinnen-

seminar besuchte. Wahrscheinlich würde sie ihren neuen Freund Charly mitbringen, einen langhaarigen Nichtstuer oder, im Polizeijargon, ein «dubioses Element», das seine Berufslehre als Bauzeichner vorzeitig abgebrochen hatte, sich angeberisch «Journalist» nannte, aber trotz seiner 23 Jahre noch nie einer geregelten Arbeit nachgegangen war. Daß seine Frau die unmögliche Verbindung zwischen Elvira und deren Freund hinter seinem Rücken moralisch und vielleicht auch materiell unterstützte, ja daß sie diesem Charly sogar seine zerschlissenen Jeans flickte, machte Barmettler zu schaffen. Fast täglich nahm er sich vor, mit Olga zu sprechen. Schließlich trug er als Familienoberhaupt die Verantwortung für das Wohlergehen seiner Kinder. Aber wenn er nach dem Abendessen oder vor dem Schlafengehen Gelegenheit zu einem Gespräch mit seiner Frau hatte, ließ er es doch immer wieder. Er wurde das quälende Gefühl nicht los, Olga könnte sich mit den Kindern, die ja längst keine Kinder mehr waren, gegen ihn verschworen haben.
Barmettler quälte sich aus dem Bett, ging zum Fenster und zog die Vorhänge zu. Dann kehrte er ins Bett zurück und nahm sich vor, heute erst aufzustehen, wenn es ihm passen würde, schließlich hatte man letzte Nacht bis gegen zwei Uhr früh im «Carlton-Elite» den sechzigsten Geburtstag von Kommandant Caflisch, Barmettlers Vorgesetztem bei der Zürcher Kantonspolizei, gefeiert. Caflisch hatte er es zu verdanken, daß man ihn vor anderthalb Jahren zum Chef der Abteilung «Sittlichkeits- und Drogenvergehen» und damit zum Oberleutnant befördert hatte, obschon, streng genommen und nach der Anzahl der Dienstjahre, Leutnant Zubler an der Reihe gewesen wäre. Kommandant Caflisch war Bündner, ein eher bodenständiger vierschrötiger Kerl, der im

dienstlichen Umgang oft verletzend direkt, im privaten Gespräch bei einem Glas Rotwein jedoch ungemein leutselig, umgänglich und charmant sein konnte. Bis Ende der fünfziger Jahre hatte er in Chur eine weithin bekannte Anwaltspraxis geleitet, dann, nicht mehr ganz jung, eine De Capitani aus Zürich, steinreich und geizig, geheiratet, und ward kurze Zeit später, als der damalige Chef der Kantonspolizei, Hauptmann Stutz, von einem Tag auf den anderen einem Herzleiden erlag, zum Polizeikommandanten in die Limmatstadt berufen. Caflisch war kein Theoretiker, sondern ein Mann der Praxis, dessen äußere Erscheinung – die kräftige, untersetzte Gestalt und die wuchtige Nase unter den buschigen, eng zusammengewachsenen Augenbrauen – leicht über seinen ausgeprägten und unberechenbaren Intellekt hinwegzutäuschen vermochte. Bei seiner vorgesetzten Behörde, dem Gesamtregierungsrat, galt Caflisch als unantastbare, tüchtige und integre Persönlichkeit, die von ihrem politischen Einfluß, Gott sei Dank, nicht allzuhäufig Gebrauch machte. Im Polizeikorps dagegen war Caflisch aufgrund seiner eigenwilligen Methoden, aber auch seiner schroffen Führungsart wegen ziemlich umstritten. Aber mit Barmettler verstand er sich prächtig. Beide gehörten der Freisinnig-demokratischen Partei an und hatten auch sonst, über den Polizeidienst und die Parteiaufgaben hinaus, vieles gemeinsam. Wichtige Entscheidungen, wie zum Beispiel der primäre Computereinsatz bei der Terroristenbekämpfung oder die ständig wiederkehrenden internen Querelen zwischen Stadt- und Kantonspolizei in Kompetenzfragen, besprachen Caflisch und Barmettler meist nach Feierabend in der «Bodega-Bar» an der Langstraße, wo neben dem Kader der Kantonspolizei auch italienische

Gastarbeiter, Clochards und Zuhälter verkehrten, und wo, wie Caflisch einmal sagte, «die Grenzen zwischen der High-Society und Zürichs Unterwelt völlig verwischt sind, deshalb fühle ich mich hier als Mensch unter Menschen sauwohl». Caflischs Feinde dagegen behaupteten, der Kommandant verbringe den größten Teil seiner Freizeit nur deshalb in der «Bodega-Bar», weil er dort vor seiner Angetrauten in Sicherheit sei. In Wirklichkeit, und das wußte Barmettler erst seit der gestrigen Geburtstagsfeier im «Carlton-Elite», war die Frau seines Vorgesetzten zwar nicht besonders attraktiv, aber eine recht kluge und weitsichtige Gesprächspartnerin. Sie hatte ihm, bevor sie zu vorgerückter Stunde ihren angeheiterten Gemahl zum bereitstehenden Taxi schleppte, deutlich, und erst noch mit einem vielsagenden Augenzwinkern, zu verstehen gegeben, daß der künftige Kommandant der Zürcher Kantonspolizei Erich Barmettler heißen würde. Auf der Heimfahrt – Olga fuhr, sie hatte den ganzen Abend keinen Tropfen Alkohol getrunken und war auch noch stolz darauf – erzählte ihr Barmettler, aufgekratzt von seiner mutmaßlichen Beförderung, die ihm, falls der alte Caflisch mit seinem hohen Blutdruck überhaupt noch solange durchhielt, in spätestens fünf Jahren fast ein Drittel mehr Gehalt und das Zehnfache an politischem Einfluß bescheren würde. Olga blieb unbeeindruckt. Sie sprach unentwegt von dem traumhaft schönen Kleid der Frau Regierungsrat Wettstein, das diese in einer winzigen Boutique am Rüdenplatz für sage und schreibe nur zweihundertzwanzig Franken gekauft habe und sich deshalb kindlich darüber gefreut habe, daß ihr dies keine der anwesenden Frauen geglaubt habe. Später, zu Hause, verschwand Olga im Badezimmer, und bevor sie ins Bett kam war Bar-

mettler, der sich fest vorgenommen hatte, endlich wieder einmal mit seiner Frau zu schlafen, bereits im Reich der Träume.
Es waren jedoch weder die Nachwirkungen des Alkohols noch der verpaßte Beischlaf, die Barmettler an diesem Sonntagmorgen so verdrießlich stimmten und ihm den Gedanken, aufstehen zu müssen, schier unerträglich machten. Es graute ihm davor, seiner Frau zu begegnen; es graute ihm davor, mit Rainer Schach zu spielen und über dessen falsche politische Gesinnung zu diskutieren; es graute ihm ganz besonders vor der Begegnung mit Elvira und ihrem schnoddrigen Jeans-Gigolo. Der hatte es doch tatsächlich gewagt, ihm bei ihrer ersten Begegnung ins Gesicht zu sagen: «Wenn Sie nicht Elviras Erzeuger wären, Doktor Barmettler, würde ich Ihnen die Hand nicht geben. Ich habe für die Polizei nicht viel übrig.»
Während er seinen Kopf in Olgas Kissen vergrub, das wie immer auf seiner Betthälfte lag und nach ihrer Nachtcreme roch, überlegte sich Barmettler, ob ein Mann von fast fünfzig, die Zwangsjacke einer sechsundzwanzigjährigen Ehe einfach abstreifen könne, um vielleicht an der Seite einer etwas jüngeren, liebevolleren und zärtlicheren Frau noch einmal ganz neu zu beginnen; ohne festgefahrene Vorstellungen, ohne Schuld- und Verantwortungsgefühle, die aus einer ganz anderen Zeit stammten, und ohne die immer wiederkehrenden Gewohnheitsrechte und -pflichten, die eine Ehe so beständig und gleichzeitig so unerträglich machten.
Plötzlich stellte er sich die Frage, warum Olga überhaupt noch bei ihm lebte, warum sie mit ihm noch nie über eine Scheidung gesprochen hatte. Hatte sie sich mit der Eheroutine abgefunden? Gab sie sich vielleicht mit der Rolle der Frau Doktor Barmettler

zufrieden, die als Gattin eines hohen Polizeibeamten über das, was man in den Zeitungen unter *Unglücksfälle und Verbrechen* zu lesen bekam immer ein bißchen mehr wußte als andere Leute? Das einzige, was Olga wirklich von ihm erwartete, waren die dreitausend Franken, die er ihr jeden Monat unaufgefordert und kommentarlos auf den Tisch im Wohnzimmer legte. Diese dreitausend Franken, sagte sich Barmettler, könnte ich ihr auch bezahlen, wenn ich aus der gemeinsamen Wohnung an der Carmenstraße auszöge, um ein eigenes Leben zu leben. In einem kleinen Appartement in der Altstadt, zweistöckig vielleicht, mit einer Dachzinne, mit Aussicht auf die Großmünstertürme und die Peterhofstatt. Eine andere Frau, versuchte er sich vor sich selbst zu rechtfertigen, war ja schließlich nicht im Spiel. Noch nicht. Zwar hatte er Olga während der letzten Jahre in Gedanken hin und wieder betrogen, aber eben, nur in Gedanken. Wenn man tagaus tagein mit Verbrechern zu tun hatte, mit hartgesottenen Kriminellen und psychisch Angeschlagenen, mit armseligen Gelegenheitsganoven und notorischen Triebtätern, so mußte man gelegentlich abschalten können. Mehr als Neugierde, ein Bedürfnis nach stimulierender Ablenkung war es bestimmt nicht gewesen, als er vor einigen Wochen die stadtbekannte Dirne Sonja, die von ihrem Zuhälter, dem «schönen Serge» angeschossen worden war, persönlich im Kantonsspital besucht hatte, um sie zu vernehmen. Dirnen hatten auf Barmettler schon immer einen heimlichen Reiz ausgeübt, auch wenn er sich selbstverständlich im Kreise seiner Kollegen diesbezüglich nichts anmerken ließ. Seit jenem Krankenbesuch aber ging ihm Sonja nicht mehr aus dem Sinn: Während sie seine Fragen mit unschuldiger Naivität beantwortete und ihren Zuhälter raffiniert in

Schutz genommen hatte, hatte sie ihn mit ihren verführerischen Katzenaugen angeschaut. Unter ihrem Nachthemd hatten sich ihre straffen Brüste deutlich abgezeichnet; als er sich von ihr verabschiedete, konnte er noch einen ausgiebigen Blick in ihren Ausschnitt werfen – ein verteufelt schönes Weib, hatte er gedacht, und nur allzugern wäre er ihr über die langen blonden Haare gefahren. Doch er war dienstlich hier, leider, nahm sich aber vor, für Sonja ein Wort beim zuständigen Untersuchungsrichter einzulegen. Schließlich konnte man nie wissen, wie die Kleine sich mal bedanken würde. Während er sich solchen Gedanken hingab, hörte er seine wackere Olga draußen den Tisch decken. Die Gedanken an Sonja, ihren makellosen Körper, ihre sinnlichen Lippen, der Gedanke, daß sie für jedermann käuflich war, machten ihn beinahe rasend. Mit der rechten Hand griff er unter die Bettdecke, spürte sein hartes, steif aufgerichtetes Glied, und bevor er daran rieb, spritzte unter einem gewaltsam unterdrückten Aufstöhnen – Olga hätte ja jeden Augenblick das Schlafzimmer betreten können und hätte sicher wenig Verständnis aufgebracht – der Samen auf seine behaarten Oberschenkel.
Rasch stieg Barmettler aus dem Bett und torkelte, etwas benommen noch von dem unerwarteten, aber befreienden Orgasmus, zum Kleiderschrank, um sich Papiertaschentücher zu greifen, mit denen er sich sorgfältig die Oberschenkel abwischte. Dann machte er einige Kniebeugen, wie es im Dienstreglement der Kantonspolizei allen Beamten empfohlen wurde, ging zur Schlafzimmertür und mußte plötzlich laut lachen. Er hatte sich in Gedanken seinen Chef, den knorrigen Caflisch vorgestellt, wie der seine spröde De Capitani bestieg...
Barmettler ging ins Badezimmer, verriegelte die Tür

von innen und blickte in den Spiegel. Mit einem Male wurde ihm bewußt, daß er nicht langsam absterben, sondern neu leben wollte.
Er nahm sich gerade vor, heute mit Olga zu reden, friedlich, ohne Streit und gegenseitige Vorwürfe, als es an der Badezimmertür klopfte. Olga stand draußen. Sie trug, wie immer am Sonntagvormittag, ihren rot-blau-getupften Morgenrock, der ihr, Barmettler mochte das, einen Anstrich von Leichtsinnigkeit verlieh.
«Tag, Liebling», sagte sie und gab ihm, obschon sein Gesicht mit Rasierschaum bedeckt war, einen Kuß. Dann strich sie ihm mit dem Zeigefinger über die Lippen und blickte ihm schelmisch in die Augen. Erst jetzt fiel ihm auf, daß sie keine Lockenwickler auf dem Kopf hatte, sie trug ihre langen, kastanienbraunen Haare offen und wirkte dadurch um etliche Jahre jünger.
«Hexe», grinste er verlegen, «was ist bloß in dich gefahren?» Das fehlte gerade noch, dachte er, während er den Rasierapparat suchte, daß ich ein schlechtes Gewissen bekomme, bloß weil ich in Gedanken mal ausgerutscht bin; kann wirklich jedem passieren.
Olga blieb neben ihm stehen, ihre Blicke begegneten sich im Spiegel. Sie sah ihn lange an und meinte schließlich: «Herr Kommandant, ich habe eine Überraschung für Sie.»
Barmettler horchte auf. «Ich bin noch nicht Kommandant», brummte er, aber es freute ihn, daß sie ihm anscheinend doch zugehört hatte, als er ihr von seiner bevorstehenden Beförderung erzählt hatte.
«Was für eine Überraschung», wollte er wissen. Neugierde gehörte zu seinem Beruf.
«Elvira hat angerufen.» Olga setzte sich auf den Rand der Badewanne. «Sie kommt heute nicht zum

Essen, sie besucht mit Charly in Luzern eine Ausstellung französischer Surrealisten.»
Barmettler atmete auf. «Da hab' ich ja noch mal Glück gehabt.»
Olga mußte lachen. «Ein Glück kommt selten allein», sagte sie, «auch Rainer ist weggefahren, in aller Frühe. Nach Davos zum Skilaufen. Hast du übrigens gesehen, es ist über Nacht schon Winter geworden?»
Barmettler nickte und begann seinen Rasierapparat zu reinigen. Er überlegte, ob die unvorhergesehene Abwesenheit seiner Kinder ein Wink von oben sein könnte, damit er Gelegenheit hatte, sich ungestört mit Olga auszusprechen. Bevor er sich jedoch darüber schlüssig wurde, nahm er sich vor, erst einmal in aller Ruhe zu frühstücken. «Komm, Olga», sagte er und faßte seine Frau zärtlich um die Schulter, wie er es lange nicht mehr getan hatte. «Gehen wir ins Wohnzimmer.»
In diesem Augenblick klingelte das Telefon.
Major Heeb war am Apparat, der Leiter der Abteilung Straßenverkehr. Er entschuldigte sich, daß er so früh anrufe, dazu noch an einem Sonntag, aber er sei in einer schwierigen Lage. Vor einer halben Stunde habe man seine Frau ins Triemli-Spital eingeliefert, mit Blaulicht, wie er betonte. Wahrscheinlich eine Frühgeburt. Und ausgerechnet heute habe er Pikettdienst auf der Hauptwache.
Barmettler wußte, was kommen würde, doch er sagte nichts. Er ließ sich auch nicht aus der Ruhe bringen, als Olga, die neben ihm stand und jedes Wort mithörte, mit den Händen anfing zu gestikulieren und ihm zu verstehen gab, er solle um jeden Preis ablehnen. Heeb war ein Kollege, auf den man sich verlassen konnte, anständig und hilfsbereit, bei seinen Vorgesetzten, besonders beim Kommandan-

ten, nicht sonderlich beliebt, weil er als Nonkonformist galt, der sich auffallend oft über die bürokratischen Vorschriften an der Kasernenstraße hinwegsetzte und gelegentlich etwas unkonventionelle Methoden anwandte. Schließlich war er auch erst knapp 35, zählte zu den jüngsten Kadermitgliedern bei der Kantonspolizei und nahm es mit Gleichmut hin, daß ihn Caflisch, wenn er, beim Morgenrapport etwa, irgendwelche Rationalisierungsvorschläge zur Diskussion stellte, vor der ganzen Mannschaft als «Enfant terrible» bezeichnete oder ihn sogar anbrüllte, er solle am besten gleich zur Stadtpolizei hinüberwechseln, dort herrschten sowieso Zustände wie im Wilden Westen.

Solche Äußerungen waren nie verletzend gemeint, der Kommandant war nun einmal ein Haudegen, der seine Meinung frei heraussagte, ob sie dem Gesprächspartner paßte oder nicht. Außerdem machte er keinen Hehl daraus, daß Heebs Beförderung zum Chef der Verkehrspolizei gegen seinen Willen und auf alleinige Verantwortung des dafür zuständigen Regierungsrates erfolgt war. Heeb sei ihm, ließ Caflisch einmal in der «Bodega-Bar» verlauten, bereits mehrfach durch seine «latente Gesinnung zum Anarchismus» aufgefallen. Ein Mensch, der die Interessen des Menschen über die Interessen des Rechtsstaates stellte, war für Caflisch mehr als nur suspekt.

So war es durchaus verständlich, daß Heeb nicht den Kommandanten, sondern Barmettler anrief, um ihn zu bitten, für ihn im kollegialen Abtausch den sonntäglichen Pikettdienst zu übernehmen. Zwar hatte Barmettler wenig Lust, ausgerechnet heute, wo er mit Olga allein war, zwölf Stunden in der Polizeikaserne herumzuhocken, andererseits konnte er Heeb, den er schätzte und der am Telefon ziemlich

hilflos wirkte, nicht gut im Stich lassen. «Also, Gerhard, ich komme», sagte er und legte den Hörer auf. «Entschuldige», meinte er kleinlaut und wollte Olga einen Kuß geben.
Doch sie schrie ihn an: «An mich denkst du überhaupt nicht!»
«Nun werd' doch nicht gleich hysterisch!»
Sie ließ sich nicht beruhigen. «Ich will dir sagen, warum Heeb dich angerufen hat», schrie sie aufgebracht. «Weil er keinen Dümmeren finden konnte! Er weiß, daß du ein Schwächling bist. Du kannst nicht nein sagen! Er hätte auch Ebnöther fragen können, oder Schäppi, mit denen sitzt er doch auch sonst immer zusammen. Aber die sind nicht wie du, die nehmen Rücksicht auf ihre Frauen.»
Barmettler schüttelte den Kopf und meinte versöhnlich: «Es gibt Dinge im Leben, Olga, die man nicht nur aus seiner eigenen Sicht beurteilen kann. Ich weiß genau, daß Heeb auch für mich einspringen würde. Deshalb habe ich zugesagt.» Weil Olga nicht antwortete, sondern gekränkt die Badezimmertür hinter sich zuschlug, beschloß Barmettler, nicht mit ihr zu frühstücken. Er duschte, zog sich an und verließ, ohne sich von Olga zu verabschieden, die Wohnung an der Carmenstraße. Wieder einmal hatte er das Gezänke mit seiner Frau gründlich satt; er spürte, deutlicher noch als vor einer Stunde, daß diese Ehe nicht mehr zu retten war.
Er fuhr mit dem Wagen zum Hauptbahnhof, dort kaufte er sich den SONNTAGS-BLICK, damit er im Büro etwas zu lesen hatte. Aus Erfahrung wußte er, daß er sich unter Umständen auf einen langweiligen Tag gefaßt machen mußte. Vor dem Bahnhofsportal traf er Zellweger und Fäh, die auf Patrouille waren und sich beklagten, es sei überhaupt nichts los. Auf dem Bahnhofplatz, wo sonst um diese Zeit chaoti-

sche Zustände herrschten, sah man nur ein paar ältere Leute, Kirchgänger vermutlich, die auf die Straßenbahn warteten und die bereits Wintermäntel trugen.

«Das Wetter spielt verrückt», meinte Zellweger und gähnte.

«Die Welt spielt verrückt», sagte Barmettler, und Fäh berichtete, man habe in der vergangenen Nacht in der Bahnhoftoilette wieder einmal einen Heroinsüchtigen gefunden, der sich den sogenannten «Goldenen Schuß» gespritzt und nach Auskunft des Notfallarztes bereits mehrere Stunden tot dort gelegen hatte. Im Moment sei Nötzli auf der Wache damit beschäftigt, die Personalien des Toten zu ermitteln. Kurz vor zehn betrat Barmettler dann das Hauptgebäude der Kantonspolizei an der Kasernenstraße, wo es auch noch verhältnismäßig ruhig war. Im Korridor begegnete ihm Polizeisoldat Vögtlin, der eigentlich gar keinen Dienst hatte, der sich jedoch aus unerfindlichen Gründen auch sonntags an der Kasernenstraße herumtrieb. Barmettler bat Vögtlin, er solle ihm aus der Kantine ein Frühstück bringen, dann ging er die breite Steintreppe hinauf in sein Büro im dritten Stock, wo er auf dem Schreibtisch bereits den Rapport über die wichtigsten Ereignisse der vergangenen Nacht vorfand. Ein paar Verkehrsunfälle – Ursache war das plötzlich aufgetretene Glatteis. Bei einer Kollision an der Autobahneinfahrt Richtung Bern hatte es zwei Tote gegeben. In Rümlang hatte man ausrücken müssen wegen einem Ehestreit. Den Mann, der seine Gattin mit einer Schußwaffe bedroht und auch einen Polizeibeamten tätlich angegriffen hatte, hatte man vorläufig in Gewahrsam genommen. Eine kurze Notiz auch über den Leichenfund in der Bahnhoftoilette, versehen mit einer handschriftlichen Bemerkung

des Polizeisoldaten Werner Nötzli: «Ein Fixer weniger. Gott sei Dank!»
Barmettler nahm sich vor, Nötzli deswegen zur Rede zu stellen. Immerhin war der Süchtige tot, und es stand einem Polizeisoldaten bestimmt nicht an, auf einem amtlichen Protokoll seine persönliche Meinung zu vermerken.
Nach wenigen Minuten schon kam Vögtlin – er hatte sich offensichtlich beeilt – und servierte Barmettler das Frühstück wie ein gelernter Kellner.
«Wollen Sie eine Tasse Kaffee mittrinken?» erkundigte sich Barmettler freundlich. Er hätte gern in Erfahrung gebracht, weshalb Vögtlin an seinen freien Sonntagen in die Kasernenstraße kam, doch Vögtlin lehnte höflich ab, er müsse dringend einen jugendlichen Motorraddieb einvernehmen.
«Aber Sie haben doch gar keinen Dienst, Vögtlin.»
«Trotzdem, Herr Oberleutnant, ich arbeite gern. Sie müssen wissen, ich bin Junggeselle und habe zur Zeit keine feste Freundin. Ich wüßte gar nicht, was ich heute machen sollte, bei diesem Sauwetter.»
Barmettler lachte und schenkte sich Kaffee ein.
«Nehmen Sie Zucker?» erkundigte sich Vögtlin beflissen und trat einen Schritt näher.
«Danke», sagte Barmettler. Er lehnte sich in seinem Stuhl zurück. «Wie lange sind Sie eigentlich schon bei uns, Vögtlin?» erkundigte er sich gönnerhaft.
«Viereinhalb Jahre, Herr Oberleutnant.»
«Und immer noch einfacher Soldat?»
Vögtlin errötete. Er schien sich zu schämen. Er trat von einem Bein aufs andere und spielte nervös mit seinen schlaksigen Fingern. «Leider, Herr Oberleutnant», meinte er nach einer Weile und fügte resigniert hinzu: «Wenn ich bloß wüßte, was ich falsch mache.»
Er tat Barmettler leid, obwohl Vögtlins überdurch-

schnittlicher Ehrgeiz ihm oft auf die Nerven ging. Ihm selber zum Beispiel wäre es nie in den Sinn gekommen, Sonntag für Sonntag freiwillig auf der Hauptwache zu verbringen und Kleinkriminelle einzuvernehmen. Vögtlin gehörte offenbar zu jenen Beamten im Korps, die ausgesprochen qualifiziert und fleißig waren, denen jedoch die nötige Einfallskraft fehlte, um sich bei ihren unmittelbaren Vorgesetzten, die ja oft herzlich wenig Menschenkenntnis besaßen, deutlich genug bemerkbar zu machen.
«Ich werde mich beim Kommandanten für Sie einsetzen, Vögtlin», meinte Barmettler aufgeräumt. «Dann reicht's nächstes Jahr vielleicht zum Gefreiten. Fleiß muß belohnt werden. So, und jetzt hauen Sie ab zu Ihrem Motorraddieb!»
Vögtlin kam auf ihn zu und reichte ihm die Hand.
«Danke, Herr Oberleutnant. Vielen Dank.»
Barmettler wurde verlegen. Vielleicht hätte er Vögtlins Beförderung bis zum nächsten Treffen mit Caflisch längst wieder vergessen, schließlich gab es ja auch noch wichtigere Dinge. Aber immerhin nahm er sich vor, die Sache im Auge zu behalten.
«Schon gut, Vögtlin», sagte er freundlich und drückte die verschwitzte Hand des Polizeisoldaten. «Sie können sich auf mich verlassen.»
Nachdem Vögtlin gegangen war, trank Barmettler in aller Ruhe Kaffee, bestrich sich ein Butterbrot mit Brombeermarmelade, die vom Gerant der Kantine für ihn angeschafft worden war, dann blätterte er im SONNTAGS-BLICK. Mit Genugtuung nahm er zur Kenntnis, daß man sich im Eidgenössischen Justiz- und Polizeidepartement in Bern vom Geld des entmachteten zentralafrikanischen Kaisers Bokassa nicht beeindrucken ließ und dem Ex-Diktator, entgegen den helvetischen Gepflogenheiten, in der Schweiz kein Asyl gewährte.

Nach dem Frühstück ging Barmettler in die Einsatzzentrale, wo er Leutnant Guyer, der Dienstaufsicht hatte, beim Kartenspiel mit ein paar Polizeibeamten traf. Guyer kam auf ihn zu und gab ihm die Hand. «Ich versteh' dich wirklich nicht, Erich», sagte er mit einem vorwurfsvollen Unterton, «Heeb muß sich allmählich daran gewöhnen, daß er nicht ständig aus der Reihe tanzen kann. Du hättest ihn nicht ablösen dürfen. Wozu haben wir Dienstvorschriften?»
Barmettler wußte, daß Guyer gern Chef der Verkehrsabteilung geworden wäre und nach Heebs unerwarteter Beförderung dem Kommandanten sogar gedroht hatte, den Polizeidienst zu quittieren und in die Privatwirtschaft hinüberzuwechseln. Deshalb sagte er nur: «Es ist auch Vorschrift, daß während der Dienstzeit nicht Karten gespielt werden darf.»
Guyer lachte: «Du bist aggressiv, Erich. Ich sage ja, du wärest besser im Bett geblieben.»
Barmettler hatte keine Lust, mit Guyer zu diskutieren. Er erkundigte sich nach den wichtigsten Einsätzen und erfuhr von Guyer, daß er auf Ersuchen der Kantonspolizei Schwyz zwei Streifenwagen nach Einsiedeln abkommandiert habe, wo prekäre Straßenverhältnisse herrschten. Außerdem sei eine Mannschaft nach Dietikon unterwegs, dort seien von einer Anwohnerin verdächtige Geräusche gehört worden, es könne sich aber durchaus um einen Fehlalarm handeln. Sonst habe sich bis jetzt nichts Wesentliches ereignet.
«Das klingt ja alles sehr aufregend», meinte Barmettler, und stellte mit einem Blick zur Telefonzentrale fest, daß keiner der Einsatzbeamten am Draht war. «Ich bin in meinem Büro», sagte er zu Guyer und machte sich wieder auf den Weg in den dritten Stock, wo er ungestört arbeiten konnte. Als

er am Zimmer 111 vorbeikam, wo zu allen Tages- und Nachtzeiten Angeschuldigte einvernommen wurden, hörte er einen Schrei. Er blieb stehen, horchte an der Tür und vernahm noch einmal, diesmal etwas lauter und anhaltender, den Schrei eines sehr jungen Menschen, dazwischen eine gedämpfte Männerstimme. Ohne anzuklopfen betrat er den Raum.
In dem kahlen, unpersönlich möblierten Zimmer, das jedem Beamten zur Benützung zur Verfügung stand, saß vor dem Schreibtisch ein vielleicht sechzehnjähriger Bursche. Er hatte kurzgeschnittenes rotes Haar, ein blasses, übernächtigtes Gesicht, das zu gleichen Teilen übersät war mit Pickeln und Sommersprossen. Er trug rote Cordhosen und eine schwarze Lederjacke mit hochgestelltem Kragen. Neben dem Jungen, der einen völlig verstörten Eindruck machte, stand Vögtlin und zerrte ihn an den Haaren.
«Ich will dich lehren, mich anzulügen, verdammter Lümmel!» brüllte er, während der Junge krampfhaft versuchte, sich loszureißen und unentwegt schrie: «Ich hab' Sie nicht angelogen. Sie tun mir weh! Aufhören! So glauben Sie mir doch endlich!»
Vögtlin hatte Barmettler den Rücken zugewandt. Außer sich vor Wut zerrte er den Kopf des Jungen an den Haaren nach hinten, blickte ihm ins Gesicht und sagte plötzlich gefährlich ruhig: «Ich gebe dir eine letzte Chance, Tanner, eine allerletzte. Wenn du in zwei Minuten kein Geständnis abgelegt hast, lasse ich dich einsperren. Dann kann sich der Jugendanwalt mit dir beschäftigen. Der wird dich schon weichkriegen. Nur hat der vor Mittwoch bestimmt keine Zeit. Also, überleg's dir gut, ob du mich noch einmal anlügen willst.»
«Was ist hier los?» fragte Barmettler.

Vögtlin zuckte zusammen und drehte sich um. Er starrte Barmettler entgeistert an. «Entschuldigen Sie, Herr Oberleutnant», stotterte er, «aber der Kerl hier... er hat mich brandschwarz angelogen»
Barmettler ging auf den Burschen zu, der vornübergebückt auf seinem Stuhl saß und ängstlich zu ihm hinaufblickte. «Wie heißt du?» erkundigte sich Barmettler.
«Urs Tanner.»
«Und weshalb bist du hier?»
Der Junge starrte auf den Fußboden und schwieg.
«Nun sag schon», ermunterte ihn Barmettler in väterlichem Ton, um dieses Häufchen Elend nicht noch mehr zu verängstigen.
«Ich sagte Ihnen doch, Herr Oberleutnant, er hat ein Motorrad geklaut. Und er ist ohne Führerschein damit herumgefahren.»
Bevor Vögtlin weitersprechen konnte, schnitt ihm Barmettler das Wort ab: «Sie habe ich nicht gefragt.» Er wandte sich erneut an den Jungen: «Hast du nun das Motorrad gestohlen oder nicht?»
Urs blickte zu ihm hoch und sagte trotzig: «Nein.»
Barmettler überlegte. «Aber du bist damit herumgefahren?»
Der Junge nickte.
Vögtlin kaute nervös an seinen Fingernägeln, während Barmettler nach einigem Zureden aus dem Burschen herausbrachte, daß er ohne Führerschein mit der Honda 500 seines älteren Bruders in die Stadt gefahren und dabei von einem Streifenwagen angehalten worden sei. Man hatte ihn nach Zürich auf die Hauptwache gebracht und dort kurzerhand Vögtlin übergeben, der, weil er keinen Dienst hatte, ohne Beschäftigung war.
Barmettler rief die Eltern des Jungen an und bat sie, ihren Sohn an der Kasernenstraße abzuholen. Dann

wandte er sich an Vögtlin, der noch immer unschlüssig neben ihm stand und einen ziemlich niedergeschlagenen Eindruck machte: «Schreiben Sie das Protokoll. Nachher zeigen Sie unserem kleinen Sünder die Einsatzzentrale und den Zellentrakt, damit er weiß, wie's bei uns aussieht.» Er klopfte Urs freundlich auf die Schulter: «Das nächste Mal rückst du gleich mit der Wahrheit heraus. In deinem Alter macht jeder mal eine Dummheit, dann muß man aber auch den Mut haben, dazu zu stehen. Kapiert?»
Der Junge schaute mißtrauisch zu Vögtlin, der sich an die Schreibmaschine setzte und ihm aufmunternd zunickte. Bevor Barmettler hinausging, befahl er Vögtlin, sich nach dem Mittagessen in seinem Büro zu melden.
Zuerst hatte er Lust gehabt, den Polizeisoldaten sofort nach Hause zu schicken und vorläufig vom Dienst zu suspendieren, doch dann überlegte er es sich anders. Vögtlin war in seinen Augen ein gutmütiger Dilettant, der unter seiner Nicht-Beförderung mehr litt, als er zugeben wollte. Wie viele seiner Kollegen versuchte er, wenn auch mit untauglichen Mitteln, aus jedem Angeschuldigten ein Geständnis herauszulocken. Die Zahl der von ihm protokollierten Geständnisse, so nahm er in seiner Naivität wohl an, sei für seine Beförderung zum Gefreiten entscheidend. Barmettler wurde jetzt auch klar, warum Vögtlin seine freien Sonntage in der Polizeikaserne verbrachte; er wollte sich offenbar keine Gelegenheit entgehen lassen, seinen Vorgesetzten zu imponieren. Daß er dabei seine Macht mißbrauchte, indem er Angeschuldigte mit körperlichen Züchtigungen zu einem Geständnis zu bewegen suchte, war eine grobe Dienstpflichtverletzung. Trotzdem wollte Barmettler die Sache nicht hoch-

spielen. Er wußte nur allzu gut, wie schwierig der Umgang mit renitenten Straftätern war. Da konnte einem leicht die Hand einmal ausrutschen, nur durfte so etwas nicht zur Gewohnheit werden. Er selber hatte in seinen Anfängen manchen Angeschuldigten durch stunden-, oft sogar nächtelange Verhöre zur Strecke gebracht, und es gab einige Fälle, wo er besonders hartnäckigen Delinquenten gegenüber handgreiflich geworden war. Dies allerdings nur, um sie zur Einsicht zu bringen und niemals, wie er dies bei Vögtlin vermutete, um eigene Aggressionen abzureagieren. Heute hatte Barmettler für seine damaligen Methoden nur noch ein nachsichtiges Lächeln übrig. Ein Vierteljahrhundert Berufserfahrung hatte ihn gelehrt, daß es nur ganz selten einen Angeschuldigten gab, der sich, wenn man ihn anbrüllte oder ihn gehörig einschüchterte, zu einem Geständnis bewegen ließ. Sein Vorgänger, Oberleutnant Pfluger, der sich rühmen konnte, über sechzig Prozent aller ihm anvertrauten Fälle innerhalb von drei Tagen aufzuklären, hatte ihm vor Jahren schon seine Maxime verraten, die ihm den schmeichelhaften Ruf einbrachte, erfolgreichster und zugleich beliebtester Kommissar bei der Kantonspolizei zu sein. Sie lautete ganz einfach: Gewinne Vertrauen – und schlage daraus Kapital.
Daran hielt sich Barmettler, und der Erfolg gab ihm recht. Kürzlich hatte ihm der erste Staatsanwalt gratuliert, weil es ihm, was eigentlich niemand für möglich gehalten hatte, gelungen war, einen als besonders verstockt und gefährlich geltenden Sittlichkeitsverbrecher freiwillig zu einem Geständnis zu bewegen. Es hatte sich um einen Sekundarlehrer gehandelt, der in einer kleinen Gemeinde im Zürcher Oberland unterrichtete, und der bei Eltern und Schulbehörde seit geraumer Zeit im Verdacht stand,

er mache Schüler mit Geldgeschenken gefügig, um sie für homosexuelle Handlungen zu mißbrauchen. Außer der vagen Schilderung eines ehemaligen Schülers, der zu Protokoll gegeben hatte, sein Lehrer habe ihm einmal während des Turnunterrichts zwischen die Beine und ans Geschlechtsteil gegriffen, gab es keinerlei Beweise, die die Einleitung einer Strafuntersuchung auch nur annähernd gerechtfertigt hätten. Trotzdem ließ Barmettler, nachdem sich die Zuschriften besorgter Eltern an die Erziehungsdirektion gehäuft hatten, den Sekundarlehrer Robert Käsbohrer während des Schulunterrichts festnehmen. Der Kommandant hatte ihn, nach einem längeren Telefongespräch mit dem zuständigen Erziehungsdirektor, eindringlich vor einem solchen Schritt gewarnt, weil keine klaren Indizien vorlägen und man mit einer Verhaftung des Sekundarlehrers zumindest einen Dorfskandal auslöse. Aber Barmettler blieb hart. Er war von der Schuld Käsbohrers überzeugt. Nun war Barmettler keineswegs ein notorischer Schwulenhasser. Er hatte, das betonte er oft genug, überhaupt nichts gegen Homosexuelle, solange sie sich anständig aufführten, nicht mit ihrer widernatürlichen Veranlagung politisierten und, das durfte als selbstverständlich vorausgesetzt werden, keine Minderjährigen mißbrauchten. In diesem Punkt verstand er keinen Spaß, doch damit stand er nicht allein, hier ging auch die Volksmeinung mit ihm einig.
Robert Käsbohrer war kein typischer Homosexueller, das erkannte Barmettler auf den ersten Blick. Käsbohrer war ein weichlicher Päderast, untersetzt und schwammig, die unruhigen, wässerigen Augen hinter dicken Brillengläsern versteckt. Bereits während der ersten Einvernahme war er mehrmals in Tränen ausgebrochen. Allerdings leugnete er jede

strafbare Handlung, verlangte ununterbrochen nach einem Rechtsanwalt, der ihm nach der geltenden Strafprozeßordnung noch gar nicht zustand, und schließlich drohte er Barmettler sogar mit einer Klage wegen Freiheitsberaubung.

Jeder andere Polizeibeamte hätte Käsbohrer unter solchen Voraussetzungen nach Hause geschickt. Barmettler jedoch verließ sich auf seinen Instinkt und auf seine Erfahrung im Umgang mit Sexualdelinquenten: Er beantragte bei der Staatsanwaltschaft einen Haftbefehl, den er, wenn auch auf eigene Verantwortung, noch am selben Tag bekam. Er wußte, daß Typen wie Käsbohrer, die sich an kleine Kinder heranmachten, ängstlich und nicht selten im Gefühlsbereich infantil waren, so daß sie, wenn man sie in einer Zelle einsperrte, oft schon nach einer Stunde ein ausführliches Geständnis ablegten. Um so mehr wunderte sich Barmettler, daß der Sekundarlehrer, den er stündlich vorführen ließ, keinerlei Anzeichen zeigte, die Nerven zu verlieren. Er verhielt sich ruhig, in keiner Weise hysterisch, fast schon lethargisch, so daß der Oberleutnant allmählich selber unruhig wurde, zumal ihn sowohl der Kommandant als auch die Staatsanwaltschaft bedrängten, endlich ein Geständnis des Verhafteten vorzulegen oder den Mann, für den sich bereits die Zeitungen interessierten, freizulassen. Am Samstagmorgen in aller Frühe, als Käsbohrers Festnahme im BLICK mit der Schlagzeile UNSCHULDIGER LEHRER VERHAFTET? breitgeschlagen wurde, rief der Kommandant Barmettler zu Hause an und setzte ihm eine Frist bis zum frühen Nachmittag, um diesen Fall endgültig abzuschließen. So oder so. Caflisch war ziemlich aufgebracht, auf Kritik in der Presse reagierte er seit jeher empfindlich. «Ich will mir meinen sechzigsten Geburtstag nicht von Ihnen verteufeln lassen, Barmettler», sagte er am Telefon, «Ihr Ehrgeiz und Ihre psychologischen Fähigkeiten in Ehren, aber auch Sie können sich schließlich auch mal irren.»

«Vielleicht, Kommandant», hatte Barmettler geantwortet, dann war er zur Tat geschritten. Er ließ Käsbohrer aus der Untersuchungshaft vorführen, und als er den Sekundarlehrer vor sich sah, bleich und unrasiert, einem Nervenzusammenbruch nahe, da wußte er, daß seine Chancen gut standen. Er lud Käsbohrer ins Restaurant «Metzgerbräu» zum Mittagessen ein, um, wie er dem verdutzten Angeschuldigten erklärte, «an einem neutralen Ort noch einmal über alles zu reden». Vorsichtshalber hatte er zwei Polizeibeamte in Zivil ebenfalls ins «Metzgerbräu» beordert, für den Fall, daß Käsbohrer abhauen wollte; eine solche Schlappe hätte er nicht gern auf sich genommen. Er bestellte Geschnetzeltes mit Rösti, dazu eine Flasche Fendant. Während des ganzen Essens unterhielt er sich mit Käsbohrer nur über Dinge, die mit dem Grund ihres Zusammentreffens nichts zu tun hatten; über den Leistungszwang in der Schule, aber auch über den Lehrerberuf im allgemeinen, der heutzutage ja weiß Gott nicht leicht sei. Beim Dessert, als er merkte, daß Käsbohrer ruhiger wurde und allmählich auftaute, lenkte er das Gespräch ganz bewußt auf seine eigenen Sorgen. Er sprach von seiner Tochter Elvira und ihrem ausgeflippten Freund Charly, mit dem er so gar nicht zurecht komme, und er war hocherfreut, als Käsbohrer ihm pädagogische Ratschläge erteilte; einen deutlicheren Vertrauensbeweis gab es wohl nicht. Dann, beim Espresso, schlug er zu. Er sagte: «Herr Käsbohrer, ich halte viel von Ihnen, sonst hätte ich Sie nicht zum Essen eingeladen. Aber ich finde es ganz erbärmlich, daß Sie mich

zwei Tage lang angelogen haben, das habe ich wirklich nicht verdient.»
Käsbohrers blutlose Lippen wurden noch blasser, seine Mundwinkel zuckten. Gleich hast du ihn soweit, dachte Barmettler. «Seit Mittwochabend liegen auf meinem Schreibtisch drei unterzeichnete Zeugenaussagen von Schülern, mit denen Sie gewichst haben», sagte er langsam. «Keiner der drei Jungen hat etwas Schlechtes über Sie gesagt. Jeder hat mir bestätigt, daß Sie ein wunderbarer Lehrer und ein ehrlicher Freund seien. Aber alle drei haben zugegeben, daß Sie sich geliebt haben, auch körperlich.»
Käsbohrers Augen wurden feucht, er senkte seinen Blick unvermittelt, plötzlich begann er hemmungslos zu schluchzen.
Barmettler triumphierte förmlich, doch er sagte freundschaftlich: «Sehen Sie, jetzt sind Sie es los, das war doch eine riesige Bürde. Warum lügen? Ich kann Ihnen nachfühlen, wie Ihr Trieb Sie belastet hat. Sie sind nicht der erste, der mir gegenübersitzt und heult wie ein kleiner Bub.» Dann fügte er mit bewegter Stimme hinzu: «Sie brauchen sich nicht zu schämen, wirklich nicht.» Und gleichzeitig überlegte er krampfhaft, wie er von Käsbohrer ein schriftliches Geständnis bekommen konnte, ohne daß er ihm konkrete Vorhaltungen machen mußte. Die angeblichen Belastungszeugen existierten nämlich gar nicht.
Käsbohrer blickte auf. Tränen rannen über seine dicken Wangen und tropften auf die Tischdecke. «Ich hatte nicht den Mut, mich Ihnen anzuvertrauen», sagte er leise. «Ich dachte immer, die Polizei sei gegen uns. Ich dachte, die wollen uns Pädophile doch nur fertigmachen.»
Barmettler lachte. «Unsinn! Ich will Ihnen helfen.

Ein cleverer Anwalt und ein guter Psychiater, das ist alles, was Sie jetzt brauchen. Die werden versuchen, Sie rauszupauken.»
Er sah, wie Käsbohrer Hoffnung schöpfte. «Ich nahm mir immer wieder vor, stark zu bleiben, aber ich schaffte es einfach nicht.»
«Ja, wo ein Wille ist, ist oft kein Weg. Niemand weiß das so gut wie wir von der Polizei.»
Die Serviertochter kam an den Tisch und brachte die Rechnung. Sie sah Barmettler vorwurfsvoll an, als er eine Quittung verlangte; sie war anscheinend überzeugt, daß er mit seinem Tischnachbarn solange gestritten hatte, bis dieser durchgedreht hatte. Soll sie doch denken, was sie will; Hauptsache, er hatte Käsbohrer soweit.
Als die beiden zur Polizeikaserne zurückgingen, fragte Käsbohrer geknickt, wieviel er wohl kriegen würde. Barmettler beruhigte ihn: «Ein paar Monate. Bedingt wahrscheinlich, die brauchen Sie nicht abzusitzen. Schauen Sie nur zu, daß Sie einen tüchtigen Anwalt kriegen.» Er wußte aus Erfahrung, daß Käsbohrer für mindestens zwei Jahre hinter Schloß und Riegel kommen würde, doch das konnte ihm am Montag der zuständige Bezirksanwalt beibringen, das war ja nun wirklich nicht seine Sache. Im Büro wartete bereits Burri, sein Assistent, um das Geständnis zu protokollieren.
Der Oberleutnant ließ Kaffee und Kuchen kommen und ermunterte Käsbohrer, er solle frisch von der Leber weg erzählen, im Grunde genommen sei alles ja nur sehr menschlich. Plötzlich brach es wie ein Katarakt aus dem Sekundarlehrer heraus: Er schilderte weit über ein Dutzend verbotene Beziehungen zu halbwüchsigen Schülern. Er schilderte sie in allen Einzelheiten, so daß Barmettler und Burri, die beide von solchen Schweinereien angewidert wa-

ren, sich von Zeit zu Zeit vielsagende Blicke zuwarfen.
Nachmittags um vier war es soweit: Käsbohrer unterzeichnete das neunzehnseitige Protokoll. Barmettler klopfte ihm anerkennend auf die Schulter und eröffnete ihm, daß er übers Wochenende in Untersuchungshaft bleiben müsse; am Montag würde ihn dann Dr. Steinauer, der zuständige Bezirksanwalt – ein netter Kerl – vorführen lassen und endgültig darüber entscheiden, ob weitere Haftgründe vorlägen oder nicht.
Als Burri den Lehrer ins Polizeigefängnis zurückbrachte, orientierte Barmettler Staatsanwalt Dünnenberger, der sich über das Geständnis hocherfreut zeigte und dem Oberleutnant zu seinem Erfolg gratulierte. Anschließend rief er auch Caflisch an und versprach ihm, er werde ihn am Abend bei der Feier im «Carlton-Elite» ausführlich über den Fall Käsbohrer informieren.
Leider war Barmettler wegen der Geburtstagsfeier des Kommandanten nicht mehr dazugekommen, ein Pressecommunique zu entwerfen, doch dazu fand er nun genügend Zeit. Er entwarf von Hand ein paar Sätze, dann tippte er den Text persönlich in die Schreibmaschine. Die Pressemitteilung mußte unbedingt an alle Zeitungen gehen. Nachdem der BLICK wieder einmal voreilig eine tendenziöse Meldung veröffentlicht und dadurch die Kantonspolizei in ein schiefes Licht gerückt hatte, schien ihm eine objektive Orientierung der Öffentlichkeit notwendig zu sein.

Die Kantonspolizei Zürich, Abt. Sittlichkeits- und Drogenvergehen, teilt mit, daß sie am vergangenen Donnerstag den 47jährigen Sekdundarlehrer Robert Käsbohrer (bitte Name nur mit Zustimmung der

*Staatsanwaltschaft ungekürzt veröffentlichen) wegen des Verdachts auf widernatürliche Unzucht mit Kindern bzw. Pflegebefohlenen festnehmen mußte. Entgegen anderslautenden Pressemeldungen hat der verhaftete Sekundarlehrer ein umfassendes Geständnis abgelegt und zugegeben, sich in den Jahren 1973 bis 1979 an mindestens 17 Schülern im Alter zwischen 13 und 16 Jahren in schwerster Weise sexuell vergangen zu haben. Der zuständige Sachbearbeiter der Kantonspolizei, Oblt. Dr. Erich Barmettler, weist die von der Boulevardzeitung BLICK in ihrer Ausgabe vom 22. 9. 79 erhobenen Vorwürfe, man habe einen Unschuldigen ohne rechtsgenügende Beweise vorschnell in Untersuchungshaft genommen, in aller Entschiedenheit zurück. Der Täter bleibt in Untersuchungshaft und wird am Montag an die für alle weiteren Ermittlungen zuständige Bezirksanwaltschaft, Büro 28, überstellt.
KAPO ZÜRICH PRESSECOMMUNIQUE*

Barmettler brachte die Pressemitteilung persönlich in die Fernschreibezentrale und vergewisserte sich, daß sie sogleich durchgegeben wurde. Dann ging er in die Kantine zum Essen. Guyer setzte sich zu ihm an den Tisch. Er sprach ihn auf den Fall Käsbohrer an und erkundigte sich, ob in der Sache wirklich alles mit rechten Dingen zugegangen sei, im Haus würden verschiedene Gerüchte kursieren. Barmettler ging darauf gar nicht erst ein; er kannte den Neid gewisser Kollegen, und außerdem war er nur dem Kommandanten und dem Staatsanwalt Rechenschaft schuldig. Er blieb bis gegen zwei in der Kantine, dann ging er zurück in sein Büro.
Vor der Tür erwartete ihn bereits ein sehr niedergeschlagener Vögtlin. Er entschuldigte sich bei Barmettler für den Vorfall vom Vormittag, ihm sei, so

räumte er ein, «plötzlich die Sicherung durchgebrannt», er wolle aber dafür sorgen, daß so etwas nicht mehr vorkomme.
Barmettler gab sich jovial, sagte zu Vögtlin, er wolle die ganze Sache nicht aufbauschen, doch solle er sich in Zukunft im Umgang mit Angeschuldigten korrekt benehmen, sonst riskiere er ein Disziplinarverfahren und setze damit auch seine Beförderung aufs Spiel. «Sehen Sie, Vögtlin», meinte er gutmütig, «als Polizeibeamter muß man sich beherrschen können. Wenn Sie gegenüber einem Angeschuldigten tätlich werden, selbst wenn er Sie provoziert hat, so schaden Sie damit dem Ansehen der ganzen Institution. Für den Mann von der Straße, der, wie leider fast alle Bürger, ein gestörtes Verhältnis zur Polizei hat, erbringen Sie dadurch nur einmal mehr den Beweis, daß wir unsere Macht mißbrauchen. Jeder Polizeibeamte ist zehnmal exponierter als ein anderer Bürger. Wir leben vom Vertrauen der Bevölkerung in unseren Apparat, und Sie, Vögtlin, haben in diesem Apparat Ihre Funktion genau nach Vorschrift zu erfüllen, sonst werden Sie für uns untragbar.»
Der Polizeisoldat hörte Barmettler aufmerksam zu, von Zeit zu Zeit nickte er untertänig und wagte zum Schluß die Frage, ob der Herr Oberleutnant diesmal vielleicht ein Auge zudrücken und dem Kommandanten keine Meldung von dem leidigen Zwischenfall machen könne, was ihm Barmettler nach einigem Zögern zusicherte.
«Die Sache bleibt unter uns», meinte er forsch und blickte Vögtlin dabei ins Gesicht. «Aber ich will über Sie keine Klagen mehr hören, sonst sind Sie nicht mehr lange bei uns.»
Erst nachdem Vögtlin gegangen war, wurde Barmettler bewußt, daß er gar keine Kompetenz besaß,

ihm unterstellte Beamte zu disziplinieren. Diese Befugnis lag allein bei Caflisch. Er rechtfertigte jedoch sein Verhalten damit, daß er ohnehin bald Kommandant sein würde und es ihm nicht schaden könne, bereits gewisse Erfahrungen im Umgang mit fehlbaren Untergebenen zu sammeln. Selbstgefällig stellte er fest, daß er sich Vögtlin gegenüber absolut richtig verhalten hatte. Er nahm sich vor, bei Gelegenheit an der Polizeirekrutenschule einen Vortrag über die Verantwortung des Polizeibeamten gegenüber dem einfachen Bürger zu halten, ein Thema, aus dem sich bestimmt einiges herausholen ließ, wenn man, wie Barmettler, über jahrzehntelange Berufserfahrung und eine positive Lebenseinstellung verfügte.

Er verbrachte den ganzen Nachmittag in seinem Büro und studierte einige neuere Bundesgerichtsentscheide. Es gehörte schon seit jeher zu seinem Ehrgeiz, über das, was man am höchsten Gericht in Lausanne befand, stets auf dem laufenden zu sein, damit es ihm nicht wie seinen Kollegen erging, die sich mitunter von cleveren Anwälten Rechtsbelehrungen erteilen lassen mußten.

Gegen fünf Uhr ging Barmettler nochmals in die Einsatzzentrale. Guyer kam ihm, sichtlich erleichtert, entgegen und meinte: «Gut, daß du kommst, Erich. Soeben hat eine Claudia Singer angerufen, der Sohn ihres Freundes hat ihren Wagen gestohlen und ist damit irgendwo unterwegs. Der Kerl ist noch minderjährig. Die Frau war ziemlich aufgeregt. Sie sagte, der Junge stehe unter Alkoholeinfluß, er sei auch sonst völlig durcheinander, sie befürchte das Schlimmste.»

«Habt ihr genaue Angaben? Die Personalien des Jungen, meine ich, und das Autokennzeichen?»

Guyer nickte und gab Barmettler seine handschrift-

lichen Notizen. Barmettler überflog den Zettel, dann ging er in die Telefonzentrale zum Gefreiten Plüss, der mit sämtlichen Streifenwagen in Funkverbindung stand, und sagte: «Geben Sie diese Meldung an alle Wagen durch, auch in die angrenzenden Kantone Aargau, Schwyz und St. Gallen.»
Plüss, ein jüngerer Beamter, der Barmettler schon verschiedentlich durch seine Gewissenhaftigkeit aufgefallen war, las die Notizen genau durch, dann schaltete er das Mikrofon ein: «Kapo Zürich, Einsatzzentrale. Dringend gesucht wird ein Personenwagen Marke Triumph Spitfire, Jahrgang 77, weißes Cabriolet. Kennzeichen ZH 327 342. Der Lenker, Philipp Bodmer, ist minderjährig, er besitzt keinen Führerschein und ist möglicherweise stark alkoholisiert. Bitte den Wagen sofort anhalten. Sofort anhalten bitte!»
«Verstanden», tönte es fast gleichzeitig aus mehreren Lautsprechern. Plüss blickte zu Barmettler auf: «Alles o.k.?»
«Geben Sie sicherheitshalber auch noch die Personalien des Lenkers durch.»
Plüss schaltete das Mikrofon nochmals ein: «Kapo Zürich, Einsatzzentrale. Beim Lenker des vermißten Fahrzeuges mit dem Kennzeichen ZH 327 342 handelt es sich um den 17jährigen Philipp Bodmer, wohnhaft «Zur schönen Aussicht» in Stäfa. Signalement: Zirka einen Meter vierundsiebzig groß, schlanke Statur; mittellanges blondes Haar, grüne Augen, ovales Gesicht. Philipp Bodmer trägt dunkelblaue Jeans, einen beigen Rollkragenpullover sowie eine grüne Segeltuchjacke. Da er wahrscheinlich stark alkoholisiert ist und keinen Führerschein besitzt, könnte er durch besonders unsichere Fahrweise auffallen. Bitte den Wagen sofort anhalten und den Lenker festnehmen. Ende.»

Guyer war Barmettler in die Funkzentrale gefolgt und erkundigte sich, ob man sonst noch etwas unternehmen solle.

«Abwarten und Tee trinken», meinte Barmettler und klopfte Plüss auf die Schulter. «Ihre Durchsage war ausgezeichnet. Knapp und sachlich, und trotzdem haben Sie nichts Wesentliches vergessen. Das ist gar nicht so einfach.»

Im Hinausgehen erkundigte er sich bei Guyer nach den Straßenverhältnissen.

«Noch immer Glatteis», sagte der Leutnant. «Nur in der Nordschweiz hat es vor einer Stunde angefangen zu regnen. Hoffentlich baut der Kerl keinen Unfall.»

Barmettler schüttelte den Kopf. «Unterschätze unsere Jugend nicht, Robert. Die Sechzehnjährigen, die heutzutage ihren Vätern nachts den Wagen aus der Garage klauen und damit eine Strolchenfahrt unternehmen, die fahren uns Alten längst um die Ohren.»

Guyer schlug vor, eine Pause zu machen und in der Kantine etwas zu trinken. Er bestellte sich eine Flasche alkoholfreies Bier und Barmettler foppte ihn: «Scheußlich, das Zeug. Der reinste Selbstbetrug. Kommt mir vor wie eine Gummipuppe, die du fickst und dir dabei einbildest, du würdest mit einer Frau schlafen.»

Guyer, der sonst nicht prüde war, sagte nur: «Du mußt es ja wissen», dann wechselte er rasch das Thema. Sein Sohn, meinte er überzeugt, müßte ihm nur einmal den Wagen aus der Garage holen, dann käme er ins Erziehungsheim, dafür würde er schon sorgen.

Barmettler war anderer Meinung. Er wußte genau, daß Rainer vor ein paar Jahren, lange bevor er den Führerschein besessen hatte, zusammen mit einigen

Schulkollegen in seinem Peugeot eine Spritzfahrt nach Baden unternommen hatte. Er fand, es wäre besser, die Jungen bereits mit sechzehn den Führerschein machen zu lassen, wie in Amerika, und dafür an die älteren Autolenker, welche oft unnötige Unfälle verursachten, strengere Anforderungen zu stellen. Aber das war, wie er sich selbst einschränkte, nur seine ganz persönliche Auffassung.

Guyer leerte sein Glas in einem einzigen Zug und sagte, indem er sich mit der Hand den Bierschaum von den Lippen wischte: «Du sprichst fast schon wie Heeb. Der hat manchmal auch so utopische Ideen. Deshalb paßt ihr beide wahrscheinlich so gut zusammen.»

Damit war die Diskussion beendet, und man beschloß, gemeinsam in die Einsatzzentrale zurückzugehen, um mit den Kollegen eine Partie Karten zu spielen. Schon nach wenigen Minuten wurde Barmettler ans Telefon gerufen. Aufgeregt erkundigte sich Claudia Singer, ob man ihren Wagen gefunden habe, sie mache sich große Sorgen, selbstverständlich nicht um den Triumph, der sei gut versichert, aber um den Fahrer, mit dessen Vater sie befreundet sei. Sie sprach so schnell, daß Barmettler Mühe hatte, sie zu verstehen.

«Nun beruhigen Sie sich erst einmal», sagte er schließlich. «Sobald wir etwas erfahren, werden wir Sie benachrichtigen; wir haben ja Ihre Telefonnummer.»

Die Singer ließ sich nicht so rasch abfertigen. «Warum tun Sie denn nichts?» fragte sie verzweifelt. «Wollen Sie wirklich warten, bis Philipp etwas passiert ist?»

Barmettler blieb ruhig, er war solche Vorwürfe gewohnt. «Wir tun, was wir können, Fräulein Singer. Nur ist das im Augenblick leider nicht sehr viel.

Alle unsere Streifenwagen sind im Einsatz. Sie hören von uns, sobald wir den Wagen gefunden haben.»
«Kann ich mich wirklich auf Sie verlassen?» Sie schien sich etwas beruhigt zu haben.
«Ja, das können Sie, Fräulein Singer. Auf die Polizei kann man sich immer verlassen.»
Kaum hatte er den Hörer aufgelegt, meldete Plüss, an der Hauptstraße in Volketswil, unmittelbar bei der Abzweigung zum Einkaufszentrum, habe sich ein scheußlicher Unfall ereignet; der Fahrer eines Sportwagens habe in der Kurve die Kontrolle über sein Fahrzeug verloren, der Wagen sei gegen eine Leitplanke gerast, mit übersetzter Geschwindigkeit natürlich, und habe sich dann mehrmals überschlagen. Näheres wisse er noch nicht, doch die Kantonspolizei Uster sei bereits zur Unfallstelle ausgerückt.
«Na bitte», rief Guyer und warf seine Karten auf den Tisch. «Da hast du's! Ein Minderjähriger am Steuer, und schon knallt's!»
«Woher willst du wissen, daß es sich um den Triumph dieser Claudia Singer handelt?» erkundigte sich Barmettler; doch auch für ihn war der Fall bereits klar.
Bevor Guyer antworten konnte, sagte Plüss: «Es handelt sich nicht um den gesuchten Wagen, sondern um einen Lamborghini Jarama 400 GT. Bei dem Fahrer allerdings handelt es sich mit größter Wahrscheinlichkeit um den vermißten Philipp Bodmer.»
«Ich werd' verrückt! Das ist unmöglich!» rief Guyer und schlug mit der Handkante auf den Tisch. Dann war es plötzlich ganz still, und in die Stille hinein meinte Barmettler: «Nichts ist unmöglich, Robert, buchstäblich nichts.»
Guyer machte eine ratlose Handbewegung und

sagte: «Aber du mußt doch zugeben, Erich, alltäglich ist das wirklich nicht: Ein 17jähriger stiehlt einen Triumph Spitfire, fährt damit los und baut zwei Stunden später am Steuer eines Lamborghini einen Unfall.
Barmettler stand auf und wandte sich an Plüss. «In Volketswil, haben Sie gesagt?»
Plüss nickte.
«Gut», meinte Barmettler, «dann mache ich mich jetzt auf den Weg. Vögtlin soll mitkommen, der ist bestimmt noch im Haus.»
«Was hast du vor?» wollte Guyer wissen.
«Ich fahre nach Volketswil.»
«Warum? Bloß weil ein Halbwüchsiger einen Unfall gebaut hat, willst du so kurz vor Feierabend noch ausrücken?» Guyer war sichtlich irritiert.
«Der Fall interessiert mich», sagte Barmettler und ging zum Ausgang, wo Vögtlin bereits auf ihn wartete.
«Nett, daß Sie mich mitnehmen, Herr Oberleutnant. Ich habe schon einen Wagen organisiert.»
«Fahren Sie voraus, Vögtlin. Ich komme dann mit meinem eigenen Wagen nach.»
Der Polizeisoldat sah ihn verwundert an und fragte: «Wo ist die Unfallstelle?»
«In Volketswil. Direkt an der Hauptstraße.»
«Ein komplizierter Fall?» Bei Vögtlin machte sich jenes ausgeprägte Berufsinteresse bemerkbar, an dem man ehrgeizige Anfänger und hilflose Dilettanten gleichermaßen erkennen kann. «Ein ungewöhnlicher Fall», antwortete Barmettler und ging noch einmal ins Haus zurück. Er rief Olga an und sagte ihr, es könne sehr spät werden...

2

Es war zwanzig vor acht und bereits dunkel, als Barmettler zur Unfallstelle kam. Die Kollegen von der Kantonspolizei Uster hatten die Straße abgesperrt; Vögtlin stand an der Kreuzung und leitete den Verkehr um. Trotz der Kälte hatten sich ein paar Dutzend Gaffer eingefunden, die über den Unfallhergang diskutierten.
Der Postenchef von Uster, Leutnant Schrag, kam auf Barmettler zu – die beiden kannten sich von einem Ausbildungskurs – und gab ihm die Hand. «Der Fahrer ist tot», sagte er und führte den Oberleutnant zum Wrack des Wagens, das abseits der Straße, völlig demoliert und teilweise ausgebrannt, auf einer Wiese lag. Barmettler erfuhr von Schrag, daß die Feuerwehr das Opfer mit dem Schweißbrenner aus den Trümmern hatte befreien müssen, der Notfallarzt, der mit dem Ambulanzwagen bereits wieder weggefahren war, hatte nur noch den Totenschein ausstellen können: Genickbruch, mehrere Schädelfrakturen, vermutlich auch innere Blutungen. «Der Leichenwagen wird bald hier sein», sagte Schrag. Man hatte den toten Jungen auf die Wiese unmittelbar neben dem Straßenrand gebettet und mit einem Leintuch zugedeckt. Schrag überreichte Barmettler einen gelben Schülerausweis, den der Tote auf sich getragen hatte: *Bodmer Philipp, geb. 5. 6. 63, Gymnasiast, Bürger von Rapperswil, wohnhaft in Stäfa, Zur schönen Aussicht 5.* Im Ausweis ein Farbfoto des Opfers: Ein hübscher Lausbub mit aufgewecktem Blick und halblangem, blondem Haar, das ungewöhnlich gepflegt wirkte.
«Noch keine siebzehn, der Bursche», sagte Schrag

und begleitete Barmettler zur Leiche. «Wollen Sie den Toten sehen», erkundigte er sich zögernd; Barmettler nickte. Der Leutnant hob das weiße Tuch ein paar Zentimeter, so daß Barmettler den Kopf des Opfers sehen konnte: Das Gesicht des Toten war, wenn man von einer blutigen Schramme an der Stirn absah, nicht entstellt. Die blasse Hautfarbe und die, so kam es Barmettler jedenfalls vor, wehmütig lächelnden Lippen verliehen dem Gesicht etwas Engelhaftes. Schrag deckte die Leiche rasch wieder zu.
«Habt ihr den Wagenbesitzer schon eruiert?» erkundigte sich Barmettler. «Ist ja verdammt merkwürdig, die ganze Sache. Der Bursche türmt mit einem Triumph Spitfire und verunfallt mit einem Lamborghini».
In diesem Augenblick kam der Leichenwagen angefahren; Vögtlin dirigierte ihn durch die neugierige Menschenmenge zu dem Toten am Straßenrand. Während der Fahrer und sein Gehilfe die Leiche wie eine Ware packten und in einem Holzsarg verstauten, wandte Vögtlin den Kopf ab und sagte zu Barmettler: «Wissen Sie, ich kann kein Blut sehen.»
«Daran werden Sie sich gewöhnen müssen», brummte Barmettler und ging mit Schrag zum Streifenwagen, um den Besitzer des Lamborghini, der das Kennzeichen ZH 10 237 trug, zu ermitteln.
Schrag suchte die Nummer im Autoindex «Da», sagte er nach einer Weile und las vor: «Der Besitzer heißt Rolf Landert, Dr. iur., Rechtsanwalt, er wohnt in Stäfa an der Bergstraße 399.»
Barmettler ließ sich auf den Beifahrersitz fallen und lehnte sich zurück. «Das gibt's doch nicht, Schrag, haben Sie sich bestimmt nicht geirrt?»
Schrag hielt ihm das Register hin und sagte: «Hier, sehen Sie selbst.»

Barmettler las mit eigenen Augen: Rolf Landert, Dr. iur., Rechtsanwalt. «Ich möchte wissen, wie der Bursche zu Landerts Wagen kommt», sagte er mehr zu sich selbst als zu Schrag, der sich erkundigte, ob er den Fahrzeugbesitzer telefonisch verständigen solle.
«Nein, nein, ich mache das schon», sagte Barmettler.
«Und die Eltern des Jungen? Die sollte man doch auch benachrichtigen.»
«Ja, die Eltern. Mein Gott . . .» Barmettler überlegte; dann machte er den Vorschlag, Leutnant Schrag solle nach Stäfa zu den Eltern des Toten fahren, während er selbst mit Rechtsanwalt Landert Kontakt aufnehmen werde. Schrag hatte offenbar wenig Lust, der Familie Bodmer die Hiobsbotschaft vom Tod ihres Sohnes zu überbringen; er müsse noch den Unfallrapport schreiben, meinte er, außerdem sei es einfacher, den Polizeiposten Stäfa zu benachrichtigen und von dort aus einen Mann zu Bodmers zu schicken.
Barmettler schaute auf die Uhr, es war genau acht. Es begann wieder zu schneien, und die Schaulustigen, eben noch in großer Zahl an der Unfallstelle versammelt, strömten nach allen Seiten auseinander. Zwei Polizeibeamte waren noch mit der Spurensicherung beschäftigt, der Leichentransporter fuhr in Richtung Zürich ab, ein Fotograf knipste den demolierten Wagen. «Gut, dann übernehme ich auch die Eltern, so was kann man ja schlecht telefonisch machen», sagte er zu Schrag, der sich erleichtert zeigte; Barmettler hatte Verständnis dafür. Er steckte den Schülerausweis des Toten ein und bat Vögtlin, über Funk in die Kaserne durchzugeben, daß er jetzt mit seinem Privatwagen nach Stäfa fahre und sich, falls nichts Außergewöhnliches pas-

siere, heute kaum mehr melden werde. Dann setzte er sich in seinen Peugeot und fuhr durch das immer stärker werdende Schneegestöber los; trotz schwachem Verkehr mußte er mit zwanzig Minuten Fahrzeit rechnen.

Er kannte Stäfa aus seiner Jugendzeit; seine Großeltern mütterlicherseits hatten dort einen kleinen Rebberg besessen, der inzwischen längst überbaut worden war: Das idyllische Winzernest am oberen Zürichsee hatte sich in den vergangenen zwei Jahrzehnten zu einem aufstrebenden Industrieort mit einer als vorbildlich geltenden Infrastruktur entwickelt und galt obendrein als eine der steuergünstigsten Gemeinden im Kanton.

Barmettler fuhr zum Bahnhof, wo ein paar halbwüchsige Burschen mit ihren Mopeds standen und über Fußballergebnisse diskutierten. Am Fahrkartenschalter erkundigte sich der Oberleutnant nach dem Weg zur «schönen Aussicht».

«Sie wollen zu Fabrikant Bodmer?» fragte der Bahnbeamte.

«Ja, ich möchte zur Familie Bodmer.» Und er fügte hinzu: «Herr Bodmer ist Fabrikant?»

Der Bahnbeamte blickte ihn mißtrauisch an. Er schien sich zu fragen, was ein Fremder von Bodmer wollte, dazu noch am Sonntagabend, wenn er nicht einmal über dessen Beruf Bescheid wußte. Er sagte fast ein wenig stolz: «Herr Bodmer ist Besitzer der Bodmer-Möbel AG, die Firma kennen Sie doch bestimmt?»

Barmettler nickte. Die Bodmer-Möbel AG gehörte zu den bekanntesten Einrichtungsfirmen der Schweiz und verfügte neben einer eigenen Fabrik auch über ein weitgestreutes Filialnetz. Er selbst hatte sich dort erst vor kurzem ein modernes Schlafzimmer angesehen, doch seine Olga hatte sich mit

Händen und Füßen gegen den Kauf gewehrt, weil sie sich um keinen Preis von ihrem Mahagoni-Erinnerungsplunder trennen wollte.
Er ließ sich also vom Bahnbeamten den Weg erklären. Aus dem Tonfall des Beamten merkte er, daß die Familie Bodmer zu den angesehensten Bürgern der Seegemeinde und damit wohl auch zu den potentesten Steuerzahlern gehörte.
Das Landhaus, ein stattlicher Riegelbau, keine fünf Jahre alt, befand sich ganz oben am Berg, direkt am Waldrand, gut zwei Kilometer vom Dorfkern entfernt. Das Haus, von dem aus man eine herrliche Aussicht auf den See und, bei klarem Wetter, bis in die Voralpen hatte, war von einer roten, unverputzten Ziegelsteinmauer umgeben, die lediglich durch ein breites, verschlossenes Holzportal, das an eine Klosterpforte erinnerte, unterbrochen wurde. Am Portal ein winziges, kaum sichtbares Messingschild mit der Aufschrift: ALOIS C. BODMER.
Barmettler drückte auf die Klingel. Es blieb alles ruhig. Im Haus brannte zwar Licht, doch es schien sich nichts zu regen. Erst nach einer Weile erkundigte sich eine Frauenstimme durch die Gegensprechanlage: «Hallo, wer ist da?»
«Oberleutnant Barmettler von der Kantonspolizei.»
Stille, dann erneut die Frauenstimme: «Zu wem möchten Sie?»
«Zu Herrn und Frau Bodmer. Es ist dringend.»
«Einen Moment.»
Unmittelbar darauf öffnete sich mit einem kurzen Summton das Holzportal und schnappte, kaum hatte Barmettler das Privatareal betreten, hinter ihm automatisch wieder ins Schloß. So funktioniert sonst nur ein Gefängnistor, so sicher, so perfekt, ging es Barmettler durch den Kopf. Er befand sich auf einem breiten, mit schwarzen und hellgrauen

Backsteinen schachbrettartig bepflasterten Weg, der direkt zur Garage und dem danebenliegenden Hauseingang führte. Links und rechts ein riesiger Ziergarten mit winzigen Birken und Sträuchern, dazwischen mehrere kugelförmige Lampen, die das ganze Gartenareal hell beleuchteten.
Unter der Haustüre stand eine gutaussehende Frau, knapp vierzig, mit blauen, verträumten Augen und langen blonden Haaren, die sie straff zurückgekämmt und im Nacken zusammengebunden hatte. Sie trug einen dunkelroten, enganliegenden Hosenanzug aus Velours, der gewisse Körperrundungen deutlich zur Geltung brachte.
«Ich bin Frau Bodmer», sagte sie und streckte Barmettler die Hand hin, eine ungemein feingliedrige, fast zerbrechliche Hand. «Sie sind von der Polizei?»
«Ja. Darf ich eintreten?»
«Bitte.» Frau Bodmer führte ihn ins Haus, durch das Vestibül, wo auf einem Schaffell ein Pekinese lag und Barmettler anbellte. «Sei still, Lolo!» rief Frau Bodmer nervös und ging voraus in die Wohnhalle, die, wie es sich für einen Möbelfabrikanten geziemte, äußerst geschmackvoll eingerichtet war. Alle Wände waren mit dunkelbraunem Holztäfer verkleidet. Im Kamin brannte ein Feuer. «Nehmen Sie doch Platz», sagte Frau Bodmer höflich und führte Barmettler zur Polstergruppe aus feinstem Nappaleder. «Darf ich Ihnen etwas zu trinken anbieten. Vielleicht einen Gin Tonic?»
«Ja, gerne, einen Gin Tonic; da würde ich nicht nein sagen.» Während Frau Bodmer zur Bar am anderen Ende der Wohnhalle ging, setzte sich Barmettler, versank dabei tief in den weichen Lederkissen, und fühlte sich auf einmal müde und kraftlos. Wie sollte er Frau Bodmer die Nachricht vom Tod ihres Sohnes möglichst schonend beibringen? Er hatte in sol-

chen Dingen keine große Erfahrung. Barmettler erkundigte sich, ob Herr Bodmer nicht zu Hause sei. Irgendwie hätte er es begrüßt, wenn beide Elternteile anwesend gewesen wären, so hätten sie sich wenigstens gegenseitig Trost spenden können.
«Mein Mann?» Frau Bodmer blickte erstaunt auf, als hätte er sie mit dieser Frage verwirrt, dann meinte sie rasch: «Nein... mein Mann arbeitet. Er ist in seinem Büro.» Sie setzte sich ihm gegenüber und blickte ihn erwartungsvoll an.
Barmettler ertappte sich dabei, daß sein Blick auf Frau Bodmers üppigem Busen ruhte; er räusperte sich verlegen. «Frau Bodmer», begann er schließlich, «Sie haben einen Sohn...»
«Ja, Philipp. Hat er etwas ausgefressen?»
«Haben Sie mehrere Kinder?»
Sie schüttelte den Kopf. «Nein, Gott sei Dank nicht.»
«Warum: Gott sei Dank? Mögen Sie vielleicht Kinder nicht?»
Sie nahm einen großen Schluck von ihrem Gin, stellte das Glas abrupt auf die Konsole oberhalb des Kamins und stand auf. Sie ging nervös vor Barmettler auf und ab. «Wissen Sie, wir haben mit Philipp große Probleme. Er ist ein sehr schwieriger Junge, frech und eigenwillig, er ist, wie soll ich mich ausdrücken, auf der Suche nach sich selbst.» Sie blieb vor Barmettler stehen und fügte hinzu: «Wir leben in Scheidung. Mein Mann hat eine Freundin. Er wohnt nur noch offiziell hier. Der Leute wegen, Sie verstehen? Alois hat ein Geschäft mit über dreihundert Angestellten, er sitzt im Gemeinderat, er ist gezwungen, ein Doppelleben zu führen. Nach außen ist unsere Ehe immer noch intakt, auch wenn wir die Scheidung bereits eingeleitet haben und mein Mann nur noch selten zu Hause ist.»

Sie ging zum Kamin, blieb einen Augenblick reglos stehen, nahm ihr Glas und trank es in einem Zug leer. Dann wandte sie sich wieder an Barmettler. «Sie können sich nicht vorstellen, was ich in den letzten zwei Jahren mitgemacht habe. Eine Demütigung, eine Erniedrigung nach der anderen. Mein Mann und ich führten eine glückliche Ehe. Wir haben unser Geschäft zusammen aufgebaut. Er hat beruflich erreicht, was er wollte. Und dann kam dieses Flittchen, diese Claudia Singer, die sich Schauspielerin nennt, in Wirklichkeit aber nur Statistin ist, weil sie kein Talent hat. Kein Talent und keinen Charakter.»
Frau Bodmer lehnte sich an den Kamin und starrte an Barmettler vorbei zur Decke. Ihr Gesicht wirkte verbittert, hatte einen geradezu verhärmten Ausdruck. Barmettler spürte, daß es ihr ein Bedürfnis war, sich bei jemandem auszusprechen.
«Wenn Philipp nicht wäre», fuhr sie fort, «und wenn ich die Kraft dazu gehabt hätte, wäre ich zu ihr in ihr Luxusappartement an der Minervastraße gegangen und hätte sie umgebracht. Ich weiß, Sie glauben mir nicht, aber in Gedanken habe ich es getan. Nicht einmal, tausendmal. In Gedanken bin ich eine Mörderin. Nur fehlte mir der Mut dazu. Leider.»
Sie ließ sich erschöpft auf die Polstergruppe fallen, ihr Gesicht war plötzlich kreidebleich. «Entschuldigen Sie», meinte sie abwesend. «Ich habe ein Librium genommen, und nun der Alkohol. Das verträgt sich schlecht.» Dann fragte sie ihn, als hätte sie erst jetzt begriffen: «Sie sind von der Polizei?»
Barmettler nickte. «Frau Bodmer», begann er und nahm sich vor, endlich zur Sache zu kommen, wann haben Sie Ihren Sohn zum letztenmal gesehen?»
«Heute nachmittag.»

«Wann genau?»
Frau Bodmer dachte angestrengt nach. Auf ihrer Stirn bildeten sich Falten; sie wirkte plötzlich alt und müde. Ihre Stimme war heiser, als sie sagte: «Philipp hat nach dem Mittagessen in seinem Zimmer Platten gehört. So gegen zwei Uhr, vielleicht auch etwas später, kamen ein paar Kollegen und holten ihn ab. Sie gingen vermutlich ins Dorf, ins ‹Café Tropic›, dort gibt's einen Spielautomaten. Die jungen Leute von Stäfa verkehren dort. Aber warum fragen Sie mich das alles? Ist etwas passiert?»
Barmettler stand auf und ging mit dem Glas in der Hand zum Fenster, das sich über die ganze Zimmerfront hinwegzog. Er starrte in die Finsternis hinaus, sah unter sich den beleuchteten Kirchturm der Dorfkirche, sah die Lichter am gegenüberliegenden Seeufer und sagte ganz ruhig: «Sie müssen jetzt stark sein, Frau Bodmer.»
Wie aus weiter Ferne hörte er hinter sich ein verhaltenes Kichern, das, als er sich umdrehte, in ein hysterisches, schrilles Gelächter überging. Frau Bodmer lag auf der Polstergruppe, ihr Körper wurde vom Lachen geschüttelt, zuckte in unregelmäßigen Abständen zusammen, sie hatte jede Kontrolle über sich verloren.
Er ging zu ihr hin und sagte: «Nehmen Sie sich zusammen.»
Sie lachte ihn an und stammelte: «Er hat es getan! Endlich hat er es getan! Philipp ist ein Held. Er hat es mir versprochen. Jetzt hat er sein Versprechen gehalten.» Sie senkte den Kopf, faltete die Hände, als wolle sie beten und flüsterte: «Philipp, ich danke dir. Du hast uns gerettet.»
Barmettler setzte sich. Er verstand überhaupt nichts mehr. «Was hat Ihnen Ihr Sohn versprochen?» wollte er wissen.

Frau Bodmer richtete sich auf und schaute ihm ins Gesicht. «Daß er sie umbringen wird, diese Claudia Singer, die seiner Mutter den Mann weggenommen hat. Und jetzt hat er sie umgebracht. Deshalb sind Sie doch hier, nicht wahr?» Bevor Barmettler antworten konnte, sprang sie auf und ging zum Telefon. «Ich werde Doktor Rasumowksy anrufen. Er muß meinen Jungen verteidigen. Und er *wird* ihn verteidigen, darauf können Sie Gift nehmen, Herr Kommissar.»
Raphael Rasumowksy war Zürichs bekanntester Strafverteidiger. Er hatte eine Kanzlei an der Bahnhofstraße und galt in Polizeikreisen als Anwalt der Superreichen. Er war schon weit über siebzig, aber zum Leidwesen der Staatsanwaltschaft noch immer ungeheuer aktiv. Er arbeitete, das war kein Geheimnis, gegen sündhafte Honorare, die ein gewöhnlicher Sterblicher gar nicht bezahlen konnte. Rasumowsky, der nebenbei auch Honorarkonsul mehrerer Entwicklungsländer war, ging buchstäblich über Leichen: Vor Jahren hatte er im Falle eines Waffenhändlers, den er verteidigt hatte, den Gerichtspräsidenten vor versammelter Presse durch Bekanntgabe pikantester Einzelheiten aus dessen Intimleben derart in die Enge getrieben, daß der Richter noch vor der Urteilsberatung aus dem Gerichtssaal geflohen war und sich das Leben genommen hatte. Seit jenem Fall, der Schlagzeilen gemacht hatte, kam es häufig vor, daß Staatsanwälte und Richter in den Ausstand traten, wenn Rasumowksy verteidigte.
Barmettler wurde es unbehaglich. Es tat ihm leid, daß er nicht Schrag nach Stäfa geschickt oder die hiesige Kantonspolizei beauftragt hatte, mit der Familie Bodmer Kontakt aufzunehmen. Mit Rasumowksy wollte er nichts zu tun haben. «Moment

mal», sagte er und versuchte Frau Bodmer, die im Telefonbuch blätterte, zu beschwichtigen. «Was wollen Sie von Doktor Rasumowksy. Ich glaube nicht, daß er Ihnen helfen kann.»
Sie blickte ihn herausfordernd an, schien plötzlich wiederum Jahre jünger, voller Kraft und Initiative.
«Haben Sie Philipp eingesperrt?» wollte sie wissen.
«Nein.»
Frau Bodmer schien enttäuscht. «Sie haben ihn nicht eingesperrt? Er hat sie doch umgebracht. Er ist ein Mörder. Ein jugendlicher Mörder, der die Ehe seiner Eltern gerettet hat.»
Barmettler packte Frau Bodmer an den Schultern. «Nun hören Sie mir gut zu», sagte er hart. «Ihr Sohn hat niemanden umgebracht. Ihr Sohn ist tot.»
Sie schaute ihn mit weit aufgerissenen Augen an. «Nein», stammelte sie tonlos und schüttelte den Kopf. «Nein, nein, das ist nicht wahr! Sie lügen mich an! Sie haben kein Recht, mich anzulügen! Die Polizei hat kein Recht zu lügen, das wissen Sie genau!» Sie warf sich aufs Sofa und trommelte mit den Händen gegen die Kissen.
Barmettler setzte sich zu ihr und sagte: «Ihr Sohn hatte einen Autounfall.»
«Mit wem?»
«Allein. Er hat eine Strolchenfahrt unternommen, dabei ist es dann passiert. Philipp hat die Kontrolle über das Fahrzeug verloren und ist gegen eine Leitplanke gerast. Er war sofort tot.» Barmettler war auf einen Nervenzusammenbruch von Frau Bodmer gefaßt. Er überlegte bereits, ob er einen Arzt verständigen sollte, doch Frau Bodmer blieb ruhig und gefaßt.
«Er hat sie also nicht umgebracht?» sagte sie vor sich hin, und Barmettler kam es vor, als sei sie von ihrem Sohn enttäuscht.

«Frau Bodmer, ich muß Ihnen ein paar Fragen stellen», begann er in dienstlichem Ton, nachdem er keinerlei Gefühlsregungen bei der Frau erkennen konnte.
Sie stand auf, ging zur Bar und goß sich Gin in ein Glas, pur. «Bitte fragen Sie», sagte sie und drehte sich zu ihm um. Ihr Gesicht glich einer Totenmaske.
Barmettler zog einen Notizblock aus seiner Manteltasche und schlug die Beine übereinander. Frau Bodmer stellte ihr Glas auf den Tisch, setzte sich ihm gegenüber und wiederholte: «Also, fangen Sie an! Fragen Sie!»
Er bewunderte ihre stoische Haltung. «Ihr Sohn ist mit dem Wagen eines gewissen Doktor Landert verunglückt», begann er. «Kennen Sie den Mann?»
«Landert ist ein Freund meines Mannes. Er ist auch sein Anwalt. Und wenn Sie's genau wissen wollen: Er ist ein Schwein. Ein dreckiger Lügner, dem jedes Mittel recht ist, um eine hilflose Frau fertigzumachen.»
«Hat Ihr Sohn diesen Doktor Landert gekannt?»
Frau Bodmer nahm ihr Glas und trank einen kräftigen Schluck. Sie trank Gin, als wäre es Wasser. Barmettler wurde allein schon vom Zusehen übel.
«Fragen Sie Landert selbst», sagte sie nach einer Pause. «Er wohnt ganz in der Nähe. Aber machen Sie sich auf etwas gefaßt! Der Typ ist mit allen Wassern gewaschen, alles was er sagt, sogar alles, was er *denkt*, ist gelogen.»
Das Verhältnis zwischen Frau Bodmer und dem Anwalt ihres Mannes war ganz offensichtlich gestört. Barmettler zerbrach sich den Kopf, wie dieser Landert, der als Jurist das Straßenverkehrsgesetz kennen mußte, dazu kam, einem minderjährigen Burschen seinen Sportwagen zu leihen. Insgeheim

machte er sich bereits seine Gedanken, aber im Augenblick wollte er freilich noch nicht darüber reden, sie konnten sich allzu leicht als Fehlspur erweisen. «Frau Bodmer», fing er noch einmal an, geduldig, nachsichtig, als spreche er mit einem Kind. «Was war Ihr Sohn für ein Mensch? Können Sie mir ein wenig von Philipp erzählen?»
«Philipp ist tot», sagte sie leise, als vertraue sie ihm ein Geheimnis an.
«Ja, Frau Bodmer. Erzählen Sie mir von Ihrem Jungen.»
Barmettler fühlte sich plötzlich ohnmächtig, er kam sich dumm und aufdringlich vor.
«Philipp war ein Junge, der alle Anlagen hatte, glücklich zu werden. Er sah gut aus, war gesund und intelligent. Er hatte nur einen Fehler: Er konnte sich nicht aussprechen. Er war, wie nennt man das doch gleich...?» Sie blickte ihn fragend an und trank erneut einen großen Schluck Gin.
«Introvertiert», meinte Barmettler.
Sie nickte ihm zu. «Richtig! Er war introvertiert. Wenn er ein Problem hatte, und er hatte sehr oft Probleme, so konnte er sich niemandem anvertrauen. Mir nicht und seinem Vater erst recht nicht, denn sein Vater ist ein Versager. So fraß er alles in sich hinein. Seinen Kollegen gegenüber zeigte er sich so, wie sie ihn sehen wollten: Als Fabrikantensohn, der alles hat, was man sich für Geld kaufen kann, aber nichts darüber hinaus. Nichts!»
«Hat Ihr Sohn die Freundin Ihres Mannes gekannt?»
Sie schaute ihn erstaunt an. «Nein. Er wollte sie auch nicht kennenlernen. Er wollte sie umbringen, das sagte ich Ihnen doch schon.»
Barmettler sah ein, daß er so nicht weiterkam. Er steckte seinen Notizblock wieder ein und erhob

sich. «Danke, Frau Bodmer», sagte er und gab ihr die Hand. «Mein aufrichtiges Beileid.»
Sie blieb auf dem Sofa sitzen, wahrscheinlich fehlte ihr die Kraft, um aufzustehen. «Wo hat man ihn hingebracht?» fragte sie, und ihre Mundwinkel begannen zu zucken.
«Nach Zürich ins Kantonsspital. In zwei bis drei Tagen, nach der Obduktion, wird die Leiche freigegeben. Sie bekommen dann Bescheid.»
Barmettler verließ rasch die Wohnhalle, sagte, er würde den Weg schon alleine finden, doch als er die Haustür öffnen wollte, stand Frau Bodmer plötzlich wieder neben ihm und packte ihn am Arm. «Ich will Ihnen etwas verraten, Herr Kommissar, aber Sie dürfen mit niemandem darüber reden. Versprechen Sie mir das?»
«Ja, ja», sagte Barmettler müde. Er hatte nur noch den Wunsch, möglichst rasch von hier wegzukommen.
«Er konnte dieses Dreckstück, das ihm den Vater weggenommen hat nicht umbringen. Und wollen Sie wissen warum?» Frau Bodmer umklammerte seinen Arm und flüsterte ihm zu: «Er konnte Claudia nicht umbringen, weil sie *ihn* umgebracht hat.»
Nachdem das breite Holzportal hinter ihm ins Schloß gefallen war, atmete Barmettler erleichtert auf. Es hatte aufgehört zu schneien, der Himmel war klar, man sah vereinzelte Sterne, doch das Thermometer war unter die Nullgradgrenze gesunken. Barmettler ging vor seinem Wagen einige Schritte auf und ab; der Schnee unter seinen Füßen war gefroren und knirschte bei jedem Schritt. Er fühlte sich überfordert, war ziemlich ratlos, und außerdem hatte er Hunger. Es war kurz vor halb zehn, sein Dienst war beendet. Am liebsten wäre er jetzt nach Hause gefahren zu seiner Olga, hätte

einen heißen Grog getrunken und ein paar belegte Brote verschlungen. Er fragte sich, weshalb er sich mit einem Fall herumschlug, der gar nicht in sein Ressort gehörte, und der höchstwahrscheinlich gar kein Fall, sondern ein zwar tragischer, aber alltäglicher Unglücksfall war, mit dem sich ein leitender Polizeifunktionär, wie er es ja schließlich war, überhaupt nicht zu beschäftigen hatte. Diese Bodmer war seiner Meinung nach ein hysterisches Frauenzimmer, das ziellos in seinem goldenen Käfig herumflatterte und die Scheidung nicht verkraften konnte. Mit frustrierten Weibern dieser Gattung hatte er im Laufe der Jahre häufig zu tun gehabt; sie brauchten einen guten Psychotherapeuten oder, besser noch, einen tüchtigen Schwanz zwischen die ausgehungerten Schenkel. Hätte er ihr nicht die Nachricht vom Tod ihres Sohnes überbringen müssen, er wäre, ging es Barmettler jetzt durch den Kopf, nicht abgeneigt gewesen, in dieser Hinsicht «Erste Hilfe» zu leisten.

Während er den Motor warmlaufen ließ und dann vorsichtig die steile, kurvenreiche Straße ins Dorf hinunterfuhr, überlegte er, ob er noch bei Landert vorbeigehen, oder ob er ihn vom nächsten Gasthof aus telefonisch über den Unfallhergang informieren sollte. Er kannte Rechtsanwalt Landert nicht persönlich, doch war er ihm, wenn auch aus anderen Gründen, ebenso unsympathisch wie Rasumowsky. In Justizkreisen galt Rolf Landert als linker Draufgänger, der für seine Mandanten ohne die geringste Gesetzesehrfurcht bis an die Grenzen der Legalität auf die Barrikaden stieg. Er galt aber auch, im Gegensatz zu Raphael Rasumowsky, als Verteidiger der Armen, was für Barmettler nicht nur dadurch widerlegt wurde, daß er einen Lamborghini fuhr, sondern vor allem durch die Tatsache, daß er den

Möbelfabrikanten Alois C. Bodmer zu seinen Klienten zählte. Bei den meisten Kollegen im Polizeikorps war Landert unbeliebt, man nannte ihn verächtlich «Amok-Landert», weil er, wenn es darum ging, der Polizei eins auszuwischen, eine geradezu notorische Betriebsamkeit an den Tag legte. Er hatte gute Beziehungen zur Presse, die er, mit Ausnahme der seriösen «Neuen Zürcher Zeitung», die seine tendenziösen Absichten längst durchschaut hatte, regelmäßig mit sogenannten «Skandal-Informationen» versorgte. Erst vor wenigen Wochen hatte er den Chef der städtischen Kriminalpolizei, Dr. Lipka, in aller Öffentlichkeit als «skrupellosen Rechtsbieger» bezeichnet, bloß weil Lipka – vielleicht nicht ganz korrekt, aber im Interesse der Ermittlungsbehörden – seinen Beamten befohlen hatte, Ehefrauen von Zuhältern im Verhör unter keinen Umständen auf das ihnen zustehende Zeugnisverweigerungsrecht aufmerksam zu machen, weil es sonst nicht mehr möglich sei, Zuhälter aktenkundig zu überführen. Leider hatte Lipka, der schon einige Hetzkampagnen über sich hatte ergehen lassen müssen, auf Landerts Angriffe nicht gebührend reagiert, so daß der Rechtsanwalt schließlich auch noch zu einem genau kalkulierten Zweitschlag ausholen und dem Polizeichef vorwerfen konnte, er wolle die rechtswidrigen Ermittlungsmethoden bei der Stadtpolizei ganz einfach totschweigen. Kein Wunder, daß Landert sowohl an der Kasernenstraße als auch bei den Kollegen von der Stadtpolizei sowohl gefürchtet als auch verhaßt war. Er nahm sich Freiheiten heraus, über die man nur den Kopf schütteln konnte. Es gehörte zum Beispiel zu Landerts Gepflogenheiten, unangemeldet, aber in regelmäßigen Zeitabständen die kantonale Strafanstalt zu visitieren, wobei er sich jeweils auf seine angebliche Bürgerpflicht und seine Rechte als Steuerzahler berief, eine Marotte, wie sie keinem normal denkenden Schweizer auch nur in den Sinn kam. Zwar hatte sich der Gefängnisdirektor, wie Barmettler aus zuverlässiger Quelle wußte, bereits mehrfach beim zuständigen Justizdirektor, Regierungsrat Rüfenacht, über diese «peniblen Kontrollbesuche eines krankhaften Fanatikers» beschwert, Rüfenacht jedoch waren die Hände gebunden, weil Landert ihn selber vor Jahren in einen peinlichen Skandal verwickelt hatte, an den er sich nur mit unguten Gefühlen erinnerte. Damals hatte Landert – Gott weiß, wie er an die Informationen herangekommen war – unmittelbar vor den Regierungsratswahlen in einer Tageszeitung unter der reißerischen Überschrift JUSTIZDIREKTOR MACHTE AUF STAATSKOSTEN SEXAUSFLUG in allen Einzelheiten enthüllt, daß der Sozialdemokrat Rüfenacht anläßlich einer Skandinavienreise, die eigentlich zum Besuch schwedischer Haftanstalten bestimmt war, sich während drei Tagen von der Regierungsdelegation abgesondert und ganz privaten Vergnügungen gefrönt hatte. Diese Affäre, die Rüfenacht auf Anraten seiner Partei natürlich sofort dementierte und eine Ehrverletzungsklage gegen Landert in Aussicht stellte, hätte ihn beinahe den Kopf gekostet: bei den Regierungsratswahlen erhielt er nur noch ganz knapp das absolute Mehr. Man nahm sich also sowohl in der Justizdirektion wie bei der Polizei vor Landert in acht. Barmettler kannte keinen Kollegen, der freiwillig mit dem als unberechenbar und staatsfeindlich verschrienen Rechtsanwalt etwas hätte zu tun haben wollen. Erst vor wenigen Tagen hatte Kommandant Caflisch an einer Kadersitzung verlauten lassen – streng vertraulich natürlich –, er warte nur auf den Moment,

wo er Landert einen Lapsus nachweisen könne, dann werde er höchstpersönlich bei der Anwaltskammer vorsprechen und beantragen, daß man diesem Querulanten das Patent entziehe. Dieser Moment, sagte sich Barmettler, war vielleicht jetzt gekommen. Deshalb entschloß er sich, Rechtsanwalt Landert trotz der späten Abendstunde einen Besuch abzustatten.
Das Haus Bergstraße 399 war ein moderner Mehrfamilienblock. Barmettler stieg die vier Treppen hoch, die zu Landerts Attikawohnung führten. Er klingelte zweimal an der Wohnungstür, doch niemand öffnete. Erst nach etwa zwei Minuten, als Barmettler bereits wieder gehen wollte, wurde die Tür aufgerissen und Rechtsanwalt Landert stand vor ihm. Landert sah genauso aus, wie ihn Barmettler sich vorgestellt hatte. Er war der Prototyp des Strafverteidigers wie man ihn vom Fernsehen her kannte, den es in Wirklichkeit jedoch kaum gab: groß, schlank und gutaussehend, mit einem markanten, braungebrannten Gesicht, schwarzen Augen und ebenso schwarzem, kurzgeschnittenem Haar; zweifellos hatte er südländisches Blut in den Adern. Barmettler schätzte ihn auf fünfunddreißig, vielleicht auch etwas älter. Er trug Blue jeans, beige Mokassins und ein rot-weiß kariertes Hemd, an dem die oberen drei Knöpfe geöffnet waren, so daß Barmettlers Blick unwillkürlich auf Landerts behaarte Brust und ein Sternzeichenmedaillon aus Gold mit dem Fische-Symbol fiel.
«Sie sind von der Polizei! Ich weiß schon Bescheid, kommen Sie herein!» Landert führte den Oberleutnant durch den engen Korridor in sein Arbeitszimmer, in dem außer einem riesigen Bücherregal, das vollgepfercht war mit Fachliteratur, nur ein ebenfalls mit Akten und Büchern überladener

Schreibtisch aus hellem Naturholz und drei billige Klubsessel standen. Auf einem winzigen Glastisch standen zwei Gläser und eine Flasche Chivas.
Mit einer legeren Handbewegung bat Landert seinen Gast, auf einem der Klubsessel Platz zu nehmen. Er selbst setzte sich hinter den Schreibtisch. Die Luft im Zimmer war stickig, voll Zigarettenqualm, Landert schien Kettenraucher zu sein. Er steckte sich eine Gauloise an, dann faltete er die Hände und blickte abwartend zu Barmettler, der sich in dem tiefen Klubsessel ziemlich unbehaglich fühlte. Diese niedrigen Sessel, auf denen man kaum die Beine ausstrecken konnte, waren, so vermutete Barmettler, ein psychologischer Fallstrick. Sie ermöglichten es Landert, hinter seinem Schreibtisch zu dominieren und auf seine Besucher hinabzublicken.
«Darf ich fragen, woher Sie Bescheid wissen?» erkundigte sich Barmettler. Er konnte sich nicht vorstellen, daß Frau Bodmer den Rechtsanwalt verständigt hatte, und sie war die einzige, die als Informantin in Frage kam.
Landert blickte ihn gelassen an, dann sagte er: «Eine Bekannte hat mich angerufen.» In seinem Gesicht spiegelte sich nicht der leiseste Anflug einer Gemütsbewegung. Das einzige Indiz, das auf seine innere Nervosität hinwies, war das Zittern seiner rechten Hand, mit der er die Zigarette hielt.
«Wie heißt diese Bekannte?» forschte Barmettler weiter, obwohl er wußte, daß Landert ihm keine Rechenschaft schuldig war.
«Claudia Singer.»
Barmettler war erleichtert, er sah jetzt alles viel klarer. Die Singer hatte vermutlich an der Kasernenstraße angerufen und war von Guyer über den Autounfall informiert worden.

Landert drückte seine Zigarette aus und sagte kühl: «Der Zweck Ihres Besuches ist mir nicht ganz klar, Herr...?»
«Barmettler. Oberleutnant Barmettler von der Kantonspolizei.»
Landert beugte sich nach vorn über den Schreibtisch und schaute dem Oberleutnant herausfordernd ins Gesicht. «Also, wenn Sie Fragen haben, Herr Barmettler, *konkrete* Fragen, dann muß ich Sie bitten, sich kurz zu fassen, ich habe noch zu arbeiten.»
Barmettler mußte sich jedes Wort genau überlegen, um keinen Fehler zu machen. Er besaß keine rechtliche Handhabe, um nachts um zehn in einer fremden Wohnung ein Verhör durchzuführen; außerdem war Rechtsanwalt Landert in der ganzen Sache nicht Angeschuldigter, sondern Geschädigter und als solchen mußte ihn Barmettler behandeln. In der Praxis bedeutete dies: besonders zuvorkommend, besonders korrekt und besonders höflich sein. «Haben Sie Philipp Bodmer gut gekannt?» begann Barmettler sich in eine Konversation vorzutasten, von deren Ergebnis für ihn einiges abhängen konnte.
«Flüchtig. Philipps Vater ist ein Klient von mir. Den Jungen habe ich nur zwei- oder dreimal gesehen.»
«Wie kam er zu Ihrem Wagenschlüssel?»
Landert steckte sich umständlich eine Zigarette an. «Philipp Bodmer», sagte er nach einer Pause, «ist heute abend zu mir gekommen und hat mich um einen Rat gebeten.»
«Um was für einen Rat hat er Sie gebeten?» erkundigte sich Barmettler, und er bekam genau die Antwort, die er eigentlich erwartet hatte: «Das darf ich Ihnen leider nicht sagen, ich bin an mein Berufsgeheimnis gebunden.»
«Dann erklären Sie mir wenigstens, wie der Junge zu Ihrem Wagen kam», konterte der Kommissar.

Landert blickte ihn nachdenklich an. «Das habe ich mich auch gefragt, als ich von dem Unfall hörte. Ich ging natürlich sofort in meine Garage, unten im Keller, und sah dort den Triumph Spitfire von Claudia Singer. Mein Wagen war verschwunden.»
Der Rechtsanwalt nahm aus seiner Schreibtischschublade einen Schlüsselbund, stand auf und kam auf Barmettler zu. «Hier sind meine Wagenschlüssel. Philipp muß im Hinausgehen die Ersatzschlüssel mitgenommen haben.»
«Wo befanden sich die Ersatzschlüssel?»
Landert machte eine Kopfbewegung zum Flur. «Draußen im Korridor.»
Barmettler wunderte sich über die Ruhe, die von Landert ausging. Da war ein junger Bursche mit seinem Wagen tödlich verunglückt, dieser Bursche hatte kurz zuvor bei ihm Rat gesucht, und nun nahm er seinen Tod mit einer Gelassenheit hin, die beinahe schon etwas Unheimliches an sich hatte.
«Man wird Ihnen vielleicht den Vorwurf machen, Doktor Landert, daß Sie Ihre Sorgfaltspflicht verletzt haben.»
Landert sah den Kommissar erstaunt an. «Weshalb? Ich bin mir keiner Schuld bewußt.»
«Ersatzschlüssel läßt man nicht offen herumliegen», meinte Barmettler freundlich und stand auf. «Ich glaube, das wär's. Sind Sie morgen vormittag in Ihrem Büro zu erreichen? Für den Fall, daß noch irgendwelche Abklärungen nötig wären?»
Landert ging zum Schreibtisch, drückte seine Zigarette aus und drehte sich zu Barmettler um. «Ich bin den ganzen Tag in meiner Kanzlei. Claridenstraße 22. Aber rufen Sie mich vorher an, ich habe mindestens ein Dutzend Termine.»
Barmettler lachte. «Aber sicher, wir kommen nur in ganz bestimmten Fällen unangemeldet. Eine Frage

noch, Doktor Landert: Dieser Philipp Bodmer, was war er für ein Junge?»
Landert zuckte mit den Achseln, gab sich gleichmütig, dennoch hatte der Oberleutnant den Eindruck, er sei von der Frage irritiert. «Wie meinen Sie das?»
«Hatte Philipp Probleme, die er allein nicht lösen konnte? Im Elternhaus vielleicht, in der Schule? Sexuelle Probleme? Gott weiß, was in einem Sechzehnjährigen alles vorgeht.»
Landert schüttelte entschieden den Kopf. «Nicht daß ich wüßte. Aber ich sagte Ihnen schon, ich kannte den Jungen kaum.» Er begleitete Barmettler zum Ausgang. «Wahrscheinlich litt er unter der zerrütteten Ehe seiner Eltern. Am meisten vermutlich unter der Hysterie seiner Mutter.»
Obschon Landert die Türklinke bereits in der Hand hielt, blieb Barmettler stehen und meinte hartnäckig: «Könnten Sie sich vorstellen, Doktor Landert, daß Philipp Bodmer diesen Autounfall provoziert hat?» Er sah, wie der Rechtsanwalt ihn plötzlich fixierte und fügte gelassen hinzu: «Vielleicht unbewußt. Eine Art Abwehrreaktion gegen das Leben, mit dem er nicht mehr fertig wurde. Es wäre für mich nicht unwesentlich zu erfahren, ob Philipp Bodmer sterben *wollte*.»
Landert schaute ihn überrascht an. Auf diese Frage schien er nicht gefaßt gewesen zu sein. Dann verschränkte er die Arme, starrte zur Decke und sagte langsam: «Ich halte Selbstmord für ausgeschlossen. Meiner Meinung nach gibt es für diese Strolchenfahrt ein ganz plausibles Motiv: Philipp wollte, wie viele junge Leute in seinem Alter, aufgestaute Aggressionen loswerden. Er war, als er hierherkam, sehr aufgeregt, und, das kann ich allerdings nicht mit Sicherheit sagen, auch etwas angeheitert.»
«Bei Ihnen hat er keinen Alkohol getrunken?»

«Nein.»
«Er hat überhaupt nichts getrunken?» Barmettler sah diskret nochmals zu der Whiskyflasche, die in der Zimmerecke auf dem Glastischchen stand und neben der zwei Gläser standen.
«Nein. Er war knapp fünf Minuten hier. Er kam herein, hat mich etwas gefragt und ist gleich darauf wieder weggegangen. Er war wütend, weil ich ihm nicht den Rat geben konnte, den er von mir erwartet hatte. Deshalb hat er dann wohl meinen Wagen gestohlen und ist damit wie ein Verrückter durch die Gegend gerast, aber das ist natürlich nur eine Hypothese.»
«Vielleicht haben Sie recht», sagte Barmettler, aber er fügte gleich hinzu: «Vielleicht auch nicht.»
Durch die halbgeöffnete Wohnzimmertür fiel sein Blick auf ein großes Farbfoto. Das Bild zeigte ein Segelboot, auf dem ein vielleicht fünfzehnjähriger Junge herumturnte. Der Junge war Philipp Bodmer.

3

Obschon Barmettler erst um halb zwölf ins Bett gekommen war, saß er am Montagmorgen bereits um sieben Uhr in seinem Büro und schrieb einen ausführlichen Rapport über den Autounfall in Volketswil, den er dem Kommandanten sogleich vorlegte.
Caflisch zeigte sich hocherfreut. «Ich wußte schon immer, daß dieser linke Agitator ein faules Ei ist», meinte er befriedigt. Dann machte er, wie Barmettler es geahnt und, wenn er ganz ehrlich sein wollte, insgeheim auch gehofft hatte, aus dem «Fall Bodmer» einen mutmaßlichen «Fall Landert».
Nachdem Barmettler ihm von seiner Unterredung mit dem Rechtsanwalt berichtet und er den schriftlichen Rapport genau studiert hatte, rief er die Justizdirektion an, ließ Regierungsrat Rüfenacht aus einer Sitzung ans Telefon holen und stellte ihm, nach Barmettlers Auffassung etwas voreilig, einen handfesten Skandal um Rechtsanwalt Landert in Aussicht. Caflisch schlug dem Regierungsrat vor, gegen Landert ein internes Verfahren zu eröffnen, das sich zwar, wie er meinte, mit den geltenden rechtsstaatlichen Grundsätzen nur schwer vereinbaren lasse, das aber unter den gegebenen Umständen, gerade im Interesse des Rechtsstaates, unbedingt notwendig sei.
«Wenn wir die Ermittlungen intensiv vorantreiben», versprach Caflisch dem Justizdirektor, «werden wir ihn in einer Woche überführt haben.»
Der Kommandant bat Rüfenacht, einen Telex an die Bundesanwaltschaft in Bern zu schicken und um eine Sondergenehmigung zur Telefonüberwachung in Landerts Büro und seiner Privatwohnung

zu ersuchen. Der Justizdirektor warnte Caflisch jedoch vor unüberlegtem Handeln; eine überstürzte Aktion am Rande der Legalität gegen einen so abgebrühten Juristen wie Landert könne leicht zum Bumerang werden. Erst als der Kommandant dem Justizdirektor darlegte, man verfüge bei der Kantonspolizei über hieb- und stichfeste Beweise, daß Rechtsanwalt Landert zu dem verunglückten Knaben Philipp Bodmer eine mehr als nur dubiose Beziehung unterhalten und diesbezüglich sogar wissentlich falsche Aussagen gemacht habe – Caflisch spielte dabei auf das Foto in Landerts Wohnzimmer an –, meinte Rüfenacht, dann solle man in Gottes Namen zuschlagen. Er ersuchte darum, auf dem laufenden gehalten zu werden und gegenüber der Presse absolutes Stillschweigen zu bewahren. «Sie wissen doch selbst, Caflisch», sagte er abschließend, «daß Landert unter diesen Zeitungsfritzen eine Menge Freunde hat, die, wenn vorzeitig etwas über unsere Aktivitäten bekannt wird, den Spieß gegen uns drehen könnten.»
Caflisch versprach Rüfenacht, die Ermittlungen gegen Landert auf höchster Ebene und streng geheim durchzuführen. Nach dem Gespräch mit dem Regierungsrat holte er die Holzschachtel mit der Aufschrift *Romeo y Julietta* hervor, die ihm seine Frau von einem Verwandtenbesuch in London aus dem Tax-Free-Shop mitgebracht hatte. Er steckte sich eine Zigarre an, lehnte sich in seinem alten Ledersessel zurück und meinte zuversichtlich: «Sie sind mein bester Mann, Barmettler. Etwas Mut, und Sie werden diesen Landert zur Strecke bringen, davon bin ich überzeugt.»
Als Caflisch sah, daß Barmettler zögerte und erst noch um etwas Bedenkzeit bat, zitierte er, gewissermaßen zur Rechtfertigung seines Unterfangens, aus

den Standesregeln des Advokatenverbandes, daß «jeder Anwalt eine Hilfsperson der Rechtspflege sei und sich so zu benehmen habe, daß Volk und Behörden mit Vertrauen auf ihn blicken können». Als der Oberleutnant sich noch immer nicht entschließen konnte, den Auftrag zu übernehmen, polterte der Kommandant los: «Menschenskind, Barmettler, Sie werden einmal mein Nachfolger! Kneifen Sie die Arschbacken zusammen, und zeigen Sie etwas Zivilcourage! Oder sind wir im Kader der Kantonspolizei schon soweit, daß unsere Leute aus Angst vor einem linksorientierten Anwalt in die Hosen scheißen?»
Mit dieser vulgären Ausdrucksweise, die seine Autorität unterstreichen sollte, verfehlte der Kommandant sein Ziel nur selten. Mit Genugtuung nahm er nun Barmettlers zustimmendes Kopfnicken zur Kenntnis. «Ich rufe jetzt Eugster an und lasse mir ein paar Archivunterlagen über Landert bringen», sagte er und ließ sich über die Zentrale mit dem Büro von Pius Eugster verbinden, einem ehemaligen Beamten der Stadtpolizei, der infolge einer Schußverletzung vorzeitig pensioniert worden war und nun an der Storchengasse eine private Auskunftei führte, die – nicht zu Unrecht – den Ruf genoß, landesweit über die umfangreichste und aktuellste Personenkartei zu verfügen. Eugster war ein kleines Männchen mit einer riesigen Adlernase, das Tag und Nacht in seinem Archiv hockte und Fakten über unliebsame Zeitgenossen sammelte, damit sich seine – vorwiegend in Behörden- und Industriekreisen geschätzte – Kartei stets auf dem allerneusten Stand hielt. Es dauerte eine Weile, bis der Kommandant Eugster am Draht hatte, dann sagte er kollegial, als gehöre der Datensammler zum Korps der Kantonspolizei: «Pius, ich brauche sofort alle

verfügbaren Informationen über Dr. Rolf Landert, Rechtsanwalt, sein Büro befindet sich ... Ach, du kennst ihn? Gut! Ausgezeichnet! Bis wann kann ich damit rechnen? In zwei Stunden? Fabelhaft! Laß die Unterlagen direkt ins Büro von Oberleutnant Barmettler schicken, der bearbeitet den Fall.»
Caflisch plauderte noch eine Weile mit Eugster. Mit einer Einladung zum Mittagessen in der «Bodega-Bar» beendete der Kommandant schließlich das Gespräch, nachdem er bemerkt hatte, daß Barmettler unruhig wurde. «Dieser Eugster ist Gold wert, Barmettler», sagte er. «Der ist so angefressen von seiner Schnüffelei, daß er uns Informationen liefern kann, an die wir sonst nie herankommen würden. So einen Mann muß man sich warmhalten. Menschlich eine Niete. Aber der geborene Schnüffler. Im Ernst: Ich habe mir schon überlegt, ob wir für Eugster eine Planstelle schaffen und den Mann samt seinem Archiv zu uns ins Haus holen sollten.»
Barmettler schaute auf die Uhr. Es war zehn vor neun. Er stand auf und sagte: «Ich mache mich jetzt auf den Weg zu dieser Schauspielerin. Irgendwie habe ich das Gefühl, daß diese Singer in der ganzen Sache eine wichtige Rolle spielt. Ich kann mich freilich auch irren.»
«Ihr Selbstbewußtsein scheint etwas angeknackt», grinste der Kommandant und begleitete Barmettler zur Tür. Er schüttelte dem Oberleutnant die Hand und sagte: «Der Fall wird vorläufig streng vertraulich behandelt. Es könnte ja sein, zumindest theoretisch, daß nichts dabei herauskommt. Dieses Risiko gehen wir in unserem Beruf immer ein. Wenn niemand von der Geschichte weiß, dann blamieren wir uns wenigstens nicht.»
Als der Oberleutnant das Büro bereits verlassen hatte, rief ihm der Kommandant nach: «Grüßen Sie

Ihre Frau von mir! Sie hat mich am Samstag bei der Feier im ‹Carlton-Elite› ganz schön aus der Fassung gebracht. Beim Tanzen, meine ich.»
Barmettler hörte Caflisch noch lachen, als er bereits die Treppe hinunterging. Er kam sich auf einmal ungemein fies vor. Und erfolgreich.
Beim Ausgang begegnete ihm Vögtlin, der sofort auf ihn zukam und sich erkundigte, ob er schon wegen seiner Beförderung mit dem Chef gesprochen habe.
«Der Kommandant hat im Augenblick Wichtigeres im Kopf als Ihre Beförderung, Vögtlin», sagte Barmettler und ging grußlos weiter. Die Unverfrorenheit des Polizisten, der sich ganz offensichtlich bei ihm anzubiedern versuchte, ärgerte ihn.
Sein Peugeot stand direkt vor dem Haupteingang der Polizeikaserne; wenn er schon um sieben Uhr ins Büro kam, fand er hier immer einen Parkplatz. Während er seine Wagenschlüssel aus der Manteltasche klaubte, nahm er sich vor, Vögtlins Beförderung bei Caflisch gar nicht zur Sprache zu bringen. Arschlecker dieser Sorte, ging es ihm durch den Kopf, müssen bei uns keine Karriere machen.
Zufrieden mit sich selbst und mit dem Vorsatz, den Auftrag des Kommandanten gewissenhaft auszuführen, fuhr Barmettler quer durch die Stadt gegen den Zürichberg hinauf zur Minervastraße 27, wo Claudia Singer, nur ein paar Schritte vom Schauspielhaus entfernt, ein Zweizimmerappartement bewohnte. Das Haus hatte keinen guten Ruf, es galt als Dirnenabsteige. Die Kollegen von der Stadtpolizei hatten hier schon des öfteren Razzien durchgeführt, und der Hausbesitzer – in Polizeikreisen nannte man ihn nur den «geilen Jules» – war wegen Kuppelei einschlägig vorbestraft. Daß er noch nie im Knast gewesen war, hatte er, und darüber konnte Barmettler sich stets von neuem empören, einzig

und allein einem psychiatrischen Gutachten zu verdanken, das dem «geilen Jules» verminderte Zurechnungsfähigkeit attestierte.
Barmettler mußte achtmal klingeln, bis endlich jemand öffnete. Ein Mann stand vor ihm, groß und stämmig, buchstäblich ein Athlet. Er war nur mit einem Bademantel bekleidet, die zerzausten Haarsträhnen fielen ihm unordentlich in die Stirn. Er hatte ein kantiges Gesicht, seine Nase war zerquetscht wie die eines abgehalfterten Boxchampions, und die grauen, kalten Augen blickten Barmettler verschlafen an. «Was wollen Sie mitten in der Nacht?» fragte er unwirsch, wurde jedoch, nachdem der Oberleutnant sich zu erkennen gegeben hatte, etwas freundlicher. «Ach, Sie sind es. Meine Frau hat mich gestern abend angerufen. Ich bin Alois Bodmer.» Er wich einen Schritt zur Seite und ließ Barmettler eintreten. «Eine furchtbare Geschichte, dieser Autounfall», sagte er, während er den Kommissar ins Wohnzimmer führte. «Wir können das alles noch gar nicht fassen. Es ist wie ein schrecklicher Traum, aus dem man jeden Augenblick aufwachen muß.»
Das Boxergesicht, eben noch verschlagen und skrupellos, bekam plötzlich etwas Kindliches, Hilfloses. «Glauben Sie mir, ich habe meinen Sohn sehr gern gehabt. Wir hatten kein Vater-Sohn-Verhältnis, wir waren Kumpels, richtige Freunde», sagte Bodmer. Seine Kinnmuskeln begannen zu zucken, er biß die Lippen zusammen und schwieg.
Barmettler setzte sich auf ein kleines, antikes Sofa und sah sich im Zimmer um. Es war eng und viel zu perfekt möbliert, glich einem Schaufenster der Bodmer-Möbel AG; hübsch anzusehen; scheußlich, um darin zu leben.
Barmettler blickte zu Bodmer auf und sagte: «Wei-

nen Sie ruhig, wenn Ihnen danach zumute ist. Weinen ist nicht unmännlich, für mich ist es ein Ausdruck von Menschlichkeit.»
Bodmer stand wie ein gewaltiger Koloß unter der Schlafzimmertür und sah Barmettler verwundert an. «Wenn Sie einen Kaffee möchten, so müssen Sie sich etwas gedulden. Meine Freundin ist noch im Bett, aber ich werde sie gleich wecken.»
Barmettler winkte ab. «Danke, ich habe schon gefrühstückt. Es ist nicht mitten in der Nacht. Es ist Viertel nach zehn.»
«Wirklich? fragte Bodmer ungläubig, dann riß er die Schlafzimmertür auf und rief: «Claudia! Aufstehen! Du mußt zur Probe! Wir haben uns verschlafen!»
Er verschwand für einen Moment im Schlafzimmer, Barmettler hörte ein klägliches, hilfloses Seufzen, dann stand Bodmer wieder vor ihm. «Claudia kommt gleich», sagte er entschuldigend. Sein Mund verzog sich zu einem verkrampften Lächeln. Er fuhr sich mit der Hand über das unrasierte Kinn und meinte: «Ich nehme an, meine Frau hat mit Ihnen über Doktor Landert gesprochen.»
Barmettler nickte. «Ja, sie hat nicht viel Gutes über ihn gesagt.»
Bodmer setzte sich neben ihn auf das Sofa und rieb sich verlegen die Hände. «Meine Frau haßt Doktor Landert, weil er mein Scheidungsanwalt ist und natürlich meine Interessen vertritt. Sie sieht die Dinge nicht objektiv. Unter uns gesagt: Sie gehört in psychiatrische Behandlung.»
«Da mögen Sie recht haben», sagte Barmettler. «Ihre Frau machte einen sehr verwirrten Eindruck.»
«Sie ist eifersüchtig, das ist ihr Hauptproblem», meinte Bodmer und sah den Oberleutnant prüfend an, als wolle er abwägen, ob er sich ihm anver-

trauen könne. «Jenny kann nicht begreifen, daß eine Beziehung sich unter gewissen Umständen totläuft, daß ein Partner dem anderen nicht mehr genügt, und daß man sich dann eben trennen muß. Aber das ist eine Realität. Menschen sind dazu geboren, sich weh zu tun. Glauben Sie mir, Herr Kommissar, ich habe meine Frau lange Zeit geliebt. Ich habe sie auch nie betrogen. Doch dann kam Claudia und ich wußte: Jetzt gibt es nur noch sie. Vielleicht war es ein Fehler von mir, ehrlich zu sein. Ich habe meiner Frau die Wahrheit gesagt, die ganze Wahrheit. Ich sagte ihr, daß ich Claudia liebe und mich scheiden lassen wolle. Ich versprach ihr eine monatliche Unterhaltszahlung von zehntausend Franken, das ist nicht wenig, aber ich bin nicht kleinlich, wenn es um materielle Dinge geht. Auch unser Haus in Stäfa hätte sie behalten können. Aber Jenny weigerte sich, mich freizugeben; sie ließ es auf eine Kraftprobe ankommen. Sie hetzte Philipp solange gegen mich auf, bis sie ihn soweit hatte, daß er mir ins Gesicht sagte, ich sei ein geiler Bock, ein charakterloser Lump, der seine Familie im Stich lasse. So etwas sagt ein Sohn zu seinem Vater, der ihm sechzehn Jahre lang alles geboten hat und ihm jeden Wunsch erfüllte.» Bodmer lachte. Es war ein bitteres Lachen. Er ging zur Schlafzimmertür und rief ungeduldig: «Claudia, beeil dich, wir warten auf dich!»
«Wie gut hat ihr Sohn Rechtsanwalt Landert gekannt?» wollte Barmettler wissen.
Bodmer sah ihn überrascht an. «Wie gut? Ach, das hat Ihnen meine Frau nicht erzählt? Die beiden hatten eine sehr enge Beziehung. Doktor Landert war für Philipp eine Art Vaterersatz. Bei ihm fühlte sich der Junge geborgen, bei ihm fand er, was meine Frau und ich ihm in letzter Zeit nicht mehr geben konnten, weil wir selber zuviele Probleme hatten.»

Barmettler wurde neugierig. «Wenn ich Sie recht verstanden habe, Herr Bodmer, war ihr Sohn mit Landert befreundet? Sonst hätte er ihm ja auch kaum seinen Sportwagen überlassen.»
Bodmer horchte auf. «Ach? Hat er das?»
«Es ist anzunehmen. Immerhin ist Ihr Sohn mit Doktor Landerts Lamborghini verunglückt.»
Bodmer fuhr sich mit der Hand nachdenklich übers Kinn. «Wissen Sie, Herr Kommissar», sagte er nach einer Weile, «Landert ist ein gutmütiger Kerl. Er setzt sich für andere Leute ein, er tut eigentlich alles für seine Freunde. Wenn er Philipp seinen Wagen wirklich geliehen haben sollte, was ich bezweifle, dann hat mein Sohn ihn bestimmt dazu überredet. Der Junge war clever, das hatte er von mir. Er spürte, wenn jemand es gut mit ihm meinte, aber er kannte seine eigenen Grenzen noch nicht. Er war ein Filou, das ist das richtige Wort, er konnte die Leute um den Finger wickeln.»
«Trotzdem, Doktor Landert wußte, daß Ihr Sohn keinen Führerschein besaß. Er hat sich strafbar gemacht.»
Bodmer ging unruhig im Zimmer auf und ab. «Man kann Doktor Landert keinen Vorwurf machen, Herr Kommissar. Philipp war für ihn wie ein eigener Sohn. Er war dem Jungen gegenüber vielleicht etwas zu nachsichtig, aber wir sollten diese dumme Geschichte trotzdem nicht unnötig aufspielen.»
Barmettler wurde klar, daß der Fabrikant Landert in Schutz nehmen wollte.
Aus dem Schlafzimmer kam Claudia Singer. Ein hübsches Mädchen mit kurzgeschnittenem, rotblondem Haar, großen, dunklen Augen und weit auseinanderliegenden Backenknochen, die ihr einen slawischen Gesichtsausdruck verliehen. Bodmer, so schätzte Barmettler, war vermutlich einiges über

Fünfzig, seine Freundin keine dreiundzwanzig. Sie trug einen saloppen Pullover und verwaschene Jeans, die den Oberleutnant unwillkürlich an Charly, den Freund seiner Tochter erinnerten.
«Sie sind von der Polizei?» erkundigte sie sich und musterte Barmettler kritisch.
«Ja, Fräulein Singer, ich habe ein paar Fragen an Sie.»
«Bitte, fragen Sie», meinte sie kühl. Bodmer forderte seine Freundin auf, sich zu setzen. Sie brauche keine Angst zu haben, sagte er und fuhr ihr mit der Hand über den Kopf, in einer Minute sei alles vorbei.
Woher will er das wissen, dachte Barmettler und nahm sich vor, mit der Kleinen besonders nett zu sein, um sie nicht einzuschüchtern. Sie machte auf ihn keinen sonderlich intelligenten Eindruck, und dumme Leute, das wußte er aus Erfahrung, waren im Gespräch mit der Polizei fast immer ängstlich, ja geradezu furchtsam. So sagte er freundlich: «Philipp Bodmer war gestern hier in Ihrem Appartement?»
Sie nickte und schwieg.
«Anschließend», fuhr Barmettler fort, «entwendete er Ihren Wagen. Sie riefen die Polizei an und gaben eine Vermißtmeldung auf. Sie sagten, der Junge habe Alkohol getrunken und sei in einer schlechten seelischen Verfassung.»
Sie nickte abermals und schwieg.
Barmettler wurde etwas massiver. «Kein Mensch, schon gar nicht ein sechzehnjähriger Bursche, stiehlt grundlos ein Auto und macht sich damit aus dem Staube. Können Sie mir vielleicht erklären, weshalb Philipp zu Ihnen kam und was sich gestern nachmittag hier zugetragen hat?»
«Nichts hat sich zugetragen», sagte Claudia schnell

und blickte hilfesuchend zu Bodmer, der sich neben sie auf das Sofa gesetzt hatte und ihr beschützend seinen Arm um die Schultern legte.
«Du kannst dem Kommissar alles erzählen, Liebling. Wir haben nichts zu verheimlichen.»
Der Tonfall, in dem Bodmer das sagte, machte Barmettler stutzig. Er war plötzlich überzeugt, daß die beiden sich abgesprochen hatten. Er versuchte es mit einer List, die er schon des öfteren erfolgreich angewandt hatte. «Diese Einvernahme ist eine reine Formsache», sagte er. «Routine, weiter nichts. Jeder Autounfall mit tödlichem Ausgang muß von uns nach ganz bestimmten Kriterien abgeklärt werden. Glauben Sie mir, es ist höchst unangenehm für mich, Ihnen diese Fragen stellen zu müssen. Immerhin haben Sie Philipp Bodmer gekannt, und sein Tod ging Ihnen sicherlich nahe.»
Claudia Singer fühlte sich offensichtlich erleichtert. «Meine Beziehung zu Philipp war...» Sie zögerte einen Moment, dann fuhr sie fort: «...die Beziehung war sehr kompliziert. Mehr kann ich dazu nicht sagen.»
«Ich verstehe», meinte Barmettler, obwohl er jetzt überhaupt nichts mehr verstand. «Kein Mensch kann Sie zwingen, mir etwas zu erzählen, was Sie nicht erzählen *wollen*. Trotzdem würde ich gern erfahren, was sich gestern nachmittag hier zugetragen hat.»
«Gut», meinte Claudia entschlossen und stand auf. Sie ging zur Schlafzimmertür, senkte den Kopf, dann drehte sie sich brüsk um und sagte: «Philipp wußte bis gestern nicht, daß ich die Freundin seines Vaters bin. Gestern trafen sich die beiden in meinem Appartement. Es kam zu einer Szene, Philipp machte seinem Vater heftige Vorwürfe, es gab Streit.»

Bodmer nickte zustimmend. «Ich sagte Ihnen doch, meine Frau hat den Jungen gegen mich aufgehetzt.»
Für Barmettler wurde die Sache immer rätselhafter. «Wie haben Sie Philipp Bodmer kennengelernt?» fragte er Claudia Singer.
«Doktor Landert hat ihn einmal mitgebracht.» Sie schwieg betroffen, als hätte sie etwas Falsches gesagt.
«Doktor Landert kennen Sie auch?»
«Ja. Sehr gut sogar.»
«Hat Doktor Landert Philipp denn nie erzählt, daß Sie die Freundin seines Vaters sind?»
Sie schüttelte den Kopf. «Nein. Rolf ist... ich meine, Doktor Landert ist sehr rücksichtsvoll. Er wußte, daß Philipp an mir hing, er wußte gleichzeitig aber auch, daß der Junge die Geliebte seines Vaters, von der er immer nur Schlechtes gehört hatte, haßte.»
«Ach, so ist das.» Barmettler nickte Claudia freundlich zu. «Jetzt sehe ich alles viel klarer. Gestern nachmittag ist Philipp Bodmer seinem Vater in Ihrer Wohnung begegnet, es kam zur Konfrontation und...»
Die Singer unterbrach ihn: «Genau. Ja, genauso war es. Philipp rannte die Treppe hinunter, wir wollten ihn aufhalten, doch er hörte nicht auf uns. Dann ist er mit meinem Wagen weggefahren.»
«Das genügt mir für den Augenblick schon», bedankte sich Barmettler und ging zur Tür.
Bodmer und Claudia Singer begleiteten ihn. Bodmer gab dem Oberleutnant die Hand. «Wenn Sie noch weitere Fragen haben, rufen Sie mich im Büro an. Unsere Firmenzentrale ist in Teufenberg, dort können Sie mich fast immer erreichen. Hier ist meine Karte.»
Barmettler steckte die Visitenkarte mit der Auf-

schrift BODMER MÖBEL AG *Alois C. Bodmer, Generaldirektor und Präsident des Verwaltungsrates* in seine Manteltasche und meinte: «Für Sie, Herr Bodmer, ist die Sache wohl abgeschlossen. Verschiedene unglückliche Umstände spielten zusammen, Sie und Ihre Gattin – und Fräulein Singer natürlich auch – werden mit Philipps Tod irgendwie fertigwerden müssen.»
Claudia Singer schaute den Kommissar fragend an. «Wenn Sie mich jetzt entschuldigen könnten. Ich habe um halb zwölf Probe.»
«Wo spielen Sie denn?» erkundigte sich Barmettler interessiert.
«Im Schauspielhaus. Wir proben den ‹Sommernachtstraum›. Ich spiele eine Elfe.» Sie verschwand im Schlafzimmer.
Bodmer öffnete die Wohnungstür, Barmettler trat ins Treppenhaus, der Fabrikant folgte ihm einen Schritt und flüsterte ihm zu: «Eine Frage noch, Herr Kommissar. Wird die Geschichte für Doktor Landert ein Nachspiel haben?»
«Kaum. Er hat sich nichts zuschulden kommen lassen.»
Bodmer atmete erleichtert auf. «Das beruhigt mich. Landert ist sehr sensibel. Philipps Tod macht ihm bestimmt schwer zu schaffen. Wenn nun auch noch rechtliche Konsequenzen dazukämen...»
«Was wäre dann?»
Bodmer zögerte einen Augenblick, dann zuckte er unschlüssig die Schultern. «So wie ich Landert kenne, würde er sich etwas antun. Unter uns gesagt, Herr Kommissar: Landert ist zurzeit völlig überfordert. Er arbeitet oft zwanzig Stunden am Tag. Er ist, wie man so sagt, mit seinen Nerven am Ende. Deshalb wäre ich Ihnen dankbar, wenn Sie ihn mit dieser Geschichte nicht mehr belästigen würden. Sie

täten mir damit einen großen Gefallen.» Bodmer blickte den Oberleutnant erwartungsvoll an, und als dieser nicht sofort reagierte, fügte er kumpelhaft hinzu: «Wenn Sie mal Möbel brauchen, Herr Kommissar, eine neue Polstergruppe vielleicht oder eine Wohnwand, melden Sie sich bei mir.»
«Danke», sagte Barmettler, «vielleicht komme ich auf Ihr Angebot zurück.» Er ging langsam zum Fahrstuhl, Bodmer blieb unter der Wohnungstür stehen und schaute ihm nach. Als der Fahrstuhl schon da war, drehte sich der Oberleutnant unverhofft noch einmal um: «Sagen Sie, Herr Bodmer», meinte er beiläufig, «ist Doktor Landert eigentlich verheiratet?»
Bodmers Gesicht blieb unbeweglich. «Nein», sagte er gelassen. «Landert ist mit seinem Beruf verheiratet.»
«Hat er auch keine Freundin?»
Der Fabrikant sah Barmettler feindselig an. «Nicht daß ich wüßte. Aber fragen Sie ihn doch selbst.» Bodmers Augen waren zu schmalen Schlitzen zusammengepreßt, auf seiner Stirn bildeten sich Schweißperlen.
«Das ist eine gute Idee, Herr Bodmer», sagte Barmettler freundlich und verschwand im Fahrstuhl.
Als der Oberleutnant gegen Mittag in die Polizeikaserne zurückkam, fand er in seinem Büro eine Flasche «Zuger Kirsch» und einen handgeschriebenen Zettel von Major Heeb: «*Lieber Erich! Bin glücklicher Vater geworden, ein Mädchen. Danke für Deine spontane Bereitschaft, für mich den gestrigen Pikettdienst zu übernehmen. Kollegiale Grüße und: Prost! Peter Heeb.*» Heeb war ein anständiger Kerl, trotzdem konnte sich Barmettler nicht so recht freuen. Eine schöne Geschichte hatte ihm Heeb, ohne daß er etwas dafür konnte, eingebrockt. Nun

hatte er diesen Fall Landert am Hals, den er, wenn er den Kommandanten nicht verärgern wollte, so ohne weiteres nicht zurückgeben konnte. Er mußte sehen, wie er damit zurechtkam. Vielleicht war an der ganzen Geschichte wirklich etwas faul, manches deutete ja auch bereits darauf hin, und wenn es ihm tatsächlich gelingen sollte, Rechtsanwalt Landert zu Fall zu bringen, wie Caflisch – und wahrscheinlich auch Justizdirektor Rüfenacht – es von ihm erwarteten, so war ihm die Beförderung zum Kommandanten so gut wie sicher.
Diese Erkenntnis tröstete Barmettler, zusammen mit einem Schluck «Zuger Kirsch», darüber hinweg, daß Olga ihm gestern abend nach seiner verspäteten Heimkehr eine fürchterliche Szene gemacht und ihm vorgeworfen hatte, er sei ein rücksichtsloser Familienvater und ein bodenloser Egoist dazu, sie müsse sich immer häufiger fragen, weshalb sie es an seiner Seite noch aushalte, wo er doch nichts anderes als seinen Beruf im Kopf habe.
Auf seinem Schreibtisch lag auch bereits der angeforderte Bericht von der Auskunftei Eugster über Rechtsanwalt Landert, und Barmettler wunderte sich, wie dieser professionelle Schnüffler in der Lage war, in so kurzer Zeit eine so umfangreiche Dokumentation über eine x-beliebige Person zusammenzustellen. Ihn schauderte bei dem Gedanken, daß auch er selbst in Pius Eugsters Kartei figurieren könnte. Noch bevor er dazukam, die mit dem Vermerk STRENG VERTRAULICH gekennzeichnete Dokumentation zu studieren, rief ihn der Kommandant an und meldete einen ersten Erfolg. Er habe die Auskunft über Landert bereits gelesen, meinte er, und sie sei schlimmer ausgefallen, als er zu hoffen gewagt habe, deshalb habe er sofort mit Staatsanwalt Dünnenberger Kontakt aufgenommen

und durchgesetzt, daß man die Telefonleitungen in Landerts Kanzlei an der Claridenstraße und in seiner Privatwohnung in Stäfa ab sofort überwache. Dünnenberger habe, nach anfänglichem Zögern, versprochen, daß er den schriftlichen Überwachungsbefehl sofort ausstellen und per Kurier an die zuständige Telefondirektion weiterleiten werde. Dann erkundigte sich der Kommandant, ob bei dem Gespräch mit Claudia Singer etwas Brauchbares herausgekommen sei, und nachdem ihm Barmettler den Verlauf seiner Unterredung mit der Singer und Fabrikant Bodmer in groben Zügen geschildert hatte, meinte er abschließend: «Lesen Sie Eugsters Bericht über Landert genau durch, dann wissen Sie mehr. Am Nachmittag knöpfen Sie sich den Anwalt noch einmal vor.»
Barmettler zögerte. «Unangemeldet? Er hat mir gesagt, daß er heute den ganzen Tag besetzt sei.»
«Menschenskind, Barmettler! Wollen Sie Landert vielleicht zuerst um Erlaubnis fragen, ob Sie bei ihm vorbeikommen dürfen?» polterte Caflisch. «Für die Polizei muß man sich immer Zeit nehmen, das ist ein ungeschriebenes Gesetz. Schließlich leben wir in einem Rechtsstaat, in dem auch jeder Bürger zu jeder Zeit die Unterstützung der Polizei in Anspruch nehmen darf.»
«Mit welcher Begründung soll ich Landert noch einmal befragen?»
«Konstruieren Sie etwas, das rechtlich vertretbar ist. Erzählen Sie Landert meinetwegen, Sie hätten gehört, er habe diesem minderjährigen Bodmer seinen Lamborghini ausgeliehen, und Sie müßten nun diesen Vorwurf, immerhin ein Straftatbestand nach unserem Straßenverkehrsgesetz, genau abklären. Dann wird Landert auspacken, das garantiere ich Ihnen.»
Für Caflisch war damit das Gespräch beendet, er

legte den Hörer auf. Das war eine Gewohnheit von ihm, um einer Widerrede vorzubeugen; nicht umsonst nannte man den Kommandanten an der Kasernenstraße gelegentlich den «kleinen Diktator». Barmettler machte sich unverzüglich daran, die Unterlagen der Auskunftei Eugster zu studieren.

AUSKUNFTEI UND DETEKTEI
PIUS EUGSTER GmbH
STORCHENGASSE 5 C
8001 Zürich

STRENG VERTRAULICHE PERSONENAUSKUNFT
zuhanden der
KANTONSPOLIZEI ZÜRICH
KASERNENSTRASSE 29
8004 Zürich
als Auftraggeber

1. Angaben zur Person und persönliche Daten
Landert Rolf, geb. 12.3.1944, Bürger von Winterthur, Dr. iur. Rechtsanwalt, wohnhaft in Stäfa, Bergstraße 399. Der Genannte wuchs in Zürich auf, besuchte als Sohn eines Arbeiters die Volksschule und anschließend das Gymnasium Freudenberg, wobei er vom Kanton Zürich mit einem jährlichen Stipendium von Fr. 4000.– unterstützt wurde. Auf Antrag der Eltern wurde dieses Stipendium im Jahre 1963, als Landert an der Universität Zürich sein Studium der Jurisprudenz begann, auf jährlich Fr. 6000.– erhöht. Im Jahre 1965 starb der Vater des Genannten, worauf die Mutter eine Lebensversicherung im Betrage von Fr. 50 000.– ausbezahlt erhielt und der Kanton Zürich auf die Auszahlung weiterer Stipendien verzichtete. 1969 schloß Landert sein Studium

mit bestandenem Staatsexamen ab und erwarb sich mit einer Dissertation zum Thema «Strafjustiz – Klassenjustiz?» den Doktortitel der Jurisprudenz. In seiner Dissertation, die u. a. auch von dem linksliberalen deutschen Nachrichtenmagazin DER SPIEGEL zitiert wurde, finden sich eindeutige Passagen wie zum Beispiel die folgende:

«Wer in unserem Land als Angeklagter in einem Strafverfahren über größere Geldmittel verfügt, also vermögend ist, genießt gegenüber dem finanziell schlecht gestellten Angeklagten ganz beträchtliche Vorteile. Selbst bei Kapitalverbrechen kann ein Angeklagter gegen eine Kaution vorübergehend auf freien Fuß gesetzt werden, wobei er in diesem Fall zusätzlich alle Möglichkeiten hat, die hängige Strafuntersuchung durch einen oder mehrere versierte Strafverteidiger, die natürlich ebenfalls viel Geld kosten, zu verschleppen oder gar in die absolute Verjährung zu treiben.
Vor wenigen Wochen wurde vom Obergericht des Kantons Zürich ein weithin bekannter Bankier wegen eines Vermögensdeliktes in Millionenhöhe zu einer 12monatigen Haftstrafe mit Bewährung verurteilt und durfte sich anläßlich der Urteilseröffnung vom Gerichtspräsidenten sagen lassen, daß er dieses milde Urteil in erster Linie der hervorragenden Verteidigung seiner beiden Anwälte zu verdanken habe. Diese Anwälte kassierten für diesen Fall ein Gesamthonorar von Fr. 320 000.–.
Dieses Beispiel beweist wie zahllose weitere Beispiele, daß die Strafjustiz in der Schweiz, auch wenn häufig das Gegenteil behauptet wird, eine Klassenjustiz ist, über die man sich als angehender Jurist – sei es als Rechtsanwalt, Richter oder Staatsanwalt – nicht genug Gedanken machen kann.»

Diese schriftlichen Äußerungen aus der Doktorarbeit von Rolf Landert beweisen schlüssig seine weltanschaulichen und politischen Ansichten, sie belegen aber auch den Grundtenor seiner anwaltlichen Tätigkeit.
Im Herbst 1969 trat Landert am Bezirksgericht Zürich eine Stelle als Substitut an, es folgten Volontariate am Bezirksgericht Bülach und Meilen. Im April 1971 trat Landert als selbständiger Rechtsanwalt in die Anwaltskanzlei «Dres. Künzli, Berger & Hartmann» an der Beethovenstraße 39 ein, wo er jedoch bereits nach kurzer Zeit seiner extremen Ideen wegen mit seinen Kollegen schwerwiegende Auseinandersetzungen hatte, die im Oktober zu seinem Austritt aus der Anwaltsgemeinschaft führten. Im November 1971 eröffnete Rolf Landert seine Kanzlei an der Claridenstraße 22. Für die Eröffnung wurde ihm von der Schweizerischen Bankgesellschaft Zürich ein Geschäftskredit in Höhe von Fr. 100 000.– gewährt, den er bis im Juni 1973 restlos amortisierte. Landert ist heute Alleininhaber seiner Anwaltskanzlei und beschäftigt zwei vollamtliche Sekretärinnen sowie eine Aushilfsschreibkraft. Vom Frühjahr 1975 bis Ende 1975 bildete Landert in seiner Kanzlei einen kaufmännischen Lehrling namens Renzo Crivelli aus. Dieses Lehrverhältnis mußte vorzeitig aufgelöst werden, weil Crivelli in ein Strafverfahren verwickelt und als italienischer Staatsangehöriger durch die Kantonale Fremdenpolizei des Landes verwiesen wurde. Wie unserer Auskunftei durch die Putzfrau Emma Rusterholz-Haas vertraulich mitgeteilt wurde, soll der genannte Lehrling Renzo Crivelli zu seinem Lehrmeister Dr. Rolf Landert intime Beziehungen unterhalten und zeitweise auch in dessen Wohnung in Stäfa gelebt haben.
Landert versteuerte in den Jahren 1977/78 und 79 je-

weils ein Nettoeinkommen von Fr. 98 000.– sowie ein Reinvermögen von Fr. 54 000.–. Nach unseren Informationen übt Landert mehrere Verwaltungsratsmandate aus und übernimmt in seiner Kanzlei auch treuhänderische Aufgaben.
Gemäß Ziff. 250/71 ist Landert nach Verfügung der sanitarischen Militärdienst-Untersuchungskommission als «dienstuntauglich» erklärt worden.
Nach unseren Informationen lebt Landert in geordneten finanziellen Verhältnissen. Es liegen keine Forderungen gegen ihn vor, seine Rechnungen bezahlt er pünktlich. Er bewohnt an der Bergstraße 399 eine Fünfzimmer-Mietwohnung und besitzt einen Sportwagen Marke Lamborghini Jarama 400 GT mit dem Kennzeichen ZH 10 237. Diesen Wagen hat Landert am 11. Juni 1976 in der Garage E. Kägi zum Preise von Fr. 84 000.– käuflich erworben und bar bezahlt.

2. Charakterliches
In seiner Wohngemeinde Stäfa, wo Landert seit 1969 lebt, genießt der Rechtsanwalt einen eher zweifelhaften Ruf. So gilt er bei der Dorfbevölkerung als Außenseiter, Eigenbrötler und Querulant, der – so eine Verlautbarung des Gemeindepräsidenten Dr. Felix Grimm – «sich nicht in das bestehende gesellschaftliche Gefüge einzuordnen vermag». Im Frühling 1976 erregte Rolf Landert beträchtliches Aufsehen, als er den Stäfner Sekundarlehrer Bruno Bertschinger im Rahmen einer polemischen Zeitungskampagne «abzuschießen» versuchte, weil Bertschinger angeblich den 16jährigen Schüler und Gastarbeitersohn Renzo Crivelli als Ausländer diskriminiert und sogar zu einem Suizidversuch mit beinahe tödlichem Ausgang provoziert haben soll. Nach einhelliger Auffassung der örtli-

chen Schulpflege, die sich voll und ganz hinter Sekundarlehrer Bertschinger stellte, war Rechtsanwalt Landert gegen den betreffenden Lehrer «ungemein forsch, perfid und skrupellos» vorgegangen, so daß sich die Schulbehörde schließlich veranlaßt sah, Landert, der selber kinderlos und unverheiratet ist, das Betreten des Stäfner Schulhausareals zu verbieten.

Nach verläßlichen Informationen sollen verschiedene Eltern, aber auch minderjährige Schüler – vorwiegend männlichen Geschlechts – bei Schulproblemen Rechtsanwalt Landert konsultieren, der sich dann auch immer wieder, ohne dazu legitimiert zu sein, «auf unliebsame Weise» in die örtlichen Schulbelange einmischt. Im Spätherbst 1979 soll Landert den angesehenen und beliebten Sekundarlehrer Arthur Hegner, der kurz vor seiner Pensionierung stand, in einem «Offenen Brief» als «Dorfschullehrer aus der Zeit von Jeremias Gotthelf» betitelt haben, weil Hegner, zusammen mit einigen anderen Stäfner Lehrern, körperliche Züchtigungen von renitenten Schülern verteidigte. Dem Vernehmen nach soll Rechtsanwalt Landert in diesem Zusammenhang sogar eine Strafklage wegen Körperverletzung im Sinne von Art. 123 StGB gegen einen bislang unbescholtenen Lehrer eingereicht haben.

Streng vertraulich muß darauf hingewiesen werden, daß Rechtsanwalt Landert häufig in Begleitung jüngerer Burschen gesehen wurde, die auch in seiner Mietwohnung an der Bergstraße 399 zu jeder Tages- und Nachtzeit ein- und ausgehen. Über längere Zeit hinweg wurde Dr. Landert von der im selben Haus lebenden Alice Bringolf-Schütz beobachtet. Frau Bringolf-Schütz stellte dabei fest, daß «Dr. Landert in seiner Wohnung fast täglich jugendliche Besucher empfängt, die der umliegenden Bevölkerung durch ihre lauten Mopeds auffallen, mit denen sie meist auch den Hauseingang versperren». In der Nacht vom 11. auf den 12. Oktober hat die Informantin beobachtet, daß der Fabrikantensohn Philipp Bodmer aus Stäfa in der Wohnung von Landert übernachtete. Er kam am Mittwochabend, den 11. Oktober in Begleitung von Landert an die Bergstraße 399 und verließ die Wohnung erst wieder am Donnerstagmorgen, den 12. Oktober, indem er gemeinsam mit dem Rechtsanwalt in dessen Sportwagen wegfuhr. Frau Bringolf-Schütz weist in ihrem Informationsbericht zuhanden der Auskunftei Eugster auch darauf hin, daß der Jugendliche Philipp Bodmer fast täglich an der Bergstraße 399 in der Wohnung von Rechtsanwalt Landert ein- und ausgeht und ganz offensichtlich im Besitze eines Haus- und Wohnungsschlüssels ist. Diese Auskunft wurde auch von mehreren Nachbarn ausdrücklich bestätigt.

Da Frau Schütz-Bringolf ihre Waschküche im Haus Bergstraße 399 mit Rechtsanwalt Landert teilen muß und mit dessen Wäscherin, der verwitweten Else Schöberli, Jahrgang 1926, befreundet ist, konnte sie mehrfach feststellen, daß die Bettwäsche des Rechtsanwalts «in auffallender Weise verschmutzt war» und auch «verschiedene Wäschestücke wie Unterhosen usw. eindeutige Spuren aufwiesen». Daraus darf, streng vertraulich, geschlossen werden, daß Rechtsanwalt Landert, der kaum je in Begleitung weiblicher Personen gesehen wird, mit an Sicherheit grenzender Wahrscheinlichkeit gleichgeschlechtliche Kontakte – möglicherweise sogar zu minderjährigen Jugendlichen aus dem Dorf – unterhält.

Als aufschlußreich darf in diesem Zusammenhang auch eine mündliche Äußerung des Lebens-

mittelhändlers Eugen Schaub, Jahrgang 1934, aus Stäfa gewertet werden, wonach Rechtsanwalt Landert große Mengen an Süßigkeiten wie Bonbons, Schokolade, sowie alkoholfreie Getränke wie Coca-Cola und Sinalco bezieht, Lebensmittel also, die vorwiegend von Jugendlichen konsumiert werden. Eugen Schaub legt größten Wert darauf, daß diese Information streng vertraulich behandelt wird, weil Landert ein guter Kunde von ihm sei.
Auch wenn der dringende Verdacht besteht, daß Rechtsanwalt Landert homophile Neigungen aufweist, so muß der Vollständigkeit halber doch erwähnt werden, daß Dr. Landert – nach Auskunft von Wm Josef Klemm – in der Homosexuellen-Kartei der Stadtpolizei Zürich nicht vermerkt ist. Dies wiederum ist aber noch lange kein schlüssiger Hinweis auf eine nicht-homosexuelle Veranlagung, da in dem betreffenden Polizeiregister, welches seit kurzer Zeit nicht mehr existiert, lediglich Personen aufgeführt waren, die bei Razzien in einschlägigen Lokalen angehalten und kontrolliert wurden. Der dringende Verdacht, Rechtsanwalt Landert könnte homophile Neigungen aufweisen, wird u. a. auch durch eine Aussage des Stäfner Goldschmieds Alwin Litschi, Jahrgang 1941, erhärtet, welcher im Frühjahr 1979 für Landert eine Armkette aus 18karätigem Feingold mit dem eingravierten Schriftzug «PHILIPP 5.3.77 – 5.3.79» herstellen mußte. Mit großer Wahrscheinlichkeit war diese Goldkette für den bereits erwähnten Jugendlichen Philipp Bodmer bestimmt.
Erkundigungen über Landert bei dessen Hausarzt Dr. med. Simon Guggenbühl blieben leider erfolglos, weil Dr. Guggenbühl unter Hinweis auf sein Arztgeheimnis jede Aussage verweigerte. Indessen konnte von uns in Erfahrung gebracht werden, daß Rechts-

anwalt Landert in der örtlichen Dorfapotheke regelmäßig größere Mengen von Aufputschmitteln wie Preludin und Katovit, aber auch Beruhigungstabletten wie Valium 10mg und Seresta 15mg gegen Vorweisung eines Dauerrezeptes bezieht, was als ein unverkennbares Anzeichen von Medikamentensucht gewertet werden darf.
In den Jahren 1972–1974 verkehrte Dr. Landert im Stäfner «Café Tropic», welches vorwiegend von Jugendlichen besucht wird, doch war der Wirt des erwähnten Lokals nicht bereit, sich über Landert zu äußern, weil er, wie er sich wörtlich ausdrückte, «mit Landert keinen Krieg wolle, der Typ sei ihm zu gefährlich». Die Frau des Wirts, Klara Saxer, Jahrgang 1937, ließ jedoch gesprächsweise durchblicken, daß Rechtsanwalt Landert «früher oft in ihrem Lokal verkehrt habe, häufig in Begleitung von Jugendlichen gesehen worden sei, und dann von einem Tag auf den anderen nicht mehr erschienen sei». Im Restaurant «Metzg», einem als Feinschmeckerlokal bekannten Landgasthof, gilt Dr. Landert als «Stammgast, der auffallend splendid ist und mindestens einmal in der Woche, meist in Begleitung einer männlichen Person, zum Essen kommt».
Beim Schweizerischen Anwaltsverband, dessen Mitglied Landert ist, bezeichnet man den Rechtsanwalt als «beruflich hochqualifiziert, charakterlich jedoch ziemlich problematisch». Man müsse sich im Verband, so Sekretär Beat Kalbermatten, Jahrgang 1948, häufig mit Beschwerden gegen Dr. Landert herumschlagen, meist von gerichtlicher Seite, und man habe im September 1978 sogar ernsthaft erwogen, Dr. Landert aus dem Anwaltsverband auszuschließen. Wenn man nach gründlichen Beratungen im Vorstand davon absah, so nur deshalb, weil Landert in fachlicher Hinsicht zu den «tüchtigsten und

beliebtesten Verbandsmitgliedern gehöre». Grund für das gegen Landert verbandsintern geführte Disziplinarverfahren war seine in einem öffentlichen Prozeß gemachte Äußerung gegen den Präsidenten des Zürcher Geschworenengerichts, Dr. Egon Röttig, die in dem verbalen Vorwurf gipfelte: «Leute Ihrer Gattung, Herr Gerichtspräsident, sind dafür mitverantwortlich, daß es in dieser Zeit und in dieser Gesellschaft eine Ulrike Meinhoff und einen Andreas Baader gab.»
Verbandssekretär Kalbermatten gegenüber unserer Auskunftei: «Wir haben den Kollegen Landert eindringlich davor gewarnt, inskünftig gegenüber Amtspersonen ausfällig zu werden, wie er es aufgrund seines Temperaments und seiner etwas extremen Weltanschauung bereits häufig getan hat. Bei einem neuen Verstoß gegen die bestehenden Vorschriften über Sitten und Anstand müßten wir Dr. Landert definitiv aus unserem Verband ausschließen.»
Von Berufskollegen waren leider keinerlei Auskünfte über Landert in Erfahrung zu bringen, sämtliche von uns angefragten Rechtsanwälte gaben sich auffallend zurückhaltend oder enthielten sich jeglichen Kommentars.
Landert gehört keiner Partei an. Seine politische Gesinnung wird allgemein als «sehr links» bezeichnet. Dies geht u. a. auch daraus hervor, daß Landert die linksliberale deutsche Tageszeitung FRANKFURTER RUNDSCHAU, das linksliberale Nachrichtenmagazin DER SPIEGEL sowie die extremlinke satirische Monatszeitschrift PARDON im Abonnement bezieht und sogar im Wartezimmer seiner Anwaltskanzlei öffentlich auflegt.
Wir weisen abschließend noch einmal darauf hin, daß sämtliche Angaben in dieser Personenauskunft

von uns nach bestem Wissen überprüft wurden, jedoch streng vertraulich behandelt werden müssen. Für etwaige rechtliche Konsequenzen übernimmt unsere Auskunftei keinerlei Haftung.
  AUSKUNFTEI UND DETEKTEI
  PIUS EUGSTER GmbH
  gez. Jörg Woodtli

Barmettler las den Bericht sorgfältig durch. Manche Stellen las er zweimal, weil er sich über verschiedene Hypothesen, die das Schnüfflergenie Eugster in unverantwortlicher Weise zu Tatsachen erhob, nur wundern konnte; bei der Polizei wäre so etwas undenkbar, hier mußten Vermutungen *bewiesen* werden. Zwar ließen sich einige Passagen der Auskunft im Hinblick auf ihre Informanten mit den polizeilichen Leumundsberichten vergleichen, die man über jeden Angeschuldigten von Amtes wegen einholen mußte und dabei – sei's aus Bequemlichkeit, sei's, weil es kaum andere Möglichkeiten gab – die Mithilfe von Nachbarn und Arbeitskollegen des Betroffenen in Anspruch nahm. Barmettler hatte diese Methode schon immer als fragwürdig bezeichnet, weil die Ansichten von Wohnungsnachbarn meist subjektiv gefärbt und deshalb wenig zuverlässig waren, doch hatte sich bis jetzt – trotz einigen heftigen Disputen im Kader der Kantonspolizei – in der alltäglichen Praxis bei der Beschaffung von Personenauskünften wenig geändert.

Nach dem Mittagessen machte sich der Oberleutnant auf den Weg zu Landerts Kanzlei an der Claridenstraße. Weil es in der Innenstadt kaum Parkplätze gab, ging er zu Fuß. Unterwegs fragte er sich, was wohl an den Gerüchten über Landert dran war. Von der homosexuellen Veranlagung Landerts war er mittlerweile überzeugt, dafür sprachen zuviele

Indizien, nicht nur in Eugsters Bericht, sondern vor allem auch im Verhalten des Rechtsanwalts, der behauptete, er hätte Philipp Bodmer kaum gekannt, obschon in seinem Wohnzimmer ein Foto des Jungen an der Wand hing, unübersehbar für jeden Besucher. Barmettler war zwar kein Sympathisant der Homosexuellen, doch hielt er sich, seit er Chef der Sittenpolizei war, streng an den Grundsatz, diese armen Teufel mit ihren abartigen Neigungen in Ruhe zu lassen, solange sie nicht gegen das Gesetz verstießen. Weil er von Berufs wegen häufig mit Homosexuellen zu tun hatte, und es gelegentlich sogar vorkam, daß ein Schwuler – nach dem Motto: «Die Polizei – dein Freund und Helfer» – bei ihm Rat suchte, gab er sich gönnerhaft tolerant und brachte seine tiefe Abneigung gegen den gleichgeschlechtlichen Verkehr nur im engsten Kollegenkreis zum Ausdruck. Für ihn war es einfach unverständlich, daß ein Mann mit einem anderen Mann schlafen konnte, wo es doch so viele begehrenswerte Frauen gab. Er konnte sich nie so ganz vorstellen, obwohl er aus den Polizeiakten natürlich hinreichend informiert war, wie zwei Männer sich lieben. Der Gedanke, einem anderen Mann an den Schwanz zu greifen oder ihn gar in den Arsch ficken zu müssen, wie dies in Homosexuellenkreisen gang und gäbe war, ekelte ihn richtiggehend an, während er lesbische Liebesspiele durchaus anmutig, ja geradezu stimulierend fand, was wahrscheinlich damit zusammenhing, daß der weibliche Körper für ihn etwas Ästhetisches an sich hatte, was er von einem nackten Mann nicht unbedingt behaupten konnte. Barmettler war im Innersten fast ein wenig stolz darauf, daß ihm selber homosexuelle Erfahrungen erspart geblieben waren. Es überkam ihn ein Ekelgefühl, wenn er an jene Nacht im Militärdienst zurückdachte, als ihm ein schwuler Soldat an die Eier griff und er diesen plumpen Annäherungsversuch mit einer Ohrfeige hatte abwehren müssen. Wenn Rechtsanwalt Landert tatsächlich homosexuell sein sollte, woran der Oberleutnant nun nicht mehr zweifelte, so war damit noch lange nicht der Beweis erbracht, daß er gegen das Gesetz verstieß, indem er sexuelle Kontakte zu Jugendlichen unterhielt. Ein Mann wie Landert wußte, wie hart unsere Gerichte gegen Sexualdelinquenten vorgingen. Zudem war er wohl auch zu intelligent, um seine Existenz aufs Spiel zu setzen, denn eine Verurteilung wegen Unzucht mit Minderjährigen würde für Landert unweigerlich den Verlust des Anwaltspatents bedeuten. Dieses Risiko dürfte er wohl kaum eingehen, nur um seinen Trieb zu befriedigen. Man konnte sich freilich auch täuschen. So hatte Barmettler unlängst an einem Symposium in Graz, wo Vertreter sämtlicher Sittendezernate Europas zusammengekommen waren, mit Berufskollegen den Fall eines österreichischen Staatsanwalts diskutiert, der mehr als zehn Jahre lang intime Beziehungen zu halbwüchsigen Knaben unterhalten hatte, weil er sich aufgrund seiner beruflichen und gesellschaftlichen Position über jeden Zweifel erhaben fühlte. Seine Erfahrungen bei der Sittenpolizei hatten Barmettler gelehrt, wie wenig es braucht, um einen Menschen zum Tier werden zu lassen. Gefühle und Triebleben können vom Verstand nur in den seltensten Fällen kontrolliert und beherrscht werden, deshalb handelte es sich bei den Sexualdelinquenten, die der Oberleutnant einvernehmen mußte, nicht selten um überdurchschnittlich intelligente Leute, häufig sogar um Akademiker in gehobener Stellung. So betrachtet, war es zumindest nicht auszuschließen, daß Landert, der sich nach Eugsters

Informationen zu Jugendlichen hingezogen fühlte, gegen das bestehende Gesetz verstoßen hatte; nur würde es bei einem Täter, der Rechtsanwalt und obendrein mit allen Wassern gewaschen war, schwierig sein, ihn zu überführen. Dennoch reizte Barmettler die Aufgabe. Er nahm sich vor, behutsam vorzugehen, denn er hatte es mit einem harten Gegner zu tun. Landert würde sich, wenn ihm Unrecht widerfuhr, mit allen Mitteln zu wehren wissen, und dies mußte Barmettler verhindern, wenn er nicht seine eigene Beförderung zum Polizeikommandanten gefährden wollte.

Das Haus Claridenstraße 22 war ein riesiges Bürogebäude, in dem sich fast ausschließlich Bankniederlassungen, Treuhandgesellschaften, Arztpraxen und Anwaltskanzleien befanden. Barmettler fuhr mit dem Lift in den dritten Stock und betrat punkt zwei Uhr die Kanzlei von Rechtsanwalt Landert. Im Empfangsraum traf er eine ältliche Sekretärin mit aschblondem Haarknoten, spitzer Nase, randloser Brille und einem hochgeschlossenen, violetten Kleid. Sie wirkte ungemein seriös, Barmettler empfand ihre Häßlichkeit jedoch sogleich als zusätzliches Indiz für Landerts homosexuelle Veranlagung. Er selbst, dachte er, würde nie eine so unattraktive Sekretärin beschäftigen, wäre sie auch noch so qualifiziert. Ohne aufzublicken sagte sie: «Nehmen Sie Platz, Herr Koch» und beugte sich weiter über ihre Schreibmaschine, auf der sie mit der rasenden Fingerfertigkeit einer verkannten Weltmeisterin einen Brief tippte.

Barmettler räusperte sich und meinte laut: «Entschuldigen Sie, ich bin nicht Herr Koch.»

Sie hörte sogleich auf zu schreiben und blickte ihn fragend an. «Oh, ich habe Sie verwechselt, das tut mir leid. Wollen Sie zu Doktor Landert?»

«Ja», sagte Barmettler freundlich. «Ich würde gern ein paar Minuten mit ihm sprechen.»
«Sind Sie angemeldet?»
Der Oberleutnant schüttelte den Kopf. «Nein, Fräulein, angemeldet bin ich nicht. Aber Doktor Landert wird mich bestimmt empfangen. Mein Name ist Barmettler. Ich bin von der Kantonspolizei.»
Die Sekretärin blieb unbeeindruckt. «So», sagte sie nur, und Barmettler hörte einen schnippischen Unterton in ihrer Stimme. Sie stand auf und kam zu ihm herüber. «Worum handelt es sich?» erkundigte sie sich mit der selbstherrlichen Neugier jener Sekretärinnen, die von ihrem Chef die Befugnis haben, während seiner Abwesenheit Briefe in seinem Namen zu unterzeichnen.
Barmettler wurde wütend. Er mußte sich zusammenreißen, um dieses selbstherrliche Vorzimmergespenst nicht anzubrüllen. «Ich möchte Doktor Landert sprechen, und zwar sofort», wiederholte er, diesmal schon etwas energischer.
Sie verzog keine Miene. «Das geht nicht», meinte sie abweisend. «Doktor Landert ist verreist.» Sie wandte sich von ihm ab und setzte sich wieder an ihre Schreibmaschine.
«Gestern abend erzählte mir Doktor Landert, er sei heute den ganzen Tag in seinem Büro», sagte Barmettler und wurde sich plötzlich seiner Hilflosigkeit bewußt.
Die Sekretärin blickte kurz auf und meinte liebenswürdig: «Gestern abend ist nicht heute. Doktor Landert hat heute früh sämtliche Termine abgesagt und ist weggefahren.»
«Wohin?»
«Das weiß ich nicht. Er sagte nur, daß er sich nicht wohl fühle, er sei überarbeitet und müsse unbedingt ein paar Tage ausspannen. Er bat mich, alle Ter-

mine für die nächsten zwei Wochen zu verschieben. Dann hat er ein Taxi bestellt und ist zum Flughafen gefahren.»
«Verdammt!» fluchte Barmettler; die Sekretärin sah ihn unfreundlich an. «Ist es üblich», begann er etwas liebenswürdiger, «daß Ihr Chef Hals über Kopf in Urlaub fährt?»
Sie dachte angestrengt nach, und der Oberleutnant hatte den Eindruck, sie wolle seine Frage gar nicht beantworten. Doch dann sagte sie unverhofft: «Doktor Landert ist ein sehr spontaner Mensch, er faßt immer rasche Entschlüsse. Der Chef war in letzter Zeit gesundheitlich angeschlagen und starken nervlichen Belastungen ausgesetzt. Der Urlaub wird ihm guttun.»
«Und Sie wissen tatsächlich nicht, wohin Ihr Chef in die Ferien gefahren ist?» Barmettler gab sich väterlich jovial, vielleicht konnte er auf diese Weise doch noch etwas aus ihr herausbekommen.
«Nein, ich habe keine Ahnung.»
«Ist er allein weggefahren?»
Die Frage schien sie zu überraschen. «Ja, sicher», begann sie zögernd. «Mit wem soll er weggefahren sein?»
«Mit seiner Freundin zum Beispiel.»
Sie fiel auf seinen Trick nicht herein, sondern sagte nur: «Sie werden sich gedulden müssen, bis Doktor Landert aus dem Urlaub zurück ist. Andere Klienten müssen es auch.»
«Ich bin kein Klient, Herrgott noch mal!» donnerte Barmettler.
«Ich bin von der Polizei.»
«Nun regen Sie sich nicht auf», meinte sie kühl. «Lassen Sie Ihre Telefonnummer hier. Doktor Landert wird Sie anrufen, sobald er wieder im Büro ist.»

«Nicht nötig», sagte Barmettler und ging. Vor dem Kongreßhaus hielt er ein Taxi an und ließ sich an die Kasernenstraße fahren. Dort erfuhr er, daß der Kommandant noch immer in der «Bodega-Bar» sitze, er konferiere dort mit Eugster und ein paar Kollegen von der Stadtpolizei und wolle nicht gestört werden. Barmettler rief bei der Buchungszentrale der SWISSAIR an und verlangte eine sofortige Überprüfung sämtlicher Passagierlisten auf den Namen Dr. Rolf Landert. Der zuständige Angestellte meinte spöttisch, auf diesen Auftrag hätte er gerade gewartet, er habe im Augenblick Wichtigeres zu tun, als Passagierlisten durchzusehen. Erst als Barmettler ihm mit einer schriftlichen Beschwerde an die Direktion drohte, versprach er, der Sache nachzugehen und umgehend einen Telex an die Kantonspolizei zu schicken, falls er diesen Doktor Landert tatsächlich auf einer Abflugliste ausfindig machen könne.

Bereits zwanzig Minuten später traf über den Fernschreiber das Ergebnis der SWISSAIR-internen Nachforschungen in der Polizeizentrale ein:
PASSAGIER ROLF LANDERT AUF PASSAGIERLISTE SWISSAIRKURS 604 ZÜRICH–ROM ABFLUG 11.55 UHR STOP WEITERFLUG MIT ALITALIA-ANSCHLUSSKURS 114 ROM–PALERMO 15.20 UHR STOP BEIDE FLÜGE FEST GEBUCHT STOP FIRST-CLASS-TICKET UM 11.10 UHR AM ABFLUGSCHALTER IN KLOTEN MIT AMERICAN EXPRESS CARD BEZAHLT STOP SWISSAIR BUCHUNGSZENTRALE MARCEL DENZLER

Nachdem Caflisch gegen halb vier endlich aus der «Bodega-Bar» in die Polizeikaserne zurückgekehrt war, berichtete ihm Barmettler, daß Rechtsanwalt Landert am Nachmittag klammheimlich nach Sizilien gereist sei.

«Ich sagte Ihnen doch gleich, daß an der ganzen Sache etwas faul ist», fuhr der Kommandant Barmettler an, als sei dieser für Landerts plötzliches Verschwinden verantwortlich. Der Oberleutnant merkte, daß Caflisch, wie immer, wenn er aus der «Bodega-Bar» kam, leicht angeheitert war. Er erkundigte sich, ob er den Fall bis nach Landerts Rückkehr liegenlassen solle, doch Caflisch winkte ab. «Wer garantiert Ihnen, daß Landert wieder in die Schweiz zurückkehrt? Der Hund ist uns abgehauen, aber wir werden ihn wieder einfangen, darauf können Sie sich verlassen, Barmettler.» Das Gesicht des Kommandanten war vor Zorn gerötet. Er grübelte vor sich hin, sagte, mehr zu sich selbst als zu Barmettler: «Wir können ihn nicht zur internationalen Fahndung ausschreiben, weil wir im Moment noch nichts gegen ihn in der Hand haben. Alles, was wir haben, sind Vermutungen. Das genügt nicht, um die italienische Polizei in Trab zu setzen.» Der Oberleutnant wiederholte seinen Vorschlag, sämtliche Nachforschungen vorerst liegenzulassen und die Ermittlungen wieder aufzunehmen, sobald der Rechtsanwalt zurückgekehrt sei, doch davon wollte Caflisch nichts wissen.

«In zwei Wochen ist es vielleicht schon zu spät», meinte er plötzlich ganz sachlich. «Sie fliegen noch heute abend nach Sizilien, Barmettler. Spüren Sie diesen Landert auf. Sagen Sie ihm auf den Kopf zu, daß wir im Zusammenhang mit dem Autounfall dieses Philipp Bodmer gegen ihn ermitteln. Er wird irritiert sein, weil Sie ihm nachgereist sind. Er wird denken, wir wüßten viel mehr über ihn, als wir in Wirklichkeit wissen, und das wird ihm zum Verhängnis werden, weil wir ihn auf diese Weise zum Reden zwingen.»

Barmettler fand den Plan verrückt, doch er wußte,

daß es keinen Sinn hatte, Caflisch zu widersprechen. Außerdem faszinierte ihn der Gedanke, auf Staatskosten nach Sizilien zu fliegen und dort, wo es vermutlich um diese Jahreszeit noch warm war, ein paar Tage Urlaub zu machen. Er überlegte nur, wie er die Sache Olga beibringen konnte, die hinter allem etwas witterte und nach sechsundzwanzig Ehejahren noch immer eifersüchtig war. Er bat den Kommandanten um Erlaubnis, nach Hause zu fahren, um seine Reisetasche zu packen und noch ein paar Worte mit seiner Frau zu sprechen.

Olga war Gott sei Dank nicht daheim, so daß er nur rasch einige Hemden und frische Wäsche einzupacken brauchte und ihr einen Zettel mit der Nachricht hinterlassen konnte, er würde sie anrufen, er habe dringend ins Ausland reisen müssen, ein wichtiger dienstlicher Auftrag, was ja tatsächlich auch stimmte.

Als er gegen fünf Uhr in die Polizeikaserne zurückkam, teilte ihm Caflisch mit, daß er persönlich für den Oberleutnant einen Platz auf dem Alitalia-Flug 403 von Zürich nach Rom gebucht habe, Abflug sei um 19.45 Uhr. Von Rom aus müsse er dann, weil sämtliche Flüge nach Palermo bereits ausgebucht seien, mit dem Alitalia-Kurs 138 um 23.10 Uhr nach Catania weiterfliegen. Pro Tag stünden ihm zweihundert Franken Spesengeld zur Verfügung, damit könne er sich wohl ein Hotel und einen Mietwagen leisten, in Italien sei ohnehin alles viel billiger als in der Schweiz. Dann wünschte er ihm einen guten Flug.

4

Die Maschine hatte fast zwei Stunden Verspätung, so daß Barmettler, der bereits bei der Zwischenlandung in Rom einige Stunden hatte warten müssen, lange nach Mitternacht in Sizilien landete. Er war müde und verschwitzt, am liebsten wäre er gleich wieder in die Schweiz zurückgeflogen. Er ärgerte sich noch immer, daß es ihm vom Flughafen Rom-Fiumicino aus nicht gelungen war, eine Telefonverbindung nach Zürich zu bekommen, um Olga über die Hintergründe seiner plötzlichen Abreise zu verständigen. Wahrscheinlich machte sie sich Sorgen um ihn oder, was noch schlimmer wäre, sie setzte die ganze Verwandtschaft in Trab, indem sie ihm – es wäre nicht das erste Mal – eine Weiberaffäre unterstellte.

In der Flughafenbaracke von Catania wunderte sich der Oberleutnant, daß die beiden verschlafenen Zollbeamten die ankommenden Passagiere achtlos an sich vorbeigehen ließen, kein Paß wurde kontrolliert, kein Gepäckstück geöffnet. Kein Wunder, daß die «Roten Brigaden» in diesem unzivilisierten Entwicklungsland ein so leichtes Spiel hatten, entsetzte sich Barmettler. In der Schweiz wäre so etwas undenkbar, da wurden auch keine angesehenen Beamten am hellichten Tag auf offener Straße erschossen. Er nahm ein Taxi und ließ sich ins «Albergo Gallo Nero» bringen, ein Touristenhotel in der Innenstadt von Catania, das ihm die Stewardeß der Alitalia empfohlen hatte. Das Hotel gehörte einer resoluten Deutschen aus Flensburg, früh verwitwet und kinderlos, die fast ausschließlich Billig-Urlauber eines Reisekonzerns aus ihrer Heimat beherbergte, denen sie «gutbürgerliche deutsche Küche» garantierte und sich, um ihren Gästen die gewünschte familiäre Atmosphäre bieten zu können, von jedermann als «Mutti Hedwig» ansprechen ließ. Als sie Barmettlers Schweizerpaß sah, begann sie sogleich von einem traumhaft schönen Urlaub zu schwärmen, den sie vor vielen Jahren mit ihrem verstorbenen Gatten im Berner Oberland verbracht hatte. Grindelwald, erzählte sie überschwenglich, sei ein traumhaft schöner Ort, überhaupt sei die Schweiz traumhaft schön, und sie versprach Barmettler ein traumhaft schönes Zimmer mit einem großen Balkon zur Piazza Stesicoro, wo sich bereits in aller Frühe die Markthändler von Catania zu treffen pflegten, so daß Barmettler um sechs Uhr wach wurde und, so sehr er sich auch anstrengte, nicht mehr einschlafen konnte. Er stand auf, duschte und begab sich ins Hotelrestaurant, wo die Besitzerin einige Touristen, die zu einer Exkursion aufbrachen, mit Reiseproviant versorgte. Sie servierte Barmettler, den sie – nachdem sie über Nacht offenbar seinen Paß genau studiert hatte – respektvoll mit «Herr Kommissar» ansprach, ein üppiges Frühstück, erzählte ihm stolz, daß der Mietwagen, den er gleich nach seiner Ankunft bestellt hatte, bereits vor dem Hotel bereitstünde, die Kaution über hunderttausend Lire habe sie auf die Rechnung gesetzt. Die rührige Betriebsamkeit, mit der «Mutti Hedwig» ihn umsorgte, ging dem Oberleutnant auf die Nerven, er wollte nachdenken und seine Ruhe haben, sonst nichts. Wortlos trank er seinen Kaffee, aß widerwillig zwei Brötchen und ein weiches Ei. Dann setzte er sich in den klapprigen Fiat aus den sechziger Jahren, den die Hotelbesitzerin für ihn organisiert hatte, und fuhr aus der Stadt hinaus in Richtung Palermo. Auf der Insel herrschte hochsommerliches

Wetter, es war noch Badesaison, und man begegnete auf Schritt und Tritt ausländischen Touristen. An der Via Ferrovia 23 in Palermo wurde Barmettler ohne große Formalitäten vom sizilianischen Polizeipräsidenten Giuseppe Speranza empfangen. Ein quirliges Männchen mit einem kahlen Delphinschädel, listigen Schlitzäuglein und einem dunklen, weit über beide Mundwinkel herabhängenden Schnurrbart. Speranza erläuterte Barmettler, der einigermaßen Italienisch sprach, daß er ihm gerne behilflich sein werde, obschon er, das sage er ganz offen, von der Schweiz nicht viel halte. Der ausgeprägte Rassismus gegenüber italienischen Gastarbeitern sei ihm bekannt, darüber hätten sich die hiesigen Zeitungen schon oft empört, und dieser James Schwarzenbach, der die helvetische Bevölkerung mit seinem krankhaften Ausländerhaß aufhetze, tue gut daran, sich nie auf Sizilien blicken zu lassen, mit solchen Typen mache man hier kurzen Prozeß. Auf solche Vorwürfe war Barmettler nicht gefaßt gewesen. Es blieb ihm keine andere Wahl, als sich für die Ausländerpolitik seiner Regierung zu entschuldigen. Er tat es sachlich und kollegial, obschon er selber auch den Eindruck hatte, die Schweiz als sauberes, moralisches und neutrales Land müsse von ausländischem Gesindel gesäubert werden, fügte er in seinem eigenen Namen hinzu, daß er sich der Problematik einer so fremdenfeindlichen Haltung, wie sie im Schweizer Parlament schon seit Jahrzehnten betrieben werde, durchaus bewußt sei, dennoch müsse er Speranza bitten, die internationalen Rechtshilfeabkommen zu respektieren und ihn bei der Fahndung nach Rolf Landert zu unterstützen.

Der Polizeipräsident hörte aufmerksam zu, dann wollte er den Haftbefehl gegen Landert sehen, ganz

offensichtlich eine List, denn als Barmettler ihm zu verstehen gab, daß ein solcher nicht vorliege weil man dem gesuchten Rechtsanwalt erst auf die Spur kommen müsse, ihm vorläufig noch keine strafrechtlich relevanten Handlungen nachweisen könne, da winkte Speranza sogleich ab und meinte: «Mein lieber Kollege, Sie können doch von uns nicht verlangen, daß wir Jagd auf einen Gast unseres Landes machen, bloß weil Sie diesen Gast verdächtigen. In Italien werden die Gesetze geachtet, bei uns kann man niemanden festnehmen, der nichts verbrochen hat.»
Damit war für den Polizeipräsidenten die Sache erledigt. Er lud den Kollegen aus Zürich ein, mit ihm in der gegenüberliegenden Cafeteria einen Cinzano zu trinken und anschließend dem Kriminalmuseum einen kurzen Besuch abzustatten, dort seien höchst seltene Beweisstücke, Waffen und Geheimpläne aus der Mafia-Bekämpfung zu sehen. Erst als der Oberleutnant, schon ungeduldig geworden, Speranza etwas eindringlicher klar machte, daß er dienstlich nach Sizilien gekommen und allenfalls auch durchaus in der Lage sei, über Interpol einen Fahndungsauftrag gegen Rolf Landert zu beschaffen, was natürlich gebluft war, gab der Polizeipräsident mit einer handschriftlichen Notiz Weisung, sämtliche Hotelmeldezettel zu kontrollieren. Gleichzeitig jedoch erklärte er dem verdutzten Kollegen aus der Schweiz, daß diese Ermittlungen mehrere Tage, ja vielleicht sogar Wochen dauern könnten, weil die Meldezettel nicht alphabetisch geordnet, ja nicht einmal zentral aufbewahrt würden, so daß man zunächst einmal sämtliche Polizeikommunen auf der Insel verständigen müsse. Als Barmettler sagte, er habe nicht viel Zeit, in der Schweiz könne man jeden Ausländer innert weniger

Stunden eruieren, meinte der Polizeipräsident lakonisch: «Dann suchen Sie Ihren Dottore Landert in der Schweiz. Wir arbeiten so schnell wir können, schneller geht's nicht.»
Barmettler kapitulierte. Es kam ihm beinahe so vor, als amüsiere sich der sizilianische Polizeipräsident insgeheim über seine Bemühungen, die Unterstützung der hiesigen Behörden zu gewinnen. Mit Speranzas Versprechen, man würde ihn im «Albergo Gallo Nero» verständigen, sobald man den Aufenthaltsort des gesuchten «Avvocato Landert» festgestellt habe, fuhr Barmettler bereits am frühen Nachmittag nach Catania zurück und beschloß, vorerst einmal auszuspannen und abzuwarten. Zwei Tage lang tat er keinen Schritt aus dem Hotel. Er saß auf der Terrasse, ließ sich von «Mutti Hedwig» und ihrer deutschen Küche verwöhnen. Er fühlte sich geschmeichelt, als sich die Hotelbesitzerin, die eigentlich für ihr Alter noch ganz akzeptabel aussah, gesprächsweise bei ihm erkundigte, ob er am Ende noch unverheiratet sei. Am Abend saß er in der Hotelhalle vor dem Fernseher, blätterte gelangweilt in alten deutschen Illustrierten oder spielte mit einem pensionierten Richter aus Koblenz Billard.
Als er am Vormittag des dritten Tages noch immer nichts aus dem Polizeipräsidium in Palermo hörte, beschloß er, den Kommandanten anzurufen. Nach zweieinhalb Stunden gelang es ihm tatsächlich, eine Telefonverbindung mit der Polizeizentrale in Zürich zu bekommen.
Caflisch war offensichtlich verärgert, weil Barmettler noch keine konkreten Anhaltspunkte durchgeben konnte. Er wurde richtiggehend ausfällig, indem er den Oberleutnant ein «Arschloch» nannte und ins Telefon wetterte: «Menschenskind, warum treten Sie diesen Typen da unten nicht auf die

Füße? Das sind keine Polizeibeamten, das sind Ravioli-Verkäufer! Unternehmen Sie etwas auf eigene Faust, ergreifen *Sie* die Initiative, sonst sitzen Sie noch in zehn Jahren auf dieser gottverdammten Insel.»
Barmettler kam gar nicht dazu, etwas zu sagen, weil der Kommandant ununterbrochen schimpfte, befahl und fluchte und zuletzt sogar ohne sich zu verabschieden den Hörer auflegte.
Der Oberleutnant war konsterniert. Solche Vorwürfe hatte er nicht verdient. Hätte er nicht gewußt, daß Caflisch ein Choleriker war, den man nie ganz ernstnehmen durfte, so wäre er unverzüglich abgereist. So aber beschloß er, sich erst einmal zu beruhigen und einen Spaziergang auf die Piazza Stesicoro zu unternehmen, denn bis jetzt hatte er, weil er pausenlos auf den Anruf aus Palermo gewartet hatte, so gut wie nichts von Catania gesehen. Das wollte er nun nachholen. Er schlenderte ziellos durch die verwinkelten Gassen der Altstadt, wo vor den Hauseingängen schwarzvermummte Weiber hockten. Ein paar verkleidete Kinder spielten eine feierliche Prozession, deutsche Touristen knipsten das Ereignis mit ihren Polaroidkameras. Sonst gab es wenig zu sehen, was den Oberleutnant hätte begeistern können. Mit Wehmut dachte er an seine Ferien auf Mallorca zurück. Damals waren die Kinder noch klein und folgsam gewesen, seine Ehe mit Olga noch intakt. Heute konnte er sich gemeinsame Ferien gar nicht mehr vorstellen.
In einem Souvenirladen kaufte er sich einen Strohhut, weil ihm die brütende Hitze Kopfschmerzen bereitete. Dann kehrte er ins Hotel zurück, las auf der Terrasse den STERN und wollte sich eben in sein Zimmer zurückziehen, um vor dem Nachtessen noch eine Stunde zu schlafen, als «Mutti Hedwig»

auf ihn zustürzte und ihm ein Telegramm überreichte.
«Verzeihen Sie, Herr Kommissar», meinte sie, «ich bin gewiß nicht neugierig. Es war auch nicht meine Absicht, den Umschlag zu öffnen, aber ich dachte, es handle sich um eine Zimmerreservation. Ich schwöre Ihnen, ich habe das Telegramm nicht gelesen. Ich schwör's bei meinem verstorbenen Mann.»
«Geben Sie her!» sagte Barmettler und ging mit dem Telegramm in die Hotelhalle. Dort setzte er sich in einen Fauteuil zwischen die deutschen Urlauber, die sich hier, mit der BILD-Zeitung in der Hand, jeweils vor dem Essen versammelten und sich Witze erzählten, über die er nicht lachen konnte.
Barmettler hatte Kopfschmerzen. Das lag wohl am Klima. Hier in Sizilien war Sommer, während es in der Schweiz bereits schneite. Aber vielleicht hingen seine Schmerzen auch mit seinem ungewöhnlichen Auftrag zusammen. Mit der quälenden Ungewißheit, ob er ihn überhaupt ausführen konnte. Der Wutausbruch des Kommandanten am Telefon hatte ihn auch nicht gerade ermuntert.
Das Telegramm war in Zürich aufgegeben worden und trug den Dienstvermerk URGENT; es war demzufolge besonders rasch befördert worden.
NACH AUSKUNFT SWISSAIR RESERVATION ROM IST RECHTSANWALT ROLF LANDERT IN DER PENSION DA MARTINO IN MESSINA ABGESTIEGEN STOP PIAZZA DELLA REPUBBLICA 19 STOP SOEBEN FERNSCHREIBEN VOM ITALIENISCHEN POSTMINISTERIUM EINGETROFFEN STOP BEHÖRDEN VERWEIGERN RECHTSHILFE STOP AUF EIGENE FAUST WEITERRECHERCHIEREN STOP BITTE VORSICHTIG VORGEHEN STOP HALS- UND BEINBRUCH STOP KAPO ZÜRICH KOMMANDO CAFLISCH

Kaum hatte Barmettler das Telegramm gelesen, entschloß er sich, nach Messina zu fahren. Er gab den Mietwagen zurück, bezahlte die Hotelrechnung und ließ sich ein Taxi kommen. Er hatte plötzlich keinen Hunger mehr und reiste noch vor dem Nachtessen ab.
Der Taxifahrer, ein römischer Student, der sich während der Semesterferien sein Studium verdienen mußte, sprach perfekt französisch. Er hatte längere Zeit in Genf gelebt und diskutierte mit dem Oberleutnant während der Fahrt nach Messina über die politischen Verhältnisse in der Schweiz, an denen er einiges auszusetzen hatte, in der er aber vor allem eine schlagkräftige Opposition vermißte. Er kritisierte auch die Neutralität der Schweiz, weil Neutralität unweigerlich zum Opportunismus führe, und Opportunismus wiederum vertrage sich mit dem Begriff Demokratie schlecht.
Barmettler ließ den Studenten reden. Es bereitete ihm Spaß, zuzuhören und gleichzeitig darüber nachzudenken, wie er Landert in die Enge treiben konnte. Mochte er noch so wortgewandt, abgebrüht und clever sein, auf Barmettlers Besuch war er bestimmt nicht gefaßt. Wie würde er reagieren? Mit der arroganten Kaltschnäuzigkeit des überführten Verbrechers? Vielleicht würde er auch versuchen, den Oberleutnant einzuschüchtern, indem er ihm illegales Verhalten vorwarf: Die Zürcher Kantonspolizei durfte auf fremdem Territorium keine Amtshandlungen ausüben. Barmettler wußte das. Er mußte sich etwas einfallen lassen, um Landert für sich zu gewinnen. Wenn er ihm als Feind begegnete, war die Schlacht zum vornherein verloren.
Der Taxifahrer redete und redete, während er mit 120 Stundenkilometern über eine ungepflasterte Landstraße raste. Er erzählte, daß er der KPI ange-

höre und in Genf einmal an einem Podiumsgespräch mit dem Sozialisten Jean Ziegler teilgenommen habe. Eine faszinierende Persönlichkeit, die den Mut aufbringe, in einem konservativen Land, das keine Außenseiter und keine politische Polemik dulde, auf die Barrikaden zu steigen. Barmettler hörte sich das Gerede des Studenten gar nicht mehr an. Er sagte nur noch von Zeit zu Zeit «oui», nickte gefällig mit dem Kopf, als lausche er aufmerksam den wirren Ergüssen, die er aus zahllosen Gesprächen mit seinem Sohn Rainer bereits bis zum Überdruß kannte. Von seinem Fahrer erwartete er eigentlich nur noch, daß er ihn unversehrt nach Messina bringen würde.
Barmettler schloß die Augen und döste eine Weile vor sich hin. Plötzlich kam ihm in den Sinn, daß er seinen Strohhut in der Hotelhalle vergessen hatte, aber er hatte inzwischen auch keine Kopfschmerzen mehr. Seit seiner unverhofften Abreise aus der Schweiz ging es ihm zum erstenmal wieder gut. Das enervierende Warten während der vergangenen Tage, die Ungewißheit, ob er Landert überhaupt ausfindig machen konnte, und heute mittag dann auch noch die imperative Aufforderung des Kommandanten, endlich etwas zu unternehmen, statt im Hotel herumzusitzen, das alles hatte den Oberleutnant gestreßt; er war schon immer allergisch gewesen gegen Ohnmacht und Ratlosigkeit, zwei Eigenschaften, die sich mit seinen Berufsvorstellungen kaum vereinbaren ließen.
Das Taxi raste mit unverminderter Geschwindigkeit durch eine winzige Ortschaft, die nur aus zwei oder drei Dutzend weißen Häusern und einem grell beleuchteten Spielsalon bestand, an dessen Eingangstür eine junge Italienerin lehnte und dem vorbeifahrenden Taxi zuwinkte: ein hübsches Mädchen mit

riesigen Kulleraugen, schwarzen Haaren und aufregenden Hüften. Der Fahrer pfiff vielsagend durch die Zähne und grinste zu Barmettler hinüber, der jedoch keine Miene verzog; direkte Anzüglichkeiten waren ihm seit jeher zuwider.
Wenn er den Fall Landert abgeschlossen hatte, nahm er sich vor, würde er sich wieder einmal ein Abenteuer gönnen, gewissermaßen als Belohnung. Er brauchte eine Frau. Sein Verlangen nach sexueller Entspannung war in diesem Augenblick so stark, daß er sich am liebsten ins nächste Bordell hätte fahren lassen, falls es auf dieser katholischen Insel so was überhaupt gab. Er sehnte sich nach einem dieser verwegenen Mordsweiber, denen man einen Geldschein auf den Tisch blätterte, und die man drei oder viermal nacheinander ficken konnte, ohne daß sie genug bekamen. Mit diesen Weibern, das hatte ihm Kollege Baumgartner von der Stadtpolizei erzählt, der sich tagtäglich mit der Kontrolle von Massagesalons beschäftigte, konnte man all jene Sexpraktiken ausprobieren, von denen seine Olga immer behauptete, es seien Schweinereien. Kollege Baumgartner kannte sich im Zürcher Dirnenmilieu aus wie kein zweiter. Bei der Sittenpolizei galt er als Vertreter der bürgerlichen Moral, als ein Mann von strengen Grundsätzen. Er war Vater von acht Kindern, Mitglied der christlichdemokratischen Volkspartei und eng befreundet mit dem städtischen Polizeivorstand Kurt Brägger, der seit Jahren einen unerbittlichen Kampf für ein «sauberes Zürich» führte und sich deshalb bei der Bevölkerung großer Beliebtheit erfreute. Barmettler wußte freilich, daß Stadtrat Brägger zwischen Theorie und Praxis sehr wohl zu unterscheiden wußte. Gemeinsam mit Baumgartner hatte er bereits mehrmals den Massagesalon von Denise an der Brauerstraße im Hin-

blick auf eine bevorstehende Razzia persönlich inspiziert und war jeweils – das hatte Barmettler aus erster Hand, nämlich von Kollege Baumgartner – nach einer Intensivbehandlung durch Denise zum Schluß gekommen, daß der betreffende Massagesalon durchaus und in allen Punkten den gesetzlichen Vorschriften entspreche. Es war unvorsichtig von Baumgartner, im Kollegenkreis mit derartigen Erlebnissen zu prahlen, doch wenn er ein wenig getrunken hatte, wußte er nicht mehr, was er sagte. Dann erzählte er beispielsweise in der Polizeikantine frei heraus, daß er sich tags zuvor im Massagesalon von «Lulu» an der Toblerstraße «vor der Inspektion rasch einen habe abwichsen lassen», und daß es in der ganzen Region Zürich keine professionellere Brustfick-Spezialistin als Clara Ruckstuhl an der Hottingerstraße gebe. Wenn solche Äußerungen dem Chef der städtischen Sittenpolizei noch kein Disziplinarverfahren eingebracht hatten, so nur deshalb, weil die Kollegen seine Behauptungen als Wichtigtuerei abtaten, und vielleicht auch, weil Baumgartner die Rückendeckung seines Vorgesetzten Brägger besaß.

Barmettler hatte sich nie auf derartige Eskapaden eingelassen, auch wenn er im Verlauf der Jahre häufig Gelegenheit zu sexuellen Ausschweifungen gehabt hätte. Aber sein Beruf war ihm heilig, und er konnte sich in jeder Situation beherrschen. Darauf war er stolz, auch wenn er sich in gewissen Momenten als Einfaltspinsel bezeichnete, weil er freiwillig auf so manches verzichtete. Sein Nachholbedürfnis war immens. Er faßte einmal mehr den Vorsatz, nach seiner Rückkehr in die Schweiz ein paar Tage auszuspannen oder allein in die Ferien zu fahren. Auf den Philippinen, hatte er vom Chef der Abteilung Wirtschaftskriminalität gehört, sei in letzter

Zeit wirklich allerhand los, dort könne man für fünfzehn Franken rund um die Uhr die tollsten Weiber bumsen. Genau das war es, was er brauchte, und er wußte, daß er mit seinen geheimen Wünschen, die er niemandem anvertrauen konnte, keineswegs allein war: Den meisten Menschen erging es wie ihm, auch wenn die wenigsten von ihnen den Mut aufbrachten, dies zuzugeben oder gar darüber zu reden.

Plötzlich fühlte sich Barmettler, der noch vor ein paar Stunden beinahe schlapp gemacht und resigniert hätte, wieder voller Tatendrang. Er spürte intuitiv, daß es ihm gelingen würde, Rechtsanwalt Landert zu überführen. Er spürte, daß er sich nicht zuviel vorgenommen hatte, auch wenn er zuweilen, vor allem während der vergangenen Tage, an sich und an seinem Beruf gezweifelt hatte. Die Grenzen der eigenen Möglichkeiten erlebte man erst, wenn man vor außergewöhnliche Aufgaben gestellt wurde. Im Alltag an der Kasernenstraße, wo er es nur mit primitiven Triebtätern und skrupellosen Zuhältern zu tun hatte, konnte er sich kaum profilieren, dort lagen seine Fähigkeiten weitgehend brach, war er nur eine Verhörmaschine, jederzeit auswechselbar.

Der Fall Landert hingegen setzte Maßstäbe. Dieser Fall, den ihm der Kommandant sicher nicht zu Unrecht anvertraut hatte, war für ihn die entscheidende Bewährungsprobe in all den Jahren, seit er seinen Beruf ausübte: immer gewissenhaft, immer korrekt, aber eben nur routinemäßig, mit viel Gespür für menschliche Schwächen und Reaktionen, doch ohne jemals die Schwelle zum *wirklichen* Erfolg, von dem man auch als Kaderbeamter träumte, zu überschreiten. Zu einem Erfolg, der ihn auch von den fähigsten unter seinen Kollegen deutlich abhob,

dem selbst ein Guyer oder ein Dr. Lipka von der Stadtpolizei Respekt zollen mußten, der ihn sogar in den Augen seiner Widersacher, von denen es einige gab, für den Posten des Polizeikommandanten als prädestiniert erscheinen ließ. Dieser Erfolg, auf den er über zwei Jahrzehnte lang zäh und unerbittlich, oft messerscharf an der Grenze der Legalität, hingearbeitet hatte, lag für ihn plötzlich in unmittelbarer Reichweite: Wenn es ihm gelang, Rechtsanwalt Landert unredliche Machenschaften oder gar Gesetzesverstöße nachzuweisen, würde er sich damit in der Zürcher Justiz ein Denkmal setzen.
Der Taxifahrer riß Barmettler aus seinen Gedanken. «Wir sind in Messina», sagte er. «Wohin soll ich Sie bringen?»
Barmettler kramte das Telegramm des Kommandanten aus seinem Gepäck und antwortete: «Zur Piazza della Repubblica.»
Der Student erkundigte sich bei einer Passantin nach dem Weg, dann fuhr er mitten ins Stadtzentrum, bog nach wenigen Minuten in eine Seitenstraße ein und hielt schließlich vor einem hohen, alten Gebäude, an welchem die gelbliche Farbe von den verschnörkelten Mauern abblätterte. Vor langer Zeit mochte das Haus vornehmes Besitztum reicher Sizilianer gewesen sein; nun wirkte es durch seine Bauweise zwar noch imposant, jedoch kaum mehr repräsentativ.
Barmettler gab dem Fahrer tausend Lire Trinkgeld und wunderte sich, daß der junge Mann sich kaum dafür bedankte. Erst später, als er bereits in der Eingangshalle der Pension da Martino stand, wurde dem Oberleutnant bewußt, daß tausend Lire heutzutage kaum mehr dem Gegenwert von zwei Schweizer Franken entsprachen. Er ging rasch noch einmal zum Ausgang, doch der Student war bereits

weggefahren; er würde ihn wohl als miesen Schweizer Kapitalisten in Erinnerung behalten.
Von der Réception kam ein alter Mann auf ihn zu. Er mußte weit über siebzig sein, lange, schlohweiße Haarsträhnen fielen ihm bis auf den Nacken, seine Augen waren stark gerötet, als hätte er eben erst geweint, seine Haut hatte eine ungesunde Blässe. Barmettler erkundigte sich nach Doktor Landert. Der Alte sah ihn prüfend an, nickte. Er blätterte umständlich in einem Buch und sagte schließlich mit sanfter Stimme, die etwas Aristokratisches an sich hatte: «Doktor Landert ist in seinem Zimmer. Erste Etage, Zimmer zwölf.»
Barmettler war erleichtert. Er ließ seine Reisetasche an der Réception stehen und ging durch die mit rotem Plüsch ausgestattete Halle zur Treppe, die nach oben führte.
«Übernachten Sie bei Doktor Landert oder wünschen Sie ein eigenes Zimmer?» rief der Alte ihm nach.
Barmettler überlegte einen Moment, dann drehte er sich um und sagte freundlich: «Haben Sie ein Zimmer mit Bad und Telefon?»
«Mein Herr, alle unsere Zimmer haben Bad und Telefon. Wir sind das erste Haus in Messina.»
Barmettler wurde verlegen. Er stammelte, daß er sich auf Sizilien nicht auskenne, daß er unter diesen Umständen jedoch gerne hier absteigen werde. Dann tastete er sich durch den schummrig beleuchteten Treppenflur hinauf in den ersten Stock. Vor der Zimmertür Nummer zwölf blieb er stehen. Er vernahm eine Männerstimme, Landert war anscheinend nicht allein.
Der Oberleutnant klopfte und betrat, ohne eine Aufforderung abzuwarten, das Zimmer. Er befand sich in einem riesigen Raum, der um einiges größer war

als alle Hotelzimmer, die Barmettler je gesehen hatte. Die Wände waren mit dunkelblauer Seide bespannt. Antike Möbel, Orientteppiche, ein Himmelbett mit weißem Baldachin. An der hohen, mit Ornamenten verzierten Zimmerdecke ein Leuchter mit zahllosen Lämpchen, von denen jedoch nur drei brannten, so daß der ganze Raum nur schwach beleuchtet war. Landert saß beim Balkonfenster in einem Fauteuil, die Beine übereinandergeschlagen; er trug einen schwarzen Bademantel und war barfuß. Vor ihm auf dem niedrigen Klubtisch stand eine Flasche Whisky, daneben ein halbvolles Glas. Vor Landert ein Kassettenrekorder. Der Rechtsanwalt hielt das Mikrofon in der Hand und war am diktieren.
«Guten Abend, Doktor Landert!» sagte Barmettler und ging auf den Rechtsanwalt zu. Landert blickte zu ihm auf, dann stellte er den Kassettenrekorder ab und legte das Mikrofon auf den Tisch. Er sagte mit schleppender Stimme, mühsam, als müsse er jedes Wort aus sich herauspressen: «Was wollen Sie von mir?» Er nahm sein Glas und trank einen großen Schluck.
«Darf ich mich setzen?» fragte Barmettler höflich, und als er sah, daß Landert ihm zunickte, nahm er ihm gegenüber Platz. «Sie haben mich bestimmt nicht erwartet?» begann er nach einer langen Pause. Landert schwieg. Er starrte auf die Etikette der Whiskyflasche, als fixiere er einen ganz bestimmten Buchstaben. «Ich habe niemanden erwartet», sagte er nach einer Weile und stand auf. Er ging im Zimmer auf und ab, unruhig, wortlos. Barmettler sah, daß er leicht schwankte, wahrscheinlich war er betrunken. Sein Gesicht war eingefallen, die Augen verquollen. Das war nicht derselbe Mensch, der Barmettler vor ein paar Tagen in seiner Wohnung in

Stäfa empfangen hatte: selbstsicher, distanziert und zynisch. Dieser Mann, der hier vor ihm auf und ab ging, lauernd und unberechenbar, kam ihm vor wie ein gefangenes Raubtier.
Landert griff nach dem Whiskyglas, seine Hand zitterte. «Was gibt Ihnen das Recht, sich in mein Privatleben einzumischen?» fragte er und blickte an Barmettler vorbei zur Tür.
«Wir hatten eine Verabredung, am vergangenen Montag. Sie sind abgehauen.»
«So? Ich bin abgehauen! Was Sie nicht sagen!» Landert ließ sich in seinen Fauteuil fallen und begann zu lachen. Laut und hemmungslos, bis Barmettler Angst bekam, er könnte noch den Verstand verlieren. Vor Jahren hatte er einmal mit einem Schizophrenen zu tun gehabt, der hatte genauso gelacht.
«Ich möchte Ihnen nur ein paar Fragen stellen», begann er ruhig. Er gab sich Mühe, sachlich zu bleiben, um Landert nicht zu provozieren. Der Mann schien am Ende seiner Kräfte zu sein. «Es handelt sich um Philipp Bodmer. Sie erzählten mir am Sonntagabend, Sie hätten den Jungen kaum gekannt. Wir wissen inzwischen, daß Sie mit ihm befreundet waren.»
Der Rechtsanwalt schob ihm sein Glas hin und fragte: «Wollen Sie einen Schluck Whisky?»
Barmettler nickte.
Landert verzog keine Miene und sagte: «Da! Nehmen Sie! Von mir aus können Sie auch aus der Flasche saufen!» Er schlug die Beine wieder übereinander, faltete die Hände über der Brust und schloß die Augen. Nach einer Weile sagte er: «Mich wundert überhaupt nicht, daß Sie mir nachspionieren. Euch Bullen traue ich alles zu, einfach alles! Ich bin elf Jahre Anwalt, und ich habe in diesen elf Jahren

keinen einzigen Polizeibeamten kennengelernt, der kein neurotischer Schnüffler war.»
Barmettler ließen solche Vorwürfe kalt. «Ich tue nur meine Pflicht», meinte er gelassen, freundlich sogar, denn er hoffte noch immer, er könnte den Rechtsanwalt auf diese Weise zum Reden bringen.
«Gib das Glas her!»
Barmettler schob es über die Tischplatte, und Landert trank es in einem Zug leer. «Wissen Sie», begann er mühsam, «ich bin ein wenig betrunken. Aber das ist nicht verboten.»
«Warum haben Sie mir verschwiegen, daß Sie Philipp Bodmer näher kannten?»
«Das geht Sie nichts an!» Landert schaute den Oberleutnant mit glasigen Augen an und meinte lauernd: «Denken Sie vielleicht, ich habe ihn umgebracht? Sind Sie mir deshalb nachgereist? Diese Variante würde euch doch bestimmt ins Konzept passen.»
Barmettler schüttelte den Kopf. «Nein, umgebracht haben Sie ihn sicher nicht. Aber Sie sind für den Tod des Jungen moralisch mitverantwortlich, möglicherweise auch strafrechtlich, denn Sie haben ihm Ihre Autoschlüssel überlassen. Sie haben nichts unternommen, als er mit Ihrem Wagen wegfuhr. Sie haben...»
«Das ist nicht wahr!» unterbrach ihn Landert, und schrie: «Was wissen Sie denn schon? Nichts wissen Sie! Sie hocken an Ihrem Schreibtisch und reimen sich die phantastischsten Hypothesen von Schuld und Unschuld zusammen. Dabei haben Sie nicht die geringste Ahnung!» Er hob seine Hand, als wolle er zum Schlag gegen Barmettler ausholen, ließ sie aber gleich darauf kraftlos auf seinen Oberschenkel fallen. Auf seinem Gesicht entdeckte Barmettler jenen verzweifelten Ausdruck, den er von

Angeschuldigten kannte, die soeben ihr Schuldgeständnis unterzeichnet hatten.
Der Oberleutnant nahm einen neuen Anlauf. «Vielleicht sehe ich die Dinge falsch, ich bin nicht unfehlbar, doch nur Sie können mir dabei helfen, die Wahrheit herauszufinden.»
«Das ist nicht meine Aufgabe. Sie werden vom Staat bezahlt, ich nicht.»
Barmettler ärgerte sich. Dieser Landert war eben doch ein linker Systemkritiker. Er sagte: «Sie sind in einer schlechten Verfassung. Vielleicht hilft es Ihnen, wenn Sie mir alles erzählen, wenn Sie sich aussprechen.»
«Wollen Sie mich verarschen?» fuhr ihn Landert an. «Ich halte nichts von Psychotherapie. Verbale Selbstbefriedigung ohne seelische Resonanz. Geben Sie mir einen Whisky!»
Barmettler schenkte ihm ein, dann fragte er: «Weshalb sind Sie am Montag so plötzlich abgereist?»
Landert trank das Glas leer, der Whisky lief ihm über die Mundwinkel hinunter, er grinste Barmettler an. «Es ist nicht verboten, nach Sizilien zu fliegen. Oder können Sie mir ein Gesetz nennen, wonach es ein Straftatbestand ist, in die Ferien zu reisen, ohne vorher die Polizei zu verständigen?»
«Ihre überstürzte Abreise war zumindest ungewöhnlich. Wir mußten uns darüber zwangsläufig Gedanken machen. Immerhin sind Sie für uns im Fall Bodmer ein wichtiger Zeuge. Sie sind der letzte Mensch, der Philipp Bodmer lebend gesehen hat.»
Noch bevor Barmettler ausgesprochen hatte, sprang Landert auf. Er preßte die Hand vor den Mund und schwankte ins Badezimmer.
Die Whiskyflasche auf dem Tisch war fast leer.
Nach einer Weile kam Landert zurück. Er war noch blasser als zuvor und blieb unter dem Türrahmen

stehen. «Guten Abend», sagte er leise, und er musterte Barmettler, als hätte er ihn erst jetzt erkannt. Dann taumelte er zu seinem Fauteuil zurück. «Verzeihen Sie ... mir ist schlecht geworden ...»
Barmettler fragte besorgt, ob es ihm besser gehe. Landert machte es sich bequem, indem er die Beine von sich streckte. «Das sind die Nerven», meinte er. «Ich hatte einen Nervenzusammenbruch. Ich bin nach Sizilien gereist, um mich zu erholen. Nicht um einen Mord zu vertuschen, wie Sie vielleicht glauben.»
«Wann hatten Sie diesen Nervenzusammenbruch?»
«In der Nacht von Sonntag auf Montag. Mein Arzt, Doktor Guggenbühl, kann es Ihnen bestätigen. Er riet mir, sofort in die Ferien zu fahren.»
Barmettler witterte eine Chance, den Rechtsanwalt doch noch in ein Gespräch zu verwickeln. «Wodurch wurde dieser Nervenzusammenbruch ausgelöst? Kennen Sie die Ursache? Die Frage ist indiskret, ich weiß. Sie brauchen mir darauf nicht zu antworten, wenn Sie nicht wollen.»
Landert wurde aggressiv. «Das ist aber nett von Ihnen», sagte er und fügte gleich darauf hinzu: «Für wie blöd halten Sie mich eigentlich, Herr Kommissar? Denken Sie wirklich, ich wisse nicht, daß Sie nicht die geringste Befugnis haben, mich im Ausland zu verfolgen und hier auszuhorchen? Ich könnte Sie verklagen; ich könnte Sie sogar festnehmen lassen, weil Sie mich belästigen. Aber keine Angst, ich tu's nicht. Ich werde Ihre Frage sogar beantworten. Weil ich ein netter Mensch bin, und weil Sie mir fast zweitausend Kilometer nachgereist sind.»
Der Oberleutnant biß sich auf die Lippen und schwieg. Landert saß ihm gegenüber. Er hatte die Augen geschlossen, atmete langsam und schwerfäl-

lig. Keiner der beiden Männer sprach. Durch das Balkonfenster blickte Barmettler in den Garten der Pension, der mit tropischen Sträuchern und Bäumen bepflanzt war. Nach ein paar Minuten wollte Landert plötzlich wissen, ob Barmettler verheiratet sei. Als der Oberleutnant nickte, obschon er die Frage nicht begriff, erkundigte sich Landert rasch: «Glücklich? Führen Sie eine glückliche Ehe?»
Barmettler nickte abermals. «Natürlich. Aber weshalb interessieren Sie sich für meine Ehe?»
«Gut», sagte Landert mehr zu sich selber als zu seinem Gegenüber. «Sie führen eine glückliche Ehe, das ist ausgezeichnet. Dann können Sie vielleicht nachempfinden, was in mir vorging, als ich die Nachricht von Philipps Tod erhielt.»
Barmettler verstand nicht. Erst als Landert hinzufügte: «Ich habe Philipp geliebt. So wie Sie Ihre Frau lieben», wurde ihm alles klar. Er schenkte sich einen Whisky ein und dachte angestrengt nach. Er fühlte sich von der Situation überfordert. Auf dieses unverhoffte Geständnis, das er wohl Landerts Alkoholkonsum zuschreiben mußte, war er bei allem Optimismus nicht gefaßt gewesen. «Dann sind Sie also...?» stammelte er verlegen.
«Ja, ich bin schwul. Sprechen Sie's ruhig aus! Sind Sie jetzt zufrieden?» Er blickte Barmettler erwartungsvoll an, dann nahm er seine Hausschuhe, die neben dem Fauteuil am Boden lagen, und warf sie durch das Zimmer gegen die Badezimmertür. «Ich möchte einen Drink, Herr Kommissar», sagte er langsam und nahm die Whiskyflasche, führte sie zum Mund und leerte sie in einem Zug. Er warf die Flasche auf den Teppich, lehnte sich in seinem Fauteuil zurück und sagte ruhig: «Ich bin nach Messina gereist, um mich selber zu finden. Es ist mir scheißegal daß Sie mich verfolgt haben. Ich habe nichts

mehr zu verlieren. Ich bin frei. Verstehen Sie, was das heißt: *frei sein?*» Er blickte Barmettler prüfend an, dann meinte er verächtlich: «Nein, Sie wissen es nicht. Aber das kann man von Ihnen ja auch nicht erwarten. Sie tun nur Ihre Pflicht.» Er begann erneut zu lachen. Ein rätselhaftes Lachen, das immer lauter wurde; Ausdruck von Erleichterung und Verzweiflung zugleich.
Der Oberleutnant war sich darüber im klaren, daß er jetzt die Situation ausnützen und noch weit mehr aus dem Rechtsanwalt herausholen könnte, doch er war müde und verwirrt, es war ihm überhaupt nicht danach zumute, sich noch länger mit Landert zu unterhalten. Er stand auf und sagte: «Sie sind betrunken. Sie sollten sich hinlegen. Wir sehen uns morgen, ich wohne hier im Hotel.»
Er ging zur Tür und wollte eben das Zimmer verlassen, da sagte Landert: «Sie haben mich angelogen, Herr Kommissar.»
Barmettler drehte sich um. «Weshalb?» fragte er. «Weshalb soll ich Sie angelogen haben?»
Landert blickte ihm nachdenklich ins Gesicht und meinte: «Sie führen keine glückliche Ehe. Wenn Ihre Frau bei einem Autounfall ums Leben käme, so würde Sie dies kaum erschüttern, das spüre ich. Sie sind kein ehrlicher Mensch, Kommissar. Denken Sie darüber nach und schlafen Sie gut!»
Barmettler hatte plötzlich den Eindruck, er habe es mit einem Irrsinnigen zu tun.
Der Alte an der Réception händigte ihm wortlos seine Zimmerschlüssel aus, Nummer 10, direkt neben Landert, und obschon der Oberleutnant müde war wie selten zuvor in seinem Leben, konnte er lange nicht einschlafen.
Am darauffolgenden Morgen begegnete er Landert im Frühstückszimmer. Er setzte sich zu ihm an den

Tisch, und der Rechtsanwalt, inzwischen ausgeruht und wieder nüchtern, entschuldigte sich bei Barmettler für sein merkwürdiges Verhalten am Abend zuvor.
«Sie müssen wissen, Herr Kommissar», meinte er, während er dem Oberleutnant Tee einschenkte, «ich leide unter Depressionen. Ich befinde mich in einer ganz schlimmen Krise. In einer Krise, die ich vielleicht nicht überleben werde. Nehmen Sie Zucker?»
Barmettler nickte und sagte: «Sie dürfen sich nicht in eine Sackgasse hineinmanövrieren, Landert. Sie befinden sich auf der Flucht vor sich selbst.»
«Nein», meinte Landert entschieden. «Ich bin geflohen, das stimmt, aber nicht vor dem Gesetz, sondern vor der Wirklichkeit. Die vergangenen Wochen und Monate waren die Hölle für mich. Ich lebte von Medikamenten: Am Morgen Preludin, damit ich aufwachte und meine Angstzustände loswurde, damit ich überhaupt imstande war, zu arbeiten. Am Abend Valium, immer stärkere Dosen, damit ich schlafen konnte. Ich sah eine Katastrophe auf mich zukommen, täglich, stündlich beinahe, und ich wußte, daß es für mich kein Entrinnen gab. Philipps Tod war für mich nicht der Grund meiner Flucht ins Ausland. Ich fühle mich niemandem gegenüber mehr verantwortlich. Es gibt für mich nichts mehr, was mich dazu bewegen könnte, etwas zu tun, wozu ich nicht voll und ganz ja sagen kann.»
Barmettler hörte Landert aufmerksam zu. Die beiden saßen ganz allein im altmodisch möblierten Frühstückszimmer des Hotels. Sie wurden von einem schwarzgekleideten Piccolo bedient, der sich diskret im Hintergrund hielt, jedoch sobald man ihn brauchte zur Stelle war und dem Rechtsanwalt, mit dem er offensichtlich gut bekannt war, ziemlich un-

verhohlen zublinzelte. Der Piccolo sah gut aus, besonders wenn beim Lachen seine makellosen Zähne zum Vorschein kamen, er war noch jung, Barmettler schätzte ihn auf höchstens sechzehn.
Obschon Barmettler nur wenig geschlafen hatte, fühlte er sich ausgeruht und bester Laune. Er aß zwei Portionen gebackenen Speck mit Rührei, mehrere Brötchen und zum Schluß noch ein riesiges Stück Panetone. Während des ganzen Frühstücks, das weit über eine Stunde dauerte, wurde er das seltsame Gefühl nicht los, er sei gar nicht dienstlich, sondern privat in Sizilien, und er konnte sich dieses Gefühl eigentlich nur damit erklären, daß ihm der Rechtsanwalt, je mehr dieser sich ihm anvertraute – mit einer für Barmettler unerwarteten, geradezu frappierenden Offenheit – zunehmend sympathischer wurde. Es gab Momente, in denen er seinen Beruf verfluchte und es ehrlich bereute, daß er Landerts Gegenspieler war.
Was der Rechtsanwalt in der Nacht zuvor als volltrunkenes menschliches Wrack nur angetönt hatte, darüber sprach er jetzt ganz offen, mit einer, wie es Barmettler vorkam, beinahe schamlosen Selbstverständlichkeit. Er sei nach Sizilien geflohen, meinte er, um über sein bisheriges Leben nachzudenken, um Ordnung zu machen, hinter sich aufzuräumen. Es sei kein besonders menschenwürdiges Dasein gewesen, das er gelebt habe, sagte er ganz nüchtern und unsentimental. Er verlor sich bei seinen Schilderungen nicht in Einzelheiten, blieb, was mögliche Gesetzesverstöße betraf, auffallend zurückhaltend, übervorsichtig fast, immerhin war er Jurist. Er sprach immer wieder von Philipp Bodmer, der in Landerts Leben eine zwar nach wie vor undurchsichtige, jedoch zentrale Rolle gespielt haben mußte.

«Wie lange bleiben Sie in Sizilien?» erkundigte sich Barmettler nach dem Frühstück, als der Rechtsanwalt sich eine Zigarette ansteckte.
«Zwei Wochen. Vielleicht auch länger. Schauen Sie, Herr Kommissar, ich habe elf Jahre lang geschuftet, Geld verdient, Geld ausgegeben, und ich habe in diesen elf Jahren jeden Tag davon geträumt, einmal auszubrechen und nur noch an mich selber zu denken. Ich war ein bedingungsloser Altruist. Ich lebte und stritt immer nur für andere. Das habe ich endgültig satt.» Er rauchte nachdenklich vor sich hin, dann fuhr er fort: «Ich frage mich schon die ganze Zeit, weshalb Sie mir nachgereist sind. Ich habe mit Philipp Bodmers Tod nichts zu tun. Er hat meinen Wagen gestohlen, das ist alles. Sie haben wirklich keinen Grund, mir nachzuspionieren.»
«Ich bin privat hierhergekommen», log Barmettler. «Ich habe keinen offiziellen Auftrag.»
«Was hat Sie dazu bewogen?»
Barmettler trank einen Schluck Tee und überlegte. Dann sagte er: «Ich habe viel von Ihnen gehört, Doktor Landert. Von meinen Kollegen, die mit Ihnen beruflich zu tun hatten. Von meinen Vorgesetzten, denen Sie oft Schwierigkeiten gemacht haben und die sich von Ihnen angegriffen, attackiert fühlten. Aber ich bekam nie Gelegenheit, Sie persönlich kennenzulernen. Am vergangenen Sonntag wurde ich mehr oder weniger zufällig mit dem Autounfall von Philipp Bodmer konfrontiert. Der Fall gehörte eigentlich gar nicht in mein Ressort, doch ich spürte sofort: Hier stimmt etwas nicht. Ich spürte: Das ist kein gewöhnlicher Unfall, dahinter verbirgt sich eine menschliche Tragödie.»
Landert verzog die Lippen zu einem zynischen Grinsen und drückte seine Zigarette aus. «Ich wußte nicht, daß die Polizei sich für menschliche

Tragödien interessiert. Ich dachte, Sie seien nur für Verbrechen zuständig.»
Barmettler lachte. «Das eine schließt das andere nicht aus», meinte er. «Im Gegenteil: Hinter den meisten Verbrechen verbirgt sich eine menschliche Tragödie. Wir von der Polizei wissen das, nur können wir darauf keine Rücksicht nehmen. Wir müssen Beweise zusammentragen, den Täter überführen, das ist unsere Aufgabe. Das Gericht und die Verteidigung wiederum – vor allem die Verteidigung – rückt dann die eigentliche Straftat in den Hintergrund und bemüht sich, die menschliche Tragödie, die das Verbrechen ausgelöst hat, zu analysieren. Die Polizei bestraft nicht, verurteilt auch nicht, sie klärt nur auf.»
Landert wurde unruhig. «Warum verfolgen Sie mich?» fragte er aggressiv. «Wollen Sie ein Verbrechen aufklären?» Er steckte sich wieder eine Zigarette an und trommelte mit den Fingern der linken Hand nervös auf die Tischplatte.
«Ich möchte Sie kennenlernen, Doktor Landert», sagte Barmettler freundlich. «Ich möchte mir ein Bild von Ihnen machen, ein ganz persönliches Bild. Ich möchte wissen, was das für ein Mensch ist, der in den Kreisen unserer Justiz fast nur Feinde hat. Man hat mir zum Beispiel erzählt, Sie seien ein linker Systemkritiker, ein fanatischer Gegner unserer kapitalistischen Gesellschaftsordnung. Inzwischen weiß ich, daß das nicht stimmt.»
Landert sah ihn verwundert an. «Woher wollen Sie das wissen?»
«Sie fahren einen teuren Sportwagen, Sie fliegen erste Klasse ...»
«Ich fliege erste Klasse, nicht weil ich den Luxus genießen möchte – Champagner und Kaviar bedeuten mir wenig –, sondern weil ich das Bedürfnis habe,

allein zu sein; ich fürchte mich vor den Menschen. Hier in dieser Pension habe ich meine Ruhe. Hier kann ich über die wesentlichen Dinge nachdenken.»
«Was verstehen Sie unter *wesentlich?*»
Landert überlegte, dann meinte er: «Ich möchte wissen, wer ich bin.» Er spielte mit seinem Kaffeelöffel und lachte dabei. «Wenn ich es herausgefunden habe», meinte er, «dann werde ich aus dieser Erkenntnis, wie auch immer sie ausfallen mag, meine Konsequenzen ziehen.»
Der Piccolo kam an den Tisch und erkundigte sich, ob die Herrschaften noch einen Wunsch hätten, es sei elf Uhr, und er müsse das Frühstückszimmer aufräumen.
«Danke, Sergio», sagte Landert und drückte dem Jungen einen Geldschein in die Hand. Als er bemerkte, wie kritisch Barmettler ihn beobachtete und sich seine Gedanken zu machen schien, sagte er rasch: «Sergio ist der jüngste Bruder von Renzo Crivelli. Renzo war mein Freund. Er ist tot.»
Barmettler horchte auf. Er kannte den Namen Renzo Crivelli aus den Informationen der Auskunftei Eugster.
«Renzo hat in meiner Anwaltskanzlei eine kaufmännische Lehre angefangen», fuhr Landert fort. «Dann kam er mit dem Gesetz in Konflikt, eine scheußliche Geschichte, und wurde von den Schweizer Behörden kurzerhand nach Italien ausgewiesen.»
«Wie alt war der Junge?» erkundigte sich Barmettler. Nicht aus Neugierde, sondern weil ihn interessierte, ob sich sämtliche Partner von Landert altersmäßig am Rande der Schutzaltersgrenze bewegten.
«Siebzehn», antwortete der Rechtsanwalt. «Renzo

war ein unbequemer, kritischer Mensch, der nie begreifen wollte, daß er als Italiener in der Schweiz nur ein Bürger *zweiter* Klasse war. Zu allem Elend war er auch noch schwul, so daß man ihn erst recht nicht akzeptierte. Aber er hatte den Mut, zu sich selber zu stehen. Er ließ sich nicht in eines jener Dreiecke pressen, in denen zu leben oder zu vegetieren wir verdammt sind. Renzo kämpfte bis zuletzt für seine Ideen von Freiheit, von Individualismus und persönlichem Glück. Als er einsehen mußte, daß dieser Kampf ein ganz und gar sinnloser war, das Aufbäumen eines lächerlichen Narren, da hat er sich erhängt.»
Landert lud Barmettler ein, gemeinsam mit ihm Renzos Grab zu besuchen.
Mit dem Taxi fuhren die beiden Männer aus der Stadt hinaus zum Friedhof von Messina, der abseits der letzten Häuser an einem Pinienhang lag. Es gab hier nur eine schlichte Backsteinkapelle, kaum ein Grab war mit Blumen geschmückt, es machte den Anschein, als sei seit Monaten kein Mensch mehr hier gewesen. Vor einer mit Unkraut überwucherten Grabstätte blieb Landert stehen, er zeigte auf das einfache Holzkreuz mit der Inschrift RENZO BATTISTA CRIVELLI 1958–1976 und meinte: «Hier liegt er nun, und kein Mensch weiß, was damals in ihm vorging. Seine Eltern gaben sich mit der simplen Erklärung des Pfarrers zufrieden, es sei eben Gottes Wille gewesen; dabei hat Renzo genausowenig an Gott geglaubt wie ich. Wir beide haben oft über diese Welt und die Menschen nachgedacht, und wir kamen eigentlich sehr schnell zu der Erkenntnis, daß dieser allmächtige Gott, wenn es ihn tatsächlich gäbe, ein Versager wäre. Bei diesem Gott suchen wir Kraft und Herrlichkeit und ewiges Leben, und wir merken nicht, daß er nur in uns sel-

ber existiert und immer nur so stark oder so schwach ist wie wir selbst.»
Schweigend gingen die beiden Männer den Grabreihen entlang zum Friedhofausgang. Landert setzte sich auf eine Holzbank und sagte: «Wenn ich die psychische Kraft hätte, so würde ich Ihnen jetzt von Renzo und mir und unserer verfluchten Liebe erzählen. Vielleicht könnten Sie dann alles etwas besser verstehen.»
Barmettler setzte sich neben den Rechtsanwalt. «Ich glaube, ich verstehe auch so.»
«Nichts verstehen Sie!» fuhr ihm Landert ins Wort. Er wurde plötzlich wieder aggressiv. Seine Stimmung änderte sich innerhalb von Minuten. «Sie reimen sich mit Ihrer kriminalistischen Logik irgendwelche Dinge zusammen, von denen Sie dann selbstgefällig annehmen, daß sie auch zutreffen. Aber wer garantiert Ihnen, daß diese Hypothesen tatsächlich stimmen?»
«In unserem Beruf gibt es keine Garantien. Trotzdem würde ich Ihnen gern ein paar Fragen stellen.»
Landert lachte. «Warum sind Sie bloß ein so unehrlicher Mensch? Warum sagen Sie nicht ganz einfach, daß Sie mich verhören wollen?»
«Sie irren sich. Dazu hätte ich kein Recht, selbst wenn ich es wollte.»
Barmettler hoffte, der Rechtsanwalt würde nun von sich aus zu reden beginnen, doch Landert schwieg. Er starrte vor sich hin und zeichnete mit dem Schuh Figuren auf die Erde, Hieroglyphen, aus denen der Oberleutnant nichts herauszulesen vermochte. Weit und breit kein Mensch. Obschon der Himmel bedeckt war, machte die brütende Hitze – es war sicher weit über dreißig Grad – Barmettler schwer zu schaffen. Er fühlte sich plötzlich schlapp und es bereitete ihm Mühe, sich zu konzentrieren. Die Land-

straße, die am Friedhof vorbeiführte, war kaum befahren. Der Oberleutnant fragte sich, wie sie wohl in die Stadt zurückkommen würden. Von der Kapelle her schleppte sich eine alte Frau an den beiden schweigenden Männern vorbei über den Pinienweg, der als Abkürzung nach Messina führte.
«Sie haben eine Abneigung gegen Schwule?» fragte ihn Landert unvermittelt.
«Wie kommen Sie darauf?» Barmettler schrak aus seinen Gedanken hoch.
«Das spürt man. Ich bin überzeugt, daß körperliche Liebe zwischen zwei Männern für Sie etwas Unnatürliches und damit auch etwas Unbegreifliches ist.»
Barmettler zeigte sich erstaunt. Er sagte: «Ich habe seit vielen Jahren mit Menschen zu tun, die empfinden wie Sie. Bis heute habe ich nicht einen einzigen Homosexuellen kennengelernt, der auch nur annähernd mit seinem Leben zufrieden war. Sie machen da keine Ausnahme. Auch Sie sind nicht glücklich, im Gegenteil: Sie wirken zerstört. Wenn ich Ihnen irgendwie behilflich sein kann?»
«So kriegen Sie nichts aus mir heraus», meinte Landert gereizt. «Sie führen etwas gegen mich im Schild, sonst wären Sie mir nicht nachgereist. Ich spiele Ihnen gegenüber mit offenen Karten. Ich habe Ihnen gesagt, daß ich schwul bin. Ich habe Sie zum Grab meines besten Freundes mitgenommen. Und Sie sind zu feige, mir zu sagen, was Sie eigentlich von mir wollen.»
«Ich möchte Sie nicht verletzen», begann Barmettler vorsichtig und überlegte sich jedes Wort. «Aber dieser Philipp Bodmer war fast noch ein Kind. Es gibt Leute, die behaupten, Sie hätten mit dem Jungen...»
Landert sprang auf. «Sparen Sie sich Ihre Phantasien!» schrie er Barmettler an. «Ich weiß schon

lange, daß Ihr etwas sucht, um mich fertigzumachen. Eure dreckigen Methoden sind mir bekannt. Doch es wird euch nicht gelingen, das verspreche ich Ihnen!» Er stellte sich drohend vor Barmettler hin und sagte leise: «Verschwinden Sie! Verschwinden Sie sofort! Ich will Sie nie mehr wiedersehen!» Weil Barmettler überhaupt nicht reagierte und ruhig sitzenblieb, verlor Landert jede Kontrolle über sich. Er schlug sich mit den Fäusten gegen die Stirn und brüllte: «Verschwinden Sie, Sie mieser Spitzel! Verschwinden Sie!» Auf seinen Lippen bildeten sich Schaumblasen, seine Stimme überschlug sich. Plötzlich drehte er sich um und rannte über den langen Pinienweg zwischen den Gräbern hindurch fort. Nach einer Weile ging ihm der Oberleutnant nach. Er fand ihn am Grab von Renzo Crivelli.
Landert kniete auf dem Boden. Sein Kopf lag im Gras, er schluchzte hemmungslos, für Barmettler ein erbärmlicher, fast unerträglicher Anblick. Er faßte den Rechtsanwalt behutsam bei der Schulter und sagte: «Nehmen Sie sich zusammen, Landert. Kein Mensch tut Ihnen etwas.»
Landert drehte sich zu ihm um, Tränen liefen ihm über das verstörte Gesicht. Seine Augen waren weit aufgerissen. «Verschwinde, du Sau!» sagte er leise. «Verschwinde, sonst geschieht ein Unglück.»
Barmettler ging zu Fuß in die Stadt zurück. Im Hotel schrieb er einen Zettel, den er in einen Umschlag steckte und an der Réception für Landert hinterlegte.

Lieber Doktor Landert, ich hätte Ihnen gern geholfen, leider lehnten Sie meine Hilfe ab. Ihre Verfassung gibt mir zu denken. Sie sollten sich in psychiatrische Behandlung begeben. Gruß Barmettler.

Dann bezahlte er die Rechnung und bestellte ein Taxi. Er ließ sich zum Flughafen bringen, wo er gerade noch eine Maschine der Alitalia nach Genua erwischte. Von dort aus rief er in Zürich bei der Kantonspolizei an und verlangte den Kommandanten. Weil Caflisch wieder einmal nicht im Haus war, ließ er sich mit Burri verbinden und sagte, er solle ihm einen Wagen nach Kloten schicken, er lande um 18.10 Uhr mit dem Swissair-Kurs 635.
Im Duty Free-Shop kaufte er ein Parfüm für Olga.

5

In der DC-9 der Swissair befanden sich knapp ein Dutzend Passagiere. Barmettler hatte eine ganze Sitzreihe für sich allein. Er blickte aus dem Fenster, trank Champagner und versuchte sich zu entspannen. Während die Maschine der Mittelmeerküste entlang in Richtung Nizza flog, um von dort gegen das französische Festland und das Mont-Blanc-Gebirge abzubiegen, blätterte er unkonzentriert in der «Neuen Zürcher Zeitung» und informierte sich über die Geschehnisse in der Schweiz; immerhin war er fast eine Woche unterwegs gewesen.
Das Ergebnis seiner Reise befriedigte Barmettler nur wenig. Zwar hatte sich die Vermutung, Landert könnte homosexuell sein, inzwischen als richtig erwiesen, und es war auch nicht auszuschließen, daß er mit dem minderjährigen Jungen ein Verhältnis gehabt hatte, doch Philipp Bodmer war tot; strafbare Handlungen würden sich kaum mehr beweisen lassen. Kein Zweifel, daß Landert im Ernstfall alles bestreiten würde. Seinen Äußerungen dem Oberleutnant gegenüber, die er obendrein noch unter starkem Alkoholeinfluß gemacht hatte, kam in einem ordentlichen Strafverfahren keinerlei Beweiskraft zu. Außerdem widerstrebte es Barmettler, von Amtes wegen ein Verfahren gegen den Rechtsanwalt einzuleiten. Landert tat ihm, nachdem er ihn persönlich kennengelernt hatte, leid. Für ihn war er ein armer Teufel, der unter seiner abartigen Veranlagung litt und der durch den Tod dieses Philipp Bodmer, der ihm offenbar nahestand, wenn auch auf dubiose und bislang ungeklärte Weise, ohnehin schon genug bestraft war. Natürlich mußte Barmett-

ler letzten Endes die Entscheidung über das weitere Vorgehen dem Kommandanten und, falls dieser es für notwendig hielt, Staatsanwalt Dünnenberger überlassen, doch insgeheim zog er bereits in Betracht, die Angelegenheit ad acta zu legen, zumal er sich in der Öffentlichkeit nicht dem Vorwurf aussetzen wollte, er sei ein «Schwulenhasser», und dies würde, falls die linke Presse die Sache aufgriff, zweifellos der Fall sein. Auch vom «Tages-Anzeiger», der häufig genug eine behördenfeindliche Haltung einnahm, konnte er keine Schützenhilfe erwarten. So nahm sich Barmettler vor, im Gespräch mit dem Kommandanten das Ergebnis seiner Ermittlungen eher abzuwerten, damit der Chef von sich aus an einer Weiterverfolgung dieser leidigen Geschichte nicht mehr interessiert sein würde. Im Innersten wußte der Oberleutnant, daß Caflisch die mutmaßlichen Verfehlungen des Rechtsanwalts nur als Vorwand benützte, um Landert, vor dessen Zivilcourage und der daraus resultierenden Kritik er sich fürchtete, öffentlich «abzuschießen». Wenn Landert tatsächlich, wie der Kommandant immer wieder behauptete, ein «faules Ei» war, so würden die Justizbehörden früher oder später auf andere Weise Gelegenheit bekommen, ihn zu überführen. Auch seine eigenen Chancen, zum Polizeikommandanten befördert zu werden, stellte Barmettler beruhigt fest, würden durch diesen kleinen Mißerfolg kaum beeinträchtigt, im Gegenteil: Man würde im Kollegenkreis, aber auch im Regierungsrat, nicht darum herumkommen, ihm strenge Objektivität und ein ausgeprägtes Gerechtigkeitsdenken zu attestieren.
Während die Maschine über den Genfersee flog und die Passagiere sich bereits wieder anschnallen mußten, entdeckte der Oberleutnant auf der Wirt-

schaftsseite der «Neuen Zürcher Zeitung» eine Schlagzeile, mit der er nicht gerechnet hatte.

ZUSAMMENBRUCH DER BODMER-MÖBEL AG: KONKURS

SDA. Am Donnerstagnachmittag hat die in Teufenbach domizilierte BODMER-MÖBEL AG, welche in der ganzen Schweiz 8 Filialen unterhielt und rund 380 Personen beschäftigte, Konkurs angemeldet. Die Firmengruppe, welche zu Beginn der siebziger Jahre stark expandierte und im vergangenen Jahr noch einen konsolidierten Umsatz von 82 Millionen Franken verzeichnen konnte, soll sich dem Vernehmen nach bereits seit geraumer Zeit in Liquiditätsschwierigkeiten befunden haben. Wie der stellvertretende Geschäftsführer der Firma BODMER AG, Robert Egloff, an einer kurzfristig einberufenen Pressekonferenz bekanntgab, sollen sowohl die allgemein schlechte Wirtschaftslage, als auch die immer stärker werdende ausländische Konkurrenz zum Zusammenbruch der renommierten Möbelfirma geführt haben. Erfolgversprechende Sanierungsbemühungen der Geschäftsleitung in Zusammenarbeit mit einem deutschen Möbelkonzern hätten sich in letzter Minute zerschlagen. Nach Schätzungen des zuständigen Konkursamtes beträgt die Überschuldung des Unternehmens rund 18 Millionen Franken. Für die Angestellten der BODMER-MÖBEL AG kam der Konkurs völlig unerwartet. Er wurde, wie Personalsprecher Max Stüssi an der Pressekonferenz bekanntgab, «durch die plötzlichen Kreditrestriktionen einer Großbank herbeigeführt, welche sich weigerte, die per Ende September fälligen Lohngelder auszuzahlen». Der Firmeninhaber und alleinige Verwaltungsrat der BODMER-MÖBEL AG, Alois C. Bodmer, soll nach Mitteilung der Kantonspolizei

Zürich unmittelbar vor der Konkurseröffnung sämtliche Bankguthaben abgehoben haben, mit der Absicht, sich ins Ausland abzusetzen. Er wurde am Donnerstagabend in Begleitung seiner Freundin Claudia S. auf dem Flughafen Zürich-Kloten festgenommen und befindet sich zurzeit noch in Untersuchungshaft.

Nachdem der Oberleutnant den Zeitungsartikel gelesen und sich von seiner Überraschung etwas erholt hatte, fragte er sich unwillkürlich, ob Landerts plötzliche Abreise nach Italien vielleicht in einem Zusammenhang mit dem bevorstehenden Konkurs der Bodmer-Möbel AG stand. Er war schließlich nicht nur Bodmers Scheidungsanwalt, sondern auch dessen Firmenanwalt gewesen; er mußte demzufolge von Bodmers Schwierigkeiten gewußt haben. Wenn Landerts Flucht gar nichts mit dem Autounfall des jungen Bodmer, sondern mit der prekären Finanzlage seines Vaters zu tun hatte, dann war Barmettler unter falschen Voraussetzungen nach Sizilien gereist, dann war sein Gespräch mit Landert nutzlos, war die ganze Reise als Fiasko zu werten.
So sehr Barmettler sich den Kopf zerbrach und Zusammenhänge konstruierte: Er kam zu keinem schlüssigen Ergebnis. Immerhin war er überzeugt, daß in den Fall Landert noch ganz andere Dinge hineinspielten, von denen er noch gar nichts wußte, die er jedoch wahrscheinlich bald in Erfahrung bringen würde. Er war froh, als die Maschine in Zürich landete und er das Flugzeug verlassen konnte.
Burri erwartete ihn bereits in der Transithalle. Er war, in Begleitung von Korporal Aschwanden, mit dem Streifenwagen *Uto 479* zum Flughafen gekommen und fuhr, weil er um sieben Uhr eine Verabredung mit seiner Freundin hatte, mit Blaulicht und

120 Stundenkilometern durch den Stoßverkehr an die Kasernenstraße. Unterwegs erzählte Aschwanden dem Oberleutnant, der im Fond des Wagens Platz genommen hatte, bei der Kantonspolizei sei wieder einmal der Teufel los: In Mönchaltorf hätten zwei Beamte bei einer Ausweiskontrolle einen Passanten zusammengeschlagen, der Mann liege mit Kopfverletzungen und einer schweren Quetschung im Spital; der Fall sei natürlich von der Presse wieder in ungebührlicher Weise hochgespielt worden. Der Kommandant habe am Nachmittag eine öffentliche Erklärung abgegeben und darin dem Verletzten Tätlichkeiten gegen die beiden Beamten unterstellt, so daß man das rüde Verhalten der Polizisten in der Öffentlichkeit als Notwehr interpretieren müsse. In einem Rundschreiben, das an sämtliche Beamten verteilt worden sei, habe Caflisch strikte Weisung erlassen, inskünftig bei Festnahmen und Routinekontrollen gegen Zivilpersonen nur noch in Ausnahmefällen, wenn es sich nicht vermeiden lasse, und keinesfalls vor Zeugen, tätlich zu werden. Burri sprach fast nichts. Er bemerkte nur, der Oberleutnant sehe nicht besonders erholt aus, vielmehr wirke er strapaziert und mitgenommen, worauf Barmettler konterte, er sei nicht zu seinem Vergnügen nach Sizilien geflogen, sondern habe dort hart gearbeitet. Der Oberleutnant hätte Lust gehabt, Burri einen Verweis zu erteilen, weil er, was streng verboten war, zu persönlichen Zwecken den Einsatz des Streifenwagens mißbrauchte. Doch schließlich sagte er nichts, weil er sich mit seinem Assistenten, auf den sonst Verlaß war, nicht unnötig anlegen wollte. Auf der Hauptwache erfuhr Barmettler, daß die Ermittlungen im Fall Bodmer auf Hochtouren vorangetrieben würden. Die Abteilung Wirtschaftskriminalität arbeite rund um die Uhr. Major Laubacher,

der Chef der Abteilung, leite die Ermittlungen persönlich.
Barmettler hielt nicht viel von Laubacher, der, damals schon weit über vierzig, von der Steuerverwaltung zur Kantonspolizei gestoßen war. Ein Bürohengst, der jahraus jahrein denselben grauen Flanellanzug trug und kaum je ein Wort mit den Kollegen sprach. Er war als Pedant verschrien, als einer jener Beamten, die sich mit dem Erreichten zufriedengaben und sich, auch in ungewöhnlichen Situationen, ängstlich ans Dienstreglement klammerten.
Um so mehr wunderte sich der Oberleutnant, als er von Aschwanden vernahm, Laubacher halte Alois C. Bodmer seit dessen Festnahme im Dauerverhör. Eine Methode, die nach den hausinternen Polizeivorschriften illegal war, und die man deshalb nur bei Gewaltsverbrechen anwandte.
Barmettler ging hinauf in den ersten Stock zum Büro 112, das für solche Dauerverhöre eingerichtet war. Ein verdunkelter Raum ohne Tageslicht, nur von zwei Neonröhren und einer grellen Schreibtischlampe erhellt, so daß die Angeschuldigten, denen man während der Untersuchungshaft die Armbanduhr abnahm, nie wußten, wie spät es war.
Als Barmettler das Büro betrat, saß Bodmer, völlig gebrochen, auf einem Holzstuhl vor dem Schreibtisch. Er war unrasiert, sein Gesicht wirkte verkrampft, die blasse Haut im Licht der Neonlampen fast grünlich. Er sah um zehn Jahre älter aus als am vergangenen Montag, als ihm der Oberleutnant im Appartement von Claudia Singer zum erstenmal begegnet war. Auf dem Schreibtisch standen mehrere Kaffeetassen, zwei schmutzige Teller mit Sandwichresten und ein bis zum Rand mit Zigarettenstummeln gefüllter Aschenbecher.

Laubacher ging in seinem grauen Flanellanzug im Zimmer auf und ab, der Gefreite Heusser schrieb das Protokoll. Die Luft im Raum war stickig, weil die Klimaanlage nicht funktionierte und sich das Fenster aus Sicherheitsgründen nicht öffnen ließ. Bodmer, der Barmettler sogleich bemerkte, wollte aufstehen und ihm die Hand geben, doch Laubacher, der dem Oberleutnant zur Begrüßung bloß zunickte, fuhr ihn an: «Bleiben Sie sitzen, wir kommen sonst nie weiter.»
Dann setzte er, in verbindlicherem Tonfall, neu an und meinte: «Noch einmal, Herr Bodmer, und jetzt versuchen Sie sich bitte genau zu erinnern: Die Bürgschaftserklärung der Genossenschaftlichen Regionalbank trug mehrere Unterschriften. Zwei von diesen Unterschriften sind gefälscht, das ist erwiesen.»
Der Major machte eine Pause, doch bevor er weiterreden konnte, unterbrach ihn Barmettler: «Kann ich dich einen Augenblick unter vier Augen sprechen, Leo?»
Laubacher, der anscheinend übermüdet war, zuckte nervös mit dem rechten Augenlid. «Jetzt gleich?» fragte er ungehalten, zugleich aber auch verunsichert, denn er ließ sich leicht aus dem Konzept bringen. «Du siehst doch, ich bin mitten im Verhör.»
«Wie ich dich kenne, bist du das auch morgen früh noch», meinte Barmettler nicht ohne Zynismus und ging auf Bodmer zu. Er gab ihm die Hand und sagte: «Tut mir leid für Sie, daß Sie in eine solche Geschichte hineingeschlittert sind. Ich spürte am Montag, daß es Ihnen nicht gut ging und daß Sie Probleme hatten, aber ich dachte, das hinge mit dem Tod Ihres Sohnes zusammen.» Und fast beiläufig fügte er hinzu: «Haben Sie Ihren Anwalt verständigt?»

Bodmer schüttelte lethargisch den Kopf. Er konnte sich kaum noch aufrechthalten.
Laubacher mischte sich ein. «Du weißt doch, Erich, daß ein Angeschuldigter erst einen Verteidiger beiziehen kann, wenn die Einvernahmen abgeschlossen sind.»
«Das ist eine Schweinerei», begehrte Bodmer auf. «Ich brauche *jetzt* einen Anwalt, jetzt sofort, und nicht erst, wenn ich mich in meinen eigenen Aussagen verstrickt und vielleicht sogar selber belastet habe. Ich kann doch überhaupt nicht mehr klar denken.» Er wandte sich hilfesuchend an Barmettler: «Stellen Sie sich vor, Herr Kommissar, ich sitze seit zwanzig Stunden in diesem Zimmer und werde pausenlos befragt. Ich kann mich schon gar nicht mehr konzentrieren, ich möchte endlich ein paar Stunden schlafen.»
«Ich auch, Herr Bodmer», sagte Laubacher spitz. «Aber bevor Sie mir nicht einige Erklärungen geben, kann ich das Verhör unmöglich abbrechen. Das Konkursamt erwartet von mir bis Montag früh einen schriftlichen Bericht über die Herkunft sämtlicher Bürgschaften, und die beiden Großbanken wünschen eine genaue Aufstellung über die Verbindlichkeiten Ihrer Firma, damit über die Auszahlung oder Nichtauszahlung der fälligen Lohngelder entschieden werden kann. Nun reißen Sie sich etwas zusammen! Sie tragen die Verantwortung für fast vierhundert Angestellte, die Ihnen vertraut haben. Ein Großteil von ihnen ist verheiratet, die meisten haben Kinder. Diese Leute warten auf ihr Geld, und Sie wollen sich schlafen legen?»
Bodmer blickte zu Barmettler und sagte: «Wissen Sie vielleicht, ob Doktor Landert zurück ist? Ich brauche ihn dringend. Nur er kann mir jetzt noch helfen.»

«Landert ist in den Ferien. In Sizilien. Wußten Sie das nicht?»
«Ich wußte nur, daß er für ein paar Tage weggefahren ist, aber ich wußte nicht wohin», meinte Bodmer resigniert. Dann schien er plötzlich Hoffnung zu schöpfen und erkundigte sich, ob der Oberleutnant bereit sei, Landert ein Telegramm zu schicken. Doch bevor Barmettler antworten konnte, fuhr Laubacher dazwischen: «Wie oft muß ich Ihnen noch sagen, Herr Bodmer, daß Sie nach unserer Strafprozeßordnung kein Recht haben, im gegenwärtigen Zeitpunkt einen Anwalt beizuziehen? Kapieren Sie doch endlich und rücken Sie mit der Wahrheit heraus! Oder haben Sie überhaupt kein Verantwortungsgefühl?»
«Sie hatten keinen Grund, mich zu verhaften», empörte sich Bodmer. Seine Stimme klang weinerlich, er schien am Ende seiner psychischen und physischen Kräfte zu sein. «Jeder Geschäftsmann kann sich verspekulieren», rief er aufgebracht. «Ich bin zu groß eingestiegen und habe zu rasch expandiert. Dann kam die Rezession, die Leute fingen an zu sparen. Es kam der Gastarbeiterstopp, die Konkurrenz aus Schweden mit ihren Billigangeboten. Alles Imponderabilien, die ich nicht voraussehen konnte und gegen die ich machtlos war. Die Großbanken haben jahrelang von mir profitiert, und dann, als es mir dreckig ging, als die Existenz meiner Firma auf dem Spiel stand, hat man mich hängenlassen. Ich hätte bloß ein paar Tage gebraucht, um meine Firma zu sanieren. Die Banken wollten mir diese Zeit nicht geben, obschon ich mit einigen solventen Kaufinteressenten in Verhandlung stand. Mir blieb keine andere Wahl, als Konkurs anzumelden. Aber das ist noch lange kein Grund, mich wie einen Schwerverbrecher zu verhaften.» Und zu Barmettler

gewandt meinte er entrüstet: «In Handschellen hat man mich abgeführt.»
Laubacher setzte sich an den Schreibtisch, sein Mund formte sich zu einer winzigen Rundung. «Mein lieber Herr Bodmer», begann er in salbungsvollem Ton, «wir haben Sie nicht festgenommen, weil Ihre Firma in Konkurs ging, so was geschieht jeden Tag. Wir haben Sie festgenommen, weil Sie sich ins Ausland absetzen wollten. Soweit ich die Sachlage bis jetzt überblicken kann, werden Sie sich für einige Delikte zu verantworten haben: Betrug, Urkundenfälschung, Hehlerei, und wer weiß, was sonst noch dazukommt. Alle diese Straftatbestände müssen genau abgeklärt werden, bevor sich der Schaden ausweiten kann.»
Barmettler ging zur Tür und gab dem Major mit dem Kopf ein Zeichen, ihm zu folgen. Draußen auf dem Flur sagte er: «Bodmer schläft dir am Schreibtisch ein. In diesem Zustand kriegst du aus ihm nichts mehr heraus.»
Laubacher war anderer Meinung. «Diese hartgesottenen Wirtschaftskriminellen sind mit allen Wassern gewaschen, die muß man erst mürbe machen. Wenn du sie soweit hast, daß ihnen vor Müdigkeit die Augendeckel zufallen, legen sie ein Geständnis ab...»
«...das sie am nächsten Tag widerrufen», unterbrach ihn Barmettler. «Nein, Leo, so kommst du nicht weiter. Brich das Verhör ab und laß Bodmer erst einmal ausschlafen. Morgen früh beginnst du ganz neu. Du mußt vernünftig mit ihm reden, er darf in dir nicht den Gegner sehen. Du mußt sein Vertrauen gewinnen, dann erst wird er auspacken.»
Laubacher schaute den Oberleutnant pikiert an. «Ich weiß, was ich zu tun habe, Erich. Ich brauche keine Belehrungen. Die Verantwortung für diesen

Fall trage *ich*. Der Konkurs der Bodmer-Möbel AG hat in der Öffentlichkeit Wellen geschlagen. Die Presse wartet auf Ergebnisse, die Angestellten wollen ihr Geld, das Konkursamt will einen Status erstellen. Wir müssen die Sache vorantreiben.»
«Versteh' mich nicht falsch, Leo», versuchte Barmettler einzulenken. «Es ist sonst nicht meine Art, mich in fremde Fälle einzumischen. Wirtschaftskriminalität ist ein Gebiet für sich, hier bist du der Fachmann.»
«Eben. Darum solltest du mich machen lassen.»
«Nun sei doch um Himmels willen nicht so stur», meinte Barmettler ungeduldig. «In diese Konkursgeschichte spielt möglicherweise ein Fall hinein, den ich zurzeit bearbeite, im Auftrag des Kommandanten und der Staatsanwaltschaft. Eine delikate Angelegenheit. Ich bin dabei auf Bodmers Unterstützung angewiesen.»
«Das ist deine Sache», sagte Laubacher, ohne den Oberleutnant dabei anzusehen. «Jeder von uns hat seine eigenen Methoden, und jeder muß sehen, wie er mit seinen Fällen zurechtkommt. In unserem Beruf gibt es nun mal keine allgemeingültigen Regeln, das müßtest du eigentlich wissen, Erich. Ich jedenfalls lasse mir von niemandem dreinreden. Ich habe Bezirksanwalt Stutz auf Montagmorgen sämtliche Einvernahmeprotokolle in der Sache Bodmer zugesagt. Und er wird sie bekommen, darauf kannst du dich verlassen.»
«Was bist du doch für ein gottverdammter Streber!» sagte Barmettler verärgert, worauf sich Laubacher gekränkt von ihm abwandte und die Tür zum Verhörzimmer hinter sich zuschlug.
Barmettler fühlte sich durch Laubachers kleinliche Haltung in seiner Meinung über den Major bestärkt. Er ging in sein Büro im dritten Stock, wo er auf dem

Schreibtisch eine Menge Einvernahmeprotokolle vorfand, die wegen seiner Abwesenheit liegengeblieben waren und die er noch unterzeichnen mußte; Wichtiges war allerdings nicht dabei. Dann sortierte er die Quittungen seiner Reiseauslagen und erstellte eine genaue Spesenabrechnung, die er gleich am Montagmorgen in der Buchhaltung einkassieren wollte. Auch hielt er es für seine Pflicht, den Kommandanten kurz über das Ergebnis seiner Sizilienreise zu informieren, doch Caflisch war weder im Büro noch in seiner Privatwohnung zu erreichen. Wahrscheinlich hatte er sich übers Wochenende in sein Ferienhaus im Lötschental zurückgezogen, das ihm seine Frau zum 55. Geburtstag geschenkt hatte; dort pflegte er jeweils in seiner Freizeit Akten aufzuarbeiten oder neue Ermittlungsmethoden auszuhecken, die er dann, sehr zum Mißfallen des Kaders, am Montagmorgen beim Rapport in allen Einzelheiten bekanntgab.

Barmettler hatte ein freies Wochenende vor sich. Er beschloß, nach Hause zu fahren und sich von seiner Italienreise zu erholen. Auf dem Weg zur Einsatzzentrale begegnete ihm Claudia Singer. Sie sah bleich und übernächtigt aus, trug einen beigen Regenmantel mit hochgeschlagenem Kragen; ihre kurzgeschnittenen, rotblonden Haare waren zerzaust. Sie schwankte, stand offenbar unter Alkohol- oder, wie der Oberleutnant beim Anblick ihrer großen Pupillen vermutete, möglicherweise sogar unter Drogeneinfluß; jedenfalls konnte sie sich kaum auf den Beinen halten.

«Wo ist Alois?» fragte sie mit schleppender Stimme, als sie Barmettler bemerkte. «Stellen Sie sich vor, man hat uns einfach verhaftet, ohne Grund.» Sie begann zu weinen, laut und hysterisch, und weil der Oberleutnant befürchtete, sie könnte ihm hier auf dem Korridor eine Szene machen, was ihm peinlich gewesen wäre, bat er sie, ihm in sein Büro zu folgen. Nachdem sie sich gesetzt und Barmettler ihr ein Papiertaschentuch gegeben hatte, damit sie sich die Tränen abwischen konnte, erzählte sie ihm aufgeregt, daß Bodmer am Mittwochnachmittag nach dem Begräbnis seines Sohnes zusammengebrochen sei. Seine Frau habe ihn am offenen Grab und in Gegenwart aller Trauergäste einen Ehebrecher genannt, das habe er nicht verkraften können. Sie seien dann zusammen nach Teufenbach in die Firmenzentrale gefahren, um sich in aller Ruhe auszusprechen. Dort habe ihn jedoch bereits Egloff erwartet und ihm zwei fällige Lieferantenwechsel über je 300 000 Franken präsentiert, die spätestens am Donnerstagmorgen hätten bezahlt werden müssen. Bodmer habe die Wechsel entgegengenommen und, nachdem Egloff das Zimmer verlassen habe, zu ihr gesagt: «Ich kann nicht mehr, und ich *will* auch nicht mehr. Die Brüder können mich alle am Arsch lecken.» Sie habe ihn dann überredet, Landert anzurufen, doch der sei nicht zu erreichen gewesen.

«Glauben Sie denn, daß Doktor Landert Ihrem Freund in dieser ausweglosen Situation noch hätte helfen können?» wollte Barmettler wissen.

«Landert hatte ihm schon ein paar Mal geholfen. Landert hätte für Alois alles getan. Er war unsere letzte Hoffnung.»

«Aus der Zeitung weiß ich, daß die Bodmer-Möbel AG maßlos verschuldet war. Eine Sanierung wäre kaum mehr möglich gewesen.»

Das Mädchen tat Barmettler leid. Sie meinte es wohl gut, aber von geschäftlichen Dingen hatte sie offenbar keine Ahnung.

«Doktor Landert hätte Alois geholfen, das weiß ich bestimmt. Er tat es in seinem eigenen Interesse.»
«Warum?» erkundigte sich Barmettler, den diese Äußerung neugierig gemacht hatte; aber das Mädchen gab ihm darauf keine Antwort. Sie blickte verlegen auf den Fußboden und schien gerade noch rechtzeitig bemerkt zu haben, daß sie sich um ein Haar verplaudert hätte.
«Könnte es zum Beispiel sein», fuhr Barmettler unbeirrt fort, daß Ihr Freund Bodmer Doktor Landert irgendwie in seiner Gewalt hatte?»
Die Kleine zuckte zusammen. «Wie meinen Sie das?» fragte sie mit einem gekünstelten Lächeln.
«Es wäre immerhin denkbar, daß Doktor Landert aus irgendwelchen Gründen, die ich nicht kenne, die wir vielleicht beide nicht kennen, Ihrem Freund ausgeliefert war. Moralisch und möglicherweise auch finanziell.»
«Ausgeschlossen», sagte die Singer schnell. Sie hatte sich wieder ganz in der Gewalt. «Doktor Landert ist der Anwalt von Alois. Durch ihn habe ich Landert auch kennengelernt und . . .»
«Sprechen Sie ruhig weiter, Fräulein Singer. Sie können volles Vertrauen zu mir haben. Ich spreche zu Ihnen als Privatmann. Mit dem Fall Ihres Freundes habe ich nicht das geringste zu tun, der liegt bei einem anderen Sachbearbeiter.»
Claudia Singer spielte nervös mit dem Ring an ihrer rechten Hand, einem Brillantring, der viele tausend Franken gekostet haben mußte, zweifellos ein Geschenk von Bodmer.
«Ich bin seit fast drei Jahren mit Alois befreundet», begann sie zögernd. «Ich wollte seine Ehe nicht zerstören, denn ich empfand nie sehr viel für ihn. Der Altersunterschied zwischen uns war zu groß. Doch Alois hat viel für mich getan. Materiell, meine ich.

Er hat mir mein Appartement eingerichtet, meinen Wagen gekauft, er gab viel Geld für mich aus. Er hat mir zum Beispiel die Schauspielschule finanziert, wir fuhren gemeinsam in die Ferien ...»
«Mit anderen Worten, Sie fühlten sich ihm verpflichtet?»
«Ja», sagte Claudia erleichtert. «Darf ich rauchen?»
«Bitte.»
Sie steckte sich umständlich eine Marlboro an. Dann fuhr sie fort: «Als Alois mit seiner Frau Schwierigkeiten bekam und sich scheiden lassen wollte, stellte er mir Doktor Landert vor. Als seinen Scheidungsanwalt. Und dann ...... ja, wie soll ich es sagen ...?»
«Sprechen Sie's ruhig aus. In unserem Beruf kann einen so leicht nichts mehr erschrecken.»
«Ich habe mich in Doktor Landert verliebt.»
«Ach?» meinte Barmettler erstaunt und gab sich Mühe, ein Lachen zu unterdrücken. «Und Landert? Hat er Ihre Gefühle erwidert?»
«Er wußte zuerst gar nichts davon. Ich sprach nur mit Alois und schlug ihm vor, daß wir uns trennen sollten. Er war hin und hergerissen zwischen seiner Frau und mir. Ich mußte mich fast jeden Tag von seiner Frau am Telefon beschimpfen lassen. Ehebrecherin nannte sie mich, Dreckhure. Ich hielt das alles nicht mehr aus. Am liebsten wäre ich abgehauen, aber das konnte ich nicht, weil ich am Schauspielhaus engagiert war. Eines Tages habe ich Alois dann gesagt, daß ich mich in Rolf Landert verknallt hätte, aber er lachte mich bloß aus und sagte, ich solle mir keine falschen Hoffnungen machen, Landert sei andersrum, der habe ganz andere Ambitionen.» Mit einer fahrigen Handbewegung wischte sie sich eine Haarsträhne aus der Stirn, preßte die Lippen zusammen und schwieg.

Barmettler fürchtete, sie könnte erneut einen Heulkrampf bekommen, deshalb sagte er schnell: «Ich habe gehört, daß Sie sich mit Herrn Bodmer ins Ausland absetzen wollten?»
Sie nickte kleinlaut. «Das war ein überstürzter Entschluß», meinte sie rasch. «Wir sahen keinen anderen Ausweg mehr. Alois hat mich dazu überredet. Er hob von der Bank sein Privatvermögen ab, 180 000 Franken, damit wollten wir nach Lima fliegen. Er hat dort Verwandte, die besitzen eine Farm. Wir wollten zusammen ein ganz neues Leben anfangen.»
Barmettler mußte lachen. Diesen Satz hatte er schon oft gehört, aber er kannte niemanden, dem es gelungen war, ihn zu verwirklichen. Nur: Die Singer war noch jung, sie konnte es sich noch leisten, Erfahrungen zu sammeln und auf die Versprechungen eines Phantasten hereinzufallen. Bodmer hingegen mußte schon sehr verzweifelt gewesen sein, daß er mit 180 000 Franken in der Tasche nach Südamerika abhauen wollte.
«Fräulein Singer, sie kannten Doktor Landert doch gut. Sie wußten, daß er homosexuell ist. Sie kannten aber auch Philipp Bodmer, jedenfalls verkehrte er in Ihrem Appartement. Philipp Bodmer wiederum unterhielt eine sehr eigenartige Beziehung zu Doktor Landert. Vielleicht können Sie mir weiterhelfen.»
Sie blickte ihn fragend an. «Was wollen Sie wissen?»
«War Philipp Bodmer auch homosexuell?»
«Nein», sagte Claudia Singer, «das war er bestimmt nicht.»
«Haben Sie sich denn über die Beziehung zwischen Doktor Landert und Philipp Bodmer, der immerhin zwanzig Jahre jünger war, nie Gedanken gemacht?»

erkundigte sich der Oberleutnant in väterlichem Ton.

Die Singer blickte an ihm vorbei zum Fenster und meinte so leise, daß der Kommissar Mühe hatte, sie zu verstehen: «Ich möchte dazu nichts sagen.»

«Ich kann Sie nicht zwingen», sagte Barmettler schroff, denn er war es gewohnt, daß er auf seine Fragen eine Antwort erhielt, selbst wenn sie nicht der Wahrheit entsprach.

«Darf ich Sie etwas fragen?» erkundigte sich Claudia Singer nach einer Pause, während der sie angestrengt nachzudenken schien.

«Tun Sie sich keinen Zwang an», meinte Barmettler gönnerhaft. Er war gespannt, was die Kleine von ihm wissen wollte.

«Stimmt es», begann sie zögernd, als falle es ihr schwer, sich richtig auszudrücken, «stimmt es, daß Doktor Landert ebenfalls verhaftet wurde?»

«Wer sagt so was?» fragte Barmettler erstaunt.

«In Stäfa kursieren die wildesten Gerüchte. Es heißt, Landert befinde sich im Bezirksgefängnis Meilen, weil er Philipp seine Wagenschlüssel gegeben habe.» Sie blickte ihn flehend an. «Bitte, Herr Kommissar, sagen Sie mir die Wahrheit.»

«Doktor Landert ist in Sizilien in den Ferien. Wenn Sie wollen, kann ich Ihnen sogar seine Adresse geben.»

«Wirklich?» Sie blickte ihn erleichtert an.

Barmettler schrieb auf einen Zettel: *Pension da Martino, Piazza della Repubblica 19, Messina/Sizilien* und sagte: «Die Telefonnummer der Pension können Sie über die internationale Auskunft erfahren.» Er war überzeugt, daß sie Landert anrufen und ihn bitten würde, sofort in die Schweiz zurückzukehren.

Die beiden gingen zusammen die Treppe hinunter.

Im ersten Stock blieb Claudia Singer stehen und sagte: «Ich warte hier auf Alois. Das Verhör wird sicher nicht mehr lange dauern.»
Barmettler fragte sich, ob die Kleine wirklich so naiv war, zu glauben, man würde Bodmer in absehbarer Zeit aus der Untersuchungshaft entlassen. Er sagte: «Ein paar Tage werden Sie sich schon noch gedulden müssen, bis Sie Ihren Freund wiedersehen. Wir können nicht hexen bei der Polizei.»
Die Singer lief schluchzend die Treppe hinunter, so daß einige Beamte stehenblieben und ihr verwundert nachsahen.
Inzwischen war es Viertel nach acht. Weil kein Dienstwagen frei war, fuhr der Oberleutnant mit der Straßenbahn nach Hause. Olga saß im Wohnzimmer vor dem Fernseher. Sie mußte ihn vermißt haben, denn sie empfing ihn, wie er es eigentlich kaum mehr gewohnt war, mit überschwenglicher Freude, und als er ihr das Parfüm überreichte, fiel sie ihm stürmisch um den Hals; das war lange nicht vorgekommen.
Am Montagmorgen fand im Kaspar-Escher-Haus, dem Sitz der Justizdirektion, eine außerordentliche Sitzung statt, an der außer Kommandant Caflisch und Barmettler auch Staatsanwalt Dünnenberger und Bezirksanwalt Stutz teilnahmen. Regierungsrat Rüfenacht führte den Vorsitz. Während der Oberleutnant kurz und sachlich über die kargen Ergebnisse seiner Sizilienreise berichtete, ohne auf irgendwelche Einzelheiten näher einzugehen – so verschwieg er ganz bewußt Landerts Äußerungen über seine gleichgeschlechtlichen Neigungen –, spielte Rüfenacht nervös mit seinen Manschettenknöpfen und hörte, wie es Barmettler vorkam, kaum zu.
Dann ergriff Staatsanwalt Dünnenberger das Wort.

«Die Verdachtsmomente gegen Landert sind schwerwiegend», meinte er. «Ich werde mein Ermittlungsverfahren fortführen. Welcher normal empfindende Erwachsene unterhält derart intensive Kontakte zu halbwüchsigen Burschen? Meine Herren, ich darf daran erinnern, mit welch unlauteren Mitteln Doktor Landert unsere Justizbehörden im Gerichtssaal coram publico angegriffen hat. Wenn wir jetzt, wo sich uns endlich eine Gelegenheit bietet, Landert Gesetzesverstöße nachzuweisen, nicht mit aller Härte durchgreifen, machen wir uns lächerlich und werden unglaubwürdig.»
Eine Sekretärin brachte Kaffee. Rüfenacht, der Caflischs Gewohnheiten kannte, erkundigte sich, ob er zum Kaffee gerne einen Schluck Rémy Martin möchte, was der Kommandant – trotz der frühen Morgenstunde – nicht abschlug. Dann kam Caflisch auf den Fall Bodmer zu sprechen, erwähnte lobend, was für ein Teufelskerl Major Laubacher sei, habe er doch das unglaubliche Kunststück fertiggebracht, die Ermittlungsakten in der Konkursgeschichte Bodmer im Verlauf von zweieinhalb Tagen abzuschließen. Alois C. Bodmer sei in allen wesentlichen Anklagepunkten geständig und bleibe bis auf weiteres in Untersuchungshaft.
Als Barmettler den Einwand wagte, Bodmer könne sein Geständnis jederzeit widerrufen, weil ein fast sechzigstündiges Dauerverhör unzulässig sei, fuhr ihn der Kommandant an: «Herrgott noch mal, Barmettler, lassen Sie mich gefälligst ausreden! Dieser Landert – und jetzt staunen Sie – ist nicht nur ein Unzüchtler, sondern auch ein ganz perfider Betrüger. Das ist aktenkundig. Landert steckt mit Bodmer unter einer Decke.»
«Darf ich auch einmal etwas sagen», meldete sich Bezirksanwalt Stutz zu Wort. Ihm waren die wei-

teren Ermittlungen in der Konkurssache der Bodmer-Möbel AG anvertraut. Er war noch jung, knapp fünfunddreißig und erst seit kurzem als Untersuchungsrichter tätig. Zuvor hatte er als Rechtsberater bei einer Versicherungsgesellschaft gearbeitet. Bei der Bezirksanwaltschaft befaßte er sich vornehmlich mit Wirtschaftsverbrechen, galt als progressiv und brachte auch gegenüber seinen Vorgesetzten den Mut auf, Verletzungen von rechtsstaatlichen Bestimmungen zu kritisieren.

«Bitte, Herr Kollege», sagte Rüfenacht freundlich. «Reden Sie ungeniert, deshalb sind wir ja hier zusammengekommen.»

Bezirksanwalt Stutz öffnete das vor ihm liegende Aktendossier, suchte ein Protokoll heraus und meinte: «Wir können Landert im Moment noch keine strafbaren Handlungen nachweisen. Aus den Buchhaltungsunterlagen der Bodmer-Möbel AG ist zwar ersichtlich, daß die Firma in den letzten acht Monaten von Rechtsanwalt Landert mehrere Kredite im Gesamtbetrag von 3,2 Millionen Franken bezogen hat, doch diese Darlehen wurden ordnungsgemäß verbucht.»

«Hat Bodmer über die Herkunft dieser Gelder konkrete Angaben gemacht?» erkundigte sich Dünnenberger mit offensichtlichem Interesse.

«Nein», sagte Stutz. «Bodmer hat lediglich zu Protokoll gegeben, Landert habe über die mißliche Finanzlage seiner Firma Bescheid gewußt und ihm von sich aus die erwähnten Kredite angeboten. Bodmer selber habe immer noch gehofft, die Auftragslage würde sich in den kommenden Monaten verbessern, und er könne Landert die gewährten Darlehen fristgerecht zurückzahlen.»

«Ließ Landert sich für diese 3,2 Millionen Sicherheiten überschreiben?» wollte Rüfenacht wissen.

«Sicherheiten?» Caflisch begann laut zu lachen. «Woher auch? Die Bodmer-Möbel AG ist seit mindestens drei Jahren hoffnungslos überschuldet. Sämtliche verwertbaren Aktiven sind an die beiden Großbanken verpfändet. Seit einem Jahr haben die Banken die Löhne der Angestellten nur noch ausbezahlt, indem sie sich Kundenguthaben abtreten ließen, dadurch waren sie einigermaßen abgedeckt. Nein, Rechtsanwalt Landert hat der Bodmer-Möbel AG die 3,2 Millionen ohne jede Sicherheit zur Verfügung gestellt.»
«Das stimmt», räumte Bezirksanwalt Stutz ein. «Das war zweifellos leichtsinnig von ihm. Er wird von dem Geld keinen Franken wiedersehen.»
«Dann stellt sich die Frage», meinte Dünnenberger nachdenklich, «was einen intelligenten Mann wie Landert dazu veranlaßt haben kann, so beträchtliche Geldsummen in ein Faß ohne Boden zu investieren? Gibt es darüber in den Akten irgendwelche Anhaltspunkte?»
«Nichts von Bedeutung», sagte Stutz und blätterte erneut im Protokoll. Er suchte eine bestimmte Stelle und las eine von Bodmer unterzeichnete Aussage vor: «*Im Frühjahr 1978, als die Umsätze meiner Filialen Herzogenbuchsee und Chur um fast sechzig Prozent zurückgingen, verweigerten mir meine beiden Hausbanken jede Krediterweiterung ohne entsprechende Sicherheiten. Ich beriet die Liquiditätskrise mit meinem Anwalt Dr. iur. Rolf Landert, der mir zuerst empfahl, Nachlaßstundung einzureichen. Nachdem ich Dr. Landert darauf aufmerksam gemacht hatte, daß sich eine solche Nachlaßstundung, welche öffentlich publiziert wird, sowohl bei den Lieferanten meiner Firma als auch bei der Kundschaft nachteilig auswirken würde, erklärte sich Landert von sich aus bereit, der Bodmer-Möbel AG*

ein persönliches Darlehen von einer Million Franken gegen eine fünfprozentige Verzinsung zur Verfügung zu stellen. Die Auszahlung dieser Summe erfolgte am 19. April 1978 am Hauptsitz meiner Firma in Teufenbach. Im Sommer 1978, als sich der Geschäftsgang weiterin verschlechterte und ich mich Ende August 1978 nicht mehr in der Lage sah, die fälligen Löhne im Gesamtbetrag von rund 1,2 Millionen Franken auszuzahlen, stellte mir Dr. Landert aus freien Stücken abermals ein Darlehen über die genannte Summe zur Verfügung. Die Zahlung erfolgte in bar gegen Quittung. Weil meine Firma ihren finanziellen Verpflichtungen den beiden deutschen Großlieferanten Polstermöbelwerke Karpf & Co. sowie der Firma Eberle & Billing KG gegenüber nur schleppend nachkam, verlangten diese beiden Firmen bei den bevorstehenden Lieferungen für das Weihnachtsgeschäft 1978 Barzahlung. Die Genossenschaftliche Regionalbank Teufenbach erklärte sich bereit, die Hälfte dieser Lieferantenrechnungen in Höhe von zwei Millionen Franken gegen Zession zu bevorschussen, sofern meine Firma die andere Hälfte aus eigenen Mitteln aufbringen könne. Weil sich das Weihnachtsgeschäft unerwartet gut anließ, willigte Dr. Landert ein, mir noch einmal mit einer Million Franken auszuhelfen. Am 23. November 1978 übergab er mir einen Barscheck der Schweizerischen Bankgesellschaft (Scheck-Nr. 0089376673 KU, Scheckkopie befindet sich in den Buchhaltungsunterlagen auf dem Konkursamt). Ich löste den Scheck persönlich am Hauptsitz der Schweizerischen Bankgesellschaft in Zürich ein und bezahlte die Summe noch am selben Tag bei der Filiale der Genossenschaftlichen Regionalbank Teufenbach zur Begleichung der ausstehenden Lieferantenrechnungen ein. Gesamthaft habe ich im

Zeitraum zwischen dem 19. April 1978 und dem 23. November 1978 Darlehen im Betrag von 3,2 Millionen Franken von Rechtsanwalt Dr. Rolf Landert bezogen. Über die Herkunft dieser Gelder habe ich mir nie Gedanken gemacht. Ich nahm an, daß Dr. Landert, der eine florierende Anwaltskanzlei besitzt, über ein erhebliches Privatvermögen und erstklassige Bankverbindungen verfüge.»
«Das ist ungeheuerlich!» rief Staatsanwalt Dünnenberger aufgebracht. «Sie wollen mir doch nicht weismachen, daß dieser linke Rechtsanwalt, der vorwiegend Automatenknacker, Drogensüchtige und Kleinganoven verteidigt, drei Millionen Franken auf die hohe Kante legen konnte?»
«Das habe ich auch nie behauptet», sagte der Bezirksanwalt, der sich über die auflodernde Empörung seines Kollegen Dünnenberger zu wundern schien, gelassen. «So steht es aber in den Akten», fügte Stutz hinzu, «und davon müssen wir bei der Beurteilung der Sachlage wohl oder übel ausgehen.»
Caflisch schenkte sich noch einen Cognac ein. Er ließ ihn genüßlich auf der Zunge zergehen, dann stellte er sein Glas abrupt auf den Tisch und meinte energisch: «Machen wir uns doch nichts vor, meine Herren! Die Sache stinkt zum Himmel! Wir dürfen nicht länger Rücksicht nehmen, bloß weil sich einige von uns vor diesem Landert fürchten.»
Er blickte verstohlen zu Regierungsrat Rüfenacht, der rasch einen Schluck Kaffee trank und anscheinend aufmerksam zuhörte. Dann fuhr er fort: «Für mich gilt der Grundsatz: Gleiches Recht für alle. Daran müssen wir uns halten, sonst verlieren wir unsere Glaubwürdigkeit. Landert ist seit über zehn Jahren selbständiger Rechtsanwalt. Er hat in dieser Zeit keine Gelegenheit ausgelassen, die Behörden zu schikanieren. Er hat, das weiß jeder von Ihnen,

meine Herren, die Aktivitäten der Justiz- und Polizeibehörden mit geradezu fanatischem Eifer verfolgt, er hat zahllose Eingaben und Beschwerden verfaßt. Und er hat Sie, Herr Regierungsrat Rüfenacht, das dürfen wir nicht übersehen, durch haltlose Beschuldigungen in der Öffentlichkeit diskriminiert – und das alles, obschon er selber alles andere als eine weiße Weste hat.»
Bezirksanwalt Stutz, den Caflisch ohnehin für einen verkappten Linken hielt, weil er sich im Kollegenkreis unlängst für eine generelle Abschaffung der Freiheitsstrafe ausgesprochen hatte, mußte ein Lachen unterdrücken. «Entschuldigen Sie, Herr Kommandant, aber ich weiß nicht, wo Sie hinauswollen. Bis jetzt liegen gegen Landert keinerlei rechtlich relevante Beweise vor.»
Caflisch kippte verärgert den letzten Cognac hinunter, wischte sich mit der Hand über den Mund und sagte ruhig: «Landert ist schwul. Das ist zwar nicht verboten, auch wenn man sich in guten Treuen fragen kann, ob ein Rechtsanwalt mit derartigen Neigungen . . .»
«Herr Kommandant», unterbrach ihn Stutz, «ich kenne einige Untersuchungsrichter . . .»
Regierungsrat Rüfenacht klopfte mit seinen dünnen Fingerknöcheln auf die Tischplatte. «Herr Stutz, ich wäre Ihnen dankbar, wenn Sie den Herrn Kommandant endlich aussprechen lassen würden», sagte er mit schneidender Stimme. «Wir halten uns in diesem Haus seit jeher ans Kollegialprinzip. Zuerst reden die Dienstältesten, die haben am meisten Erfahrung. Davon können auch Sie profitieren.»
Barmettler, der schweigend vor seiner Kaffeetasse saß, wunderte sich nicht mehr, daß Justizdirektor Rüfenacht bei Caflisch so beliebt war.
«Für mich steht fest, daß Rechtsanwalt Landert se-

xuelle Beziehungen zu Knaben unterhält», fuhr der Kommandant fort. «Nur können wir ihm das nicht beweisen. Dazu brauchen wir noch etwas Zeit.» Er wandte sich an Barmettler: «Es wird Ihre Aufgabe sein, Barmettler, in dieser Hinsicht Nachforschungen anzustellen.» Dann fuhr er mit leicht erhobener Stimme fort: «Nun komme ich aber zum springenden Punkt, meine Herren. Wie kann jemand, der im Jahre 1978 ein Vermögen von 54 000 Franken versteuert hat, im gleichen Jahr einer Drittperson ein Darlehen über 3,2 Millionen Franken gewähren? Entweder ist Landert ein Steuerbetrüger, oder er hat die 3,2 Millionen ergaunert. Beides sind Straftatbestände.»
Regierungsrat Rüfenacht nickte Caflisch beipflichtend zu, während Bezirksanwalt Stutz sich mit dem Zeigefinger nachdenklich über die Stirn fuhr und meinte: «Es gäbe da auch noch eine dritte Möglichkeit. Landert könnte das Geld selber zusammengepumpt haben. Das wäre doch zumindest denkbar.»
Staatsawalt Dünnenberger verzog seine schmalen Lippen zu einem höhnischen Grinsen. «Diese Theorien hat man Ihnen wohl auf der Uni beigebracht? Im Ernst, Stutz: Welcher Anwalt pumpt für einen Klienten, der aus dem letzten Loch pfeift, drei Millionen zusammen? Und vor allem: Wer bekommt heutzutage von einer Bank so ohne weiteres einen Dreimillionenkredit.»
«Also ich bestimmt nicht», brummte Caflisch, obschon er der einzige in der Runde war, der, dank dem Vermögen seiner Angetrauten, jeder Bank für die erwähnte Summe gutgewesen wäre. Rüfenacht schaute ungeduldig auf die Uhr. «Herr Kommandant, wie gedenken Sie vorzugehen? Werden Sie Doktor Landert nach seiner Rückkehr festnehmen?»

Caflisch schüttelte den Kopf. «Nein. Landert soll sich einstweilen in Sicherheit fühlen. Sobald er in die Schweiz zurückgekehrt ist, wird er sich mit dem Bodmer-Konkurs beschäftigen müssen. Immerhin stehen für ihn 3,2 Millionen auf dem Spiel. Wir werden seine Telefongespräche abhören – die entsprechende Ausnahmegenehmigung liegt ja bereits vor –, und dabei werden wir höchstwahrscheinlich einiges in Erfahrung bringen, was uns weiterhelfen kann.»
«Ausgezeichnet», meinte Rüfenacht, obschon Barmettler überzeugt war, daß der Regierungsrat gar nicht zugehört hatte. Dann erklärte der Justizdirektor die Sitzung für geschlossen.
Caflisch hatte seinen Dienstwagen, verbotenerweise, direkt vor dem Kaspar-Escher-Haus geparkt und fuhr mit Barmettler an die Kasernenstraße zurück. Unterwegs erkundigte sich der Kommandant, wann Barmettler Rechtsanwalt Landert aus Sizilien zurückerwarte.
«Keine Ahnung», antwortete der Oberleutnant, obgleich er überzeugt war, daß Landert, falls Claudia Singer ihn tatsächlich angerufen und von dem Konkurs der Bodmer-Möbel AG verständigt hatte, schon sehr bald wieder in die Schweiz zurückkehren würde.
«Es wäre ja phantastisch, wenn wir Landert auch ein paar Schweinereien nachweisen könnten», schwelgte der Kommandant und übersah an der Kreuzung bei der Hauptpost eine rote Signallampe, so daß es beinahe zu einer Kollision mit einem Lastwagen gekommen wäre.
«Mißachtung von Verkehrsregeln», spottete der Oberleutnant, doch Caflisch zeigte wenig Humor. Er fuhr in den Hof der Polizeiwache und sagte zu Barmettler: «Ich würde meinen Kopf wetten, daß

dieser Landert mehr auf dem Kerbholz hat als wir vermuten. Vielleicht fahren Sie noch einmal nach Stäfa. Hören Sie sich um! Befragen Sie Schulkollegen dieses Philipp Bodmer. Junge Leute beobachten viel und packen am ehesten aus, wenn man ihnen den Polizeiausweis unter die Nase hält.»
Caflisch stieg aus dem Wagen und klopfte dem Oberleutnant auf die Schulter. «Ich weiß, ich erwarte viel von Ihnen, Barmettler», meinte er plötzlich väterlich. «Aber ich erwarte nicht *zuviel*. Schließlich sind Sie durch meine Schule gegangen und haben gelernt, worauf es in unserem Beruf ankommt.»
Beim Betreten des Polizeigebäudes begegnete ihnen Alois Bodmer, der, von zwei Beamten in Zivil gestützt, den Korridor entlangkam. Er schleppte sich mühsam vorwärts, sein Gesichtsausdruck war stumpf, sein Blick glasig, leer.
«Das ist Bodmer», sagte der Oberleutnant zu Caflisch.
«Ich weiß», meinte der Kommandant mürrisch. «Ich war ein paar Stunden beim Verhör dabei. Haarsträubend, was der Kerl zusammengelogen hat.» Dann verschwand er in seinem Büro.
Bodmer sah den Oberleutnant und wollte auf ihn zugehen, doch die beiden Beamten hielten ihn zurück. So ging Barmettler zu Bodmer hin, blieb unmittelbar vor ihm stehen. Bodmer starrte ihm ins Gesicht, und Barmettler war auf einmal nicht mehr sicher, ob er ihn überhaupt erkannte.
«Zweieinhalb Tage hat mich Laubacher verhört, ohne Unterbruch.» Bodmer sprach abgehackt, seine Stimme klang tonlos. Man mußte gut zuhören, um ihn zu verstehen. «Aufputschpillen hat er mir gegeben, dieser verdammte Hund, und immer wieder Kaffee. Nach sechzig Stunden war mir alles scheiß-

egal, ich habe nur noch ja und amen gesagt, zu allem, was er mich gefragt hat. Jetzt ist Alois C. Bodmer ein Betrüger. Aber wen kümmert das schon?»
Der Fabrikant schwankte so stark, dass einer der beiden Beamten ihn festhalten mußte. Barmettler hatte den Eindruck, er stehe unter Medikamenteneinfluß. Vermutlich hatte ihm Eggenberger, der Gefängnisarzt, Valium verabreicht. Eggenberger verschrieb immer Valium, nicht nur zur Beruhigung der Häftlinge, sondern auch bei Kopf- und Halsschmerzen, sogar bei Magenverstimmungen.
«Ist Doktor Landert zurück?» erkundigte sich Bodmer. «Ich muß dringend mit ihm reden.» Er sprach wie im Alkoholrausch. Der Oberleutnant war nun überzeugt, daß man Bodmer eine starke Dosis Beruhigungsmittel verabreicht hatte, wie man dies in der Polizeikaserne bei renitenten Gefangenen zu tun pflegte, damit sie ruhig waren und die Zelleneinrichtung nicht demolierten.
«Sobald Doktor Landert zurückkommt, werde ich ihn bei Ihnen vorbeischicken, Herr Bodmer.»
«Versprechen Sie mir das?»
«Ja. Ich verspreche es Ihnen», sagte Barmettler, damit Bodmer sich zufriedengab.
«Können wir gehen?» erkundigte sich einer der Beamten. «Wir fahren ins Bezirksgebäude. Stutz hat Bodmer vorführen lassen, er will ihn einvernehmen.»
Bevor die beiden Bodmer abführten, packte der Fabrikant Barmettler am Mantelkragen und sagte leise: «Glauben Sie mir, Herr Kommissar, ich bin kein Verbrecher. Ich habe mich für meine Familie und meine Angestellten abgerackert. Claudia kann Ihnen das jederzeit bestätigen. Ich liebe Claudia, sie ist ein wunderbares Mädchen. Sobald ich geschieden bin, werde ich sie heiraten.»

Barmettler sah Bodmer nach, wie er zwischen den beiden Beamten den Korridor entlangwankte. Er hörte, wie er dabei unentwegt vor sich hinredete, wirres Zeug, Wortfetzen ohne Zusammenhang; er schien nahe daran zu sein, den Verstand zu verlieren. Ein Zustand, den der Oberleutnant auch von anderen Häftlingen kannte, die den plötzlichen Freiheitsentzug mit all seinen vom Gesetz diktierten Absurditäten, die Isolation in der Zelle und die Demütigungen der polizeilichen Einvernahmen seelisch nicht verkraften konnten.

Nur widerwillig fuhr der Oberleutnant am Nachmittag nach Stäfa. Er sah im Auftrag des Kommandanten, weitere Nachforschungen in der Sache Landert anzustellen, wenig Sinn. Seine beiden Gespräche mit Landert, vor allem die nächtliche Unterredung in der Pension da Martino, aber auch die umfangreichen Informationen der Auskunftei Eugster, vermittelten nach Barmettlers Auffassung ein ziemlich gutes Bild der Charaktereigenschaften und Lebensgewohnheiten des Rechtsanwalts, so daß zusätzliche Ermittlungen sich erübrigten.

In Stäfa ging er ins «Café Tropic», wo einige junge Burschen und Mädchen versammelt waren, die um den Spielautomaten herumstanden. Man musterte den Oberleutnant kritisch, ablehnend, jeder der Anwesenden schien sich zu fragen, was der Fremde hier zu suchen hatte, zumal sich um diese Zeit, am frühen Nachmittag, im «Café Tropic» nur ein paar Hausfrauen beim Kaffeeklatsch und einige Jugendliche aufhielten.

«Mein Name ist Lüthi», sagte Barmettler zu einem Jungen, der mit seinem Coca-Cola lässig an der Bartheke lehnte. «Ich bin von der ‹Winterthur-Versicherung› und hätte eine Frage an euch. Es handelt sich um den Autounfall von Philipp Bodmer.»

Betroffenes Schweigen. Die Jugendlichen blickten sich verstohlen an, keiner sagte etwas. Ein großer, stämmiger Bursche mit dunkler Gesichtsfarbe und John-Travolta-Frisur stellte sich vor den Oberleutnant hin und fragte ganz direkt: «Was möchten Sie wissen?»
«Wollt ihr etwas trinken?» erkundigte sich Barmettler mit einem verbindlichen Lächeln.
Die Jugendlichen bestellten zaghaft alkoholfreie Getränke, Apfelsaft, Sinalco und Coca-Cola. Das Mißtrauen auf ihren zugeknöpften Gesichtern war etwas gewichen, dafür bemerkte Barmettler, wie ihn die Wirtin vom Buffet aus argwöhnisch beobachtete, vielleicht hielt sie ihn für einen Kinderschänder. Sie wirkte überarbeitet, verhärmt. Barmettler hörte, wie sie leise zur Serviertochter sagte, sie solle den Fremden da drüben im Auge behalten und möglichst rasch bei ihm einkassieren.
Er setzte sich an die Bartheke, die Burschen und Mädchen hatten sich um ihn herumgruppiert. «Philipp Bodmer», begann er schließlich, «ist mit dem Sportwagen von Doktor Landert verunglückt. Er besaß keinen Führerschein. Weiß jemand von euch, ob Philipp bereits früher mit dem Lamborghini gefahren ist?»
Die Jungen schwiegen, nippten an ihren Getränken und blickten verlegen auf den Fußboden. Nach einer Weile fragte einer: «Warum wollen Sie das wissen?»
«Es geht um die Auszahlung der Versicherungssumme», sagte Barmettler. «Der Schaden ist hoch, wir müssen genaue Abklärungen vornehmen.»
Ein Mädchen mit langen, blonden Haaren, knapp fünfzehn, mit aufgeweckten Augen, sah Barmettler an und sagte: «Philipp war mit Rechtsanwalt Landert befreundet. Kann schon sein, daß er zwischen-

durch mal mit seinem Wagen gefahren ist. Aber Philipp war durchaus in Ordnung. Die Sache mit dem Unfall, das war eben Pech. Verfluchtes Pech.»
«Kennt jemand von euch Rechtsanwalt Landert persönlich?» fragte Barmettler.
«Ich», sagte ein hochaufgeschossener Jüngling mit kurzgeschnittenem aschblondem Haar und Pickeln im Gesicht. «Landert hat mir mal einen Rat gegeben, als ich Probleme mit meinem Lehrer hatte. Landert ist in Ordnung. Er ist immer auf der Seite der Schwächeren, deshalb hat er auch so viele Feinde hier im Dorf. Und viele Neider. Er weiß eben mehr als die anderen.»
«Halt 's Maul, Eberhard!» fuhr ihn ein anderer an. Dann sagte er zu Barmettler: «Sie sind nicht von der Versicherung. Sie sind ein Polyp! Das sieht man Ihnen an. Eure fiesen Touren kennt man. Verschwinden Sie! Und zwar sofort! Sie haben hier nichts zu suchen!»
Barmettler zahlte und verließ das Lokal. Er ging zu Fuß zum Postamt, das nur knapp hundert Meter vom «Café Tropic» entfernt war. Von dort aus rief er in der Kanzlei von Rechtsanwalt Landert an, doch es meldete sich nur der automatische Anrufbeantworter, auf dem eine weibliche Stimme bekanntgab, das Büro sei bis zum siebten Oktober geschlossen. Als der Oberleutnant die Telefonzelle verlassen wollte, stand plötzlich der Bursche mit der Travolta-Frisur vor ihm. Er blickte Barmettler frech ins Gesicht und sagte: «Sind Sie nun ein Polyp oder sind Sie keiner?»
«Das geht dich nichts an», meinte Barmettler abweisend und wollte an dem Kerl vorbeigehen, doch er stellte sich ihm in den Weg.
«Moment mal», sagte er. «Ich habe eine heiße Information für Sie.»

«Was willst du?» fragte Barmettler gelangweilt. Der Typ mit seinem hinterhältigen Grinsen widerte ihn an.
«Wieviel ist Ihnen die Information wert? Unter einem Fünfziger kommen wir miteinander nicht ins Geschäft.»
Er sah Barmettler herausfordernd an. Der Oberleutnant entnahm seiner Brieftasche einen Fünfzigfrankenschein, behielt ihn jedoch in der Hand und meinte trocken: «Ich warte.»
«Zuerst den Zaster! Mich können Sie nicht übers Ohr hauen!»
Barmettler zögerte einen Moment, dann gab er dem Burschen die Note und ging in die Telefonzelle; der Kerl folgte ihm unaufgefordert und schloß hinter sich die Tür.
«Wie heißt du?» wollte der Oberleutnant wissen.
«Das geht dich nichts an!» sagte der Bursche schroff.
Barmettler verlor die Geduld. Er nahm dem Kerl den Geldschein wieder aus der Hand und wollte die Telefonzelle verlassen, doch der Bursche hielt ihn zurück.
«Willy Pfenninger heiße ich. Aber das bleibt unter uns, kapiert? Ich will nicht als Denunziant verschrien sein!»
«Und?» fragte Barmettler. «Was hast du mir zu sagen?»
«Zuerst das Geld!» Der Oberleutnant gab ihm den Schein zurück. Der Bursche steckte ihn rasch ein und sagte: «Philipp Bodmer hatte mit Rechtsanwalt Landert ein Verhältnis.»
Barmettler zeigte sich erstaunt. «Woher willst du das wissen?»
Pfenninger zuckte die Schultern. «Philipp hat Landert nach Strich und Faden ausgenützt. Er hat auch

manchmal bei ihm übernachtet, und dafür hat er von Landert Geld bekommen. Viel Geld. Liebeshonorar nennt man so was. Fast jeder von uns Jungen vermutete, daß die beiden etwas miteinander hatten, nur ich habe es *gewußt*.»
«Wieso? Warst du dabei?»
Der Bursche grinste. «Nein, aber Landert war scharf auf mich. Er hat mir sogar mal ein Angebot gemacht. Nicht direkt, aber ich hab's schon kapiert, ich bin ja nicht blöd.»
Barmettler stellte sich naiv. «Was für ein Angebot hat er dir gemacht?» fragte er.
«Doktor Landert hat mich von Zürich aus mit seinem Wagen mitgenommen, als ich Autostopp machte. Er hat ständig zu mir herübergeschaut, so richtig geil, wie diese Schwulen eben sind. Und dann hat er mich gefragt, ob ich einen Hunderter verdienen möchte.»
«Und? Wie hast du reagiert?»
«Abgelehnt natürlich», entrüstete sich Pfenninger. «Ich bin ja kein Arschficker. Mich kann man nicht kaufen.»
Dennoch war der Oberleutnant überzeugt, daß der Bursche sich mit Landert sexuell eingelassen hatte. Er ging zu seinem Peugeot zurück, der vor dem «Café Tropic» stand, und bemerkte gerade noch, wie die Wirtin seine Wagennummer notierte. Barmettler war es plötzlich unerklärlich, weshalb Landert, der ein so unkonventionelles Leben führte, sich in diesem traurigen Nest am See niedergelassen hatte, wo er durch seinen Lebenswandel der Dorfbevölkerung stets neuen Stoff für Gerüchte lieferte. Barmettler fuhr die kurvenreiche Dorfstraße gegen den Berg hinauf, vorbei an einigen hübschen Riegelhäusern, zum Landgasthof «Metzg», wo er kurz anhielt und auf der Terrasse ein Bier trank. Es war

ein sonniger Herbsttag, nicht mehr heiß, jedoch angenehm warm. Ausflugswetter.
An der «Schönen Aussicht 5», vor Bodmers Landhaus, stand ein weißer Triumph Spitfire mit dem Kennzeichen ZH 327 342, der Wagen von Claudia Singer.
Der Oberleutnant rätselte, was die Singer hier zu suchen hatte; aus den Äußerungen von Frau Bodmer wußte er, daß sie mit der Freundin ihres Mannes verfeindet war. So nahm er sich vor, die beiden Frauen zu überraschen und machte sich auf Neuigkeiten gefaßt. Aber bevor er dazukam, aus dem Wagen zu steigen, öffnete sich von innen das breite Holzportal und Claudia Singer verließ rasch das Gartenareal der Bodmerschen Villa. Sie trug enge, braune Manchesterjeans, darüber ihren weiten beigen Regenmantel.
«Tag, Fräulein Singer», sagte Barmettler gutgelaunt und stieg aus seinem Wagen. «Schön, Sie hier zu sehen.»
Sie drehte sich überrascht zu ihm um und meinte: «Ach, Sie sind es, Herr Kommissar.» Dann ging sie auf Barmettler zu und gab ihm die Hand. Er sah, wie sie errötete und sich Mühe gab, ihre Verlegenheit zu überspielen. Es gelang ihr nur schlecht; der Oberleutnant spürte, wie unbehaglich ihr das Zusammentreffen mit ihm war.
«Sie müssen entschuldigen», sagte sie schnell, «ich bin in Eile. Ich verreise für längere Zeit ins Ausland.»
Sie blickte ihn prüfend an, als erwarte sie von ihm eine Reaktion, dann fügte sie, sozusagen als Erläuterung, hinzu: «Rolf ... ich meine, Doktor Landert wird mich wahrscheinlich begleiten. Er kommt heute abend aus Sizilien zurück.»
«Haben Sie mit ihm telefoniert?» fragte Barmettler.

«Ja, er war nicht erstaunt über den Konkurs. Er sagte nur, das habe ja wohl so kommen müssen, und er könne Alois Bodmer nicht verteidigen. Aus persönlichen Gründen.»
Barmettler nickte verständnisvoll. «Da wird sich Herr Bodmer bestimmt nicht freuen», sagte er nur.
Claudia Singer sah ihn kurz an, dann senkte sie rasch die Augenlider und meinte: «Das interessiert mich nicht.»
«Warum? Herr Bodmer ist doch Ihr Freund?»
«Nicht mehr. Ich habe meine Beziehung zu ihm abgebrochen. Ja, ich habe Schluß gemacht.» Als sie bemerkte, daß der Oberleutnant sie erstaunt ansah, fügte sie fast schnippisch hinzu: «Finden Sie das so komisch.»
«Ja, Fräulein Singer», sagte Barmettler ruhig. «Ich finde das komisch.»
«Und weshalb, wenn ich fragen darf?» Ihre Stimme klang jetzt beinahe arrogant.
«Alois Bodmer hat viel für Sie getan.»
«Ach, so meinen Sie das. Ja, da haben Sie recht: Bodmer hat mich gekauft. Meinen Körper hat er gekauft. Er ist ein Mensch, der glaubt, daß man alles kaufen kann, buchstäblich *alles*. Das war sein Irrtum. Eine Zeitlang läßt man sich so was als Frau ganz gern gefallen, man fühlt sich geschmeichelt, man genießt es, verwöhnt zu werden. Doch plötzlich durchschaut man das Spiel. Man beginnt zu begreifen, daß man sich ausgeliefert hat, daß man nicht mehr ‹nein› sagen kann, und dann hört der Spaß eben auf.»
«Ihr Freund sitzt im Gefängnis.»
«Ich weiß.»
«Vor zwei Tagen wollten Sie ihn noch besuchen. Wollten Sie noch auf ihn warten. Weshalb dieser plötzliche Gesinnungswandel?»

Die Singer steckte sich eine Zigarette an. «Bodmer wird ohne mich zurechtkommen», sagte sie nach einer Weile. «Er ist ein Stehaufmännchen. Um ihn brauchen Sie sich keine Sorgen zu machen. Für Bodmer gibt es nichts, was er nicht einkalkuliert hat, geschäftlich und – privat. Das hat mir meine Entscheidung leicht gemacht.»
«Darf ich mich nach dem Grund Ihres Besuches bei Frau Bodmer erkundigen?»
«Nein, das dürfen Sie nicht. Das ist meine Privatsache.
Sie warf ihre Zigarette auf den Kiesweg, zertrat den Stummel mit dem Schuh, dann wandte sie sich wortlos von Barmettler ab und stieg in ihren Sportwagen. Sie öffnete das Fenster und sagte freundlich: «Ich mag es nicht, wenn man mir nachspioniert. Lassen Sie mich in Ruhe.» Sie ließ den Motor an und gab Gas.
«Gute Reise!» rief ihr der Oberleutnant nach, dann ging er zum Gartenportal und drückte auf die Klingel. Unmittelbar darauf öffnete sich die Tür und Frau Bodmer stand vor ihm.
«Ich habe Sie erwartet, Herr Kommissar», sagte sie freundlich. Sie wirkte ganz anders als bei ihrer ersten Begegnung: ausgeglichener, ruhiger, beherrschter auch. Sie trug einen Hosenanzug aus schwarzem Samt. Sie wirkte anziehend, begehrenswert fast, wie es Barmettler vorkam, während er ihr ins Haus folgte, wo er, wie schon beim ersten Besuch, im Wohnzimmer auf dem Ledersofa Platz nahm.
«Sie haben sich mit Claudia Singer unterhalten?» fragte ihn Frau Bodmer und blieb vor dem Kamin stehen. Sie bot ihm diesmal keinen Drink an.
«Wir sind uns ganz zufällig begegnet. Hier vor Ihrem Haus», sagte der Oberleutnant und schlug die

Beine übereinander. «Eigentlich wollte ich zu Ihnen.»
Sie musterte ihn kritisch und schien sich zu überlegen, wie sinnvoll es wohl sei, sich dem Kommissar anzuvertrauen, dann setzte sie sich ihm gegenüber.
«Sie wundern sich wahrscheinlich über meine gute psychische Verfassung», begann sie, ohne Barmettler dabei anzusehen. «Ich weiß nicht, ob Sie begreifen können, daß Schicksalsschläge unter Umständen dazu beitragen, das Leben eines Menschen im positiven Sinn zu verändern. Die Firma meines Mannes, die wir zusammen aufgebaut haben, hat Bankrott gemacht. Mein Mann steht wirtschaftlich vor dem Nichts. Am Mittwochnachmittag haben wir unseren Sohn begraben... und trotz alledem habe ich neuen Lebensmut geschöpft. Ich weiß zwar nicht, wie es weitergehen wird, aber ich spüre, *daß* es weitergehen wird, und das gibt mir die Kraft, was auch immer auf uns zukommen mag, durchzustehen.»
«Sie haben durch den Konkurs Ihres Gatten alles verloren», sagte Barmettler verwundert. «Und das nehmen Sie einfach so hin?»
«Ich habe mein einziges Kind verloren. Darüber werde ich wohl nie ganz hinwegkommen. Aber sonst...» Sie zuckte gleichmütig mit den Achseln. «Sonst werden wir nicht untergehen. Das Haus gehört mir. Auch besitze ich ein kleines Privatvermögen. Wir werden schon wieder auf die Beine kommen.»
«Ich dachte, Sie wollen sich scheiden lassen?»
«Nicht mehr», antwortete Frau Bodmer. «Ich kann meinen Mann jetzt nicht im Stich lassen.»
Ohne daß Barmettler Fragen stellen mußte, erzählte sie ihm, daß Claudia Singer sie um eine Unterredung gebeten und ihr das feste Versprechen gege-

ben habe, sich von Alois Bodmer zu trennen. Claudia habe sich bei ihr sogar entschuldigt für alles was geschehen sei. Sie habe Bodmer nie wirklich geliebt, sie sei ihm bloß seines Geldes wegen verfallen, er habe ihr schließlich jeden materiellen Wunsch von den Augen abgelesen.
Frau Bodmer sah Barmettler nachdenklich an, dann lachte sie bitter. «Sie glauben nicht, wie oft ich diese Singer in Gedanken verflucht habe, doch als sie mir vorhin gegenübersaß und ihr die Tränen über ihre kindlichen Wangen rannen, da empfand ich keinerlei Haßgefühle, da hatte ich nur noch den Wunsch, ihr die Trennung von meinem Mann, soweit es in meinen Kräften steht, zu erleichtern. Ich habe sie finanziell unterstützt, damit sie alle Brücken hinter sich abbrechen kann.»
«Sie haben ihr Geld gegeben?» fragte Barmettler erstaunt.
«Ja, ich habe ihr eine beträchtliche Summe zur Verfügung gestellt, damit sie ins Ausland verreisen kann. Zweihunderttausend Franken, wenn Sie's genau wissen wollen.»
«Das ist viel Geld», staunte der Oberleutnant. Für diese Summe mußte er drei Jahre lang hart arbeiten.
«Nicht zuviel, um meinem Mann Gelegenheit zu geben, zu mir zurückzufinden», sagte Frau Bodmer.
«Alois war dieser Claudia Singer hörig. Sexuell. Geistig konnte sie ihm wohl kaum etwas bieten. Doch sobald er mit ihr zusammen war, konnte sie von ihm verlangen, was sie wollte.»
Dann fragte sie Barmettler unvermittelt, wie lange ihr Mann seiner Meinung nach in Untersuchungshaft bleiben müsse.
«Zwei Tage, zwei Wochen, das entscheidet der zuständige Bezirksanwalt, sobald er die Akten kennt.»
«Ich hoffe, daß man ihn möglichst lange einsperrt»,

sagte Frau Bodmer mit zusammengepreßten Lippen. «Solange, bis die Singer im Ausland ist.»
Dieser Wunsch, so unmenschlich er sich anhörte, war für Barmettler verständlich. Er meinte: «Claudia Singer hat mir erzählt, daß sie mit Doktor Landert wegfahren will.»
Frau Bodmer lachte abschätzig. «Das ist ein Wunschtraum von ihr. Sie redet sich ein, sie könnte Landert umpolen, das ist natürlich Quatsch. Doktor Landert ist homosexuell.»
«Ich weiß», sagte Barmettler rasch, um ihr weitere Erklärungen zu ersparen, aber sie ließ sich nicht unterbrechen.
«Doktor Landert hat nie in seinem Leben mit einer Frau geschlafen», fuhr sie fort. «Er ist ein ausgesprochener Weiberfeind. Das klingt brutal, ich weiß, aber es ist so. Landert mag junge Männer, er liebt Knaben. Für sie nimmt er jedes Opfer in Kauf – und jede Demütigung.»
Sie hielt unvermittelt inne, erschrak über ihre Offenheit, die sich im Gespräch mit einem Polizeibeamten für Landert möglicherweise verhängnisvoll auswirken konnte.
«Sie erzählen mir nichts Neues, Frau Bodmer», sagte Barmettler. «Wir wissen über Rechtsanwalt Landert Bescheid.» Er übertrieb absichtlich, dadurch konnte er sie vielleicht zum Sprechen bewegen, konnte er, wenn er Glück hatte, etwas mehr über die Beziehung zwischen ihrem Sohn und Doktor Landert erfahren. Doch Frau Bodmer schwieg.
Auch als der Oberleutnant sie ganz direkt auf Philipps nächtliche Besuche in Landerts Wohnung ansprach und schließlich sogar auf die im Dorf kursierenden Gerüchte über ein intimes Verhältnis zwischen ihrem Sohn und dem homosexuellen Rechtsanwalt zu reden kam, sagte sie nur, davon sei ihr

nichts bekannt, sie höre zum erstenmal von derartigen Ungeheuerlichkeiten, die Boshaftigkeit der Dorfbewohner kenne offenbar keine Grenzen.
«Wenn Doktor Landert tatsächlich eine verbotene Beziehung zu Philipp unterhalten hätte», eiferte sie sich, «glauben Sie mir, Herr Kommissar, als Mutter wäre mir das nicht verborgen geblieben. Außerdem hat sich mein Sohn schon sehr früh für Mädchen interessiert, mit dreizehn hatte er seine erste Freundin. Er war ein Schürzenjäger, ganz wie sein Vater. Von einem Mann hätte er sich nie anrühren lassen.»
Barmettler spürte, daß Frau Bodmer ihn anlog. Sie wußte mehr, als sie sagte. Die Vehemenz, mit der sie ihren verstorbenen Sohn verteidigte wirkte unecht. Kein Zweifel, daß sie Landert in Schutz nehmen wollte.
«Ich freue mich, daß es Ihnen besser geht», verabschiedete sich der Oberleutnant von Frau Bodmer. «Und nehmen Sie das Gerede im Dorf nicht allzu ernst.
Bevor er sich auf den Heimweg machte, fuhr der Oberleutnant noch rasch bei der Gemeindeverwaltung in Stäfa vorbei, wo man ihm, nachdem er sich als Polizeibeamter ausgewiesen hatte, anstandslos eine Fotokopie von Doktor Landerts jüngster Steuererklärung aushändigte. Der Rechtsanwalt versteuerte tatsächlich, wie dies bereits aus Eugsters Auskunft hervorgegangen war, ein Einkommen von 98 000 sowie ein Reinvermögen von 54 000 Franken.
Drei Tage später, am Donnerstagvormittag nach dem Kaderrapport, berief der Kommandant in seinem Büro eine Sitzung ein, um das weitere Vorgehen in der Angelegenheit Landert gemeinsam mit den zuständigen Sachbearbeitern zu erörtern. Außer Barmettler nahmen an der Besprechung Major

Laubacher, Bezirksanwalt Stutz sowie die beiden Beamten Burri und Rappold teil, die Rechtsanwalt Landert seit seiner Rückkehr aus Italien am Montagabend – in Zusammenarbeit mit der Kantonspolizei Stäfa – ständig überwacht hatten. Staatsanwalt Dünnenberger, der wegen einer Erkältung im Bett lag, ließ sich durch seinen Kollegen Hünerwadel vertreten, der sich jedoch, weil er mit dem Fall nicht vertraut war, mit keinem Wort dazu äußern wollte.
Der Kommandant entschuldigte sich bei seinen Mitarbeitern für die unvermittelt einberufene Sitzung. Er selber, betonte er, hätte eigentlich lieber noch ein paar Tage mit dem Abschluß der Ermittlungen zugewartet, zumal noch nicht sämtliche Protokolle der PTT über die bei Landert abgehörten Telefongespräche vorlägen, doch habe ihn heute früh Justizdirektor Rüfenacht angerufen und gedrängt, das Verfahren gegen Landert noch in dieser Woche einzustellen oder aber den Rechtsanwalt festzunehmen; nächste Woche seien Schulferien, da fahre er mit seiner Familie ins Engadin und wolle sich von Samaden aus nur ungern mit dem Fall Landert, der pressemäßig viel Staub aufwirbeln könnte, herumschlagen.
Zunächst berichtete Rappold, daß Doktor Landert am Montagabend um 22.45 Uhr mit dem Swissair Kurs 609 aus Rom in Zürich eingetroffen und dort am Flughafen von einer jungen Dame abgeholt worden sei.
«Das war die Singer», brummte Barmettler.
Die beiden seien dann zusammen mit einem weißen Triumph Spitfire ins Stadtzentrum zum Bürohaus Claridenstraße 22 gefahren und hätten sich dort bis kurz vor zwei Uhr nachts in der Kanzlei von Dr. Landert aufgehalten. Anschließend habe die junge

Dame den Rechtsanwalt nicht etwa nach Stäfa, wie Barmettler vermutet hätte, sondern ins Hotel «Splügenschloß» gefahren, wo Landert sich unter seinem Namen ins Gästeregister eingetragen und ein Einzelzimmer bezogen habe.

«Daraus kann man schließen», meinte Caflisch, «daß es Landert zu riskant war, in seine Wohnung nach Stäfa zurückzukehren, weil er zu jenem Zeitpunkt noch nicht wußte, ob er bereits polizeilich gesucht wurde. Er hatte zweifellos ein schlechtes Gewissen.»

Am darauffolgenden Morgen, erläuterte nun Burri, der die Nacht von Montag auf Dienstag in der Halle des Hotel «Splügenschloß» zugebracht hatte, sei Landert bereits um halb sieben an der Réception erschienen und habe, ohne zu frühstücken, das Hotel in einem Taxi verlassen. Er sei zur Autovermietung HERTZ an der Lagerstraße gefahren, wo er einen dunkelblauen Mercedes 350 SL geliehen und am Schalter ausdrücklich betont habe, er benötige den Wagen nur für ein paar Tage. So gegen halb acht sei der Rechtsanwalt dann, wenige Schritte von seinem Büro entfernt, ins «Café Luxor» gegangen, habe dort ausgiebig gefrühstückt und sei, genau um zwanzig nach acht, in seine Kanzlei zurückgekehrt. Daraufhin habe Burri von der Zentrale über Funk die Weisung erhalten, die Observation einzustellen und auf die Hauptwache zurückzukehren. Am Abend, allerdings erst nach Einbruch der Dunkelheit, habe Rappold die Überwachung Landerts erneut aufgenommen und dann den Rechtsanwalt bis zu seiner Wohnung in Stäfa verfolgt. Landert, so betonte Rappold, habe das Haus allein betreten und bis kurz nach Mitternacht, als in seiner Wohnung das Licht gelöscht wurde, auch keine Besucher empfangen, das könne er mit Bestimmtheit sagen, denn zwi-

schen 21.00 Uhr und 00.10 Uhr sei im Haus Bergstraße 399 wirklich niemand mehr ein- und ausgegangen.
Bezirksanwalt Stutz sagte: «Landert muß unmittelbar nach seiner Rückkehr, noch in Gegenwart dieser Claudia Singer, einen Expreßbrief an Bodmer geschrieben haben, denn dieser Brief ging bereits am Dienstagvormittag um 10.30 Uhr bei uns ein. Ich selber habe ihn zensiert und sofort an Bodmer weitergeleitet.»
«Was stand in dem Brief?» wollte Caflisch wissen, sichtlich verärgert, daß er davon noch keine Kenntnis hatte, aber die Zusammenarbeit zwischen den jungen Bezirksanwälten und der Kantonspolizei war eben alles andere als gut, damit mußte er sich wohl abfinden.
Stutz entnahm seiner Aktenmappe die Fotokopie eines Schreibens mit dem Briefkopf des Anwaltsbüros DR. ROLF LANDERT und las vor:

Zürich, den 2. Oktober 1979
Sehr geehrter Herr Bodmer,
Fräulein Claudia Singer hat mich von Ihrer Verhaftung in Kenntnis gesetzt und mich gleichzeitig gebeten, Ihre Strafverteidigung zu übernehmen. Ich bitte Sie um Verständnis dafür, daß es mir bei meinen augenblicklichen Dispositionen allein schon aus Termingründen nicht möglich ist, dieses Mandat zu übernehmen.
Mit vorzüglicher Hochachtung
gez. Dr. Rolf Landert

«Dieser Brief hört sich nicht an, als ob Landert auf Bodmer besonders gut zu sprechen wäre», meinte Barmettler und sah zu Caflisch hinüber, der ihm durch ein Kopfnicken beipflichtete.

«Wie hat Bodmer nach Erhalt dieses Briefes reagiert?» erkundigte sich der Kommandant bei Stutz.
«Überhaupt nicht. Ich habe ihm gesagt, daß er selbstverständlich einen anderen Rechtsanwalt mit der Wahrung seiner Interessen beauftragen könne, und zwar sofort, weil die Untersuchungen fast abgeschlossen seien, aber er meinte nur, er wolle es sich noch einmal überlegen.»
«Wann werden Sie Bodmer aus der Untersuchungshaft entlassen?» fragte Barmettler.
«Frühestens Ende nächster Woche. Ich muß zuerst noch den Chefbuchhalter der Bodmer-Möbel AG und zwei Bankprokuristen einvernehmen.»
«Hat Frau Bodmer ihren Mann einmal im Bezirksgefängnis besucht?» wollte der Oberleutnant weiter wissen.
«Nein», sagte Stutz. «Das heißt, sie hat frische Wäsche für ihn abgegeben. Und Zigaretten. Aber es war keine Nachricht dabei, und sie wollte auch nicht mit ihrem Mann reden. Obschon sie als Ehefrau natürlich das Recht dazu gehabt hätte.»
Major Laubacher, der als Kompensation für das sechzigstündige Dauerverhör mit Bodmer drei freie Tage bezogen hatte, um sich von den Strapazen der Marathoneinvernahme auszuruhen, meldete sich zu Wort. «Ich darf in diesem Zusammenhang vielleicht noch erwähnen», begann er in seinem stereotypsanften Tonfall, «daß sich nach meinen Erkundigungen bereits ein deutscher Möbelkonzern für die sofortige Übernahme sämtlicher Bodmer-Filialen interessiert. Die Verhandlungen mit dem Konkursamt sind im Gange, so daß die Firma unter Umständen gerettet werden kann, zumindest was die Arbeitsplätze betrifft.»
«Das tut überhaupt nichts zu Sache», schnitt ihm der Kommandant das Wort ab. «Damit muß sich

das Konkursamt beschäftigen, nicht wir. Wir sind lediglich für die strafbaren Handlungen des Firmeninhabers zuständig. Ich darf jedoch daran erinnern, daß wir in der Angelegenheit Landert zusammengekommen sind, mit der Konkursgeschichte befaßt sich längst der Kollege Stutz.»
Caflisch suchte aus dem vor ihm liegenden Aktenberg ein Protokoll heraus und meinte: «Ich habe hier die vorläufigen Ergebnisse der PTT-Betriebe, und zwar vom Dienstag, dem 2. Oktober. Ich habe das Protokoll sorgfältig durchgelesen, dabei sind mir drei Gespräche aufgefallen. Am Dienstagvormittag telefonierte Landert mit Direktor Brombacher von der Schweizerischen Bankgesellschaft und erkundigte sich nach den Bedingungen für einen Dreimillionenkredit. Brombacher bat Landert, persönlich bei ihm vorbeizukommen, erwähnte aber gleichzeitig, daß bei einem so hohen Betrag lediglich ein Lombardkredit in Frage käme, Landert müsse die Kreditsumme durch die Hinterlage von Wertpapieren der Bank gegenüber abdecken.»
«Das wird er nicht können, mit seinen 50 000 Franken Vermögen», sagte Barmettler. «Aber offenbar braucht er Geld.»
«Darauf wäre ich nie gekommen», grinste ihn Bezirksanwalt Stutz an und mußte dafür einen Verweis des Kommandanten in Kauf nehmen.
«Am gleichen Vormittag», fuhr Caflisch fort, «rief Landert Frau Bodmer in Stäfa an. Er soll, so steht es jedenfalls im Abhörprotokoll, äußerst aufgeregt gewesen sein und Frau Bodmer gedroht haben, falls er sein Geld nicht innerhalb von zwei Tagen zurückerhalte, so gerate er in Schwierigkeiten und könne dann auf ihren Mann keine Rücksicht mehr nehmen. Frau Bodmer ging jedoch auf Landerts Anlie-

gen gar nicht ein, sondern legte den Hörer auf. Das dritte Gespräch, ebenfalls am Dienstagvormittag, führte Landert mit einer gewissen Henriette Chenaux aus Vevey. Aus dieser Unterredung will ich Ihnen einige Stellen vorlesen.»
Der Kommandant nahm das Protokoll in die Hand, rückte seine Brille zurecht und begann zu lesen:

STIMME LANDERT: *«Ich hätte Ihnen ein unwahrscheinlich lukratives Angebot, Frau Chenaux. Sie sollten sich diese Chance nicht entgehen lassen. Obligationen der schwedischen Stahlwerke, mit Staatsgarantie, 8¾ Prozent Zins, und erst noch steuerfrei. Nur müßten Sie das Geld auf mindestens sieben Jahre fest anlegen. Die Papiere sind so gut wie vergeben. Nur durch persönliche Beziehungen könnte ich noch für etwa dreieinhalb Millionen Schweizer Franken zeichnen. Was meinen Sie?»*
STIMME HENRIETTE CHENAUX: *«Ja, das ist wirklich ein vorteilhaftes Angebot. Sie geben sich viel Mühe, lieber Doktor Landert, aber ich schrieb Ihnen doch, daß mein Sohn das Geld dringend braucht. Er hat seine Fabrik in Reims umgebaut, sie ist jetzt fast doppelt so groß, dadurch hat er sich stark verschuldet. Die Zinsen für Betriebskredite sind bei den französischen Banken viel höher als bei uns, das sind richtige Gauner, Ausbeuter, sage ich Ihnen. Warum soll ich also Alain sein Erbe nicht vorzeitig auszahlen? Schließlich ist er mein Sohn, und es macht mich traurig, wenn er finanzielle Sorgen hat, die doch gar nicht nötig wären.»*
STIMME LANDERT: *«Ja, ja, sicher ... nur ...»*
STIMME HENRIETTE CHENAUX: *«Vielleicht können Sie die drei Millionen und den Zins ... Wieviel Zins hat das Geld denn bis jetzt eingebracht?»*
STIMME LANDERT: *«Das weiß ich noch nicht ge-*

nau. Ich muß zuerst die Bankabrechnung sehen. Die Summe dürfte so zwei- bis dreihunderttausend Franken betragen.»
STIMME HENRIETTE CHENAUX: «Dann wechseln Sie doch bitte das Geld in französische Francs um. Überweisen Sie den ganzen Betrag auf das Firmenkonto meines Sohnes bei der «Crédit Nationale» in Reims. Ihr Honorar können Sie natürlich abziehen. Und seien Sie ruhig etwas großzügig zu sich selbst, Sie sind ja immer so bescheiden.»
STIMME LANDERT: «Gut, Frau Chenaux, ich werde die Überweisung vornehmen lassen.»
STIMME HENRIETTE CHENAUX: «Wie lange wird es dauern? Mein Sohn wartet nämlich auf das Geld. Ich habe es ihm fest versprochen.»
STIMME LANDERT: «Ein paar Tage müssen Sie sich schon noch gedulden. Die Bank muß die Wertpapiere zuerst verkaufen, zum bestmöglichen Tageskurs natürlich. Ich schätze, ein bis zwei Wochen wird das Ganze schon dauern. Wir wollen ja nicht mit Verlust verkaufen.»
STIMME HENRIETTE CHENAUX: «Nein, das wollen wir nicht. Aber Sie werden sich bemühen, daß alles schnell geht, nicht wahr, lieber Doktor Landert?»
STIMME LANDERT: «Sie können sich auf mich verlassen, Frau Chenaux. In spätestens zehn Tagen hat Ihr Sohn sein Geld.»
STIMME HENRIETTE CHENAUX: «Aber vergessen Sie Ihr Honorar nicht, Sie sind ein reizender Mensch, ich bin Ihnen so dankbar, Doktor Landert. Leben Sie wohl und arbeiten Sie nicht zuviel.»
STIMME LANDERT: «Auf wiederhören, Frau Chenaux!»

Der Kommandant warf das Protokoll auf die Tischplatte und blickte erwartungsvoll in die Runde.
«Verdammt», entfuhr es dem Oberleutnant. «Der Mann sitzt ganz schön in der Tinte!»
«Ja, ich möchte nicht in seiner Haut stecken», meinte Caflisch und gab sich Mühe, sachlich zu bleiben. Daß es ihm, mit Unterstützung von Barmettler, gelungen war, diesen Landert mit «an Sicherheit grenzender Wahrscheinlichkeit» zu überführen, erfüllte ihn mit Stolz und stiller Genugtuung. Er gönnte niemandem etwas Schlechtes. Er hatte manchem kleinen Ganoven gegenüber, der sozusagen aus Versehen ins Räderwerk der Justiz geraten war, ein Auge zugedrückt. Aber wenn ein linker Parasit und Weltverbesserer, wie dieser Landert zweifellos einer war, pausenlos versuchte, den Behörden eins auszuwischen und die Methoden einer rechtschaffenen und bestorganisierten Polizei öffentlich zu kritisieren, dann verstand Kommandant Caflisch absolut keinen Spaß mehr, dann fühlte er sich, im Interesse sämtlicher rechtsstaatlicher Prinzipien sogar verpflichtet, mit aller Härte durchzugreifen. Dafür nahm er auch gern in Kauf, daß ihn die sozialdemokratische *Abendzeitung* als «Unkrautvertilger» beschimpfte oder ihm sogar Faschismus unterstellte.
«Meine Herren», sagte er betont gelassen. «Ich denke, die rechtlichen Voraussetzungen für Landerts Festnahme sind nun gegeben. Morgen früh um sechs werden wir den Rechtsanwalt in seiner Wohnung in Stäfa festnehmen und der Staatsanwaltschaft zuführen. Ich habe den Haftbefehl bereits vorbereitet.»
Er nahm ein vorgedrucktes Formular aus den Akten und reichte es Hünerwadel: «Sie brauchen bloß noch zu unterschreiben, Herr Kollege.»

Hünerwadel zögerte. «Ich weiß nicht recht», meinte er unsicher. «Eigentlich bin ich für diesen Fall gar nicht zuständig. Vielleicht sollten wir doch besser Dünnenberger verständigen.»
Erst als ihm Caflisch zusicherte, daß Dünnenberger längst informiert sei und Regierungsrat Rüfenacht am nächsten Vormittag persönlich eine Pressekonferenz im Fall Landert abhalten werde, unterschrieb er mit zitternder Hand den Haftbefehl.
Der Kommandant überreichte das Dokument Barmettler und sagte: «Die Verhaftung übernehmen am besten Sie, Sie kennen Landert ja bereits. Burri und Rappold sollen Sie begleiten. Lassen Sie sich nicht auf Diskussionen ein, und geben Sie keinerlei Auskünfte. Sagen Sie lediglich, Sie würden im Auftrag der Staatsanwaltschaft handeln, das genügt. Hausdurchsuchung brauchen Sie keine vorzunehmen, das machen wir später.»
Als der Oberleutnant nach der Sitzung mit Burri in den dritten Stock hinaufging, meinte sein Assistent: «Da hat uns der Alte was Hübsches eingebrockt. Wenn das nur gutgeht.»
«Es wird gutgehen», sagte Barmettler und klopfte Burri kollegial auf die Schulter.
Nach dem Mittagessen in der Polizeikantine kehrte der Oberleutnant nicht gleich in sein Büro zurück. Er unternahm einen kurzen Spaziergang zur Sihlpost. Dort betrat er eine der zahlreichen Telefonzellen und wählte die Nummer von Claudia Singer. Es meldete sich niemand. Dann rief er in der Kanzlei von Rechtsanwalt Landert an, bekam jedoch nur die Stimme des automatischen Anrufbeantworters zu hören, wonach das Büro ferienhalber geschlossen sei. Im Telefonbuch suchte er schließlich Landerts Privatnummer in Stäfa. Es klingelte sechsmal, dann nahm Landert den Hörer ab, doch er meldete sich

nicht mit seinem Namen, sondern sagte nur «Hallo».
Barmettler hielt sich die Nase zu, wodurch seine Stimme völlig entstellt wurde, dann flüsterte er in den Hörer: «Hauen Sie ab, Landert! Fliehen Sie ins Ausland! Das ist Ihre letzte Chance! Morgen früh um sechs wird man Sie verhaften!» Dann hängte er auf und ging in die Polizeikaserne zurück.
Als Barmettler, zusammen mit seinen beiden Kollegen, am darauffolgenden Morgen, punkt sechs Uhr, bei Landert klingelte, öffnete ihnen niemand. Der Oberleutnant war beruhigt, der Rechtsanwalt hatte anscheinend seinen Rat befolgt und war ins Ausland geflohen.
Burri klingelte nochmals, diesmal etwas länger, doch die drei Männer warteten vergeblich.
«Er muß zu Hause sein», meinte Rappold.
«Weshalb?» fragte Barmettler verwundert.
«Der Mietwagen steht vor der Garage. Der dunkelblaue Mercedes, den kenne ich genau.»
«Vielleicht schläft er und hört die Klingel nicht», sagte Burri, dem man sein Unbehagen ansah. Er polterte mit der Faust gegen die Tür, drückte dabei – eher versehentlich als mit Absicht – auf die Klinke: die Wohnung war unverschlossen. Burri erschrak und trat einen Schritt zurück.
Barmettler klingelte abermals, wartete einen Moment, dann nickte er seinen beiden Kollegen zu und betrat die Wohnung. Burri und Rappold folgten ihm.
Sie fanden Rolf Landert in seinem Arbeitszimmer am Schreibtisch. Sein Kopf lag vornübergebeugt auf der Tischplatte. Aus einer riesigen Wunde an der rechten Schläfe tropfte noch immer Blut. Die Schußwaffe, eine Walther-Kleinkaliber, lag vor dem Schreibtisch auf dem Teppich.

«Mein Gott», flüsterte Burri und ließ sich in einen der niedrigen Klubsessel fallen. Rappold blieb regungslos stehen und starrte auf die Leiche.
Neben Landerts Kopf entdeckte Barmettler eine leere Whiskyflasche und mehrere Packungen Tabletten: Valium, Lexotanil.
«Ist er...?» fragte Burri tonlos.
«Ja, Burri, er ist», antwortete Barmettler, dann sagte er zu Rappold: «Ruf die Zentrale an! Sie sollen ein paar Leute von der Spurensicherung schicken. Und einen Arzt natürlich.»
Rappold blickte den Oberleutnant ratlos an. «Kann ich den Apparat hier benützen?» Er zeigte mit der Hand auf das Tischtelefon, das in der Blutlache stand.
Barmettler schüttelte den Kopf. «Vielleicht gibt's im Wohnzimmer noch einen zweiten Apparat.»
Rappold verließ den Arbeitsraum, und schon nach kurzer Zeit hörte ihn Barmettler telefonieren. Burri saß noch immer apathisch in seinem Sessel und starrte auf den Toten am Schreibtisch.
Auf dem Teppich entdeckte Barmettler einen kleinen Plattenspieler, dessen Plattenteller sich noch immer drehte. Landert mußte bis zuletzt Musik gehört haben. Barmettler stellte den Apparat ab und nahm die Schallplatte, die auf dem Gummiteller lag, in die Hand: SLOW TRAIN COMING von BOB DYLAN.
Burri stand auf und trat an den Schreibtisch. Er war kreidebleich. «Ich möchte nicht wissen, was Landert durchgemacht hat, bis er soweit war.»
«Es braucht manchmal verdammt wenig, Burri», sagte Barmettler.
«Es braucht Mut. Viel Mut. Jedenfalls mehr, als man zum Leben braucht, obschon man behauptet, Selbstmörder seien Feiglinge.» Burri wurde mit

einem Male gesprächig. Er, der sonst nur seine Pflicht tat, immer korrekt, fleißig und unterwürfig, hatte plötzlich eine eigene Meinung. Barmettler wunderte sich, wie wenig er von seinem engsten Mitarbeiter wußte.

Rappold kam aus dem Wohnzimmer zurück und meldete, man schicke von Zürich aus ein Sonderkommando unter der Leitung von Major Schaller, die Kantonspolizei Stäfa sei auch bereits verständigt und werde in einigen Minuten hier sein.

«Da, schauen Sie, Chef!» sagte Rappold und zeigte auf den Schreibtisch, wo rechts außen neben einer bronzenen Pharao-Büste vier Tonbandkassetten und ein Briefumschlag lagen. Auf dem Briefumschlag stand: *Für Dr. Erich Barmettler. Privat!* Darunter, wesentlich kleiner und nur mit Bleistift hingekritzelt: *Die Bänder sind für Dr. Barmettler bestimmt. Das letzte befindet sich noch im Kassettenrekorder. Bitte mitnehmen, damit sie nicht in falsche Hände geraten!*

«Ich weiß nicht, wie Landert dazukommt, mir diese Kassetten zu hinterlassen», meinte Barmettler verlegen. Es klang wie eine Rechtfertigung gegenüber seinen Kollegen. Er nahm die fünfte Kassette aus dem Rekorder. Er steckte die Kassetten in seine Manteltasche, obschon dies, streng genommen, eine Dienstpflichtverletzung war, denn die Bänder, obschon sie für den Oberleutnant persönlich bestimmt waren, hätten dem Staatsanwalt als Beweismaterial dienen können. So wie Barmettler Dünnenberger kannte, würde er das gegen Doktor Landert eingeleitete Strafverfahren durchführen und, nach endlosen Ermittlungen und Zeugeneinvernahmen, «wegen Ableben des Angeklagten zulasten der Staatskasse» wieder einstellen.

Während Rappold und Burri zum Wagen gingen,

setzte sich der Oberleutnant in den Sessel, von dem aus er sich zum erstenmal mit Landert unterhalten hatte. Landerts Leiche am Schreibtisch, sein zertrümmerter Schädel, die scheußliche Blutlache: das alles störte ihn plötzlich nicht mehr. Er genoß die Ruhe im Raum, und es kam ihm in diesem Moment vor, als herrsche hier in diesem Zimmer wie nirgendwo sonst auf der Welt Frieden.

Er öffnete den Umschlag, den Landert für ihn hinterlassen hatte, und begann den langen Brief zu lesen.

Stäfa, 5. Oktober 1979, 02.20 Uhr
Lieber Erich Barmettler!
Danke! Sie wissen wofür. Ihre Hilfe hat sich zwar erübrigt, denn zu dem Zeitpunkt, als ich von Ihnen den Wink bekam (Oh, glauben Sie, ich habe Sie sofort erkannt!), standen meine Pläne bereits unwiderruflich fest. Nur den Zeitpunkt habe ich um 24 Stunden vorverschoben. Ohne Ihre Hilfe wäre diese «Umdisposition» kaum mehr möglich gewesen, deshalb habe ich Ihnen zu danken, und ich tue es von Herzen.
Sie sind mein Feind und mein Freund.
Mein Feind, weil Sie auf der Gegenseite stehen. Auf der Seite, gegen die ich Zeit meines Lebens mit all der mir zur Verfügung stehenden Energie, Kraft, Intelligenz und meinem angeborenen Tatendrang gekämpft habe. Es war, auch wenn viele Menschen von diesem Kampf – direkt und indirekt – profitiert haben, ein ungleicher Kampf, ich war zum Verlierer bestimmt. Aber ich wußte es, und das hat mir vieles leichter, erträglicher gemacht.
Sie sind mein Freund, weil ich mich von Ihnen – Sie werden sich daran kaum mehr erinnern – während eines kurzen Augenblicks verstanden fühlte: Am

Grab meines verstorbenen Freundes Renzo, als Sie, bevor Sie weggingen, versuchten, mir Mut zuzusprechen. Das war, wohl eher unbewußt, ein Zeichen von Freundschaft, auch wenn ich Sie – nehmen Sie mir diese Offenheit nicht übel, ich kann sie mir leisten – nach wie vor für einen Schwulenhasser halte, für einen Polizeibeamten, der Menschen quält, weil sie anders empfinden als er selber, und nicht etwa, weil das Gesetz es so befiehlt.
Ich beende ein fatales, irrsinniges, verdammtes Leben. Die vergangenen Jahre haben mich körperlich, seelisch und materiell ruiniert. Ich bin durch einen moralischen Sumpf gewatet, in dem ich durch jeden Schritt, den ich tat, nur noch tiefer versank.
In Sizilien habe ich meine Vergangenheit gedanklich noch einmal durchlebt, und ich habe die Gedanken, die ich mir dabei gemacht habe auf meinen Kassettenrekorder gesprochen. Es gäbe viele Menschen, die sich für diese Gedanken interessieren würden, doch es gibt nur einen, dem sie helfen können: Sie.
Sie werden noch oft mit Menschen zu tun haben, von deren inneren Qualen Sie nichts ahnen. Sie werden Homosexuelle oder Pädophile gesetzlich zur Rechenschaft ziehen müssen, ohne daß Sie auch nur im entferntesten von den Problemen, denen diese Menschen ausgesetzt sind, Kenntnis haben.
Während meines Studiums hörte ich einmal einen Vortrag des deutschen Sozialdemokraten Carlo Schmidt. Während diesem Vortrag vernahm ich einen Satz, der meine beruflichen Ambitionen und mein Lebensziel maßgeblich beeinflußt hat, er lautet: JEDER POLITIKER SOLLTE VERSUCHEN, DIESEN STAAT, IN DEM WIR ZU LEBEN VERDAMMT SIND, ETWAS MENSCHLICHER ZU GESTALTEN.
Man muß, lieber Erich Barmettler, nicht Politiker

sein, um diesen Satz eines mutigen Mannes zu beherzigen, man muß nur MENSCH sein, und es schließt nicht aus, daß man Beamter ist.
Wenn Sie meine Kassetten abgehört haben, werfen Sie sie weg. Einige Erkenntnisse mögen sich in Ihnen verankern, sonst möchte ich, daß nichts zurückbleibt. Ich will nicht als Märtyrer sterben. Ich möchte ausgelöscht werden, körperlich und geistig, möchte vergessen werden (das ist nicht schwierig), von allen, mit denen ich zu tun hatte. Es soll so sein, als wäre ich nie gewesen.   *Rolf Landert*
PS. Wenn Sie sich durch mein Anliegen überfordert fühlen sollten, ich kenne Sie ja kaum, so werfen Sie die Kassetten weg, ohne sie abzuhören, und diesen Brief zerreißen Sie bitte, sobald Sie ihn zu Ende gelesen haben. Danke! RL

Barmettler hatte genug Zeit, um den Brief zweimal durchzulesen, dann kamen Burri und Rappold mit den beiden Stäfner Polizeibeamten zurück, die unausgeschlafen waren und sich mürrisch im Zimmer umsahen. «Warum habt ihr uns gerufen?» fragte einer der beiden und blickte verwundert auf die Leiche.
Der Oberleutnant ärgerte sich. «Bewerben Sie sich bei der Post, dort braucht man Leute wie Sie», meinte er boshaft. «Dann rufen wir Sie bestimmt nicht, wenn sich jemand umgebracht hat.»
Der Beamte schwieg betroffen. Gleich darauf traf Major Schaller mit seinem Sonderkommando ein. Man begann mit der Spurensicherung.

Erste Kassette

Messina, 25. September 1979
Pension da Martino

Eines Tages stand er vor meiner Wohnungstür. Nachts um elf, unangemeldet. Er heiße Renzo Crivelli, sagte er, und er habe fast zwei Stunden auf mich gewartet. Er brauche ganz dringend meinen Rat.
Vielleicht hätte ich ihn fortschicken sollen.
Ein gutaussehender Junge mit einem eigenwilligen, markanten Gesicht und dunklen, melancholischen Augen, deren Blick man nicht ausweichen konnte. Augen, die mich faszinierten und verwirrten. Er war großgewachsen und sehnig, hatte schwarzes, krauses Haar, das ihm bis auf den Nacken fiel und seine hohe, von ausgeprägter Intelligenz zeugende Stirn zur Hälfte bedeckte. Er trug enganliegende Samthosen und einen gelben Pullover mit dem Aufdruck UNIVERSITY, an den Füßen zwei Fetzen schmutziges Segeltuch, die vor langer Zeit einmal Turnschuhe gewesen waren. Vom Äußeren her glich er jenen Südländern, nach denen sich Frauen und Homosexuelle auf der Straße umdrehen.
Bei uns im Dorf, so erfuhr ich viel später, gab es Mädchen, die ihn den «Adonis von Stäfa» nannten.
Vielleicht hätte ich ihn wirklich fortschicken sollen.
Obschon er nur wenige Straßen von mir entfernt wohnte, hatte ich Renzo Crivelli bis zu unserer ersten Begegnung noch nie gesehen; das wußte ich, denn der Junge wäre mir bestimmt aufgefallen. Er entsprach schließlich genau meinen Idealvorstellungen von einem Partner, den es für mich nie gegeben

hatte und, so dachte ich damals, vermutlich auch niemals geben würde.
Er lebte zusammen mit seinen italienischen Eltern und zwei Geschwistern in den gespenstischen Wohnblöcken, die ein findiger Architekt zu Beginn der siebziger Jahre mitten im Dorfzentrum aufgestellt hatte, und die man, weil in den engen Wohnungen fast ausschließlich Italienerfamilien hausten, abschätzig als «Gastarbeitersilo» bezeichnete: Ein Ghetto für Minderwertige, mit denen die einheimische Bevölkerung nichts zu tun haben wollte. Renzo Crivelli war in Stäfa aufgewachsen. Er besuchte die letzte Klasse der Sekundarschule und sprach deutsch wie seine Schulkollegen. Er litt unter der tristen Umgebung in der Gastarbeitersiedlung, wo keiner dem andern traute und wo nur über Oberflächlichkeiten gesprochen wurde. Er litt aber auch unter den ärmlichen Verhältnissen, in denen er aufwuchs. Sein Vater und seine Mutter arbeiteten als ungelernte Hilfskräfte bei der Tuchfabrik Grüninger & Bollag, die dafür bekannt war, daß sie den bei ihr beschäftigten Ausländern nicht nur miserable Löhne bezahlte, sondern auch kaum Sozialleistungen bot.
Ich ging mit Renzo ins Wohnzimmer. Er fragte mich, ob er seine Turnschuhe ausziehen dürfe, er wolle es sich auf dem Sofa bequem machen.
Eigentlich hatte ich gar keine Zeit, mich mit Renzo Crivelli zu unterhalten. Ich mußte noch ein Plädoyer vorbereiten, an dem mir viel gelegen war. Eine Pflichtverteidigung, die ich erst vor zwei Tagen übernommen hatte, und der Prozeß fand bereits am nächsten Morgen statt. Ein Fall, über den keine Zeitung berichten, ein Urteil, das, wie es auch ausfiel, die Öffentlichkeit nicht beschäftigen würde. Beim Angeklagten handelte es sich um einen 74jährigen

Rentner, der seinem Nachbarn, einem vermögenden Juwelier, zwei Vorderzähne ausgeschlagen hatte, weil dieser auf heimtückische Weise seine Boxerhündin vergiftet hatte. Nun mußte er sich wegen vorsätzlicher Körperverletzung vor Gericht verantworten; der Antrag des Staatsanwalts lautete auf zwei Monate Gefängnis. Für mich stand fest, daß der Alte, der außer seinem Hund nichts mehr besaß und von einer bescheidenen Altersrente leben mußte, freigesprochen werden konnte, wenn ich dem Gericht klarzumachen vermochte, daß er lediglich aus einer Notstandssituation heraus tätlich geworden war. Für mein Plädoyer benötigte ich drei Stunden Zeit, Nachtarbeit. Trotzdem brachte ich es nicht über mich, Renzo Crivelli fortzuschicken. Er sagte: «Ich habe gehört, daß Sie Rechtsanwalt sind. Können Sie mir helfen?»
«Das kommt darauf an, was du ausgefressen hast.»
Er blickte mich mit seinen großen, durchdringenden Augen erstaunt an. «Nichts habe ich ausgefressen», meinte er nach einer Weile und fügte hinzu: «Deshalb will ich, daß er sich bei mir entschuldigt.»
«Wer?»
«Lehrer Bertschinger. Er hat mich heute in der Physikstunde an den Haaren durchs Schulzimmer geschleppt und meinen Kopf gegen die Wandtafel geschlagen. Das lasse ich mir nicht gefallen.»
Renzo erzählte mir, daß Sekundarlehrer Bertschinger ihn schon seit drei Jahren schikaniere. Bertschinger sei ein fanatischer Patriot und ein ebenso fanatischer Fremdenhasser. Er unterrichte nach dem Prinzip der Einschüchterung und dulde keinerlei Opposition. Wer eine eigene Meinung habe, der dürfe diese Meinung nicht zum Ausdruck bringen, der werde unterdrückt und gewaltsam zum Schweigen gebracht. «Wenn einer es wagt, Bertschinger zu

widersprechen, wird er zusammengeschlagen. Oder man droht ihm, er werde im Frühjahr keine Lehrstelle finden. Und das Seltsame ist: Jeder läßt sich das gefallen. Keiner muckst auf. Aus Angst vor Repressalien. Wir sind mit der Angst aufgewachsen. Wir haben uns im Verlauf der Jahre an diese Angst gewöhnt. Wir leben mit dieser Angst, vielleicht würden wir sie sogar vermissen, wenn wir sie nicht mehr zu haben brauchten. Das ist doch pervers. Oder finden Sie etwa nicht?»
Er schwieg und schaute mich prüfend an. Seine Schilderung überraschte mich nicht. Ich hatte schon verschiedentlich gehört, daß an der Stäfner Dorfschule geschlagen wurde, und daß die verantwortliche Schulpflege nichts dagegen unternahm. Ich sagte Renzo, daß ich mich nur für ihn einsetzen könne, falls seine Eltern mich bevollmächtigen würden, aber er winkte ab: «Das ist ausgeschlossen. Meine Eltern unternehmen nichts gegen Bertschinger, die haben doch Angst, man könnte sie an die Grenze stellen. Sie glauben, ein Lehrer sei allmächtig. In Sizilien wo sie aufgewachsen sind, ist ein Lehrer eine Respektsperson, die immer recht hat.»
Er schüttelte resigniert den Kopf und meinte: «Nein, von meinen Eltern kann ich keine Hilfe erwarten, sonst wäre ich ja nicht zu Ihnen gekommen. Meine Eltern können sich gegen nichts mehr auflehnen, die sind schon so, wie man es von einem guten Bürger in diesem Land erwartet: Sie sagen nur noch zu allem ‹ja›.»
Ich versprach Renzo, mich mit dem Präsidenten der Schulpflege in Verbindung zu setzen und ihm den Vorfall zu schildern, doch der Junge gab sich damit nicht zufrieden. «Ich verlange, daß Bertschinger sich bei mir entschuldigt, vor der ganzen Klasse. Sonst gehe ich nicht mehr in die Schule.»

Ich wußte, daß er im Recht war, aber ich wußte auch, daß ich keine Möglichkeit hatte, ihm zu diesem Recht zu verhelfen.
«Leben Sie hier ganz allein?» fragte er plötzlich und sah sich im Zimmer um.
Ich nickte.
«Sind Sie nicht verheiratet?» wollte er wissen.
«Nein.»
«Warum?»
«Ich habe einen interessanten Beruf», wich ich aus. Ich wollte es vermeiden, ihm die Wahrheit zu sagen, ich kannte den Jungen ja kaum. Im Dorf wußte niemand von meinen homosexuellen Neigungen, ich lebte sehr zurückgezogen, lebte tatsächlich fast nur für meinen Beruf. Gelegentlich ein Abenteuer. Auswärts natürlich. In Bern oder Basel. In einem Hotelzimmer. Auf einer Toilette. Unverbindlich. Im Schwulenpark vor dem Bundeshaus. Irgendwo zwischen den Büschen. Meistens bezahlte ich dafür. Fünfzig Franken, das war der Tarif. Der war in Bern und Basel derselbe. Dafür ließ ich mir von einem blonden Botticelli-Engel mit verdorbenen Augen einen abwichsen. Manchmal einen ablutschen. Das kostete dann hundert Franken.
Liebe gab es für mich nicht. Ich war einunddreißig und hatte mich daran gewöhnt, von gelegentlichen Abenteuern zu leben, ohne feste Bindung, ohne eine menschliche Beziehung, die über den erotischen Bereich hinausging. Zwar träumte ich oft von einem Partner, mit dem ich zusammenlebte. Mit dem ich eine Kunstausstellung besuchte. Oder ein Konzert. Oder die deutschsprachige Erstaufführung eines Pinter-Stückes im Schauspielhaus. Doch dann rief ich mir ins Bewußtsein, daß ein schwuler Rechtsanwalt unweigerlich einen Makel aufwies. Mein Kollege Wettstein, mit dem ich studiert hatte, hatte sein

Anwaltspatent verloren, weil man ihn in Begleitung eines Strichjungen in der Bahnhofunterführung beobachtet hatte, und weil er, als man ihn daraufhin zur Rede stellte, unverhohlen zugab, homosexuell zu sein. Jetzt arbeitete er als Sachbearbeiter bei einer Versicherung.

Ich kannte keinen Homosexuellen, der glücklich war. Ich kannte aber auch keinen Homosexuellen, der über längere Zeit mit ein und demselben Partner zusammenlebte. Also hielt ich es für ein Naturgesetz, daß man als Homosexueller allein und promiskur zu leben hatte. Mit der Zeit gewöhnte man sich an diesen Zustand. Zwar fragte ich mich manchmal, warum ich nach dem Nachtessen wieder ins Büro zurückkehrte, um Briefe und Eingaben zu diktieren, die angeblich fristgebunden waren. Es war mir klar, daß die nächtlichen Stunden in meiner Anwaltskanzlei nichts anderes als eine Flucht vor der Wirklichkeit waren. Ich ertappte mich dabei, wie ich auf den Terminkalender schielte, nervös darin zu blättern begann und beruhigt aufatmete, wenn ich einen Gerichtstermin in Bern, Basel oder St. Gallen entdeckte, wo ich dann, wenn auch nur für Minuten, mich selber sein durfte.

Ein Mann mit Gefühlen?

Ein geiler Bock, der sich auf der Fahrt nach Bern, Basel oder St. Gallen in Gedanken die kühnsten Sexabenteuer ausmalte, denen jede Beziehung zur Realität abging. Es gab wohl keinen Sechzehnjährigen, der meinen Körper begehrte. Es sei denn gegen Geld.

Ich schlief nie mit Männern. Ich schlief nur mit Strichjungen, die kaum je älter als sechzehn oder siebzehn waren. Zudem waren fast alle heterosexuell. Mit ihnen wichste ich für fünfzig oder hundert Franken. Es störte mich nicht.

«Warum sind Sie eigentlich Rechtsanwalt, wenn Sie mir nicht zu meinem Recht verhelfen können?» fragte mich Renzo Crivelli.
Ich wußte keine Antwort.
«Schon gut», sagte er. «Ich schau wieder einmal bei Ihnen 'rein, wenn Sie nichts dagegen haben?»
«Tu das», sagte ich und begleitete ihn zur Tür. Ich wünschte mir in diesem Augenblick nichts sehnlicher, als daß er wiederkommen würde.
Als ich am nächsten Nachmittag in meine Kanzlei kam, sagte mir meine Sekretärin, daß eine Italienerin angerufen habe, eine Frau Crivelli aus Stäfa.
Ich hätte gerne zurückgerufen, aber ich fand keinen Eintrag im Telefonbuch unter diesem Namen. Vielleicht war es Renzo gelungen, seine Eltern doch noch zu überreden, mir eine Vollmacht zu unterschreiben, damit ich gegen Bertschinger vorgehen konnte. Ich wartete und hoffte. Ein Gespräch mit Renzos Mutter konnte für mich bedeuten, daß ich bald schon Gelegenheit hatte, den Jungen wiederzusehen.
Gegen vier Uhr rief Frau Crivelli erneut an. Sie hatte eine schrille, hysterische Stimme und sprach kaum deutsch. Ich verstand nur mit Mühe, was sie mir sagen wollte. Ihr Sohn sei mit einer Schlafmittelvergiftung ins Krankenhaus Männedorf eingeliefert worden, man habe ihm den Magen ausgepumpt und wolle ihn zur Beobachtung in die Psychiatrische Klinik «Rosenbühl» einweisen, ob ich mich nicht einschalten könne. Renzo habe sie gebeten, mich anzurufen.
Am liebsten wäre ich sofort nach Männedorf gefahren, doch ich hatte noch zwei Klienten in meinem Büro und um fünf erwartete ich eine junge Frau, die seit Jahren vergeblich um ihre Alimente kämpfte, so daß ich erst kurz vor sieben im Spital von Männe-

dorf eintraf. Eine Schwester sagte mir, der Selbstmörder liege auf der Station C3, im Zimmer 406.
Vor dem Zimmer saß Frau Crivelli. Sie wirkte verhärmt und krank, ihre Hände waren ausgemergelt und bewegten sich ununterbrochen, als würde sie stricken. Renzo schlief. Er atmete ruhig. Akute Lebensgefahr, so meinte die junge Stationsschwester die an seinem Bettrand saß, bestehe im Moment keine mehr, der Junge werde vorerst einmal sehr lange schlafen, mindestens zwei oder drei Tage. Dann sagte sie, Renzo habe über 70 Beruhigungstabletten zu sich genommen, Valium. Nachdem ihn seine Mutter heute früh nicht haben wecken können, hätte sie sofort den Hausarzt verständigt. Doktor Knecht habe dann veranlaßt, daß Renzo mit der Ambulanz ins Krankenhaus gebracht wurde, wo er, unmittelbar nach der Magenspülung, die der Professor persönlich vorgenommen habe, der Oberschwester erzählt habe, daß er die ständigen Demütigungen seines Klassenlehrers nicht mehr über sich ergehen lassen könne.
Frau Crivelli wußte nicht, ob sie den Einweisungsbeschluß in die Psychiatrische Klinik unterschreiben sollte. Ich riet ihr ab. Sie schien erleichtert zu sein, daß ihr jemand beistand.
«Renzo lieber Bub, viel empfindsam», meinte sie leise und lächelte dabei.
«Ja, da haben Sie recht», antwortete ich und bat die Schwester, mich sofort zu verständigen, wenn Renzo aufwache.
«Sind Sie der Vater?» fragte der Chefarzt.
«Ich bin sein Anwalt», sagte ich und ging. Ich vernahm noch, wie der Arzt vor sich hinbrummte: «Der Kerl braucht keinen Anwalt, sondern eine Tracht Prügel.»
Es dauerte zwei Tage, bis Renzo ansprechbar war.

Als ich ins Krankenhaus kam, lag er nicht mehr im Bett, sondern saß am Fenster und blickte auf den See hinaus.
«Warum hast du das getan?» fragte ich ihn.
Er gab mir zur Antwort: «Kann ich *du* zu dir sagen?»
Ich überlegte einen Moment, und er fügte rasch hinzu: «Weißt du, ich möchte, daß es keine Barrieren zwischen uns gibt. Sonst kann ich nicht offen sein und dann brauchen wir überhaupt nicht miteinander zu reden, weil du dann für mich nur einer von vielen bist, einer von den anderen, die mich und meine Welt nicht verstehen. Von dir fühle ich mich verstanden. Oder irre ich mich?» Er sah mich gespannt an.
Ich nickte. «Wolltest du wirklich sterben?» fragte ich.
«Nein», sagte er ruhig und blickte gedankenverloren aus dem Fenster. «Ich konnte nur so, wie ich gelebt habe, nicht mehr weiterleben. Ich möchte endlich zu mir selber *ja* sagen können, und zwar nicht erst morgen oder übermorgen oder irgendwann, sondern jetzt sofort. Ich bin ein ungeduldiger Mensch.»
«Ich auch», sagte ich, und wir lachten beide.
Am selben Abend ging ich zu Sekundarlehrer Bertschinger; ein kleiner, rundlicher Kauz, kahlköpfig, mit rosiger Haut und verschwitzten Händen. Er wohnte im «Grüt», einer winzigen Backsteinhütte am Waldrand, allein mit zwei Schäferhunden und ein paar Dutzend Meerschweinchen, an denen er in seiner Freizeit Experimente vornahm, von denen noch keines gelungen war.
Ich merkte bald, daß Bertschinger ein Eigenbrötler war, der nicht mit sich reden ließ. Als ich ihm sagte, Renzo Crivelli habe einen Selbstmordversuch unternommen und liege im Krankenhaus, meinte er nur:

«Es wird in dieser Welt niemand gezwungen, am Leben zu bleiben. Wer sterben will, soll sterben.» Während er mit mir sprach, wandte er mir den Rücken zu und mistete seinen Meerschweinchenstall aus.

«Renzo fühlt sich von Ihnen ungerecht behandelt, Herr Bertschinger», sagte ich und hoffte, der Lehrer würde auf diesen Vorwurf in irgendeiner Weise reagieren. Aber Bertschinger schwieg. Erst nachdem er den Stall ausgemistet hatte und sich die Hände an seiner Schürze abwischte, kam er auf mich zu und sagte: «Lassen Sie sich von diesem Crivelli nichts vormachen, Doktor Landert. Der Bursche hat es faustdick hinter den Ohren. Er wollte sich unbedingt zur Aufnahmeprüfung an die Handelsschule anmelden, das habe ich ihm verboten. Er soll auf dem Bau arbeiten. Es gibt genug Schweizer, die auf die Handelsschule wollen, denen kann ein Ausländer nicht einfach ihren Platz wegnehmen. Oder sind Sie anderer Meinung?»

Ich ging nach Hause und rief den Präsidenten der Schulpflege an, der von Beruf Käser ist und sich zunächst ungehalten zeigte, daß ich ihm abends um neun noch telefonierte. Erst als ich ihn darauf aufmerksam machte, daß auch ich Stimmbürger von Stäfa sei und er ein öffentliches Amt bekleide, das nicht wenig Verantwortung mit sich bringe, war er bereit, mich anzuhören. Er nahm, wie ich es nicht anders erwartet hatte, Bertschinger in Schutz, betonte mehrmals, daß er keine Kompetenz habe, sich in die Unterrichtsmethoden der Lehrerschaft einzumischen. Bertschinger werde seine Gründe gehabt haben, diesen Crivelli zu bestrafen. Im übrigen genieße Lehrer Bertschinger schon seit über dreißig Jahren einen hervorragenden Ruf.

Ich schlug vor, Renzo in eine andere Klasse zu ver-

setzen, doch der Präsident der Schulpflege meinte, das Schuljahr sei in drei Wochen zu Ende, eine Versetzung lohne sich kaum mehr, er sei jedoch ausnahmsweise bereit, Renzo Crivelli vorzeitig vom Besuch der Schule zu befreien, falls er schon eine Lehrstelle gefunden habe.
Am nächsten Morgen, bevor ich in meine Kanzlei fuhr, besuchte ich Renzo erneut im Krankenhaus. Ich erzählte ihm von meinem Gespräch mit Bertschinger und erkundigte mich nach seinen Zukunftsplänen.
«Ich suche seit fünf Monaten eine Stelle als kaufmännischer Lehrling. Unmöglich! Zuerst kommen eben die Schweizer. Du kannst die besten Noten haben, als Ausländer hast du nicht die geringsten Chancen.»
Ich sagte spontan, er könne nach seiner Entlassung aus dem Krankenhaus in meiner Kanzlei eine kaufmännische Lehre beginnen.
Er war begeistert. «Wirklich?» rief er so laut, daß die Krankenschwester, die sein Bett frisch bezog, vor Schreck zusammenzuckte. Als er sich von seiner Überraschung etwas erholt hatte, fragte er mich weshalb ich das alles für ihn tue, ich kenne ihn doch kaum.
«Ich suche schon lange einen kaufmännischen Lehrling», log ich. Zu diesem Zeitpunkt hatte ich noch keine Ahnung, daß Renzo homosexuell war.
Am zweiten April begann Renzo Crivelli in meiner Kanzlei zu arbeiten. Meine Sekretärin war froh, daß sie eine Hilfskraft bekam, zumal der neue Lehrling eine außerordentlich schnelle Auffassungsgabe besaß, hilfsbereit war und sich schon nach kurzer Zeit über seine Lehrlingsarbeiten hinaus so sehr für den Anwaltsberuf zu interessieren begann, daß ich mich fragte, ob es nicht sinnvoller gewesen wäre, den

Jungen auf eine Mittelschule zu schicken, um ihm später ein Studium zu ermöglichen.
Nachdem Renzo zwei Monate bei mir gearbeitet hatte, ich jedoch im Büro kaum Zeit für ein privates Gespräch mit ihm gefunden hatte, lud ich ihn eines Abends zum Essen ein. Wir fuhren in ein Fischrestaurant am Ufer des Zürichsees, aßen unter freiem Himmel auf der Terrasse, tranken eine Flasche Wein, und Renzo erzählte mir, gut gelaunt, daß ihm seine Arbeit viel Freude bereite, daß er sich aber immer häufiger fragen müsse, wo genau die Grenzen zwischen Recht und Unrecht zu ziehen seien, und ob es diese Grenzen überhaupt gebe. Je öfter er Akten studiere, und das tue er schließlich jeden Tag, desto mehr beschäftige ihn diese Frage.
Kurz vor Mitternacht brachen wir auf. Während wir dem Seeufer entlang nach Stäfa fuhren, sagte Renzo ganz unvermittelt: «Komm, wir gehen zu dir. Ich kann noch nicht schlafen, ich will noch nicht nach Hause. Ich möchte mit dir reden. Von mir aus die ganze Nacht.»
In meiner Wohnung zog er, wie schon bei seinem ersten Besuch, seine Schuhe aus und fragte mich, ob er eine Kerze anzünden dürfe, er hasse künstliches Licht, er hasse überhaupt alles, was nicht echt sei. «Mich kotzt es an», sagte er und legte sich der Länge nach aufs Sofa, «wenn ich höre, wie die Menschen sich anlügen, jeden Tag, überall. Sie sagen sich Dinge, die sie eigentlich gar nicht sagen möchten; sie wollen nur nett sein, gefällig, wie es sich gehört, um daraus Nutzen zu ziehen, von der eigenen Unehrlichkeit zu profitieren. Ich kann nicht lügen, und ich bin froh, daß ich es nicht kann.»
«Du wirst es lernen, Renzo», sagte ich. Mir war bewußt, daß ich vor zwanzig Jahren ebenso gedacht hatte.

«Du spinnst!» rief er aufgebracht. «Wofür hältst du mich? Ich werde immer sagen, was ich denke, und wenn ich dabei verrecke. Ich lasse mich nicht kaufen!» Plötzlich fuhr er sich mit der Hand über den Mund und meinte erschrocken: «Entschuldige, ich habe ganz vergessen, daß du mein Chef bist. Es war nicht persönlich gemeint.»
«Schon recht», sagte ich. «Im Moment bin ich ja auch nicht dein Chef.»
«Was bist du dann?» fragte er schelmisch, und seine Augen, die eben noch vor Zorn gefunkelt hatten, bekamen einen sanften, beinahe zärtlichen Ausdruck.
«Ich bin froh, daß es dir gut geht, Renzo. Und ich bin froh, daß ich nicht dein Chef sein muß, sondern dein Freund sein *darf*.»
Ich stand auf und ging in die Küche. Ich holte aus dem Eisschrank eine Flasche Pommery. Er habe noch nie Champagner getrunken, meinte Renzo, als ich ins Wohnzimmer zurückkam, nur Asti Spumante. In seiner Heimat gebe es gar keinen Champagner, die Italiener seien eben nicht so versnobt wie die Schweizer. Aber dann sagte er rasch: «Komm, wir stoßen an.» Nachdem wir das erste Glas getrunken hatten, schweigend, jeder in seine Gedanken versunken, fragte mich Renzo, ob er eine Platte auflegen dürfe. Er suchte eine Platte von *Arlo Guthry* aus. Country-Musik.
Renzo lag auf dem Sofa. Er hatte die Augen geschlossen, lauschte der Musik. Im Kerzenschein wirkte sein Gesicht erwachsener. Der Gedanke, daß Renzo mein Lehrling war, schmerzte mich plötzlich. Zwei Monate lang hatte ich mich bemüht, zwischen Renzo und mir jene Distanz zu schaffen, die vom Gesetzgeber vorgeschrieben wird. Nie hatte ich Renzo Gelegenheit gegeben, an meiner Integrität als Lehrmeister zu zweifeln. Doch jetzt, wo er vor mir

lag, ausgestreckt auf dem Sofa, nur zwei Schritte von mir entfernt, hätte ich alles dafür gegeben, ihn küssen zu dürfen.
In die Stille hinein sagte er: «Setz dich zu mir.»
«Nein», sagte ich.
«Doch», sagte er.
«Nein, nein, nein!» sagte ich.
«Du liebst mich», sagte er. «Ich weiß es.»
Mit einem Male wurde mir schwindlig. Ich trank mein Glas aus, dann ließ ich mich erschöpft auf den Teppich fallen, starrte zur Decke, die sich langsam zu drehen begann, ich befand mich auf einem Karussell, das sich immer schneller im Kreis bewegte, und auf einmal lag Renzo neben mir. Sein Gesicht war direkt über mir, beugte sich langsam zu mir herab, seine Lippen kamen immer näher, drückten sich wie ein Stempel auf meinen Mund.
Nachher, als alles vorbei war, als wir beide geduscht hatten und nackt nebeneinander im Bett lagen, erschöpft, aber nicht müde, war er es, der zu mir sagte: «Zum erstenmal tut es mir nicht leid, daß ich noch lebe.»
«Sag nichts», bat ich ihn, doch er fuhr fort: «Ich bin damals zu dir gekommen, weil ich deinen Rat brauchte, und als ich wegging, wußte ich, daß ich dich liebe.»
Ich schwieg. Ich bereute nicht, was geschehen war, aber ich wußte nicht, wie alles weitergehen sollte. Nie zuvor hatte ich auch nur annähernd so geballtes, vollkommenes Glück erlebt wie in diesen Minuten der körperlichen und seelischen Vereinigung mit Renzo. Doch unsere Beziehung war nach dem Gesetz verboten. Fünf Jahre lang hatte ich nur für meinen Beruf gelebt; jeden Tag mußte ich mehrere Mandate aus Termingründen ablehnen. Durch meine Beziehung zu Renzo setzte ich meinen Beruf

und damit auch meinen Lebensinahlt unweigerlich aufs Spiel.
Er war so jung. Er glaubte an die Kraft der Liebe.
Für mich war Liebe immer ein Irrtum gewesen; in der Begegnung, im Bleiben, und im Gehen. Immer ist das, was man tut, was man empfindet, was man sich erhofft, falsch.
Ein paar Monate ging alles gut. Wir waren beide sehr diszipliniert, was unsere Gefühle füreinander betraf. Renzo fuhr nach wie vor jeden Morgen mit dem Zug in die Stadt, auch wenn es für mich einfach gewesen wäre, ihn mit meinem Wagen mitzunehmen. Nachdem ich ihn darüber aufgeklärt hatte, welches Risiko ich in strafrechtlicher Hinsicht mit unserer Beziehung einging, war er es, der mich immer wieder zur Vorsicht mahnte und Wert darauf legte, daß wir uns in der Öffentlichkeit nur selten zu zweit zeigten. Nur die Wochenenden gehörten uns. Dann fuhren wir ins Tessin, wo niemand uns kannte, oder wir flogen nach München, Nizza oder Lissabon, wo unsere Beziehung nicht strafbar war. Renzos Eltern ahnten nichts von der Tiefe unserer Bindung, sie wußten nichts von den homosexuellen Neigungen ihres Sohnes, und Renzo tat alles, um seine Empfindungen vor ihnen zu verbergen.
«Meine Eltern wurden beide streng katholisch erzogen», pflegte er mir sein Verhalten, das im Widerspruch zu seiner manchmal verletzenden Offenheit stand, zu erklären. «Sie könnten nie begreifen, daß ein Mann einen Mann lieben kann. Sie bekämen Schuldgefühle und Komplexe, Angst vor den Nachbarn. Sie würden glauben, sie hätten etwas verkehrt gemacht. Das alles möchte ich ihnen ersparen. Ich habe meine Eltern gern. Sie können mir nicht geben, was ich brauche, und trotzdem verstehe ich sie. Sie wurden durch ihre Umgebung geprägt. Sie beten

und arbeiten. Das ist ihr Leben. Und sie hoffen, daß sie eines Tages genug Geld gespart haben, um nach Italien zurückzukehren und dort ein Haus zu kaufen.

Ich wußte, daß Crivelli seinen Sohn oft verprügelt hatte. Trotzdem hörte ich Renzo nie etwas Schlechtes über seinen Vater sagen.

Kurz vor Weihnachten verteidigte ich vor dem Zürcher Obergericht einen älteren Pädophilen, der sich wegen sexueller Beziehungen zu halbwüchsigen Knaben verantworten mußte. Seine Verfehlungen lagen viele Jahre zurück, waren zum größten Teil sogar schon verjährt. Dennoch hatte man den Angeklagten, der weder fluchtgefährlich noch gemeingefährlich war, fast anderthalb Jahre lang in Untersuchungshaft behalten, nur weil er nicht in der Lage war, die vom Gericht geforderte Kaution zu stellen.

Ich erlaubte Renzo, von der Zuschauertribüne aus den Prozeß mitzuverfolgen. Dr. Röttig, einer der konservativsten, in Justizkreisen sehr angesehener Richter, führte den Vorsitz. Staatsanwalt Dünnenberger vertrat die Anklage. Dünnenberger war der einzige Staatsanwalt, der mir im Anwaltszimmer nie die Hand gab, und der, wenn er sein Plädoyer hielt, im Widerspruch zu den herrschenden Bestimmungen, nicht aufstand, sondern auf seinem Anklägerstuhl sitzenblieb.

Während ich fast zwei Stunden lang versuchte, dem Gericht die Situation des Angeklagten zu verdeutlichen, blätterte Dünnenberger gelangweilt in einer Schachzeitschrift. Er wollte mich ganz offensichtlich aus dem Konzept bringen. Ich zitierte mehrere Sexualforscher, die wie ich die Auffassung vertraten, daß ein Jugendlicher durch gleichgeschlechtliche Beziehungen weder körperlich noch seelisch

geschädigt werden kann, sofern keine Gewalt angewendet wird. Ich bemühte mich, dem Gericht klarzumachen, daß für den Angeklagten der Aufenthalt im Gefängnis ganz und gar sinnlos sei, weil er hinter Gittern nur noch mehr isoliert, noch verbitterter werde. Ich bat um Milde, bat um Ausfällung der Mindeststrafe, die durch die lange Untersuchungshaft bereits verbüßt war.
Nachdem ich mein Plädoyer beendet hatte, setzte ich mich. Dabei glitt mein Blick über die Zuschauertribüne, die, wie immer bei Sittlichkeitsprozessen, überfüllt war. Renzo nickte mir zu. Ich sah ihm an, daß er stolz auf mich war, und ich wünschte mir, diesen Prozeß zu gewinnen. Das Urteil, wie es auch ausfallen mochte, war kein gewöhnliches Urteil. Es betraf nicht nur den Angeklagten, es ging, zumindest indirekt auch Renzo und mich etwas an. Für uns gewann dieser Prozeß eine geradezu symbolische Aussagekraft, zeigte er doch, wie Menschen, die *anders* denken und *anders* empfinden, von einer Gesellschaft, die keine Minderheiten ertragen kann, behandelt werden.
Während Staatsanwalt Dünnenberger sein Plädoyer hielt – wie immer sitzend, und wie immer knapp und ohne erkennbare Emotionen –, hörten ihm Röttig und seine Beisitzer aufmerksam zu. Ich bemerkte, wie der Vorsitzende seine Lippen zu einem schmalen Strich zusammenzog, und ich spürte, daß das Urteil in seinem Kopf bereits gefällt war. Röttig kam mir vor wie ein Denkmal: Unbeweglich, kalt und massig hockte er hinter seinem Richterpult, stierte auf das vor ihm liegende Gesetzbuch, das auch sein Gebetbuch war.
Dünnenberger meinte lakonisch, indem er auf mein Plädoyer anspielte, die Wissenschaft habe im Gerichtssaal nichts zu suchen, noch gelte in diesem

Land das Gesetz, noch gälten, Gott sei Dank, für die Bürger dieses Landes genau umrissene Moralbegriffe, noch brauchten wir unser Land nicht mit Sodom und Gomorrha zu vergleichen.
Der Angeklagte wurde zu viereinhalb Jahren Zuchthaus verurteilt. Er brach im Gerichtssaal zusammen, dann führte man ihn ab.
Draußen im Korridor, wo über einem Springbrunnen das Bildnis der schief lächelnden Justitia hing, unterhielt ich mich noch mit einigen Zeitungsleuten über das Urteil. Röttig und Dünnenberger kamen aus dem Saal und schritten, in ein Gespräch vertieft, die breite Steintreppe hoch. Plötzlich bemerkte ich, wie Renzo, der mit den anderen Prozeßbesuchern die Zuschauertribüne verließ, die Treppe hinaufrannte und sich dem Vorsitzenden in den Weg stellte. Röttig wich entsetzt einen Schritt zurück. Dann ging alles sehr rasch! Renzo spuckte dem alten Röttig ins Gesicht und rief so laut, daß alle es hören konnten: «Sau! Du bist eine ganz miese Drecksau!»
Einer der jüngeren Prozeßbesucher, ein Student offenbar, schrie enthusiastisch: «Bravo!» Jemand im Hintergrund krähte: «Haltet den Kerl auf!» Doch bevor der Gerichtsweibel, der am Ausgang stand und beobachtete, wie zwei uniformierte Polizisten den Angeklagen abtransportierten, in das Geschehen eingreifen konnte, war Renzo verschwunden.
Als ich ins Büro zurückkam, saß er an seinem Schreibtisch und tat so, als ob nichts geschehen wäre.
«Bist du verrückt geworden?» sagte ich zu ihm. «Wenn rauskommt, daß du mein Lehrling bist, macht man mir Schwierigkeiten. Am Ende behauptet man sogar, ich hätte dich gegen Röttig aufgehetzt.»

«Diese alte Sau hetzt die Leute selber gegen sich auf!» Renzo war außer sich vor Wut. «Der verknurrt jemanden zu viereinhalb Jahren Knast und geht dann seelenruhig nach Hause. Diese Typen kotzen mich an, man müßte sie ausrotten!»
Ich versuchte Renzo zu beruhigen, sagte, daß der Beruf des Richters viel Spielraum lasse, jedes Urteil sei eine Ermessensfrage. Außerdem gebe es auch viele fortschrittlich denkende Richter, es sei wohl etwas unglücklich gewesen, daß er ausgerechnet diesem Prozeß unter dem Vorsitz von Röttig beigewohnt habe.
«Ich werde das Urteil ans Bundesgericht weiterziehen, dort haben wir gute Erfolgschancen», sagte ich abschließend, doch Renzo begehrte auf: «Warum hast du im Gerichtssaal nicht protestiert? Warum hast du einfach geschwiegen, als man den Angeklagten abführte? Wozu bist du überhaupt Rechtsanwalt, wenn du ein so hirnverbranntes Urteil gelassen hinnimmst?»
Ich bemühte mich, die Nerven nicht zu verlieren, setzte mich auf die Schreibtischkante und sagte ruhig: «Renzo, nun hör mir einmal gut zu. Ich kann deine Empörung verstehen, ich teile sie sogar. Ich habe viele Menschen gekannt, Frauen und Männer, die von unserer Staatsmaschinerie bis aufs Blut gequält wurden, und die an den erduldeten Ungerechtigkeiten eines Tages kaputtgingen, aber deswegen kann ich nicht Amok laufen. Ich darf mich nicht entmutigen lassen, ich muß weiterkämpfen. An der Schreibmaschine und im Gerichtssaal! Nur so kann ich im Einzelfall für meine Klienten etwas erreichen.»
Renzo blickte zu mir hoch und zog die Augenbrauen zusammen. «Dieser Röttig ist eine bösartige Ratte», sagte er.

«Mag sein», antwortete ich. «Aber er ist nicht die einzige Ratte, er ist Repräsentant einer Gesellschaft, die im Wohlstand lebt und die sich den Luxus erlauben kann, zwischen Gut und Böse verbindliche Grenzen zu ziehen. Röttig gehört zu jenen Richtern, die felsenfest davon überzeugt sind, daß ein hartes Urteil auf andere mögliche Straftäter eine abschreckende Wirkung hat. Wenn du mit ihm sprichst, wird er dir sagen, daß er nur seine Pflicht tue, und daß er nach bestem Wissen und Gewissen urteile.»
«Der Typ hat kein Gewissen», meinte Renzo trotzig.
Er wollte nicht begreifen, daß Röttig zum Richter *gewählt* worden war und sich berufen fühlte, im Namen des Volkes zu entscheiden, was gut und was böse sei. Zweifellos war er ein ehrbarer Mann. Die von ihm gefällten Urteile waren hart, aber sie hielten sich immer im Rahmen des Gesetzes, boten keinerlei Angriffsflächen. Zwar wußte ich, daß Röttigs Rechtsauffassung in Kreisen progressiver Kollegen nicht unumstritten war, doch erfreute sich der Oberrichter, der mehrere Monsterprozesse präsidiert hatte und keinen Hehl daraus machte, daß die Wiedereinführung der Todesstrafe zumindest diskutabel wäre, bei der Bevölkerung großer Beliebtheit, zumal er mehreren Vereinen angehörte und als Privatmann den Ruf genoß, immer gut gelaunt und gesellig zu sein.
Als ich an diesem Abend mein Büro kurz nach sechs verließ, sagte mir meine Sekretärin, Renzo sei etwas früher weggegangen, er habe einen ziemlich verwirrten Eindruck gemacht. Am darauffolgenden Morgen erschien er nicht zur Arbeit. Um zehn Uhr rief mich Jugendstaatsanwalt Dr. Straub an und sagte, die Stadtpolizei habe Renzo Crivelli festgenommen, er stehe im dringenden Verdacht, mor-

gens um halb drei im Neubau der ASTORIA-VERSICHERUNG an der Stockerstraße, wenige Gehminuten von meiner Kanzlei entfernt, Feuer gelegt zu haben. Straub bat mich, am Nachmittag auf der Jugendanwaltschaft vorbeizukommen, bis dann habe er Renzo zum Tatgeschehen einvernommen, und dann könne ich selbstverständlich auch mit ihm sprechen. Ich erkundigte mich, ob Renzo bereits ein Geständnis abgelegt habe. Straub verneinte, doch er fügte sogleich hinzu, es bestünden keinerlei Zweifel, daß mein Lehrling der Brandstifter sei.
Ich sagte für den Nachmittag alle Termine ab. Auf dem Weg zur Jugendanwaltschaft kam ich an der Stockerstraße vorbei. Man hatte den Gehsteig rund um das Gebäude der ASTORIA-VERSICHERUNG abgesperrt, die Räumlichkeiten im Parterre und im ersten Stock waren vollständig ausgebrannt. Zwei Polizeibeamte in Zivil unterhielten sich mit einem Angestellten der Versicherung, die den Neubau erst wenige Tage zuvor bezogen hatte. Ein paar Feuerwehrleute waren mit Aufräumarbeiten beschäftigt. Auf der gegenüberliegenden Straßenseite standen einige Gaffer. Ich hörte, wie ein Passant sagte: «Es sollen deutsche Terroristen gewesen sein.» Zwei Zeitungsreporter erkundigten sich bei einem der Feuerwehrmänner, ob sie eine bereits zersplitterte Scheibe ganz zertrümmern dürften, es ließe sich dann eindrücklicher fotografieren.
Ich kannte Jugendanwalt Dr. Friedrich Straub seit vielen Jahren. Er war ein großer, hagerer Mann, Mitte Vierzig vielleicht, mit eingefallenen Wangen, ungesund gelber Gesichtsfarbe und einer schweren, dunklen Hornbrille. Ich wußte, daß er homosexuell war, obschon er seine Neigungen wahrscheinlich bestritten hätte, ich tat es ja auch.
Vor ein paar Jahren hatte ich in Basel einen klepto-

manisch veranlagten Bankbeamten zu verteidigen. Nach dem Prozeß suchte ich eine öffentliche Toilette am Barfüßerplatz auf. In der Mauer, welche die beiden Toilettenkabinen voneinander trennte, entdeckte ich zwei große Löcher, die ganz offensichtlich zu voyeuristischen Zwecken in die Wand gebohrt worden waren. Eines dieser Löcher befand sich direkt auf Kopfhöhe und hatte einen Durchmesser von fast zwei Zentimetern, so daß ich, während ich mich auf die Kloschüssel setzte, sah, wie sich in der Toilette nebenan jemand in auffallender Weise bewegte. Seine eindeutigen Verrenkungen wurden von einem kaum hörbaren Stöhnen begleitet. Es war mir zwar bekannt, daß öffentliche Toiletten, statistisch gesehen, wahrscheinlich häufiger benützt werden, um dort zu onanieren als um gewisse menschliche Bedürfnisse zu verrichten, dennoch war ich ziemlich verblüfft, als sich durch das zweite Loch, das etwas tiefer lag, plötzlich ein Schwanz zu mir herüberschob, steif und spitz, vorn an der rot-violetten Eichel mit Schleim bedeckt. Ein unästhetischer und unerotischer, ein geradezu widerlicher Anblick. Während sich das fremde Glied in der Wandöffnung hin und her bewegte, hörte ich eine heisere Stimme flüstern: «Mach mich fertig! Komm, wichs mir einen ab!»
Angeekelt verließ ich die Toilette, ging rasch die Treppe hoch zur Tramhaltestelle, wo ich am Kiosk eine Zeitung kaufte. In diesem Augenblick bemerkte ich einen Mann, der aus der Toilette kam. Es mußte die Person sein, die kurz zuvor auf so ausgefallene Weise sexuelle Befriedigung gesucht hatte.
Der Mann war Jugendanwalt Dr. Straub.
Er hatte mich nicht erkannt. Aber seit jener Stunde empfand ich für ihn Mitleid und Nachsicht, selbst

dann, wenn ich hörte, daß er einen jugendlichen Delinquenten während der Einvernahme geschlagen oder zur Einschüchterung in eine Zelle gesperrt hatte. Straubs Hang zum Sadismus rührte wohl daher, daß er sich wegen seiner homosexuellen Neigungen, die sich mit seiner beruflichen Stellung nur schlecht vereinbaren ließen, völlig isoliert fühlte. Wie einsam muß ein Mensch sein, der in einer öffentlichen Toilette nach Befriedigung sucht. Für mich ist es kein Zufall, daß viele Homosexuelle sich in öffentlichen Bedürfnisanstalten treffen: Im Verlauf von Jahrhunderten wurden sie von der heterosexuellen Gesellschaft in den Sumpf der Subkultur verdrängt. Dort, wo der Normalbürger pißt und scheißt, wo es eng ist und stinkt, dort darf sich der Homosexuelle vergnügen.
Jugendanwalt Straub begrüßte mich unter seiner Bürotür. Er wirkte zerstreut; er führte mich ins Verhörzimmer, wo Renzo am Schreibtisch saß, streng bewacht von zwei Uniformierten.
Als ich den Raum betrat, blickte er kurz auf. Er biß die Lippen zusammen. Ich sah, wie seine Mundwinkel zuckten, aber er sagte nichts, schaute wieder weg und starrte auf die Tischplatte.
«Crivelli hat ein Geständnis abgelegt», sagte der Jugendanwalt und bat mich, Platz zu nehmen. Ich setzte mich neben Renzo. Es fiel mir schwer, in Gegenwart von Straub und der beiden Polizisten zu reden. Nach einer Weile begann ich schließlich zu sprechen, allerdings bloß, weil der Jugendanwalt ungeduldig neben mir stand.
Ich sagte: «Gestern nach dem Prozeß spürte ich, daß etwas geschehen würde. Ich befürchtete, du könntest Amok laufen, und genau das hast du auch getan. Nur glaube ich nicht, daß du damit etwas erreichst.»

«Ich bin auch dieser Meinung», mischte sich der Jugendanwalt ein.
«Halt 's Maul, alte Qualle!» brüllte ihn Renzo an. «Du hast dein Geständnis, was willst du noch?»
«Wenn du in diesem Ton mit mir sprichst, wirst du so bald nicht auf freien Fuß kommen», meinte Straub und rückte mit einer fahrigen Handbewegung seine Brille zurecht. Man sah ihm an, daß er gekränkt war.
«Leck mich am Arsch!» sagte Renzo leise und starrte wieder auf die Tischplatte.
«Können Sie mich mit dem Jungen allein lassen?» fragte ich Straub, der zu meinem Erstaunen sogleich einwilligte. Er verließ mit den beiden Beamten das Zimmer, bat mich jedoch, ich solle mich kurz fassen, er habe auf halb vier Uhr eine Pressekonferenz einberufen und würde sich vorher noch gerne mit Renzo unterhalten.
Kaum hatte der Jugendanwalt die Tür hinter sich geschlossen, sprang Renzo auf und legte die Arme um meinen Hals. Er begann laut zu schluchzen. Plötzlich war er wieder sich selber. Ich strich ihm mit der Hand über den Kopf und hoffte, er würde nun mit mir sprechen. Nach einer Weile hörte er auf zu schluchzen, blickte mir ins Gesicht und sagte: «Hast du ein Taschentuch?» Er schneuzte sich, dann meinte er: «Schön, daß du gekommen bist.»
«Ist doch selbstverständlich. Ich will dir helfen, Renzo. Du darfst jetzt nicht kapitulieren! Irgendwie werden wir dich schon herauspauken!»
Er schüttelte beharrlich den Kopf. «Nein», sagte er entschieden. «Du wirst mich nicht herauspauken. Ich weiß ganz genau was ich getan habe, und ich bereue es auch nicht. Ich würde es jederzeit wieder tun. Jederzeit, verstehst du?» Seine Augen waren weit aufgerissen, hatten plötzlich einen fanatischen

Ausdruck. «Dreizehn Liter Benzin habe ich gebraucht. Das Feuer hättest du sehen sollen. Es wurde taghell, mitten in der Nacht.» Er kicherte vor sich hin, als hätte er mir etwas sehr Lustiges erzählt. Dann verfinsterte sich sein Gesicht mit einem Male wieder, und er sagte: «Jeden Morgen, wenn ich ins Büro ging, kam ich an der Baustelle vorbei. Ein paar Dutzend Italiener arbeiteten dort, nur der Vorarbeiter war ein Schweizer. Er hat die Italiener angebrüllt und herumkommandiert, sie kamen mir vor wie Sklaven. Gestern abend bin ich ziellos durch die Straßen gegangen. Ich wollte nicht nach Hause. Ich wollte überhaupt nirgends hin. Ich wollte auch nicht zu dir kommen und dich mit meinen Gedanken belasten. Ich mußte allein sein.»
«Was hat dich denn so beschäftigt», fragte ich ihn.
«Dieser Röttig ging mir nicht mehr aus dem Sinn», sagte Renzo. «Ich sah ihn vor mir, wie er auf seinem Richterstuhl thronte, fett und fies, und wie er zum Schluß verkündete, der Angeklagte müsse für viereinhalb Jahre ins Zuchthaus.»
Renzo ging im Zimmer auf und ab. Ich sah, wie seine Kinnmuskeln vor Erregung zitterten. Er setzte sich an den Tisch, stützte beide Arme auf und schwieg. Nach einer Weile sagte er: «Dann kam ich am Gebäude der ASTORIA-VERSICHERUNG vorbei. Die Fenster waren hell erleuchtet, in den Büroräumen standen viele Leute herum. Frauen in Abendroben, Männer im Smoking. Sie hatten Champagnergläser in der Hand, prosteten sich gegenseitig zu und lächelten. Plötzlich kapierte ich: Das alles sind Leute, die verlernt haben, sich selber in Frage zu stellen. Sie diktieren uns, was gut ist und was böse, sie haben den Begriff ‹normal› erfunden. Ich stand eine Stunde lang am Eingang, hörte, wie in den Büroräumen ein Orchester spielte,

drinnen tanzte man Tango. Ich beobachtete die Gesichter der Männer und Frauen, die sich wahrscheinlich nicht ausstehen konnten und die sich dennoch zulächelten. Ich hörte, wie der Versicherungsboß eine Rede hielt und sagte, er sei glücklich, dieses Gebäude einweihen zu dürfen, und er freue sich von Herzen, daß so viele Gäste gekommen seien, um diesen Festakt mitzuerleben und mitzufeiern. Kein Wort von den Arbeitern, die hier monatelang geschwitzt hatten. Der Versicherungsboß sprach nur über sich selbst und vom künftigen Erfolg seiner Gesellschaft, die in dem modernen Neubau hoffentlich viele Geschäfte abschließen werde. Als ich dies hörte, sagte ich zu mir selber: Kein einziges Geschäft wird in diesem Gebäude abgeschlossen, kein einziges, dafür werde ich sorgen. Ich ging zur nächsten Tankstelle und kaufte einen Kanister Benzin. Das war alles, was ich brauchte, um mein Vorhaben zu verwirklichen. Ich wartete, bis der letzte Gast das Versicherungsgebäude verlassen hatte, das war kurz nach halb zwei. Ich schlug eine Scheibe ein, goß das Benzin auf den Spannteppich und warf von draußen eine brennende Streichholzschachtel in das Gebäude. Dreißig Sekunden später standen sämtliche Büros in Flammen. Ich versteckte mich im Hausflur der gegenüberliegenden Früchtehandlung. Es dauerte mindestens fünf Minuten, bis die Feuerwehr kam, etwas später ein Streifenwagen der Polizei. Plötzlich kam mir alles vor wie ein Traum. Ich sah, wie ein paar Meter von mir entfernt ein gewaltiges Feuer aus dem Bürotrakt des Versicherungsgebäudes loderte, drei Meter hohe Flammen. Ich wußte nicht, daß Feuer so laut sein kann: es krachte und dröhnte, als ob ein Flugzeug abgestürzt wäre. Zwei Feuerwehrmänner, die einen Wasseranschluß suchten, entdeckten mich. Sie sa-

hen mich verwundert an, legten ihre Leitung, an die sie eine riesige Löschpumpe anschlossen, dann standen plötzlich drei Polizisten vor mir und nahmen mich fest. Zuerst stritt ich alles ab, ich weiß selber nicht warum, ich bin doch kein Feigling. Einer der Polizisten fragte mich, was ich um diese Zeit hier zu suchen hätte. Ich antwortete: ‹Das geht dich einen Dreck an!› Da schlug er mir die Faust in den Magen, daß ich zu Boden fiel und mich vor Schmerzen krümmte. Die beiden anderen Polizisten legten mir Handschellen an und brachten mich auf die Hauptwache. Man sperrte mich in eine winzige Zelle. Ich schrie und tobte und drohte, ich würde alles zusammenschlagen. Dann kam ein junger Arzt. Er begann mit mir zu reden, fragte mich, ob ich Pyromane sei und ob ich schon oft Brände gelegt hätte. Bevor ich antworten konnte, kamen drei oder vier Polizisten und hielten mich fest. Einer sagte: ‹Wir sind hier nicht unter Mussolini, italienische Drecksau! Bei uns kannst du so etwas nicht machen.› Der Arzt gab mir eine Spritze, ich schlief sofort ein. Als ich aufwachte, war es bereits Tag. Ein paar Männer in dunklen Anzügen kamen in die Zelle, musterten mich und verschwanden wieder ohne ein Wort zu sagen. Dann kamen drei Polizisten und holten mich ab. Sie brachten mich in einen fensterlosen Raum, alle vier Wände waren weiß gekachelt. Ich wurde fotografiert, vielleicht zwanzig Mal, von allen Seiten, dann nahm man meine Fingerabdrücke. Ein Polizist, nicht viel älter als ich, zog mir Handschellen an.»
Renzo stand auf und begann zu lachen. «Ich würde es wieder tun», sagte er und blickte mich dabei an, als erwarte er meinen Widerspruch. «Ich komme in ein Beobachtungsheim. Später vielleicht in eine Erziehungsanstalt. Dort haue ich ab, das ist klar.»

Ich schüttelte den Kopf. «Soweit wird es nicht kommen, Renzo», sagte ich. «Du warst zur Tatzeit nicht zurechnungsfähig. Du wußtest überhaupt nicht, was du tatest. Das werden wir dem Gericht klarmachen. Dann kann dir nicht viel geschehen.»
Es klopfte. Straub und die beiden Polizeibeamten kamen zurück. Der Jugendanwalt sagte, es tue ihm leid, aber er müsse das Gespräch abbrechen, der Erste Staatsanwalt, Doktor Grütter, habe soeben ein absolutes Besuchsverbot für Renzo verhängt. Zumindest solange, bis die Ermittlungen abgeschlossen seien.»
Ich gab Renzo die Hand. «Tschau», sagte ich.
«Tschau», sagte er.
Dann führten ihn die beiden Polizisten hinaus. Straub räusperte sich und spielte verlegen mit den Fingerknöcheln seiner rechten Hand. «Übernehmen Sie die Verteidigung?» wollte er wissen.
«Selbstverständlich», sagte ich. «Ich werde noch heute ein Haftentlassungsgesuch einreichen.»
Straub kam auf mich zu und blieb dicht vor mir stehen. Sein Adamsapfel turnte nervös auf und ab. «Wissen Sie, Doktor Landert», begann er umständlich, «ich halte es für taktisch unklug, wenn Sie Renzo Crivelli verteidigen. Sie kennen den Jungen zwar gut, weil er Ihr Lehrling ist, aber Sie sind nicht objektiv, Sie sind *Partei*. Deshalb schlage ich vor, daß wir – in gegenseitigem Einverständnis – Renzo einen Pflichtverteidiger zuteilen, den er natürlich selber bestimmen kann.»
Ich beharrte darauf, Renzo zu verteidigen.
«Wie Sie meinen, Doktor Landert», sagte Straub und nickte mir, während er mir zum Abschied die Hand reichte, freundlich zu.
Am darauffolgenden Morgen – der Brandanschlag sorgte in den Lokalzeitungen für Schlagzeilen – er-

hielt ich einen schriftlichen Beschluß der Jugendanwaltschaft, von Straub unterzeichnet, wonach Renzo durch Rechtsanwalt Dr. iur. Robert Kuster verteidigt werde.
Kuster war ein unbeschriebenes Blatt: weder jung noch alt, weder beliebt noch unbeliebt, politisch weder links noch rechts, kein guter und kein schlechter Verteidiger; eine unprofilierte, farblose Figur. Seine Kanzlei lebte fast ausschließlich von Pflichtmandaten.
Für mich bedeutete diese Verfügung der Jugendanwaltschaft, die juristisch kaum anfechtbar war, daß meine Verbindung zu Renzo mit sofortiger Wirkung unterbrochen war.
Ich rief Frau Crivelli an, die laut zu schluchzen begann und mir erzählte, gestern abend sei Jugendanwalt Straub vorbeigekommen und habe sie davon in Kenntnis gesetzt, daß Renzo vorläufig in Untersuchungshaft bleiben müsse. Er habe auch gleich die Vollmacht von Rechtsanwalt Kuster mitgebracht. Straub hätte ihr versprochen, er werde sich vor Gericht für Renzo einsetzen, wenn sie die Vollmacht sofort unterschreibe, also sei ihr gar keine andere Wahl geblieben. Sie hoffe, sie habe nichts Falsches gemacht.
«Doch, Frau Crivelli, das haben Sie», sagte ich. Damit war ich außer Gefecht gesetzt.
Renzo blieb einige Tage im Bezirksgefängnis. Weil er noch nicht achtzehn Jahre alt war, mußte Jugendanwalt Straub die Ermittlungen beschleunigen. Jugendliche durften nach dem Gesetz nicht ins Gefängnis gesperrt werden, man mußte sie in einem geeigneten Heim unterbringen. In der Praxis hielt man sich nicht an diese Vorschrift, doch man bemühte sich, die Ermittlungen voranzutreiben und so die Untersuchungshaft im Gefängnis zu verkürzen.

An einem Sonntagmorgen wurde Renzo von Jugendanwalt Straub aus seiner Zelle geholt. Straub teilte ihm mit, er werde ihn jetzt in den «Rappoldshof» bringen, eines der modernsten Beobachtungsheime in der Nähe von Basel. Renzo fühlte sich erleichtert. Er hatte fast zwei Wochen im Bezirksgefängnis zugebracht, in einer winzigen Zelle, die knapp zwei auf drei Meter groß war, und er litt – das war Straub bekannt – unter einer schweren Haftpsychose. So wußte er zum Beispiel nicht, ob es März oder Dezember war, und es bereitete ihm Mühe, wenn er ein Protokoll mit seinem Vor- und Nachnamen unterschreiben mußte. Manchmal, wenn er sich in seiner Zelle von der Pritsche erhob, wurde ihm schwarz vor den Augen, dann mußte er sich sogleich wieder hinlegen. Der Gefängnisarzt hatte ihm ein Vitaminpräparat verschrieben und ihm geraten, er solle möglichst oft aus dem Fenster schauen und frische Luft einatmen.
Renzo erkundigte sich bei Straub, ob er mit ihm noch rasch in Stäfa vorbeifahren würde, doch der Jugendanwalt schlug das Ansinnen aus. Man habe nur wenig Zeit, meinte er, und außerdem könne Renzo vom Beobachtungsheim aus sowohl seinen Eltern als auch Rechtsanwalt Landert schreiben.
Straub fuhr mit seinem grauen Volkswagen auf die Autobahn. Unterwegs sprach er kaum etwas, auch Renzo schwieg. Im geheimen fragte er sich, ob er möglichst schnell aus dem Heim abhauen sollte, vielleicht sogar ins Ausland. Die Tage im Gefängnis hatten ihn fast wahnsinnig gemacht. Es bereitete ihm Mühe, klar zu denken oder gar eine Entscheidung zu treffen.
Auf der Autobahn lag Schnee. Straub konnte nur langsam fahren. Plötzlich schoß Renzo ein Gedanke durch den Kopf, über den er selber erschrak: Er

fragte sich einen Moment lang, ob er den Jugendanwalt an der nächsten Ausfahrt zum Anhalten zwingen und ihm die Faust ins Gesicht schlagen sollte. Dann könnte er Straub aus dem Wagen werfen und wegfahren. Vielleicht wäre das seine letzte Chance, überlegte er, auch wenn es ihm schwerfallen würde, gegen Straub, der immer korrekt gewesen war, gewalttätig zu werden.
Kurz vor Rheinfelden verließ der Jugendanwalt die Autobahn und hielt vor einer Raststätte an. «Machen wir ein paar Minuten Pause», sagte er und lud Renzo ein, mit ihm an der Stehbar etwas zu trinken. Während die beiden zum Restaurant gingen meinte Straub, er habe seinen freien Sonntag geopfert, um Renzo nach Basel zu fahren. «Normalerweise werden jugendliche Delinquenten mit dem Polizeiwagen ins Heim gebracht. Das wollte ich dir ersparen.»
«Nett von Ihnen», meinte Renzo und bestellte ein Coca Cola.
Der Jugendanwalt trank einen Pfefferminztee. Er blickte Renzo ununterbrochen an, musterte ihn so seltsam, daß dieser verlegen wegschaute. Plötzlich sagte Straub: «Eigentlich schade um dich, daß du solche Dummheiten machst. Du bist intelligent, dir hätten alle Türen offengestanden.»
«Ich wußte genau, was ich tat. Es tut mir nicht leid», sagte Renzo. «Wir leben in einer Welt, in der keiner seine wirkliche Meinung preisgibt. Das kotzt mich an. Warum werden die Reichen immer reicher und die Armen immer ärmer? Weil die Armen vor den Reichen kuschen und zu allem ja und amen sagen.»
Straub lachte gönnerhaft. Er meinte freundlich: «Schau mich nicht so böse an, Renzo. Ich habe diese Welt nicht gemacht, ich bin nicht dafür ver-

antwortlich. Aber was erreichst du denn mit deiner Rebellion? Nichts! Du kommst ins Erziehungsheim, das ist alles.»
Sie fuhren weiter, doch schon nach wenigen Kilometern bog Straub von der Hauptstraße ab und fuhr in einen verwinkelten Seitenweg, der zu einer Waldlichtung hinaufführte. Hier gab es weder Häuser noch Menschen. Am Waldrand hielt der Jugendanwalt den Wagen an. «Komm», sagte er. «Wir wollen uns ein bißchen die Füße vertreten.» Er ging voraus gegen den Waldweg, Renzo folgte ihm im Abstand von einigen Metern. Straub blieb stehen. Er hatte die Hände in den Taschen seines altmodischen Wintermantels vergraben, auf der Erde lag Schnee, der Fußweg war nicht gepflügt, man kam nur mühsam vorwärts. Schweigend gingen die beiden nebeneinander her. Von Zeit zu Zeit warf der Jugendanwalt einen Blick auf Renzo, der so tat, als würde er es nicht bemerken, doch jetzt ahnte er zum erstenmal, daß Straub etwas mit ihm vorhatte. Wenn er tatsächlich schwul war würde er kaum so blöd sein, sich mit ihm einzulassen, dachte Renzo, dann wäre er ihm ja unweigerlich ausgeliefert, und als Jugendanwalt, der politisches Ansehen genoß und im öffentlichen Leben stand, würde er ein solches Risiko nie eingehen. Oder vielleicht doch?
Plötzlich blieb Straub stehen. Er scharrte mit seinem rechten Schuh ein Loch in den Schnee und suchte verlegen nach Worten. «Weißt du, Renzo», begann er endlich. «Ich spreche nicht gern über mich, aber manchmal kommt man nicht umhin, es dennoch zu tun.» Er machte eine Pause, dann sagte er schnell: «Ich mag dich. Du gefällst mir.»
Renzo hatte während seiner Lehre im Büro oft Strafakten gelesen. Er wußte, daß es intelligente, erfolgreiche Menschen gab, die einen starken Willen

besaßen, denen jedoch plötzlich die Sicherung durchbrannte, und die dann ohne jede Selbstkontrolle imstande waren, etwas zu tun, wofür sie später keine Erklärung hatten. Offenbar befand sich Straub jetzt in einer solchen Situation. Er war nicht mehr in der Lage, seine Gefühle und seinen Trieb mit dem Verstand zu steuern und sich zu beherrschen: Er scheiterte an seinem zweiten Ich, das mit einem Male mächtiger war als alle Bedenken und Skrupel, stärker auch als alle Furcht.
«Du gehörst nicht ins Erziehungsheim», fuhr der Jugendanwalt fort und sah dem Jungen ins Gesicht. «Ich will dir etwas verraten: Ich bin auf deiner Seite. Dein Mut und deine Auflehnung imponieren mir. Wenn du ins Erziehungsheim kommst, wird man dich versauen. Man wird dir beibringen, wie man Spielautomaten knackt oder einen Banküberfall plant, aber sonst wirst du nicht viel lernen, was dir für deine Zukunft nützlich sein kann.»
Renzo zog seine Augenbrauen zusammen. «Was wollen Sie von mir, Doktor Straub?» fragte er verunsichert.
«Hast du mich nicht verstanden? Bist du so schwer von Begriff?» Straub trat einen Schritt auf ihn zu und faßte ihn bei den Schultern. «Ich werde mich bei Gericht für dich einsetzen», sagte er sanft. «Im Jugendstrafrecht sind wir nicht an ein bestimmtes Strafmaß gebunden. Es kann jemand einen Mord begehen und dennoch auf freien Fuß gesetzt werden. Ein anderer braucht bloß eine Tafel Schokolade zu stehlen und landet im Erziehungsheim. Allein die Persönlichkeit des Täters ist nach unserem geltenden Recht für das Urteil ausschlaggebend. Wenn ich mich vor Gericht für dich einsetze, könnte ich mir vorstellen, daß man für dich viel Verständnis aufbringen wird.»

Renzo sah, wie Straubs Vogelgesicht immer näher auf ihn zukam. Er wich einen Schritt zurück. Er wollte etwas erwidern, aber er brachte kein Wort über die Lippen. Er hörte den Jugendanwalt wie aus weiter Ferne sagen: «Du bist ein hübscher Junge. Du bist für mich wie ein Traum. Wenn wir erst einmal Freunde sind, kannst du von mir verlangen, was du willst: ich werde es für dich tun. Nur solltest du ... auch für mich ... ein wenig ... Verständnis aufbringen.»
Bevor Renzo etwas sagen konnte, beugte sich Straub über ihn und legte beide Arme um seinen Hals. Er spürte den rauhen Stoff seines Wintermantels, spürte die Bartstoppeln über sein Gesicht kratzen. Er wehrte sich auch nicht, als Straub sich plötzlich vor ihm in den Schnee fallen ließ und mit ein paar hastigen Handbewegungen den Reißverschluß seiner Jeans zu öffnen begann. Er sah, wie Straub vor ihm kniete und vor Anstrengung keuchte. Und er sah, wie der Jugendanwalt seinen Mantel aufriß und sich an seiner Hose zu schaffen machte. Dann schloß er die Augen. Er versuchte an nichts zu denken. Er empfand weder Lust noch Ekel, einfach nichts. Leere vielleicht. Einsamkeit. Trauer.
Während der Jugendanwalt plötzlich zu stöhnen begann, laut und qualvoll, als ginge etwas Schreckliches in ihm vor, überlegte sich Renzo, ob dieser Mensch wohl einmal in seinem Leben glücklich gewesen war.
«Warum geht's bei dir nicht?» hörte er Straub fragen. Er schüttelte bloß den Kopf. Hoffentlich würde dieses jämmerliche Spiel bald vorbei sein, dachte er. Er wollte von hier wegkommen. Er konnte dieses gierige Häufchen Mensch, das im Schnee vor ihm kniete und unentwegt keuchte, nicht mehr länger ertragen. Jetzt mußte Schluß sein, jetzt gleich!

«Mach fertig», sagte er mit gespielter Ruhe.
«Nur noch eine Minute! Eine einzige Minute!» winselte Straub.
Renzo blieb regungslos stehen.
Der Jugendanwalt wischte sich die Hände mit Schnee ab. Er brachte seine Kleider in Ordnung, dann meinte er: «Gehen wir. Es ist schon spät. Ich habe dem Heimleiter versprochen, daß wir noch vor dem Mittagessen da sein würden.»
«Ich komme nicht mit», sagte Renzo leise.
«Was soll das heißen?» fragte Straub. Er war wieder wie zuvor, nervös und unverbindlich.
«Ich haue ab», sagte Renzo entschlossen. «Niemand wird mich zurückhalten können. Du am allerwenigsten.»
Straubs Mundwinkel begannen nervös zu zucken. Man sah ihm an, daß er sich überwinden mußte, seine Ruhe zu bewahren. «Junge, nun sei doch vernünftig. Du hast nichts zu befürchten. Es ist in deinem Interesse, wenn wir jetzt zusammen...»
«Zusammen werden wir gar nichts», fuhr Renzo ihm ins Wort. «Ich haue ab ins Ausland. Ich will *leben*, nicht verrecken! Ich will kein schwindsüchtiges Chamäleon werden wie du! Ich will es euch allen beweisen, daß ich es mit euch aufnehme.»
Straub blickte ihn ratlos an. «Bleib hier», stammelte er. «Sonst muß ich die Polizei verständigen.»
«Nicht vor heute abend», sagte Renzo. «Dann bin ich längst über die Grenze. Wenn sie mich in der Schweiz erwischen, packe ich aus, da kannst du sicher sein. Deshalb ist es vielleicht besser, wenn du nicht sofort zu Polizei rennst.»
Der Jugendanwalt nickte, und Renzo rannte über den schneebedeckten Waldweg davon.

Zweite Kassette

Messina, 27. September 1979
Pension da Martino

Am Heiligen Abend, acht Tage nach seiner Flucht, von der mich die Jugendanwaltschaft verständigt hatte, rief Renzo mich an. Er befinde sich in Frankreich, sagte er. Es gehe ihm gut, ich solle mir keine Sorgen um ihn machen. Er lebe mit Patrick, einem Studenten, und dessen Freundin Catherine in einer Kommune, im Januar versuche er Arbeit zu finden. Er wollte nicht, daß ich ihn besuche. «Ich möchte nicht mit der Vergangenheit konfrontiert werden», sagte er. «Ich versuche mich selber zu verwirklichen, ohne sinnlose, verlogene Vorschriften und ideologische Ziele, die mich seelisch kastrieren. Ich muß nicht verhungern. Ich bin mit Menschen zusammen, die sich um mich kümmern, obschon sie selber nicht viel mehr besitzen als ich, und die genauso denken wie ich.»
Ich fragte ihn, ob ihm unsere Beziehung nichts mehr bedeute.
Er meinte: «Ich habe eingesehen, daß auch du versucht hast, mich in ein Klischee zu pressen. Es war dumm von mir, in deiner Kanzlei eine kaufmännische Lehre zu machen. Ich will mein Leben nicht in einem Bürohaus verbringen, ich will frei sein. Ich bin kein Untertan.»
Dann hörte ich ein paar Monate nichts mehr von ihm.
Die erste tiefe Beziehung zu einem Menschen war für mich gescheitert. Ich hatte in den vergangenen Monaten all meine Pläne auf Renzo ausgerichtet,

für mich stand fest, daß wir zusammenbleiben würden. Jetzt war ich wieder allein, und es kostete mich weit mehr Überwindung, mit diesem Alleinsein fertigzuwerden als früher. Mir kam es vor, als hätte ich das Glück der Zweisamkeit mit Renzo nur erleben dürfen, um den Schmerz unserer Trennung viel nachhaltiger empfinden zu müssen. Eigentlich hatte ich vorgehabt, über die Weihnachtstage zu arbeiten. Ich hatte aus meinem Büro Akten mit nach Hause genommen, doch nach dem unerwarteten Anruf von Renzo fand ich keine Ruhe mehr. Ich ging von einem Zimmer ins andere, setzte mich zwischendurch an den Schreibtisch, blätterte unkonzentriert in den Akten oder rief Klienten an, die mich für verrückt halten mußten, weil ich ihnen am Weihnachtstag völlig belanglose Fragen stellte, bloß um mit jemandem zu reden.
Im Alleinsein liegt das Übel aller Dinge. Was der Mensch auch immer tut, es geschieht in der Absicht, nicht mehr allein zu sein: Jeder berufliche Ehrgeiz, alles Erfolgsstreben zielt in letzter Konsequenz nur darauf hin, dem Partner zu imponieren, ihn zu erobern und an sich zu binden. Wer auf die Dauer allein ist, zerbricht, und wer nicht zerbricht, wird böse. Er beginnt, andere Menschen zu quälen, um seine eigenen Leiden, deren Ursache er vielleicht nicht einmal kennt, zu überwinden. Die scheußlichsten Gedanken werden in der Einsamkeit geboren.
Ich tat in jenen Weihnachtstagen keinen Schritt aus dem Haus. Ich verfluchte den Augenblick, in dem ich mich entschlossen hatte, Renzo nicht nur körperlich zu lieben. Damals, im vergangenen Frühjahr, als er gekommen und bei mir geblieben war, hatte ich mir vorgenommen, inskünftig nur noch in der Wir-Form zu denken und zu handeln und

Renzo in alle meine Entscheidungen miteinzubeziehen. Für mich stand bereits fest, daß Renzo nach Beendigung seiner Lehre in meiner Kanzlei weiterarbeiten würde. Dabei hatte ich nicht in Betracht gezogen, daß Renzo erst sechzehn Jahre alt war, und ich hatte, fast leichtsinnig, über sein südländisches Temperament und seine Unausgeglichenheit einfach hinweggesehen. Jetzt, nachdem ich wieder allein war, wurde mir plötzlich bewußt, daß wir nur selten über unsere Gefühle gesprochen hatten. Wir wußten beide nicht, wer der andere war.

Am Stephanstag entschloß ich mich, nach Panama zu fliegen, wo ich für einen meiner Klienten verschiedene Finanztransaktionen erledigen mußte, die ich, nicht zuletzt wegen Renzo, immer wieder hinausgeschoben hatte: Ich wollte ohne ihn nicht für längere Zeit ins Ausland reisen.

Nun war für mich der Moment gekommen, wo ich aus meinen vier Wänden ausbrechen *mußte*, weil ich sonst den Verstand verloren hätte: Am Weihnachtstag nahm ich nur Beruhigungstabletten zu mir, Valium und, spät am Abend, als ich nicht einschlafen konnte, auch Lexotanil. Mitten in der Nacht stand ich auf und rief Max Giezendanner an, einen befreundeten Psychiater und der einzige Mensch außer Renzo, der über meine homosexuellen Neigungen Bescheid wußte. Eigentlich hatte ich erwartet, er würde mir, wie bereits früher einmal, zu einer Selbstanalyse raten, einer Standortsbestimmung, wie er es nannte, doch er meinte, in solchen Krisenmomenten könne es gefährlich sein, allzuviel nachzudenken oder gar den Versuch zu unternehmen, das eigene Verhalten korrigieren zu wollen. Er riet mir dringend, meine gewohnte Umgebung möglichst rasch zu verlassen und mich abzulenken, sei es durch Arbeit oder durch sexuelle

Abenteuer. Ablenkung, meinte er, das wisse er aus langjähriger Erfahrung, könne oft Wunder bewirken, man müsse nur den Mut aufbringen, einmal alles hinter sich liegenzulassen. Manche seiner Patienten die wegen psychosomatischer Störungen oder Depressionen in eine Heilanstalt eingewiesen würden, könnten sich den Klinikaufenthalt ersparen, indem sie ganz einfach in die Ferien reisen würden.
Ich flog also am 26. Dezember nach Panama-City, mietete ein Zimmer im «Ambassador» und ging tagsüber meinen Geschäften nach. Nachts stattete ich dem «Push-boutton-House» einen Besuch ab, dem wohl berühmtesten Knabenbordell der westlichen Welt. Hier verkehrten Politiker, Schriftsteller und Opernsänger, hier blieb man als Homosexueller – das war ein unverletzbarer Grundsatz des Hauses – immer anonym, auch wenn man noch so bekannt war. Die Bordellbesucher trugen ihre Namen im Gästebuch ein, wodurch sie sich miteinander solidarisch erklärten und gleichzeitig das Versprechen abgaben, in der Öffentlichkeit keine Namen von anderen Gästen bekanntzugeben.
Das «Push-boutton-House» gehörte zwei Exil-Amerikanern, die sich in den Vereinigten Staaten im Gefängnis kennengelernt hatten und dank der Unterstützung eines homosexuellen Senators vorzeitig begnadigt worden waren. Gemeinsam waren sie nach Panama ausgewandert. Mit einem staatlichen Kredit gründeten sie das Knabenbordell, in welchem sie ihrer illustren Kundschaft Boys zwischen 12 und 20 Jahren in allen Hautfarben und Rassen zur Auswahl anboten. Im Zimmerpreis von fünfhundert US-Dollar war alles inbegriffen.
Als ich am Silvesterabend nach Europa zurückflog fühlte ich mich ausgeruht und erholt. Es ging mir

wesentlich besser, und ich war erleichtert, weil ich in den vergangenen fünf Tagen nur selten an Renzo hatte denken müssen. Die räumliche Distanz hatte gleichzeitig auch eine innere Distanz zu ihm geschaffen, die ich mir erhalten wollte. Wenn Renzo eines Tages zu mir zurückkehrte, was nicht auszuschließen war, so würde ich ihn sofort bei mir aufnehmen, aber ich nahm mir fest vor, nicht um ihn zu kämpfen. Ich hatte viele Jahre gebraucht, um mich an das Alleinsein zu gewöhnen – und in wenigen Monaten hatte ich es verlernt. Auf dem Flug von Panama-City nach Zürich rief ich mir ins Bewußtsein, daß es auf der ganzen Welt viele Millionen Homosexuelle gab, die keinen festen Partner hatten, und die dennoch irgendwie mit ihrem Schicksal fertig wurden. Über dem Atlantik gab der Pilot bekannt, daß wir soeben den «Point of no return» überflogen hätten, jenen Punkt also, der genau in der Mitte des Atlantiks liegt, und bei dem es, wenn man ihn überquert hat, im Falle eines Maschinenschadens keine Umkehr mehr gibt, sondern nur noch den Weiterflug nach Europa. In diesem Augenblick wurde mir klar, daß ich die Trennung von Renzo in ihrem schmerzhaftesten Stadium überwunden hatte. Auch für mich gab es kein Zurück mehr. So schwer es mir auch fiel, ich mußte Renzo sich selbst überlassen.

Nachdem Renzo den ganzen Januar in Straßburg vergeblich eine Arbeit gesucht hatte, machte er anfangs Februar am Place de Haguenau Bekanntschaft mit Ferenz Wiplaschil, dem Außenminister eines europäischen Kleinstaates. Wiplaschil vertrat sein Land im Europarat und hatte mehrere Tage in Straßburg zu tun. Er war verheiratet, Vater von vier Kindern und galt im Kreise seiner Ministerkollegen als glücklicher Ehemann und vorbildlicher Katho-

lik. Niemand in seiner Umgebung wußte, daß Wiplaschil homosexuell war.
Dreimal im Jahr hielt er sich einige Tage in Straßburg auf, und diese Zeit nützte er aus, um in der Anonymität des französischen Städtchens möglichst viele Bekanntschaften zu machen. Bevor Wiplaschil am Abend das Hotel verließ, klebte er sich einen dunkelblonden Schnurrbart an und vertauschte seine Hornbrille mit einer Nickelbrille, so daß ihn nicht einmal sein persönlicher Sicherheitsbeamter erkannte, wenn Wiplaschil spät nachts mit hochgeschlagenem Mantelkragen und in männlicher Begleitung ins Hotel zurückkehrte. Nach den anstrengenden Sitzungen des Europarates verbrachte der Minister die Abende meist im «Les trois Ciglochoques» an der Rue Faubourg de Pierre oder auf der Place de Haguenau, wo spät nachts immer einige Strichjungen herumstanden und nach einem Freier Ausschau hielten.
Renzo, der in unmittelbarer Nähe der Place de Haguenau wohnte, ging an jenem Abend mit «Dimitri», dem griechischen Hirtenhund seines Kollegen Patrick spazieren, als Wiplaschil ihn ansprach und um Feuer bat. Renzo merkte sogleich, daß es sich bei dem Fremden um einen Ausländer handeln mußte, denn er sprach schlecht und mit starkem Akzent französisch. Auf deutsch hingegen konnten sich die beiden gut verständigen und kamen denn auch rasch miteinander ins Gespräch. Wiplaschil lud Renzo, den er für einen Strichjungen hielt, ein, mit ihm eine Nacht in seinem Hotel zu verbringen, und bot ihm zweitausend französische Francs an. Zuerst war Renzo etwas irritiert, doch dann sagte er sich, soviel Geld könnte er in absehbarer Zeit kaum verdienen, außerdem hatte er die Abhängigkeit von Patrick und Catherine in der Kommune satt: Er

sehnte sich nach Freiheit. Nach einigem Zaudern nahm er deshalb das Angebot des Unbekannten an. Als er am darauffolgenden Morgen um sechs das Hotel verließ, frisch geduscht und mit zweitausend Francs in der Tasche, kam er sich weder charakterlos noch minderwertig vor. Der Fremde hatte sich bei ihm, bevor er ihm das Geld gab, sogar bedankt. Renzo ging mit «Dimitri» zu Fuß zur Place de Haguenau zurück, brachte den Hund in die Kommune und verabschiedete sich von Patrick und Catherine, die über sein Weggehen nicht unglücklich zu sein schienen: Man hatte anderthalb Monate zusammen in zwei engen Räumen gelebt und auf jede Intimsphäre zugunsten der Kameradschaft verzichtet. Oft waren die unterschiedlichen Meinungen aufeinandergeprallt, hatte es Streit gegeben. Renzo gab Patrick zweihundert Francs, damit er sich etwas Shit kaufen konnte: Wenn Patrick und seine Freundin kein Haschisch hatten, waren sie beide unglücklich und aggressiv. Niemand fragte, wo Renzo das viele Geld her hatte. Innerhalb der Kommune war man es gewohnt, daß jemand plötzlich Geld nach Hause brachte und dieses Geld dann auch an die Mitbewohner verteilte.

Renzo erkundigte sich in einem Reisebüro, was eine Flugkarte nach Mailand kostete. Er wollte nach Italien, weil man ihn aus seiner Heimat nicht ausweisen konnte, aber es war ihm nicht möglich, mit der Bahn oder per Anhalter zu fahren, weil alle Wege nach Italien durch die Schweiz führten und man ihn möglicherweise an der Schweizer Grenze festgenommen hätte. Tatsächlich war Renzo, wie mir Jugendanwalt Straub am Telefon sagte, in der Schweiz zur Fahndung ausgeschrieben, weil er sich durch seine Flucht den Strafverfolgungsbehörden entzogen hatte.

Als Renzo den Preis der Flugkarte nach Mailand vernahm, entschloß er sich, mit dem Zug nach Deutschland zu fahren, wo er ebenfalls keine Sprachschwierigkeiten haben würde. Er löste eine Fahrkarte zweiter Klasse nach Stuttgart.
An der deutschen Grenze zeigte er dem Zollbeamten seinen italienischen Personalausweis, der zerknittert und kaum mehr lesbar war; außerdem enthielt er eine Fotografie, auf der Renzo kurze Haare trug und um einige Jahre jünger war. Der Zollbeamte nahm den Ausweis und verschwand damit.
Renzo überlegte einen Augenblick, ob er sich aus dem Staub machen solle, möglicherweise wurde er auch in der Bundesrepublik polizeilich gesucht; Straub war alles zuzutrauen.
Doch dann kam der Beamte wieder und gab ihm den Ausweis zurück. Er sagte: «Mit so einem Wisch reist man nicht in der Weltgeschichte herum, junger Mann. Laß dir auf dem italienischen Konsulat in Stuttgart einen neuen Ausweis ausstellen. Das nächste Mal lasse ich dich damit nicht mehr über die Grenze.»
Renzo mußte lachen. Er war sicher, daß er den Beamten nie wiedersehen würde.
Gegen fünf Uhr nachmittags kam er in Stuttgart an. Er wechselte seine französischen Francs in deutsche Mark um und kaufte sich am Bahnhofbuffet ein Schinkenbrot. Dazu bestellte er einen Orangensaft. Während er das Brot im Stehen verschlang – er hatte seit dem frühen Morgen nichts mehr gegessen –, überlegte er sich, wie er das günstigste Hotelzimmer in Stuttgart ausfindig machen konnte. Er hatte sich vorgenommen, zu sparen, damit er mit dem in der letzten Nacht verdienten Geld möglichst lange auskam. Vielleicht gab es in der Stadt eine Jugendherberge, dort konnte man für drei oder vier Mark

übernachten. Wenn man Glück hatte, sogar mit Frühstück.
Plötzlich merkte er, wie ihn ein jüngerer Mann beobachtete, der wenige Meter von ihm entfernt an der Theke stand und ein Paar Würstchen verzehrte. Er war ungewöhnlich groß und schlaksig, trug einen viel zu weiten Anzug und eine geblumte Krawatte, sein blasses Gesicht war voller Pickel. Seine Augen waren hinter dicken Brillengläsern versteckt. Er starrte Renzo unentwegt an, ließ seinen Blick keine Sekunde von ihm, bis Renzo verunsichert das Bahnhofbuffet verließ und als er sah, daß der junge Mann ihm folgte, immer rascher durch die Bahnhofshalle zum Ausgang ging.
Der Fremde holte ihn jedoch ein. Er stellte sich Renzo in den Weg, lächelte und sagte freundlich: «Kommst du mit?»
«Wohin?» fragte Renzo.
«Zu mir nach Hause. Dort sind wir ungestört.»
«Was wollen Sie von mir?» erkundigte sich Renzo.
Wahrscheinlich handelte es sich bei dem jungen Mann, dessen Alter schwer zu schätzen war – er konnte fünfundzwanzig, aber ebensogut dreißig sein – um einen Schwulen, der sich an ihn heranmachen wollte.
Der Fremde rückte seine Krawatte zurecht. Er lächelte noch immer. «Stell dich nicht so an», sagte er. «Ich weiß genau, weshalb du dich im Hauptbahnhof herumtreibst. Schade um dich.»
Er nahm seine Brille ab.
Renzo sah, daß unter seinen blauen, wäßrigen Augen dunkle Schatten lagen. Er sagte: «Was zahlst du?»
«Na also», meinte der junge Mann. «Höchste Zeit, daß du zur Sache kommst.» Dann fügte er lächelnd hinzu: «Fünfzig Mark.»

Renzo schüttelte den Kopf.
Der junge Mann schien nachzudenken. «Hundert Mark, keinen Pfennig mehr», sagte er schließlich.
«Kann ich bei dir übernachten?» fragte ihn Renzo. Er hatte sich entschlossen, das Angebot des Fremden anzunehmen. Die hundert Mark konnte er gut gebrauchen, und außerdem würde ihm der junge Mann sicher ein paar brauchbare Tips geben können, wie er in Stuttgart Arbeit und eine Unterkunft finden konnte.
«Ich heiße Hartmut Schnäuwle», sagte der Fremde und gab Renzo die Hand. «Komm mit, ich habe meinen Wagen gleich um die Ecke im Parkhaus.» Während sie zu Fuß über den Bahnhofsplatz gingen, erkundigte sich Schnäuwle, ob Renzo Ausländer sei.
«Ich bin Italiener», sagte Renzo.
«Hast du keine Eltern?»
«Doch.»
«Leben sie in der Bundesrepublik?»
«Ja», log Renzo. Seine Familienverhältnisse und die Umstände, die zu seiner Flucht geführt hatten, gingen den Schwulen nichts an. Er wollte seine hundert Mark haben und ein paar Auskünfte, das war alles.
Schnäuwle ließ nicht locker. «Du bist wohl von zu Hause abgehauen? Hab' ich recht?»
«Nein», sagte Renzo.
«Dann bist du aus dem Erziehungsheim getürmt. Wir kennen das doch.» Schnäuwle blieb stehen und legte seine Hand auf Renzos Schulter. «Junge, nun sei doch nicht so zugeknöpft. Zu mir kannst du Vertrauen haben.»
«Ich komme aus der Schweiz», sagte Renzo. «Ich bin auf einem Trip durch Europa. Wenn es mir in Deutschland gefällt, suche ich mir hier einen Job.»

«Na also», meinte Schnäuwle erleichtert. «Vielleicht kann ich dir dabei behilflich sein. Ich habe gute Beziehungen.» Dann wollte er wissen, ob Renzo homosexuell sei. Als der Junge nickte, fragte er: «Wie lange gehst du schon anschaffen?» Er sah, daß Renzo nicht begriff, was er meinte, und fügte erklärend hinzu: «Wie lange gehst du schon auf den Strich?»
Renzo gab ihm keine Antwort.
Schnäuwle besaß einen hellblauen Opel Kadett. Als Renzo sich zu ihm in den Wagen setzte, meinte er rasch, er wohne in Winnenden, einer kleinen Ortschaft außerhalb Stuttgarts, dort besitze er ein eigenes Haus.
Sie fuhren quer durch die Stadt, dann ein Stück über die Autobahn und schließlich über eine schmale Landstraße, welche direkt nach Winnenden führte. Ein schwäbisches Nest in ländlicher Gegend, eine halbe Stunde von Stuttgart entfernt.
Schnäuwle wohnte in einem grüngestrichenen Fertighaus am Dorfrand. Über dem Hauseingang hing ein Holzschild, auf dem in verschnörkelten Buchstaben zu lesen stand: «ER HAT AUCH FÜR DEINE SÜNDEN SEIN KOSTBARES BLUT VERGOSSEN AM KREUZ VON GOLGOTHA.»
Sie betraten einen engen Flur, in dem es nach Lavendel roch. Aus der Küche kam ein hübsches junges Mädchen in einem langen, mausgrauen Kleid. Schnäuwle gab ihr einen Kuß und sagte zu Renzo: «Das ist Gerda, meine Frau.»
Sie kam auf Renzo zu, küßte ihn auf beide Wangen und meinte mit sanfter Stimme: «Willkommen im Namen Jesus Christi, der unser Erlöser ist, jetzt und für alle Zeiten.» Ihr Gesichtsausdruck hatte etwas Fanatisches, die Augen blickten über Renzos Kopf hinaus verklärt zur Decke.

«Renzo wird ein paar Tage bei uns bleiben», sagte Schnäuwle und ging voraus ins Wohnzimmer, in dem außer einem modernen Farbfernseher und einem Tonbandgerät nur einige Holzstühle, ein Tisch und ein Büchergestell standen. Durch die beiden winzigen Fenster, an denen keine Vorhänge hingen, sah man in den Garten, wo zwei Wolfshunde im Schnee herumtollten.
«Hast du mit Mama schon gebetet?» erkundigte sich Schnäuwle bei seiner Frau.
«Noch nicht, Hartmut», sagte Gerda erschrocken. «Mama ist noch beim Essen, aber ich werde nachher sofort zu ihr hinaufgehen.»
«Tu das, Gerda, mein Schatz», meinte Schnäuwle salbungsvoll und wandte sich an Renzo, der sich erstaunt im Zimmer umsah.
Gerda ging hinaus. Schnäuwle bat den Jungen, auf einem der Holzstühle Platz zu nehmen.
«Was soll das alles?» fragte Renzo verwirrt. Er hatte das Gefühl, er sei in eine Falle geraten.
Schnäuwle setzte sich ihm gegenüber. Er faltete die Hände und meinte freundlich: «Meine liebe Frau und ich ... wir sind Zeugen Jehovas. Du sollst dich bei uns zu Hause fühlen. Unser Herr Jesus wird dir seine Hand reichen, du mußt sie nur ergreifen.»
Dann erkundigte er sich, ob Renzo religiös sei und welcher Glaubensgemeinschaft er angehöre. Als Renzo ihm sagte, er sei katholisch erzogen worden, doch glaube er weder an Gott noch an den Teufel, sondern nur an sich selber und seine eigenen Kräfte, entsetzte sich Schnäuwle: «Du hast dich von Gott entfernt. Deshalb bist du der Sünde verfallen. Aber ich bin sicher, daß du mit unserer Hilfe zu Jesus zurückfinden wirst.»
Renzo stand auf. «Ich möchte gehen», sagte er.
Schnäuwle legte ihm seine Hand auf die Schulter

und drückte ihn sanft auf den Stuhl zurück. «Du bist noch nicht verloren, Renzo», sagte er geduldig. «Ich habe dich zu uns genommen, damit du auf Gottes Pfad zurückfindest. Jesus wird dich mit offenen Armen aufnehmen, du brauchst nur zu *wollen*. Du bist nicht der erste Strichjunge, dem Gerda und ich geholfen haben.»
Renzo begriff, daß dieser Schnäuwle ihn mit einer List in sein Haus gelockt hatte. Er war gar nicht homosexuell, er wollte nicht mit ihm schlafen, er wollte ihn bekehren. Der Mann war verrückt. Er würde nicht hierbleiben, er würde in die Stadt zurückkehren, jetzt gleich.
Gerda kam ins Zimmer und brachte zwei Tassen Tee. Sie lächelte und ihr Blick war noch immer verklärt.
«Danke, mein Schatz», sagte Schnäuwle und schenkte den Tee ein. Dabei furzte er laut und hemmungslos. Gerda verließ rasch das Zimmer. «Wenn du erst ein richtiger Zeuge Jehovas bist», meinte Schnäuwle zu Renzo und schob ihm die Teetasse hin, «so brauchst du dich für den Rest deines Lebens vor nichts mehr zu fürchten. Unser Herr Jesus wird immer bei dir sein, Tag und Nacht, er wird dich beschützen und dich davor bewahren, zu sündigen.»
«Ich fühle mich hier nicht wohl. Ich gehe», sagte Renzo. «Sie können mich nicht zwingen, bei Ihnen zu bleiben.»
Schnäuwle ging im Zimmer auf und ab. «Wir nehmen dich bei uns auf, du brauchst dafür nichts zu bezahlen. Du bekommst ein eigenes Zimmer, du bekommst zu essen. Oder willst du dir lieber am Hauptbahnhof die Füße abfrieren und auf einen Freier warten, der dir zwanzig Mark in die Hand drückt?»

Draußen war es schon dunkel. Renzo nahm sich vor, bis zum nächsten Morgen hier zu bleiben und dann in aller Frühe abzuhauen. Dieser Schnäuwle war ein Irrsinniger, der, wie alle Religionsfanatiker, von dem Glauben besessen war, er müsse sämtliche Mitmenschen bekehren. Er trank seinen Tee aus und folgte Schnäuwle die Treppen hinauf in den ersten Stock, wo Gerda in einem winzigen Zimmer am Bett einer uralten Frau saß und ihr aus der Bibel vorlas.
«Komm mit!» sagte Schnäuwle und betrat das Zimmer. Renzo blieb unter der Tür stehen. Er sah, wie Schnäuwle der Alten über das struppige weiße Haar strich, und er vernahm, wie sie einige lallende Laute von sich gab.
Dann sagte Gerda: «Mutter, wir wollen beten.» Sie kniete vor dem Bett auf den Fußboden, Schnäuwle kniete neben sie, nur Renzo blieb stehen.
«Knie nieder!» sagte Schnäuwle, und als Renzo nicht sogleich gehorchte, kam er auf ihn zu, packte ihn an den Haaren und zerrte ihn zum Bett, wo er ihn auf den Boden drückte. «Muß man dich wirklich zu deinem Glück zwingen», ereiferte er sich. «Im Gebet wirst du Erfüllung finden. Unser Herr Jesus kommt zu dir und befreit dich von allen Sünden. Willst du ihn etwa fortschicken?»
Schnäuwles Gesicht bekam einen bekümmerten Ausdruck. Die Alte im Bett wimmerte vor sich hin. Sie hatte die Augen geschlossen, ihre dünnen, ausgemergelten Hände waren gefaltet. Renzo kniete neben Schnäuwle auf den Boden, während Gerda mit sanfter Stimme ein kurzes Gebet sprach. Dann erhob sich Schnäuwle und forderte Renzo auf, ihm zu folgen. Er ging voraus durch den düsteren Flur, dessen Holzwände mit den verschiedensten Heiligenbildern behangen waren.

Schnäuwle führte Renzo in ein winziges Zimmer. Auf dem Fußboden lag eine billige Kokosmatte. Die einzigen Möbelstücke waren eine altmodische Kommode, ein Stuhl und ein Bett, das kleine Fenster war verschlossen. An der Wand hing ein riesiges Kruzifix. Es roch nach Kampfer und schmutziger Wäsche.
«Hier wirst du deinen Weg zu unserem Herrn Jesus antreten», sagte Schnäuwle zu Renzo. Er wühlte in einem Haufen Zeitschriften, die auf der Kommode lagen und alle den Titel DER WACHTTURM trugen, suchte eine bestimmte Nummer heraus und reichte sie Renzo. «Dieses Blatt ist das Sprachrohr der Zeugen Jehovas», meinte er freundlich. «Ein Wegweiser zum Leben als anständiger, guter Christ. Glaub mir, mein Junge, wir verlangen nichts Unmögliches von dir. Wir wollen dir Halt geben, wollen dir eine Stütze sein, auch wenn du das vielleicht im Moment nicht verstehen kannst. Hier in dieser Zeitschrift wirst du erfahren, wie ein Homosexueller sich ändern kann, wenn er sich ändern *will*. Das ist eine Chance für dich, die du wahrnehmen mußt. Gott gibt sie dir nur einmal.» Er zündete auf der Kommode eine kleine Tischlampe mit einem giftgrünen Schirm an, dann verließ er das Zimmer.
Renzo hörte, wie er von außen die Tür abschloß. Sein erster Gedanke war, sogleich abzuhauen. Er ging zum Fenster, das jedoch so klein war, daß er sich unmöglich hätte durchzwängen können. Er setzte sich auf den Bettrand und rieb sich die Augen. Das durfte alles nicht wahr sein. Er war einem Verrückten in die Hände gefallen. Von den Zeugen Jehovas hatte er noch nicht viel gehört. Er wußte lediglich, daß es sich um eine Sekte handelte, die ihren Mitgliedern strenge Vorschriften machte und sowohl in Amerika als auch in Europa eine er-

staunlich große Anhängerschaft besaß. Er nahm den WACHTTURM, den ihm Schnäuwle hingelegt hatte, und begann darin zu blättern. Eine riesige Überschrift stach ihm sogleich in die Augen: HOMOSEXUELLE, RETTET EUCH! JESUS IST EUER SCHICKSAL. Dann folgte über zwei Spalten hinweg ein kleingedruckter Beitrag, den Renzo rasch überflog.

Die Bibel zeigt, daß ein Homosexueller sich ändern muß, um Gottes Gunst zu erlangen. Es geht aber auch aus der Bibel hervor, daß eine solche Änderung möglich ist. Der Apostel Paulus bezieht sich auf einige Personen, die homosexuell waren, und sagt dann gemäß 1. Korinther 6,11: «Und doch waren das einige von euch. Aber ihr seid reingewaschen worden.» Sie hatten sich geändert. Viele Homosexuelle behaupten jedoch, sie könnten sich nicht ändern. Damit sagen sie praktisch, die Bibel habe nicht recht. Einige versichern: «Ich kann nichts dafür, ich wurde als Homosexueller geboren.» Oder vielleicht sagen sie, ihre homosexuelle Veranlagung sei auf ihre Erziehung zurückzuführen. Das stimmt nicht. Weil die Menge des zur Verfügung stehenden Aufschlusses übereinstimmend mit der Bibel bezeugt: Homosexuelle können sich ändern. Der Homosexuelle wird von nichts und von niemand anderem als von sich selbst gezwungen, ein Homosexueller zu bleiben. Klingen diese Worte zu hart? Betrachte doch einmal die Beweise.
Wenn jemand den Wunsch hat, homosexuell zu sein, ist sein Denken davon betroffen, was ihn veranlaßt, ein solches sexuelles Verhalten zu bevorzugen. Logischerweise zeigt auch die Bibel, daß das die Wurzel des Übels ist. Paulus schrieb über Homosexuelle und erklärte, daß «Gott sie einem mißbillig-

ten Geisteszustand übergab, so daß sie Dinge taten, die sich nicht geziemen» (Römer 1,26–28). Solche Personen stellen in ihrem Herzen falsche Überlegungen an, wodurch sie ein perverses Verlangen entwickeln (Matt. 15, 18–20).
Ich will euch beschreiben, wie sich ein Homosexueller geändert hat. Mit Gottes Hilfe und dank seinem eigenen Wunsch, nicht länger ein Wüstling zu sein.
Ein in New York ansäßiger Schauspieler, ein früherer Homosexueller, berichtet uns, wie er ein guter Christ und Zeuge Jehovas wurde. Dieser Mann war voll und ganz homosexuell veranlagt. Gestatte ihm, dir zu erklären, wie es zu seiner Kehrtwendung kam und was seine persönlichen Anstrengungen dazu beigetragen haben:
«Von meinem achten Lebensjahr an war ich homosexuell. Im Alter von 23 Jahren war ich absolut meinem Fleisch versklavt. Wie viele Homosexuelle versuchte ich, mein Gewissen zu beruhigen und die Schwere meiner unsittlichen Handlungen zu beschönigen, indem ich mir sagte, ich sei ‹gay›, gleich vielen Sophisten dieser Welt. Doch die einfache Wahrheit lautet: ich war pervers. Ich kann mich an mindestens 150 Männer erinnern, mit denen ich wiederholt jede Art sexueller Perversion trieb. Ich spreche nicht deshalb darüber, um jemand, der homosexuelle Neigungen haben mag, zu erregen oder ‹anzustacheln›, sondern um zu veranschaulichen, wie tief ich gefallen war. Gemessen an den Maßstäben der Homo-Welt, wird man mich wahrscheinlich als einen ‹bescheidenen› Homosexuellen betrachten, da ich täglich mit weniger als drei verschiedenen Männern unsittliche Beziehungen hatte.
Im stillen war ich mir darüber im klaren, daß meine homosexuellen Handlungen unrecht waren. Und als

ich vor einigen Jahren zu einer Zusammenkunft der Zeugen Jehovas eingeladen wurde, hat man mich in meiner Überzeugung bestärkt, daß eine homosexuelle Lebensweise falsch ist. Außerdem gefiel mir das, was ich von den Zeugen hörte. Der Gedanke, ewig auf einer paradiesischen Erde zu leben, sprach mich wirklich an. Ich war so froh und fühlte mich erleichtert. Stets hatte ich mich gefragt, weshalb es in der Welt soviel Haß, Habsucht und Selbstsucht gebe. Ich fragte mich, welche Hoffnung überhaupt für die Zukunft bestehe. Jehovas Zeugen beantworteten meine Fragen.
Im Jahre 1969 arbeitete ich gerade in New York und besuchte den Kongreß der Zeugen Jehovas, der im Yankee-Stadion unter dem Motto ‹Friede auf Erden› stattfand. Der Redner wandte sich mit folgenden Worten an jeden, der kein Zeuge Jehovas war: ‹Du weißt, daß du in Gottes neuer Ordnung leben möchtest. Schließe dich daher uns an und erlange ewiges Leben in Gottes neuer Ordnung!› Die einfache Wahrheit dieser Worte rüttelte mich auf. Ich wünschte zu leben. Ich liebte Jehovas Volk. Von diesem Augenblick an begann ich Änderungen in meinem Leben vorzunehmen. Ich mußte mich entscheiden, entweder Jehova zu dienen und zu leben, oder ein Homo zu bleiben und zu sterben. Schließlich gab ich alle homosexuellen Gewohnheiten vollständig auf und wurde bei Jehovas Zeugen zur Taufe zugelassen. Inzwischen habe ich eine vortreffliche Christin geheiratet, und wir genießen echte Freude und Befriedigung in Jehovas wunderbarer Eheeinrichtung. Außerdem bin ich Dienstamtsgehilfe in einer Versammlung der Zeugen Jehovas. Besonders aber freue ich mich darüber, daß ich nun ein reines Gewissen habe, und ich weiß, daß ich ein Leben führe, das dem allmächtigen Gott wohlgefällt.»

Dieser Mann nahm die Herausforderung der Bibel an und änderte sich. Er tat schließlich, was die Bibel denjenigen empfiehlt, die in geschlechtlicher Hinsicht der Selbstbeherrschung ermangeln – und er ging eine ehrbare Ehe ein (1. Korinther 7: 1,2,9).

Renzo warf die Zeitschrift verärgert auf das Bett. Er hatte noch nie soviel Einfältiges, Unwahres und Unwissenschaftliches über Homosexualität gelesen. Ihm taten diejenigen leid, die, wie Schnäuwle und seine Anhänger, solchen Unsinn tatsächlich glaubten.
Plötzlich empfand er es als eine Ungeheuerlichkeit, daß Schnäuwle es gewagt hatte, ihn in diesem Zimmer einzusperren. Er ging zur Tür und klopfte. Nichts rührte sich. Er klopfte immer lauter und heftiger. Nach einer Weile erschien Schnäuwle und fragte, was geschehen sei. Er war in Begleitung eines korpulenten alten Mannes, den er Renzo als «mein lieber Bruder Hämmerle» vorstellte. Hämmerle, meinte Schnäuwle aufgeräumt, habe schon manchen Homosexuellen auf den Weg der Tugend geführt, er wolle auch Renzo dabei behilflich sein.
Nun verlor Renzo die Geduld. «Ihr könnt mich alle am Arsch lecken!» rief er aufgebracht und wollte sich an den beiden Männern, die ihn betroffen ansahen, vorbeidrängen. Hämmerle hielt ihn zurück. Er hatte ein brutales, aufgedunsenes Gesicht.
«Ich werde es dir schon austreiben, zu fluchen!» brüllte Hämmerle so laut, daß selbst Schnäuwle zusammenzuckte. Er wollte etwas sagen, doch Hämmerle packte Renzo mit beiden Händen, schüttelte ihn hin und her und gab ihm eine Ohrfeige. «Eines Tages wirst du vor mir knien und mir danken, daß ich dir den Weg zu Gott gezeigt habe», rief er und machte dabei eine Handbewegung zur Decke.

Auf der Treppe erschien Gerda und sagte, das Essen sei hergerichtet. Das Eßzimmer befand sich unmittelbar neben der Haustür. Renzo hoffte, er könne sich unter einem Vorwand während des Essens wegstehlen, doch er saß zwischen Schnäuwle und Hämmerle, die ihn keinen Augenblick aus den Augen ließen. Es gab Kartoffelpüree mit Fleischklößen. Vor dem Essen sprach Gerda ein Gebet. Sie munterte Renzo auf, tüchtig zu essen, damit er zu Kräften komme, er sehe blaß und ausgehungert aus. Als Renzo sagte, er müsse auf die Toilette, wurde er von Hämmerle begleitet, der sich wie ein Wächter neben der Tür postierte, so daß für Renzo jede Fluchtmöglichkeit abgeschnitten war.
Nach dem Abendessen begab man sich gemeinsam ins Wohnzimmer. Schnäuwle überreichte Renzo eine Bibel und einige Broschüren. «Die kannst du in den nächsten Tagen studieren. Erst wenn du in deinem tiefsten Innern davon überzeugt bist, daß du dich auf dem richtigen Weg befindest, wirst du dich ändern können.»
Hämmerle pflichtete ihm durch ein Kopfnicken bei.
«Sie haben kein Recht, mich hier festzuhalten», meinte Renzo.
Schnäuwle sah ihn entsetzt an. «Es ist unsere Pflicht, dich von deinen Neigungen abzubringen», erwiderte er. «Das ist Gottes Auftrag. Möchtest du denn kein guter Zeuge Jehovas werden?»
«Nein», sagte Renzo. «Ich glaube euch kein Wort. Was ihr erzählt, ist Stumpfsinn. Alles wird durch die Wirklichkeit widerlegt. Wenn euer Gott wirklich so allmächtig wäre, hätten wir eine ganz andere, eine bessere Welt. Euer Gott kann mir gestohlen werden!»
«Versündige dich nicht!» rief Gerda und kniete sogleich auf den Fußboden. «Heiland, vergib ihm!»

stammelte sie. «Heiland, vergib ihm, er weiß nicht, was er spricht. Schenke ihm deine Kraft und dein Paradies. Gib ihm die Kraft, ein gläubiger Zeuge Jehovas zu werden. Laß ihn nicht länger ein ungläubiger Parasit sein. Amen.»
Die beiden Männer starrten finster auf Renzo, der noch immer am Tisch saß und sich mit beiden Händen die Ohren zuhielt. Kaum hatte Gerda ihr Gebet gesprochen, befahl sie ihm, sie in die Küche zu begleiten und ihr beim Abwaschen behilflich zu sein. Sie erzählte Renzo, daß sie schon als Kind den Zeugen Jehovas angehört und in dieser Glaubensgemeinschaft ihr geistiges Heil gefunden habe. Sie betrieb gemeinsam mit ihrem Mann eine kleine Tankstelle in Winnenden und gehörte dem Vorstand der Zeugen Jehovas in Baden-Württemberg an. Renzo merkte rasch, daß Gerda völlig verblendet war, doch konnte er sich mit ihr, solange er ihren Glauben nicht kritisierte, ziemlich gut unterhalten. Sie meinte, er könne an der Tankstelle arbeiten, sobald er sich etwas eingelebt habe, worauf Renzo wieder etwas Hoffnung schöpfte: An der Tankstelle würde man ihn kaum auf Schritt und Tritt bewachen können, dann würde sich ihm bestimmt eine Fluchtmöglichkeit bieten.
Renzo mußte mit Schnäuwle und seiner Frau im selben Bett schlafen. Zuerst weigerte er sich, doch Schnäuwle meinte, er solle sich nicht so komisch anstellen. Nur widerwillig zog Renzo sich bis auf die Unterhosen aus und legte sich neben die beiden Eheleute in das hohe, altmodische Doppelbett, das bei der kleinsten Bewegung knarrte. Bevor er unter die schwere, blau-weiß karierte Bettdecke gekrochen war, hatte Schnäuwle die Schlafzimmertür verschlossen; den Schlüssel versteckte er unter der Matratze. Gerda, die ein violettes Nachthemd aus

Barchent trug, setzte sich im Bett auf und faltete die Hände. Sie sprach ein langes Gebet, in welches sie auch Renzo einschloß. Dann löschte sie die Nachttischlampe aus.
Renzo zog sich an den äußersten Bettrand zurück. Es war ihm unbehaglicher zumute als seinerzeit im Gefängnis. Dort hatte er wenigstens seine Ruhe gehabt, war er ungestört gewesen.
Er vernahm, wie Schnäuwle zu ihm sagte: «So glücklich an der Seite einer lieben Frau kannst auch du werden, mein guter Renzo. Du mußt dich bloß anstrengen und versuchen, von deinen abwegigen Gedanken loszukommen. Diese Gedanken belasten und quälen dich. Ein Mann kann nur eine Frau wirklich lieben. Er kann nur im Leib einer Frau sexuelle Erfüllung finden. Das ist von unserem Herrgott so bestimmt, und daran werden die Menschen nie etwas ändern können.»
Renzo wollte sich eben zur Seite drehen und die Augen schließen, als er im Schein des Mondlichts plötzlich sah, wie Schnäuwle seiner Frau das Nachthemd über den Kopf zog, seine Pyjamahose abstreifte und mit beiden Händen Gerdas Schenkel auseinanderspreizte. Dann legte er sich auf seine Frau, preßte sein Glied gegen ihren Unterleib, bis es in ihrer Vagina verschwand. Renzo hörte, wie es langsam auf und ab glitschte. Er hörte auch, wie Gerda ihr klägliches Stöhnen zu unterdrücken versuchte, und er sah die schattenhaften Umrisse von Schnäuwles langen, dünnen Grillenbeinen, die in gleichmäßigem Rhythmus zu zucken begannen. Das Ganze erinnerte Renzo an ein lächerliches Zeremoniell, jede Bewegung der beiden Ehepartner schien genau einstudiert zu sein.
Nach knapp zwei Minuten war alles vorbei.
Schnäuwle röchelte kurz auf, dann wälzte er sich

zur Seite und wischte sein Geschlechtsteil an der Bettdecke ab. Gerda, deren Kopf noch immer durch das hochgestülpte Nachthemd verdeckt war, zog umständlich ihre Schlafbekleidung zurecht und wischte sich mit dem Handgelenk über die Augen.
«Wir danken dir, Herr Jesus», hörte Renzo sie flüstern. «Wir danken dir für dieses unsagbare Glück, das du uns stets von neuem schenkst in deiner ewigwährenden Gnade.»
Und Schnäuwle meinte, zu Renzo gewandt: «Was du eben erlebt hast, das ist *wirkliche* Liebe, so wie sie auch dir eines Tages vergönnt sein wird, wenn du dich aufrichtig bemühst, ein guter Christ zu werden.»
Renzo fror. Er zog die Bettdecke bis zum Kopf hoch. Es war jetzt ganz still im Zimmer. Nur von der Straße her vernahm er gelegentlich die Motorengeräusche eines vorbeifahrenden Wagens. Gerda hatte ihre Hand auf den Oberkörper ihres Mannes gelegt, Schnäuwle schnarchte leise. Renzo hörte noch, wie es vom Kirchturm in Winnenden drei schlug, dann erst schlief er ein.
Am darauffolgenden Morgen kam es zwischen Renzo und Schnäuwle zu einem Handgemenge, weil der Junge, als er den Hausherrn im Badezimmer vermutete, heimlich die Auskunft anrief und sich nach der Vorwahlnummer eines Telefongesprächs in die Schweiz erkundigte. Dabei wurde er von Schnäuwle überrascht. Dieser zerrte Renzo den Telefonhörer aus der Hand und gab ihm einen Fußtritt in die Bauchhöhle, so daß Renzo gegen die Wand stolperte und sich dabei den Kopf anstieß. Er blieb einen Augenblick benommen liegen, dann sprang er auf und ging auf Schnäuwle zu, der vor dem Garderobenspiegel seine Krawatte zurechtrückte. Renzo packte ihn am Revers seines Jacketts,

zog ihm behutsam die Brille weg und verabreichte ihm links und rechts eine Ohrfeige.
«Mit mir kannst du so was nicht machen, stinkende Gottessau!» brüllte er dem völlig überrumpelten Schnäuwle ins Gesicht.
Gerda kam aus der Küche und fragte, was los sei, sie habe den Frühstückstisch gedeckt. Schnäuwle hob seine Brille auf und verschwand wortlos im Badezimmer.
«Was habt ihr miteinander gehabt?» erkundigte sich Gerda verängstigt. «Doch am Ende keinen Streit?» Als Renzo nickte, meinte sie: «Hartmut ist ein so friedliebender Mensch. Er kann niemandem etwas zuleide tun. Du hast ihn vermutlich gereizt, das verträgt er eben nicht.»
Renzo zog seine Jacke an und sagte: «Schließ die Haustür auf, ich will gehen.»
In diesem Moment kam Schnäuwle aus dem Badezimmer. Er war wie verwandelt. Kein Anzeichen mehr von Zorn oder auch nur Groll. Er ging auf Renzo zu, legte ihm freundschaftlich die Hand auf die Schulter und meinte salbungsvoll: «Ich habe dir verziehen, Renzo. Ich weiß, daß der Teufel noch in dir sitzt. Er peinigt dich und macht dich unglücklich. Wir werden jetzt gemeinsam frühstücken und beschließen, wie wir dir helfen können. Gott wird uns dabei seine Erleuchtung schenken.»
Es gab Kakao und Schwarzbrot mit Vierfruchtmarmelade. Für Renzo hatte Gerda Haferbrei zubereitet, den sie mit einer öligen Flüssigkeit würzte, so daß er kaum mehr genießbar war. Dennoch aß Renzo davon, weil er hungrig war. Während des Frühstücks sagte Schnäuwle, Renzo könne an der Tankstelle arbeiten, um etwas Geld zu verdienen.
«Ich habe volles Vertrauen zu dir», meinte er freundlich. «Nur darfst du mich nicht enttäuschen.

Gott würde dich sonst bestrafen. Hast du verstanden?»
Renzo nickte. Er wollte sich mit Schnäuwle nicht mehr anlegen. Er haßte den Kerl und nahm sich fest vor, sich an ihm zu rächen. Spätestens am nächsten Tag würde er abhauen und, falls sich ihm eine Möglichkeit dazu bot, Schnäuwle in irgendeiner Weise schädigen. Vielleicht konnte er an der Tankstelle Geld mitlaufen lassen.
Nach dem Frühstück mußte Renzo Schnäuwles Mutter, die, wie Gerda ihm sagte, im Sterben lag, aus der Bibel vorlesen. Die alte Frau lag apathisch in ihrer Dachkammer. Sie hatte die Augen geschlossen, nur der zahnlose Mund war etwas geöffnet. Sie atmete schwer. Renzo hatte den Eindruck, daß sie gar nicht mehr bei Bewußtsein war, doch nachdem er ihr, bewacht von einem der beiden Wolfshunde, mehrere Seiten aus dem Johannes-Evangelium vorgelesen hatte, schlug sie plötzlich die Augen auf und flüsterte, den Blick unentwegt zur Decke gerichtet: «Herr Jesus, ich danke dir, daß du mich jeden Tag stärkst mit deiner Botschaft. Ich danke dir, daß du mir zwei so liebe Kinder geschenkt hast, die Tag und Nacht zu dir aufblicken in Ehrfurcht und Güte.» Sie faltete ihre verrunzelten Hände und sagte zu Renzo: «Lies weiter, Gerda, lies weiter.»
Während Renzo der Alten ein Kapitel nach dem anderen vorlas, obschon er vermutete, daß sie ihm längst nicht mehr zuhörte, bekam er mit einem Mal fürchterliche Bauchschmerzen. Er wollte aufstehen und zur Toilette gehen, doch der Hund, der neben ihm am Boden hockte, knurrte ihn an und fletschte die Zähne, so daß Renzo sich sogleich wieder hinsetzte. Die Schmerzen wurden immer heftiger, wurden beinahe unerträglich. Renzo wurde schwindlig. Plötzlich kam ihm der Gedanke, man könnte ihn

vergiftet haben. Er schrie laut um Hilfe, aber niemand schien ihn zu hören, nur die Alte schlug die Augen auf und glotzte ihn an. Nach einigen Minuten wurde die Schlafzimmertür aufgeriegelt. Gerda kam ins Zimmer, gefolgt von Schnäuwle und Hämmerle, der sich breitbeinig vor Renzo hinstellte und ihn barsch fragte, weshalb er schreie, so etwas gezieme sich nicht.
«Ich muß dringend auf die Toilette», sagte Renzo leise. Er fühlte sich elend und kraftlos.
Schnäuwle blickte zu Hämmerle, der ihm mit dem Kopf ein Zeichen gab. Gerda strich besorgt mit der Hand über das Kopfkissen der Alten und hob die Bibel auf, die Renzo achtlos auf den Fußboden geworfen hatte.
«Komm mit uns!» befahl Schnäuwle und nahm Renzo am Arm.
«Ich muß auf die Toilette, jetzt gleich.» Renzo vermochte sich kaum mehr aufrecht zu halten, seine Schmerzen wurden immer unerträglicher. Er taumelte zur Tür, doch Hämmerle hielt ihn zurück.
«Wir gehen jetzt zusammen in den Keller und reinigen dich. Dann wirst du ein guter Zeuge Jehovas.» Er schob Renzo vor sich die Treppenstufen hinunter. Als der Junge in der Toilette verschwinden wollte, packte er ihn am Arm. «Noch nicht, mein Sohn», sagte er. «Zuerst wirst du gereinigt. In ein paar Minuten bist du kein Abartiger mehr, dann bist du ein vorbildlicher Christ und ein glücklicher Zeuge Jehovas.»
Im Korridor brach Renzo zusammen. Er schrie nach einem Arzt und krümmte sich vor Schmerzen. Schnäuwle und Hämmerle packten ihn an Schultern und Füßen und schleppten ihn die Treppe hinunter ins Kellergeschoß. Dort lag, zwischen leeren Flaschen und Kartoffelsäcken, auf den Steinflie-

sen ein großes Kruzifix aus schwarzlackiertem Holz.
Hämmerle stellte Renzo auf den Boden und hielt ihn mit beiden Händen fest, während Schnäuwle rasch seinen Gürtel öffnete und ihm die Hosen herunterzerrte. Er zeigte auf den Fußboden und herrschte Renzo an: «Da! Scheiß auf das Kreuz! Dann wirst du erlöst sein von deinen Schmerzen!» Er sah, wie Renzo ihn ungläubig anstarrte, dann blickte er zu Hämmerle und fügte erläuternd hinzu: «Du wirst jetzt gereinigt, damit wir dich in die Glaubensgemeinschaft der Zeugen Jehovas aufnehmen können. Wir haben dir heute früh Rizinusöl in den Haferbrei gerührt, damit du Durchfall bekommst. Das war notwendig, sonst können wir unser Ritual nicht durchführen, so wie Gott es uns befohlen hat. Knie jetzt nieder und verrichte deine Notdurft auf dem Kreuz.»
Schnäuwle und Hämmerle wandten sich von ihm ab und blieben am Treppenabsatz stehen.
Renzo tat, was die beiden Männer von ihm verlangt hatten.
«Bist du fertig?» hörte er Schnäuwle fragen.
«Ja», antwortete er leise. Das Kreuz am Boden war über und über mit flüssigem Kot bedeckt. Schnäuwle brachte ihm eine Rolle Toilettenpapier. Nachdem er die Hosen wieder hochgezogen hatte, mußte er sich beim Anblick des verschmutzten Fußbodens fast übergeben. Es stank bestialisch, weil der Keller keine Lüftung hatte.
Renzo ging zur Treppe, doch Hämmerle hielt ihn zurück.
«Moment, wir sind noch nicht fertig», sagte er. «Jetzt fängt unser Ritual erst an.»
Schnäuwle kniete am Boden vor dem Kreuz nieder, gerade in solcher Entfernung, daß er seine Kleider

nicht beschmutzte. Er faltete die Hände und rief so laut, daß seine Stimme in dem dumpfen Kellergewölbe widerhallte: «Herr Jesus, unser Freund im Leben und Sterben, vergib, was Renzo dir angetan hat! Er möchte von seinem Fluch loskommen, er will nicht länger ein Homosexueller sein. Er hat den Willen, sich zu befreien und zu reinigen vom Schmutz seiner Veranlagung. O Herr, hilf ihm dabei, laß ihn ein guter Zeuge Jehovas werden, ein wertvolles Glied unserer Glaubensgemeinschaft.»
Hämmerle packte Renzo mit der Faust an seiner Jacke und stieß ihn auf den Boden, so daß er auf das verschmutzte Kreuz fiel und sogleich wieder aufspringen wollte.
«Knie nieder!» brüllte ihn Hämmerle an. «Du mußt jetzt Buße tun. Denk daran, wie du gelebt hast. In Schmutz und Sünde hast du Frevel getrieben mit deinem Körper. Jetzt sollst du büßen für alle Zeiten, damit du ein neues, glückliches und sündenfreies Leben beginnen kannst. Leck den Kot auf!»
«Nein!» schrie Renzo verzweifelt. «Das könnt ihr nicht verlangen von mir!»
Schnäuwle und Hämmerle kamen auf ihn zu und drückten seinen Kopf auf das verschmutzte, stinkende Holzkreuz.
Renzo bäumte sich auf, wehrte sich mit beiden Händen, doch es half nichts. Sie hielten ihn fest umklammert und drückten sein Gesicht solange in den Kot, bis er sich übergeben mußte.
Schnäuwle betete ununterbrochen: «Herr, vergib unserem Sohn! Erfülle ihn mit deiner Gnade! Laß ihn ein gläubiger Christ werden im Kreise der Zeugen Jehovas. Reinige ihn von seinen Sünden, damit er nicht büßen muß bis zum Jüngsten Tag, sondern mit uns eingehen darf in das ewige Paradies. Jesus, unser Freund, wir danken dir. Amen.»

Dann ließen ihn die beiden Männer endlich los. Renzo wurde ohnmächtig und fiel auf den Boden neben das Kreuz. Sein Gesicht war von seinem eigenen Kot verschmiert. Kot klebte auch an seinem Haar, Hemd und Hose waren braun verfärbt. Er war mehrere Minuten bewußtlos.
Als er wieder zu sich kam, sagte Hämmerle: «Wir heißen dich willkommen im Kreise der Zeugen Jehovas. Nun bist du gereinigt. Nun wirst du nie mehr unter deinem Trieb zu leiden haben. Nun bist du ein wahrhaft guter Mensch.»
Gerda hatte für Renzo ein Bad hergerichtet. Sie hatte ihm aus seiner Reisetasche ein sauberes Hemd und ein Paar Jeans bereitgelegt. Sie brachte ihm Seife und Shampoo, damit er sich gründlich waschen könne, und meinte überschwenglich: «Wie glücklich mußt du doch jetzt sein, daß du zu uns gehörst. Es gibt nichts Höheres auf der Welt, als ein guter Zeuge Jehovas zu sein.»
Am selben Nachmittag, als Schnäuwle an der Tankstelle zum Rechten sah und Gerda ihrer Schwiegermutter aus der Bibel vorlas, kletterte Renzo aus dem Wohnzimmerfenster. Er ging zu Fuß ins Dorf, zur Bushaltestelle. Dort merkte er, daß ihm jemand sein Geld aus der Jackentasche gestohlen hatte, fast siebenhundert Mark. So wartete er beinahe zwei Stunden an der Landstraße, bis ihn ein Lastwagen nach Stuttgart mitnahm, von wo aus er mich per R-Gespräch in meiner Kanzlei anrief und mich bat, raschmöglichst zu ihm nach Deutschland zu kommen, er müsse mich unbedingt sprechen. Seine Stimme klang verwirrt und hilflos wie die eines kleinen Kindes. Ich sagte ihm, er solle zum Flughafen nach Sindelfingen fahren und dort im «Holiday Inn» ein Zimmer beziehen, ich würde mit der Abendmaschine der Swissair zu ihm kommen.

Kaum hatte ich den Hörer aufgelegt, bat ich meine Sekretärin, mich sofort mit der Jugendanwaltschaft zu verbinden.

Ich erzählte Straub, daß Renzo mich aus Deutschland angerufen habe und fragte ihn, ob er mir für den Fall, daß der Junge gemeinsam mit mir in die Schweiz zurückkehren würde, freies Geleit für Renzo zusichern könne. Straub meinte, Crivelli sei zur Fahndung ausgeschrieben, daran ließe sich kaum etwas ändern. Aber dann erkundigte er sich, ob er mit dem Flugzeug nach Zürich zurückkehren würde, dann könnte er die Grenzkontrolle in Kloten verständigen und den Auftrag erteilen, Renzo bei seiner Ankunft nicht festzunehmen. Ich gab Straub mein Versprechen, mich anderntags am frühen Nachmittag bei ihm auf der Jugendanwaltschaft zu melden.

Als ich um acht ins «Holiday Inn» am Flughafen Stuttgart kam, war Renzo auf seinem Zimmer und schlief. Ich hatte Mühe, ihn zu wecken. Sein Blick war wirr und ängstlich. Er musterte mich so seltsam, daß ich zuerst annahm, er erkenne mich nicht. Erst nach und nach kam er zu sich, begann zu erzählen, aufgeregt und hastig, ohne jede Selbstkontrolle. Er sprach von seinem Aufenthalt in Straßburg, sagte, daß er oft Sehnsucht nach mir gehabt hätte, doch unsere Beziehung sei für ihn sinnlos geworden. Dann schilderte er mir seine Begegnung mit Schnäuwle mit all ihren Erniedrigungen.

«Diese Sau hätte ich umbringen können», sagte er tonlos, aber ich spürte den Haß in seiner Stimme.

Ich ließ das Nachtessen aufs Zimmer kommen, bestellte Champagner, um unser Wiedersehen zu feiern. Aber Renzo blieb den ganzen Abend scheu und verunsichert. Als ich ihm sagte, daß er am nächsten Tag mit mir in die Schweiz zurückfliegen

könne, weil Straub mir versprochen habe, ihn nicht festnehmen zu lassen, meinte er spöttisch: «Ich glaube dem Jugendanwalt kein Wort.»
Als wir dann nebeneinander im Bett lagen, wollte ich mit ihm zärtlich sein, doch er blieb lethargisch und stumm, starrte nur zur Decke. Nach einer Weile, als mein körperliches Verlangen immer stärker wurde, bat er mich, ihn in Ruhe zu lassen, er könne nicht mit mir schlafen, er sei sehr müde. Und er fügte noch hinzu: «Du hast damals recht gehabt. Liebe ist immer ein Irrtum.» Dann drehte er sich zur Seite und schlief sehr schnell ein, während ich noch lange wach lag.
Auf dem Flug nach Zürich, der nur fünfundzwanzig Minuten dauerte, hielt Renzo meine Hand. Es schien ihn nicht zu stören, daß die Stewardeß uns einen irritierten Blick zuwarf und gleich darauf mit ihrer Kollegin zu tuscheln begann. Kurz vor der Landung legte er sogar seinen Kopf an meine Schulter und sagte: «Ich spüre, daß man uns trennen wird. Aber ich bin darauf gefaßt, deshalb wird es mir nicht so weh tun wie dir.»
Ich versuchte ihn zu beruhigen. «Das redest du dir ein», sagte ich. «Ich werde mit dem Jugendanwalt reden. Er wird dich bis zur Gerichtsverhandlung auf freiem Fuß lassen. Das liegt in seiner Kompetenz.»
Renzo lachte und sagte: «Du bist ein Phantast. Du denkst immer noch, du könntest als Anwalt etwas verändern. Das ist ein Irrtum. Du bist ein Hampelmann. Ich glaube, ich bin viel weiter als du. Eines Tages wirst du einsehen, daß du in dieser Welt ebenso wenig leben kannst wie ich.»
Bei der Paßkontrolle im Flughafengebäude wurde Renzo verhaftet. Ich protestierte, verlangte vom Chef der Kantonspolizei, daß man Straub anrufen solle, es müsse sich um ein Mißverständnis handeln,

der Jugendanwalt habe mir ausdrücklich freies Geleit für Renzo zugesichert.
«Es tut uns leid», meinte der Beamte. «Wir haben ausdrückliche Weisung, Renzo Crivelli festzunehmen und sofort der Jugendanwaltschaft vorzuführen.»
Trotz aller Bemühungen gelang es mir nicht, Straub telefonisch zu erreichen. Er ließ sich ganz offensichtlich verleugnen. Noch am gleichen Tag wurde Renzo im Einvernehmen mit seinem Offizialverteidiger Dr. Kuster in die Psychiatrische Klinik «Rosenbühl» eingewiesen. In die geschlossene Abteilung. Dort durfte ihn niemand besuchen.
Renzos Eltern lebten seit einigen Monaten nicht mehr in Stäfa. Nach dem Brandanschlag auf die Versicherung war die Familie Crivelli von der Dorfbevölkerung Tag und Nacht belästigt worden, man hatte in ihrer Wohnung Fensterscheiben eingeschlagen, hatte an Crivellis Fiat die Reifen aufgeschnitten; Renzos kleine Schwester wurde auf dem Schulweg von einheimischen Kindern tätlich angegriffen. Als schließlich auch noch ein Brief der Fremdenpolizei kam, in welchem man den Crivellis mitteilte, man könne ihnen nicht garantieren, ob die Aufenthaltsgenehmigung auch in Zukunft verlängert würde, entschlossen sie sich, freiwillig nach Sizilien zurückzukehren und sich dort mit dem ersparten Geld eine neue Existenz aufzubauen.
Ich verständigte Renzos Bruder, der in der «Pension da Martino» in Messina als Kellnerlehrling arbeitete, von Renzos Festnahme. Mehr konnte ich im Augenblick nicht tun. In der Klinik «Rosenbühl» hatte man strikte Anordnung, keine Besucher zu Renzo vorzulassen. Die Anordnung war von Straub unterschrieben.
Nach fast zwei Monaten erfuhr ich von Kuster, daß

die Jugendanwaltschaft aufgrund eines psychiatrischen Gutachtens das Strafverfahren gegen Renzo Crivelli eingestellt habe. Man würde den Jungen durch die Fremdenpolizei in seine Heimat ausweisen lassen. Ich rief sofort in der Klinik an. Dort sagte man mir, Renzo sei bereits nach Chiasso gebracht worden, wo ihn die italienische Polizei in Empfang genommen habe.
Jugendanwalt Straub, den ich daraufhin zur Rede stellte und um eine Erklärung bat, meinte nur, Renzo Crivelli sei von seinem Psychiater für unzurechnungsfähig erklärt worden, deshalb hätte es wohl wenig Sinn gehabt, das Strafverfahren wegen vorsätzlicher Brandstiftung gegen ihn durchzuführen, unser Gerichtsapparat sei ohnehin schon genug überlastet.
Anfang Mai 1976 schrieb mir Frau Crivelli, daß Renzo sich vor wenigen Tagen erhängt habe. Die Gründe für seinen Selbstmord kenne sie nicht. Pfarrer Lazzarotto habe am Begräbnis gesagt, es sei Gottes Wille gewesen, den Jungen heimzuholen. Renzo habe einen Brief für mich hinterlassen. Er sei aber leider in der Aufregung verlorengegangen.
Ganz zum Schluß schrieb sie, ihr Sohn habe auf dem Friedhof von Messina seine Ruhe gefunden.

Pension da Martino, 27.9.79, 23.40 Uhr
Wer einmal in seinem Leben quält, wird es immer wieder tun. Kommissar Barmettler von der Sittenpolizei spioniert mir nach. Er tauchte heute abend plötzlich hier auf, völlig unerwartet. Stellte viele Fragen.
Ich bin besoffen. Kotzte ins Klo. Bin am Ende. Frage mich, ob es noch einen Sinn hat, weiter zu diktieren. Wenn ich eine Ahnung hätte, wieviel Barmettler weiß.

Glaubt er wirklich, ich hätte mit Philipps Tod etwas zu tun? Oder weiß er mehr, als er zugibt?
Ich werde mich dagegen wehren, daß die Zürcher Polizei mir nach Italien nachreist und mich bespitzelt.
Barmettler hat einen schlechten Ruf. Kenne einige Klienten, die mit ihm zu tun hatten. Er ist ein Bourgeois, listig und abgebrüht. Für Schwule hat er nicht viel übrig, das habe ich gemerkt. Soviel ich weiß, steckt er mit dem Kommandanten der Kantonspolizei unter einer Decke.
Wenn mir nicht so mies wäre, würde ich Sergio aufs Zimmer kommen lassen. Sergio ist seinem Bruder Renzo in manchen Dingen ähnlich. Vielleicht nicht so intelligent, aber auch nicht so verbittert und kritisch. Hübsch ist er. Seine Schenkel sind unbehaart. Seine Schenkel waten durch meine Träume. Die Crivellis hätten vermutlich nichts dagegen, wenn ich Sergio mit in die Schweiz nehmen würde. Renzo ist tot. Philipp ist tot. Ich kann nicht länger allein sein.
Warum saufe ich soviel?
Warum war Andreas Baader nicht Axel Springers Sohn?
Warum kann ich seit einiger Zeit nicht mehr in den Spiegel schauen?
Warum hasse ich meine Mutter?
Warum freue ich mich nicht, wenn meine Sekretärin mir Blumen auf den Schreibtisch stellt?
Warum sage ich dem Präsidenten des Anwaltsverbandes nicht ins Gesicht, daß er ein Opportunist ist?
Warum leiden Kinder von geschiedenen Eltern vermehrt an Verstopfung?
British Petroleum weist einen Jahresgewinn von einer Milliarde Pfund aus. In Zürich ist an der Bertastraße eine 83jährige Frau verhungert aufgefunden worden.

Warum bin ich nach dem geltenden Gesetz ein Unhold?
Warum sperrt man Menschen ins Gefängnis?
Warum verteidige ich keine Drogenhändler?
Ich bestreite, daß man gut versichert sein kann.
Warum zahle ich einem Strichjungen tausend Franken, damit er mir seinen Samen ins Gesicht spritzt?
Warum fahre ich einen teuren Sportwagen, nach dem die Leute auf der Straße sich umdrehen?
Warum habe ich ein Bild von Hundertwasser gekauft?
Warum erzählt mir der Briefträger nicht, daß seine Frau ihn betrügt?
Ich kann nicht länger allein sein.
Ich werde länger allein sein.
Ich bin allein geboren.
Ich werde allein sterben.
Ich müßte mich ans Alleinsein gewöhnen können.
Shit.
Besoffen bin ich. Barmettler kann mich nicht quälen.
Rot, gelb, grün.
Grün, gelb, rot.
Eins, zwei, drei.
Nur eine einzige Woche noch. Durchhalten.
Man hat Renzo wie einen Hund verscharrt. Morgen gehe ich an sein Grab. An sein Hundegrab.
Ich kann allein sein.
Barmettler hat meinen Whisky gestohlen.
Diebstahl. Artikel einhundertsiebenunddreißig, Strafgesetzbuch.
Ich kann allein sein.
Ich werde mich wehren ... ich werde mich wehren ...
Wehren. Quälen.
Ich werde mich ...

Dritte Kassette

Messina, 29. September 1979
Pension da Martino 09.15 Uhr

Barmettler ist gestern abgereist. Ich habe nicht in Erfahrung gebracht, was er eigentlich von mir will. Es macht tatsächlich den Anschein, als ob er mehr wüßte, als er mir eingestand.
Es geht mir nicht schlecht. Ich werde Renzos Grab nicht mehr besuchen. Der Anblick erschüttert mich jedesmal. Bin zu wenig stabil. Psychisch und physisch.
Ich weiß nicht, ob ich es noch eine Woche hier unten aushalte. Irgendwie fühle ich mich seit Philipps Tod frei. Das klingt entsetzlich, doch es ist so. Meine Gefühle für ihn hatten nichts mehr mit Liebe zu tun, es war alles nur noch Abhängigkeit und Gewohnheit. Die Grenzen zwischen wirklicher Liebe und Gewohnheit sind schwer zu ziehen. Man darf sich dabei nichts vormachen. Die ganzen letzten Jahre waren für mich ein einziger, großer Selbstbetrug.
Heute nacht habe ich mich entschlossen, nicht mit Sergio zu schlafen. Ich begehre seinen Körper nicht: Ich sehe bloß Renzo in ihm. Wenn ich neben ihm liegen würde, so müßte ich wahrscheinlich unentwegt an Renzo denken. Ich verzichte. Es fällt mir nicht schwer.
Bevor ich in die Schweiz zurückkehre, will ich versuchen, meine Beziehung zu Philipp zu analysieren. Vermute, daß ich viel verkehrt gemacht habe.
Man kann mir nichts beweisen.
Ich habe keine Angst vor dem Gefängnis.

Vor einigen Tagen, es war in der ersten Nacht hier in Sizilien, träumte ich von der Zelle 412. Ich kenne diese Zelle genau, kenne jeden Gegenstand, der sich darin befindet, schmeckte sogar die Luft: Sie riecht nach Schweiß, Apfelkompott und kaltem Zigarettenqualm. Dort habe ich Gustav Rothmayr jeweils besucht. Ich durfte zu ihm in die Zelle, weil ich sein Verteidiger war und er sich aus eigener Kraft nicht fortbewegen konnte: Er saß im Rollstuhl. Kein Grund, einen Menschen nicht ins Gefängnis zu sperren. Immerhin hatte Rothmayr Geld ergaunert. Weit über 10 000 Franken. Weil seine Invalidenrente nur 380 Franken im Monat betrug. Das sei keine Entschuldigung, meinte der Gerichtsvorsitzende, das sei lediglich ein Strafmilderungsgrund.
Der Gerichtsvorsitzende verdiente 8000 Franken im Monat. Ich besuchte Rothmayr jede zweite Woche einmal in seiner Zelle. Weil ihn sonst niemand besucht hätte. Und weil ein Besuch im Gefängnis niemandem schaden kann. Für mich war es so etwas wie «mich vertraut machen». Ich glaubte damals noch fest daran, daß ich eines Tages selber im Gefängnis landen könnte.
Rothmayr bot mir selbstgedrehte Zigaretten an. Er war mit den meisten Wärtern per du. War geistig fast allen überlegen, auch dem Gefängnisdirektor, der die Häftlinge bei guter Laune hielt, indem er ihnen obszöne Witze erzählte. Ich spielte mit Rothmayr in seiner Zelle Schach. Einmal setzte er mich matt. Ich faßte dies als Omen auf und ging nicht mehr zu ihm ins Gefängnis.
Vor wenigen Wochen sagte Philipp zu mir, daß er mich in der Hand habe, ich sei seinem Willen ausgeliefert. Das war natürlich nur ein Scherz. Dieser Scherz hat mir ein paar schlaflose Nächte bereitet. Ich gehe nicht ins Gefängnis.

Ich bin gesund und es geht mir gut.
In einer Woche ist alles vorbei.
Ich möchte in Erfahrung bringen, wer Philipp Bodmer für mich war.

Der Vierzehnjährige mit der Schulmappe unter dem Arm ließ sich von meiner Sekretärin nicht abwimmeln.
Er wartete fast zwei Stunden im Vorzimmer, bis der letzte Klient die Kanzlei verlassen hatte, dann kam er in mein Büro. Er blieb neben der Tür stehen und sagte trotzig: «Ich will nicht, daß mein Vater sich scheiden läßt.»
Ich kannte den Jungen nicht. Er trug modische Latzhosen und ein weißes, offenes Hemd. Sein halblanges, blondes Haar war ordentlich gekämmt und deutete auf eine besorgte Mutter hin. Man sah sogleich, daß er aus wohlbehüteten Verhältnissen stammte. Sein Blick war wach und selbstsicher; unter den grüngrauen Katzenaugen lagen dunkle Schatten, die ihm einen unauffälligen Anstrich von Verdorbenheit verliehen.
«Wer bist du?» fragte ich.
«Phlipp Bodmer», sagte er. Und fügte erklärend hinzu: «Sie sind der Anwalt meines Vaters.»
Ich hatte Alois C. Bodmer wenige Tage zuvor kennengelernt. Er war in meine Kanzlei gekommen, blätterte mir zwanzigtausend Franken Vorschuß auf den Schreibtisch und bat mich, seine Ehe, die völlig zerrüttet und irreparabel sei, möglichst umgehend zu scheiden. Bodmer erwähnte mit keinem Wort, daß er einen minderjährigen Sohn habe. Er schilderte mir bloß, wie er in knapp zehn Jahren seine Firma, die Bodmer-Möbel AG, aus dem Nichts aufgebaut habe und heute über 350 Angestellte beschäftige. Er lebe mit seiner Freundin zusammen.

Er könne sich ein Leben an der Seite einer eifersüchtigen und hysterischen Frau, einer Frau, die ihm nichts mehr bedeute, nicht mehr vorstellen.
Bodmer machte auf mich den Eindruck eines neureichen Managers, der zur rechten Zeit mit viel Fleiß und hemdsärmligen Methoden das große Geld gemacht hatte.
Im Verlauf unserer ersten Unterredung, die keine zwanzig Minuten gedauert hatte, weil Bodmer ständig auf seine Uhr sah und mehrmals betonte, daß er nicht viel Zeit habe, erfuhr ich, daß der Fabrikant beim angesehenen Hoggendorf-Konzern seine Berufslehre als Möbelverkäufer absolviert und anschließend noch rund fünf Jahre in der gleichen Firma als Verkäufer gearbeitet hatte. Als man ihm dann den Posten eines Vizedirektors angeboten hatte, entschloß er sich von einem Tag auf den anderen, sich selbständig zu machen. Seine von ihm im Auftrag des Hoggendorf-Konzerns durchgeführten Marktforschungen hatten deutlich gezeigt, daß in der Schweiz ein nicht unbeträchtlicher Bedarf an Billig-Möbeln bestand, und diese Marktlücke wollte Bodmer für sich ausnützen.
Die Gemeinde Teufenbach, wo man an der Schaffung von neuen Arbeitsplätzen interessiert war, sicherte Bodmer nicht nur Steuervergünstigungen zu, sondern stellte ihm auch gemeindeeigenes Pachtland zur Verfügung. Mit etwas Erspartem und dem Geld, das seine Frau in die Ehe mitgebracht hatte – viel war es nicht –, gründete er die Bodmer-Möbel AG, die er unerwartet rasch zum Erfolg führte. Sein Geschäftsprinzip lautete: Günstiger sein als alle Konkurrenten, auch wenn die tiefen Preise nicht unbedingt Gewähr für erste Qualität boten.
Bodmer importierte seine Möbel aus dem Ostblock,

aus Schweden und der Bundesrepublik, wo er die Konditionen diktieren konnte, und wo die Einstandspreise fast um die Hälfte niedriger waren als in der Schweiz. Seine Kundschaft, vorwiegend unterprivilegierte Gastarbeiter und kinderreiche Familien, nahm auch kaum Anstoß daran, daß Bodmer auf Garantieleistungen verzichtete; es genügte, daß er die tiefsten Preise hatte. Er nannte sich nicht ohne Stolz «Discounter», und zwar zu einer Zeit, als das Wort für die meisten Schweizer noch ein Fremdwort war und weite Kreise der Bevölkerung neugierig machte. Schon im ersten Jahr erzielte Bodmer einen Umsatz von zwanzig Millionen Franken, den er im zweiten Jahr fast verdoppelte und im dritten Jahr, als er sich ein Filialnetz mit sechs Geschäften aufbaute, bereits verzehnfachen konnte.

Alois C. Bodmer führte seine Firma straff und despotisch. Es reizte ihn, Verantwortung zu tragen, aber er war nicht bereit, Aufgaben zu delegieren, er traf selbst kleinste Entscheidungen allein. Zusammen mit seiner Frau, die das Verkaufspersonal schulte, arbeitete er an sechs Tagen in der Woche bis tief in die Nacht hinein. Er bereitete Werbefeldzüge vor, die so aggressiv und publikumswirksam waren, daß die Konkurrenz sich gezwungen sah, die Preise zu senken. Dies war für Bodmer, der über schier unerschöpfliche Körperkräfte verfügte, nur ein Ansporn, noch mehr zu arbeiten. Schließlich erwarb er sogar ein firmeneigenes Flugzeug, eine zweimotorige Cessna, die er selbst pilotierte, um bei seinen zahlreichen Einkaufsreisen und den Kontrollbesuchen in seinen Filialgeschäften Zeit einzusparen.

Zu Beginn der siebziger Jahre hatte Bodmer sein erstes Ziel erreicht: Seine Firma wies einen Nettogewinn von über zehn Millionen Franken aus. Er kaufte oberhalb Stäfa eine Landparzelle mit Waldanstoß und freier Sicht auf den Zürichsee und die Voralpen. Dort baute er für über drei Millionen eine Villa. Seine Frau schied aus der Geschäftsleitung aus und wurde durch zwei Direktoren ersetzt, die Bodmer für teures Geld seinem ehemaligen Arbeitgeber, dem Hoggendorf-Konzern, abwarb. Obschon die Bodmer-Möbel AG in Bankkreisen angesehen war und man Bodmer verschiedentlich Millionenkredite angeboten hatte, bemühte sich der Fabrikant, die riesigen Investitionen während der Expansionsphase seiner Firma weitgehend mit Eigenmitteln zu finanzieren. Das bedeutete, daß er alle erwirtschafteten Gewinne sogleich wieder ins Geschäft zurückfließen ließ.

In Finanzkreisen beobachtete man Bodmers draufgängerische Geschäftspolitik anfänglich mit Skepsis. Später jedoch, nachdem er horrende Gewinne ausweisen konnte, mit Wohlwollen und stiller Bewunderung. Der Möbelfabrikant, den man kurz zuvor noch als verrückten Außenseiter belächelt hatte, erhielt jetzt plötzlich Zutritt zu den höchsten Wirtschaftskreisen. Er wurde Mitglied des Rotary-Clubs, man machte ihm Verwaltungsratsmandate schmackhaft, nicht zuletzt von mittelständischen Firmen, die gerne mit der Bodmer-Möbel AG in Geschäftsverbindung getreten wären, und eines Tages wurde Alois C. Bodmer sogar zum 60. Geburtstag des als erzkonservativ verschrienen Privatbankiers Raymond E. Hottinger eingeladen, was in Finanzkreisen als Zeichen höchster Anerkennung gewertet wurde.

Bodmer, der kaum je eine Krawatte trug – außer an Samstagnachmittagen, wenn er persönlich im Laden stand und Möbel verkaufte –, genoß dieses plötzliche Ansehen zwar, doch weigerte er sich standhaft,

Einladungen zu Prominentenpartys anzunehmen. Es widerstrebte ihm zutiefst, sich mit schmuckbehängten Gattinnen von Wirtschaftsführern über die Qualität französischer Spitzenweine zu unterhalten. Er saß viel lieber allein in seinem Arbeitszimmer und brütete neue Ideen für eine gerissene Werbekampagne aus, oder er verbrachte die schönen Sommernachmittage zusammen mit seiner Frau und seinem Sohn Philipp auf dem Zürichsee, wo er sich als private Annehmlichkeit eine Jacht erworben hatte, die er auf den romantischen Namen «La Paloma» taufte.

Bodmer war nicht nur sich selbst gegenüber, sondern auch mit seinen Mitarbeitern und seiner Familie ungemein großzügig. Wenn seine Frau ihn gelegentlich zum Maßhalten aufforderte, pflegte er zu sagen: «Wer Geld einnimmt, darf auch Geld ausgeben», und er war felsenfest überzeugt, daß jemand, der viel Geld ausgibt, als Folge davon auch viel Geld einnimmt. So unterstützte er, nicht immer ganz uneigennützig, oft aber auch völlig selbstlos, eine Reihe wohltätiger Institutionen, trat im Namen der Bodmer-Möbel AG als Sponsor von Sportveranstaltungen in Erscheinung und überwies, obschon er selber nicht an Gott glaubte, der Stäfner Heilsarmee jedes Jahr tausend Franken, «weil diese Leute sich auf redliche Weise für eine gute Sache einsetzen».

Als im Jahre 1973 auch die Schweiz von der Rezession arg betroffen wurde und der Bundesrat einen Gastarbeiterstopp anordnete, begann der Umsatz der Bodmer-Möbel AG zu stagnieren. Im darauffolgenden Jahr ging er sogar um fast dreißig Prozent zurück, und die Firma geriet zum erstenmal in die roten Zahlen. Weil Bodmer, gegen den Willen seiner beiden Direktoren, noch kurz zuvor in einem großen Einkaufszentrum eine kostspielige Filiale errichtet hatte, die ihm kaum etwas einbrachte, die er jedoch aus Prestigegründen nicht schließen wollte, mußte er im Jahre 1975 einen Millionenverlust verbuchen, den er freilich noch aus den firmeneigenen Reserven zu decken vermochte. Trotz der Aufforderung seiner Hausbank, den Personalbestand zu senken, erhöhte Bodmer die Angestelltenzahl von 350 auf 380 Personen, verdoppelte sein Reklamebudget und ließ einen teuren Farbprospekt in sämtliche Haushaltungen der Schweiz verteilen; eine unverhältnismäßig teure Werbekampagne, die von seinen Konkurrenten bereits als Notschrei aufgefaßt und entsprechend kritisiert wurde.

Um seinen Verbindlichkeiten fristgerecht nachkommen zu können, sah sich Bodmer schließlich gezwungen, Wechsel auszustellen, und als der Umsatz nicht so rasch anstieg, wie er es aufgrund seiner Werbeaktivitäten erhofft hatte, war der Möbelfabrikant bei der Bezahlung der fälligen Wechsel zum erstenmal in seinem Leben auf die Gunst mehrerer Banken angewiesen, die ihm gegen Abtretung der Kundenguthaben und einer Hypothekarverpfändung großzügige Kreditlimiten einräumten, so daß die Liquidität der Bodmer-Möbel AG selbst dann gesichert war, wenn sich in absehbarer Zeit keine Umsatzsteigerungen bemerkbar machen würden.

Als ihm einer seiner Direktoren eines Tages ins Gesicht sagte, seine Geschäftspolitik werde allmählich unverantwortlich, zahlte ihm Bodmer für sechs Monate sein Gehalt aus, und er mußte innerhalb einer Stunde sein Büro räumen. Er selber arbeitete nun noch mehr als früher und verbrachte auch seine Sonntage in der Firmenzentrale in Teufenbach. Seinen Sohn sah er während Monaten überhaupt nicht mehr, denn wenn Bodmer spätabends nach Hause kam, war Philipp längst im Bett, und wenn der Fa-

brikant frühmorgens wegfuhr, schlief der Junge meist noch. Von seiner Frau mußte Bodmer immer häufiger den Vorwurf hören, er kümmere sich kaum mehr um seine Familie. Dann versuchte er ihr jeweils klarzumachen, daß die Krise im Betrieb seinen bedingungslosen Einsatz erforderte, doch er fühlte sich unverstanden. Seine Frau, die sonst so stolz darauf war, die Gattin des reichen Möbelfabrikanten Bodmer zu sein, schien nicht begreifen zu wollen, daß er um den Fortbestand seiner Firma kämpfen mußte. Bereits hatte ihm sein schärfster Konkurrent, ein schwedischer Möbelkonzern, durch einen Notar ein geradezu lächerliches Übernahmeangebot unterbreiten lassen. Insider der Branche wußten also bereits, wie es um ihn stand. So hatte ihm Manfred Klemm, der Verwaltungsratspräsident der etablierten Späth-Einrichtungs AG, anläßlich eines Treffens an der Kölner Möbelmesse auf den Kopf zugesagt, die Bodmer-Möbel AG pfeife aus dem letzten Loch, und der Konkurs der Firma sei lediglich noch eine Frage der Zeit.
Bodmer konnte mit seiner Frau nicht über seine geschäftlichen Schwierigkeiten sprechen. Wenn er nach Hause kam, selten vor zwei Uhr früh, dann war er müde und wollte bei einem Glas Portwein nur noch abschalten, und außerdem hätte Jenny seine Offenheit als Schwäche ausgelegt. Manchmal machte er sich im geheimen zwar Vorwürfe, daß er ihren Fragen auswich, doch er beruhigte sich jeweils, indem er sich sagte, ein guter Ehemann belaste seine Familie nicht mit beruflichen Sorgen.
Und dann lernte er eines Tages Claudia Singer kennen.
Sie war anders als Jenny. Nicht nur jünger und attraktiver, sie war temperamentvoll, sensibel, jedoch nicht überempfindlich, und sie konnte zuhören

wenn man mit ihr sprach, ohne ständig, wie Jenny dies tat, dazwischenzureden.
Claudia Singer ging in Zürich auf die Schauspielschule. Die Einrichtung für ihr Zweizimmerappartement an der Minervastraße hatte sie in einem der Geschäfte von Bodmer gekauft. Auf Abzahlung. Als ihr Vater, der in Basel Direktor eines Chemieunternehmens war, davon erfahren hatte, daß seine Tochter sich gegen ein Honorar von fünfhundert Franken für ein deutsches Sexmagazin hatte ablichten lassen, verweigerte er ihr seine monatlichen Unterstützungsbeiträge. Claudia geriet in finanzielle Schwierigkeiten und konnte auch ihren Verpflichtungen gegenüber der Bodmer-Möbel AG nicht mehr pünktlich nachkommen. Sie schrieb einen herzerweichenden Brief an die Direktion der Möbelfirma, der schließlich auf Bodmers Schreibtisch landete. Bodmer rief Claudia Singer an, versuchte sie zu beruhigen, indem er ihr versicherte, man werde ihr das Bett nicht gleich aus der Wohnung holen, bloß weil sie mit zwei Monatsraten im Rückstand sei, dann lud er das Mädchen zum Essen ein. Bei Claudia fand Bodmer, was er bei Jenny vermißt hatte, ohne daß es ihm bewußt gewesen war: Geborgenheit, Ruhe, Zärtlichkeit. Das Doppelbett in Claudias winzigem Appartement war für Bodmer eine Oase, wo niemand ihn erreichen und wo er seine beruflichen Sorgen für ein paar Stunden vergessen konnte. Es störte ihn nicht, daß Claudia dreiundzwanzig Jahre jünger war, solange sie ihm jeden Tag versicherte, daß sie ihn liebe wie nie einen Mann zuvor. Es bereitete ihm Freude, das Mädchen mit Geschenken zu überhäufen, die er sich eigentlich längst nicht mehr leisten konnte. Es verging kaum ein Tag, an dem er seine Freundin nicht in die Stadt ausführte und ihr, sei es mit einem hoch-

karätigen Brillantring oder mit einer Jazzplatte, zu verstehen gab, wieviel sie ihm bedeutete.

Die Begegnung mit Claudia Singer hatte Bodmer plötzlich die Augen geöffnet für Kleinigkeiten des Alltags. Er konnte sich mit einem Male wieder freuen; er konnte wieder lachen, und er lernte in seinen Gesprächen mit Claudia begreifen, daß sein beruflicher Ehrgeiz ihm menschliche Verzichte abgefordert hatte, die unverhältnismäßig gewesen waren. Zehn Jahre lang hatte er sich abgerackert, ziellos, nur um Geld zu verdienen und Anerkennung zu finden. Jetzt, wo es geschäftlich mit ihm allmählich wieder abwärts ging, er nur noch einen nerventötenden Kampf gegen den drohenden Untergang seiner Firma führte, wurde ihm klar, daß er keine Villa mit Seesicht, keine Familie und kein gutgehendes Geschäft brauchte, um glücklich zu sein, sondern bloß einen einzigen Menschen, der nachts, wenn er nach Hause kam, auf ihn wartete und zu ihm sagte: «Schön, daß du kommst.»

Diesen Satz hatte er aus Jennys Mund lange nicht gehört.

Zu Beginn seiner Beziehung mit Claudia Singer spielte er noch nicht mit dem Gedanken, sich scheiden zu lassen. Er ging zwar jeden Tag auf einen Sprung bei Claudia vorbei, sie gingen auch zweimal in der Woche zusammen aus, doch er dachte nicht an eine gemeinsame Zukunft. Er war sich auch durchaus bewußt, wieviel er Jenny zu verdanken hatte. Er sprach mit Claudia oft über seine Frau, ließ sogar durchblicken, daß er eines Tages wieder zu ihr zurückfinden könnte, und Claudia schien sich mit seiner Freundschaft, die aufrichtig und unkompliziert war, zu begnügen. Sie war ihm dankbar, wenn er ihr von Zeit zu Zeit tausend Franken auf den Küchentisch legte, unaufgefordert und

selbstverständlich, damit sie ihren Lebensunterhalt bestreiten konnte, ohne sich nackt fotografieren lassen zu müssen. Claudia dachte nicht ans Heiraten. Sie hielt die Ehe für eine veraltete Institution, bezeichnete eine Beziehung zwischen zwei Menschen, die der Staat und die Kirche sanktioniert hatten, als «Zwangsjacke». die sie nie in ihrem Leben freiwillig anziehen würde. Das konnte Bodmer nur recht sein. Erst als Jenny ihm auf die Schliche kam und ihm noch in derselben Nacht ein unverschämtes Ultimatum stellte, entschloß Bodmer sich spontan, die Scheidung einzuleiten und endgültig einen Schlußstrich unter seine Ehe zu ziehen. Claudia versuchte ihn zu beschwichtigen und meinte, er solle sich alles gut überlegen, immerhin habe er einen halbwüchsigen Sohn. Doch Bodmer, im Sternzeichen des Stiers geboren, wollte sich nicht länger als Hampelmann vorkommen. Er fühlte sich durch Jennys Verhalten herausgefordert und beschloß, nichts mehr zu unternehmen, um seine gescheiterte Ehe zu retten.
Auf Bodmers Wunsch reichte ich die Scheidungsklage ein.
Und dann kam Philipp zu mir ins Büro und sagte: «Ich will nicht, daß mein Vater sich scheiden läßt.»
Er erkundigte sich bei mir, wie die Freundin seines Vaters heiße und wo sie wohne. Ich gab ihm keine Auskunft, sagte ihm, daß ich an mein Berufsgeheimnis gebunden sei.
«Ich werde diese Drecksfotze umbringen», sagte er leise und biß sich dabei auf die Lippen.
«Dein Vater ist ein erwachsener Mensch», sagte ich. «Er weiß genau, was er tut. Ich kann mir vorstellen, wie schwer es für dich ist, zusehen zu müssen, wie die Beziehung zwischen deinen Eltern zerbricht. Aber du wirst daran nichts ändern können.»
Er stand auf, ging zur Tür und sagte: «Da wäre ich

an Ihrer Stelle nicht so sicher.» Dann ging er. Am nächsten Abend kam er wieder. «Und? Haben Sie etwas unternommen, um die Scheidung rückgängig zu machen?» fragte er mich.
«Ich habe dir nichts versprochen.»
«Aber ich erwarte von Ihnen, daß Sie etwas unternehmen. Wozu sind Sie denn Anwalt? Mein Vater liebt meine Mutter nach wie vor, das weiß ich. Er hat nur nicht den Mut, zu ihr zurückzukehren, er ist zu stolz dazu. Sie müssen meinen Vater soweit bringen, daß er wieder nach Hause kommt. Ich verlange es von Ihnen.»
«Dein Vater hat mir einen Auftrag erteilt, und diesen Auftrag muß ich ausführen. Dafür werde ich bezahlt.»
Er blickte mich überrascht an. «So?» meinte er spöttisch. «Dann ist Ihnen Geld also wichtiger als das Glück einer Familie?» Er stützte seine Hände auf meinen Schreibtisch und sagte langsam: «Sie werden bald einen Menschen auf dem Gewissen haben.»
Nachdem der Junge gegangen war, rief ich Bodmer an und sagte ihm, sein Sohn sei bereits zweimal bei mir im Büro gewesen und habe gegen die geplante Scheidung seiner Eltern protestiert.
Bodmer lachte. «Das sieht Philipp ähnlich», meinte er. «Er wird von meiner Frau gegen mich aufgehetzt. Wie soll ein Bub in seinem Alter einen so komplizierten Sachverhalt überblicken. Wahrscheinlich fühlt er sich im Stich gelassen, aber er braucht nichts zu befürchten. Wenn Philipp es will, so werde ich ihn nach der Scheidung zu mir nehmen. Es soll ihm an nichts fehlen, das dürfen Sie ihm ausrichten, Doktor Landert.»
«Wie alt ist denn eigentlich Ihr Sohn?» erkundigte ich mich.

Er mußte überlegen. «Vierzehn oder fünfzehn», sagte er nach einer Weile.
«Haben Sie mit dem Jungen schon einmal über Ihre Scheidung gesprochen?»
«Nein. Er ist noch zu jung. Er könnte mich nicht verstehen. Für ihn ist die Ehe eine heilige Kuh, an der es nichts zu rütteln gibt. Meine Frau und ich haben dem Jungen fünfzehn Jahre lang etwas vorgegaukelt. Er ist in einer heilen Welt aufgewachsen, aus der er sich nun begreiflicherweise nicht vertreiben lassen will. Philipp hat keine Ahnung, was in mir vorgeht. Glauben Sie mir, ich habe mir meine Entscheidung nicht leicht gemacht.»
«Wissen Sie denn, was in Ihrem Sohn vorgeht?» fragte ich Bodmer.
«Mein Gott, was soll schon in ihm vorgehen? Der Junge steckt mitten in der Pubertät. Er muß mit seinen eigenen Konflikten fertigwerden. Es tut ihm gut, wenn er sich über die Ehe seiner Eltern Gedanken macht. Er soll ruhig wissen, daß man für den Fortbestand einer menschlichen Beziehung keinen Garantieschein ausstellen kann wie für eine Polstergruppe. Aber ich will nicht, daß der Junge sich in die Scheidungsgeschichte einmischt.»
«Sie sollten mit Philipp reden», sagte ich. «Der Bub könnte sonst vielleicht eine Dummheit machen. Die Krise zwischen Ihnen und Ihrer Frau berührt ihn sehr.»
Bodmer schwieg betroffen, dann meinte er: «Sprechen Sie mit meinem Sohn, Doktor Landert. Sie können das sicher besser. Ich habe im Moment sehr wenig Zeit, und, offen gestanden, ich habe auch nicht die innere Ruhe und die nötige Distanz, um mit Philipp über Claudia und mich zu reden. Kinder in einem gewissen Alter denken doch immer, ihre Eltern hätten keine sexuellen Bedürfnisse mehr. Mir

jedenfalls erging es seinerzeit so. Wie soll ich Philipp klarmachen, daß seine Mutter mir in sexueller Hinsicht nichts mehr bedeutet?»
Bodmer erzählte mir nichts Neues. Aus anderen Scheidungsfällen wußte ich, daß die meisten Väter bei einer Scheidung kaum auf die Interessen ihrer Kinder Rücksicht nehmen. Ich wußte auch, daß Scheidungskinder, die über längere Zeitspannen hinweg mit den Auseinandersetzungen im Elternhaus konfrontiert werden, später oft unter neurotischen Störungen zu leiden haben, die sich in manchen Fällen ein Leben lang nicht mehr beheben lassen. Deshalb versprach ich Bodmer, mit seinem Sohn zu reden.
Er sagte: «Tun Sie das, Doktor Landert. Ich bin Ihnen dankbar, wenn Sie sich ein wenig um meinen Jungen kümmern. Es soll Ihr Schaden nicht sein. Setzen Sie Ihre Bemühungen auf meine Honorarrechnung.» Damit war für ihn der Fall erledigt.
Als Philipp Bodmer ein paar Tage später erneut in meine Kanzlei kam, lud ich ihn zum Essen ein. Wir gingen zu Fuß ins nahegelegene Restaurant «Mövenpick», und ich erzählte ihm, daß ich mit seinem Vater gesprochen hätte, allerdings ohne Erfolg. Sein Vater, meinte ich, sei in eine wesentlich jüngere Frau verliebt, bis zum Scheidungstermin in ein paar Monaten könnten sich diese Gefühle wieder abschwächen. Ich erzählte Philipp, daß ich mehrere Klienten gehabt hätte, die ihr Scheidungsbegehren unmittelbar vor der Verhandlung zurückgezogen hatten, weil sie plötzlich einsehen mußten, daß ihnen Frau und Kinder letztlich doch mehr bedeuteten als das kurze Vergnügen an der Seite einer jungen Geliebten.
Philipp hörte mir aufmerksam zu. Von Zeit zu Zeit pflichtete er mir mit einem Kopfnicken bei, doch er

sprach während des ganzen Essens kein Wort. Erst nachdem er sich mit der Serviette manierlich den Mund abgewischt hatte, sagte er: «Ich glaube nicht, daß mein Vater diese Frau liebt.»
«Weshalb glaubst du das nicht?» wollte ich wissen. Er zog seine Stirn in Falten und dachte angestrengt nach. Er hatte plötzlich nichts Jungenhaftes mehr an sich, wirkte altklug und überlegen.
«Meine Eltern waren sechzehn Jahre glücklich miteinander. Alles, was sie gemacht haben, haben sie *zusammen* gemacht. Noch vor wenigen Monaten, als wir im Senegal in den Ferien waren, hörte ich, wie mein Vater am Strand zu meiner Mutter sagte: «Eine bessere Frau als dich kann ich mir nicht vorstellen.» Wenn er ihr jetzt vorwirft, sie sei eine kleinbürgerliche Schlampe, er habe sie nur meinetwegen geheiratet, im Bett sei sie schon immer eine Niete gewesen, dann lügt er, oder er hat sich selber und uns allen sechzehn Jahre lang etwas vorgespielt.»
Ich fragte Philipp, weshalb er die Scheidung seiner Eltern um jeden Preis verhindern wolle.
Er antwortete: «Ich habe meine Eltern sehr gern. Ich will nicht, daß mein Vater eines Tages bereuen muß, was er jetzt tut. Ich kann auch nicht länger zusehen, wie meine Mutter kaputtgeht. Ich war oft dabei, wenn meine Eltern miteinander gestritten haben. Mein Vater schrie und tobte. Man konnte ihn nicht mehr ernst nehmen. Ich hatte immer den Eindruck, daß er unter irgendeinem Zwang etwas tun muß, was er im Grunde gar nicht tun *will*.»
Philipp bestellte ein Cola mit Rum.
«Du solltest besser noch keinen Alkohol trinken», sagte ich, aber er lachte bloß und meinte: «Zu Hause darf ich das auch. Ich bin kein kleines Kind mehr, ich bin fünfzehneinhalb. Es gibt Länder, in

denen man schon mit vierzehn Jahren erwachsen ist.»

Ich weiß nicht, weshalb ich Philipp Bodmer in meine Wohnung mitnahm. Er setzte sich im Wohnzimmer auf den Teppich, trank noch ein Cola mit Rum und meinte: «Vor einigen Wochen hatte ich einen merkwürdigen Traum. Ich war ganz allein im Restaurant ‹Kronenhalle›, wo ich jeden Sonntagabend mit meinen Eltern gegessen habe. Kein einziger Gast war da, das ganze Lokal war leer. Plötzlich kam mein Vater herein. Sein Haar war grau und zerzaust, er trug einen zerlumpten Anzug. In der Hand hielt er meine Gitarre. Er ging von Tisch zu Tisch, sang portugiesische Volkslieder und begleitete sich dazu auf der Gitarre. Obschon nirgends Menschen saßen, blieb er an jedem Tisch stehen, verbeugte sich und streckte seinen Hut zu den leeren Stühlen hin. Als er sah, daß niemand Geld in den Hut warf, kam er zu mir an den Tisch und setzte sich. Ich sah, wie Tränen über sein Gesicht liefen. Es war das erste Mal in meinem Leben, daß ich Papa weinen sah. Er schluchzte: ‹Philipp, warum bin ich nur so einfältig gewesen? Warum habe ich nicht auf euch gehört? Meine Freundin hat mich verlassen, weil ich kein Geld mehr habe. Jetzt ziehe ich wie ein Vagabund von Lokal zu Lokal und spiele Gitarre. Oft begegne ich Kunden, die früher einmal ihre Wohnungseinrichtung bei mir gekauft haben. Sie flüstern hinter meinem Rücken oder grinsen mir ins Gesicht. Ich möchte so gern zu euch zurückkehren, aber ich kann doch nicht zugeben, daß ich mich geirrt habe. Ich kann nicht über meinen eigenen Schatten springen.› Diesen wahnsinnigen Traum hatte ich in der Nacht, bevor ich damals zu Ihnen kam und Sie bat, die Scheidung meiner Eltern zu verhindern.»

Er schwieg nachdenklich, dann fragte er mich, ob ich ihm die Adresse immer noch nicht geben wolle.
«Welche Adresse?»
«Ich will bei der Freundin meines Vaters vorbeigehen. Ich bringe sie um. Ich weiß, Sie glauben mir nicht, Sie halten mich vielleicht sogar für verrückt, aber diese Frau hat meiner Mutter und mir soviel angetan, daß ich mir das Recht herausnehme, sie umzubringen. Mit dem Militärgewehr meines Vaters. Es liegt schon bereit. Geben Sie mir nun die Adresse oder nicht?» Sein Blick war plötzlich herausfordernd, wütend fast.
Ich sagte: «Nein.»
Er gab mir zur Antwort: «Ich komme wieder.»
Von nun an saß er jeden Abend, wenn ich aus meinem Büro nach Hause kam, auf dem Treppenabsatz vor meiner Wohnung und wartete auf mich. Er machte Schularbeiten oder hörte Musik auf dem winzigen Kassettenrekorder, den ihm sein Vater einmal geschenkt hatte, und den er immer mit sich herumtrug. Er ging in meiner Wohnung ein und aus, als ob er hier zu Hause wäre, und es störte ihn nicht im geringsten, wenn ich bis tief in die Nacht an meinem Schreibtisch arbeitete. Dann saß er im Wohnzimmer vor dem Fernseher, oder er spielte mit meinem Kater Benjamin, den er stundenlang liebkosen konnte. Er sprach eigentlich nur wenig, und es bereitete ihm keine Mühe, sich mit sich selbst zu beschäftigen. Man merkte sofort, daß seine Eltern ihn schon als kleines Kind zur Selbständigkeit erzogen hatte. Seltsamerweise erkundigte er sich nie mehr nach dem Namen und der Adresse von Claudia Singer.
Er sprach nur, wenn ich ihn etwas fragte.
Eines Tages wollte ich wissen, weshalb er so oft zu mir komme.

Er meinte: «Es gefällt mir bei Ihnen.» Als er merkte, daß diese Erklärung mir nicht genügte, sagte er noch: «Bei mir daheim ist es wie in einem Leichenhaus, seit mein Vater fort ist. Meine Mutter säuft den ganzen Tag oder telefoniert mit ihren Freundinnen, von denen ihr jede einen anderen Rat gibt. Wenn ich von der Schule heimkomme, weiß ich nie, was mich erwartet. Entweder schreit sie mich an, oder sie fällt mir um den Hals und erzählt mir, was für ein mieser Kerl mein Vater ist. Bei Ihnen habe ich meine Ruhe.»
Ich erkundigte mich, ob seine Mutter wisse, wo er seine Abende verbringe.
«Das interessiert sie nicht», meinte er und zuckte gleichgültig mit den Achseln. «Wahrscheinlich denkt sie, ich sei bei einem Schulkollegen oder im ‹Café Tropic›. Vielleicht merkt sie auch gar nicht, daß ich nicht zu Hause bin.»
Ich bekam immer mehr den Eindruck, daß Philipp in mir einen Ersatz für seinen Vater suchte. Das stimmte mich nachdenklich. Je häufiger er zu mir kam, desto mehr spürte ich, daß der Junge mich nicht gleichgültig ließ. Ich ertappte mich dabei, daß ich um halb sechs Uhr abends mitten in der Besprechung mit einem Klienten unruhig auf die Uhr sah, weil ich Philipp nicht vor dem Haus warten lassen wollte. Eines Tages kam ich dann auf die Idee, ihm einen Schlüssel für meine Wohnung auszuhändigen.
Er sagte, wenn ich ihm Geld geben würde, könne er für uns beide jeweils kochen, er habe einen Kochkurs besucht, kochen mache ihm Spaß.
Eines Abends, als wir zusammen Spaghetti aßen und Philipp eine Barclay James Harvest-Platte aufgelegt hatte, sagte ich ihm, daß ich homosexuell sei.
Er sah mich verwundert an und meinte nur: «Das

wußte ich schon. Im Dorf wird viel über Sie geredet. Ich wußte es bereits lange bevor wir uns kennenlernten. Mich stört es nicht.»
Er wechselte das Gesprächsthema.
Nach dem Essen legte er sich aufs Sofa und schaltete den Fernseher ein. Ich ging in mein Arbeitszimmer, doch ich hatte Mühe, mich zu konzentrieren. Ich mußte ununterbrochen an Philipp denken. Er war mir in diesem Augenblick näher als alle Menschen, die ich sonst kannte. Es fiel mir auf, daß ich nichts über ihn wußte. Ich vermutete, daß er sehr sensibel war, auch wenn er sich keinerlei Gefühlsregungen anmerken ließ. Einmal, als ich etwas früher als sonst nach Hause kam, überraschte ich ihn, wie er mit beiden Fäusten auf meinem Wohnzimmerteppich hämmerte und weinte. Ich fragte ihn, was geschehen sei.
Zuerst wollte er mir keine Auskunft geben und sagte schlußendlich nur: «Meine Mutter hat sich heute die Pulsadern aufgeschnitten. Jetzt liegt sie im Krankenhaus.» Er ging in die Küche. Ich hörte, wie er sich schneuzte, und als er etwas später ins Wohnzimmer zurückkam und sah, wie ich ihn erwartungsvoll ansah, sagte er bloß: «Es ist alles in Ordnung. Sie brauchen sich keine Sorgen zu machen.»
Ich schlug ihm vor, daß er mich duzen könne.
Er sagte: «Wenn du meinst.» Dann deckte er den Tisch.
Am nächsten Tag erfuhr ich von Bodmer, daß er mit seiner Frau am Telefon Streit gehabt habe, weil sie unmögliche Forderungen an ihn stelle. Sie habe sich Raphael Rasumowsky als Anwalt genommen, ein Schlitzohr, vor dem man sich in acht nehmen müsse, und sie verlange nun von ihm eine Pauschalabfindung von sechs Millionen Franken. Diesen Betrag könne er im gegenwärtigen Zeitpunkt unmög-

lich aufbringen. Als ich ihm sagte, seine Frau habe tags zuvor versucht, sich das Leben zu nehmen, meinte er, die Ärzte hätten ihn bereits verständigt, offenbar wolle sie ihn unter Druck setzen, aber er lasse sich nicht erpressen. Er fragte mich, ob es stimme, daß sein Sohn oft mit mir zusammen sei, er habe von einem befreundeten Ehepaar aus Stäfa gehört, Philipps Moped stünde manchmal bis spät in die Nacht vor meinem Haus.

«Ihr Sohn fühlt sich daheim nicht mehr wohl», sagte ich. «Ich habe ihm erlaubt, daß er zu mir kommen darf, wenn er das Bedürfnis dazu hat. Vielleicht tut es ihm gut, daß er nicht allein ist.»

Bodmer schwieg einen Moment, dann meinte er: «Es wird in Stäfa allerhand über Sie geredet, Doktor Landert. Damit wir uns recht verstehen: Ich habe volles Vertrauen zu Ihnen. Wenn es zutrifft, was die Leute über Sie reden, dann möchte ich Sie bitten, mein Vertrauen nicht auszunützen. Philipp ist jung, er ist labil und neugierig. Er ist für alles zu haben. Das sollten Sie beherzigen, wenn mein Sohn zu Ihnen kommt. Ich verstehe in dieser Beziehung keinen Spaß.»

Ich versicherte Bodmer, daß er nichts zu befürchten habe, außerdem könne er, falls er mir nicht vertraue, doch zumindest zu seinem eigenen Sohn Vertrauen haben.

«Sind Sie denn wirklich homosexuell?» fragte er mich. «Oder ist das nur ein Gerücht, weil Sie unverheiratet sind?»

«Ja, ich bin homosexuell», antwortete ich. Es war das erste Mal, daß ich einem Fremden meine Neigungen eingestand.

Es war ein paar Sekunden still in der Leitung, dann hörte ich Bodmer sagen: «Ich habe keine Vorurteile gegenüber Homosexuellen, das sind für mich Men-

schen wie alle andern. Das dürfen Sie mir glauben, Doktor Landert. Nur muß ich Sie bitten, meinen Sohn in Ruhe zu lassen. In seinem Alter sind gewisse Weichen noch nicht gestellt, es könnte unter Umständen etwas schief herauskommen. Dann müßten wir uns beide Vorwürfe machen. Sie, weil Sie nicht auf mich gehört haben, und ich, weil ich die Beziehung zwischen Ihnen und meinem Sohn nicht unterbunden habe.»
Bevor ich etwas einwenden konnte, fuhr Bodmer fort: «Bitte versuchen Sie sich nicht zu rechtfertigen, Doktor Landert. Wir Menschen sind nun einmal schwach, das ist eine Tatsache, an der es nichts zu rütteln gibt. Bei Ihnen ist das bestimmt nicht anders als bei mir. Als ich Claudia Singer kennenlernte, nahm ich mir vor, mich zu beherrschen, und es war mir weiß Gott ernst damit. Und was ist dabei herausgekommen? Ich bin schwach geworden. So wie jeder Mann schwach wird, wenn er einer hübschen Frau begegnet oder, in Ihrem speziellen Fall, einem hübschen Jüngling. Machen wir uns doch nichts vor, Doktor Landert, reden wir offen miteinander. Ich wiederhole noch einmal: Ich habe volles Vertrauen zu Ihnen. Wenn Sie dieses Vertrauen jedoch ausnützen sollten, dann müssen Sie die Konsequenzen tragen.»
Am selben Abend erzählte ich Philipp beim Essen, sein Vater mache sich Sorgen um ihn, er befürchte, ich könnte ihn verführen.
«So? Glaubt er das?» sagte Philipp und sah mich teilnahmslos an. Dann meinte er belustigt: «Mich kann niemand verführen. Wenn ich jemanden mag, dann schlafe ich mit dieser Person. Wenn ich jemanden aber nicht mag, dann lasse ich mich auch nicht verführen.» Er stand auf und ging in die Küche, um eine Flasche Mineralwasser zu holen.

Ich blickte ihm nach. Sah seine engen Jeans, unter denen sich kräftige Knabenbeine verbargen, die mich plötzlich reizten. Sah seine blonden Locken, die wie immer so ordentlich gekämmt waren, daß ich am liebsten mit beiden Händen darin herumgewühlt hätte.
Als er aus der Küche zurückkam, fragte ich ihn ganz direkt, ob er mit einem Mann schlafen würde. Die Frage schien ihn nicht zu erstaunen. Während er sich ein Glas Mineralwasser einschenkte, sagte er, ohne mich dabei anzusehen: «Vielleicht. Es käme ganz auf die Situation an.» Er blickte verstohlen zu mir herüber und fügte hinzu: «Und auf den Mann natürlich.»
Am Morgen vor dem Schulsilvester fragte mich Philipp, ob er ein paar Kolleginnen und Kollegen zu mir einladen dürfe. In Stäfa war es – wie in vielen Orten in der Schweiz – ein uralter Brauch, daß am frühen Morgen des letzten Schultages sämtliche Schüler des Dorfes in kleinen Gruppen durch die Straßen zogen und Unfug trieben. Man klingelte an den Hausglocken, warf Verkehrssignale um und hob Gartentore aus den Angeln. In den letzten Jahren hatten die Streiche der Jugendlichen so krasse Formen angenommen, daß während der ganzen Nacht Polizeiwagen durchs Dorf fuhren, um die Schüler zu kontrollieren. Philipp erzählte mir, einige seiner Kollegen hätten sich entschlossen, miteinander zu diskutieren, statt an fremden Hausglocken zu klingeln oder Coca-Cola in die Briefkästen zu leeren, man habe jedoch keinen Ort für ein solches Treffen finden können, deshalb bitte er mich, ihm und seinen Mitschülern meine Wohnung zur Verfügung zu stellen.
Ich willigte sofort ein.
Es kamen gegen zwanzig Mädchen und Burschen.

Zuerst blickten sie scheu um sich, doch als Philipp ihnen Getränke und Gebäck anbot, wurde die Stimmung sehr schnell gelöst, man kam miteinander ins Gespräch, begann zu diskutieren. Philipp, von dem man im Kreise der Jugendlichen offenbar wußte, daß er bei mir ein- und ausging, spielte den Gastgeber. Er legte Platten auf, weil ein paar seiner Kollegen den Wunsch äußerten, zu tanzen, und im Morgengrauen, als von der Straße her der Lärm der vorbeiziehenden Schüler zu uns hereindrang, holte er ein paar Flaschen Champagner aus dem Kühlschrank. Wir saßen alle auf dem Teppich im Wohnzimmer, stießen miteinander an und fanden es komisch, daß wir den Champagner aus Kaffeetassen trinken mußten, weil wir zu wenig Gläser hatten.
Während die jungen Leute miteinander sprachen, wurde mir plötzlich bewußt, daß diese Fünfzehn- und Sechzehnjährigen, von denen man behauptete, sie seien oberflächlich und gleichgültig und hätten keine eigene Meinung, sich ernsthaft mit Problemen auseinandersetzten, für die wir Erwachsenen uns längst keine Zeit mehr nahmen.
Eines der Mädchen erzählte, daß eine Gruppe von Jugendlichen mit blauer Sprühfarbe den Spruch NUR WER GEGEN DEN STROM SCHWIMMT, FINDET DEN WEG ZUR QUELLE an die Schulhausmauer gemalt habe, doch dann sei plötzlich die Polizei aufgetaucht und habe die Schüler festgenommen. Wer nicht freiwillig in den Polizeiwagen gestiegen sei, sei hineingeprügelt worden.
Einer der Jungen meinte, er fände solchen Protest kindisch und sinnlos, damit könne man doch keine Veränderungen herbeiführen. Er sagte: «Auch ich bin unzufrieden mit unserem Schulsystem. Auch ich leide darunter, daß wir immer nur mit Vorschriften, Bestimmungen und Gesetzen konfrontiert werden,

daß man uns, was wir auch immer tun oder nicht tun, *Angst* einflößt. Angst vor dem Nikolaus, Angst vor dem Lehrer, Angst vor schlechten Noten, Angst vor der Sexualität, Angst vor dem eigenen Versagen, Angst vor der Zukunft. Aber wir können diese fürchterliche Angst, gegen die wir uns auflehnen und rebellieren, nicht bekämpfen, indem wir die Schulhausmauer mit Sprüchen verschmieren. Damit rufen wir lediglich die Polizei auf den Plan, die uns ebenfalls wieder einschüchtert.»
Philipp entgegnete ihm, jeder einzelne Schüler müsse im entscheidenden Augenblick den Mut aufbringen, *nein* zu sagen, statt mit dem Kopf zu nicken, wie man es von ihm erwarte. In seiner Klasse am Gymnasium gebe es eine ganze Gruppe von Schülern, die bemüht seien, sich selber zu verwirklichen, und einige Lehrer, vorwiegend die jüngeren natürlich, würden diese Bemühungen sogar unterstützen.
So wurde bis gegen sieben Uhr früh diskutiert. Als sich die jugendlichen Besucher schließlich verabschiedet hatten, meinte Philipp, der mir noch beim Aufräumen half: «Fast alle von meinen Kollegen sind heimatlos. Sie haben Eltern, mit denen sie über das, was sie wirklich bewegt, nicht reden können. Deshalb flippen sie aus, oder sie sind unterwegs auf der Suche nach etwas, das ihnen Halt gibt. Für die einen ist es Fußball, für die anderen Jesus. Andere wiederum finden ihr Heil bei den Drogen, sie rauchen Shit oder Marihuana, und wenn sie überhaupt nicht mehr klarkommen mit ihrer Umwelt, spritzen sie Sugar.» Er zog seine Lederjacke an und ging zur Tür. Ich sah ihm an, daß er müde war. Plötzlich drehte er sich noch einmal zu mir um und sagte: «Danke für den schönen Abend. Du bist ein feiner Kerl.»

«Willst du wirklich schon gehen?» fragte ich unwillkürlich.
Er kam ein paar Schritte auf mich zu, blieb einen Augenblick stehen, dann sagte er entschlossen: «Gut, ich bleibe bei dir.»
«Was meinst du damit?»
Er warf die Lederjacke auf das Sofa im Wohnzimmer und schlüpfte aus seinen Schuhen. «Du möchtest doch, daß ich jetzt bei dir bleibe. Oder etwa nicht?»
Ich nickte wortlos.
Er sagte: «Na also. Einmal ist es das erste Mal. Ich finde, es ist nichts dabei, wenn wir miteinander schlafen.»
«Du bist erst fünfzehn», erwiderte ich.
«Aber mein Schwanz steht schon. Du wirst gleich sehen, daß ich kein kleiner Bub mehr bin.»
Er kam mir plötzlich unheimlich raffiniert und abgebrüht vor. Während er sich auszog und, nur mit den Unterhosen bekleidet, ins Badezimmer ging, erzählte er mir, daß er schon mit elf begonnen habe, zu onanieren. Mit einem Mann habe er noch nie geschlafen, mit einem Mädchen nur Petting gemacht. Vor gut einem Jahr, an einem Schülerball.
Ich hörte, wie er duschte. Als er aus dem Badezimmer kam, hatte er meinen Bademantel übergezogen. Zum erstenmal war sein Haar ungekämmt und zerzaust.
«Wo ist dein Schlafzimmer?» fragte er mich und begann laut zu lachen. «Jetzt komme ich seit ein paar Monaten jeden Tag hierher, und ich weiß nicht einmal, wo dein Schlafzimmer ist.»
Ich zeigte mit dem Kopf zum Schlafzimmer am Ende des Korridors, sah, wie er im Zimmer verschwand.
Gewissensbisse.

Nicht lange. Der Vorschlag, mit ihm zu schlafen, war von Philipp gekommen, nicht von mir. Mit fünfzehn war man geschlechtsreif. Sein Vater brauchte von allem nichts zu erfahren. Einmal ist *keinmal.* Morgen würde alles vergessen sein.
Vielleicht.
Vielleicht auch nicht.
Gründlich duschen.
Zu mir selber ehrlich sein: Hatte ich mich bloß um Philipp gekümmert, weil ich insgeheim diesen Augenblick herbeigesehnt hatte?
Keine Antwort.
Blick in den Spiegel: Dreiunddreißig minus fünfzehn macht achtzehn.
Ich war achtzehn, als er zur Welt kam.
Ich könnte sein Vater sein.
Sein Onkel. Sein Pate. Sein Bruder.
Warum eigentlich nicht sein Freund?
Päderast.
Betrunken müßte ich sein. Sternhagelvoll. Mildernde Umstände.
Feigling.
Er konnte mir Kraft geben.
Kraft zum Weiterleben.
Ich würde für ihn da sein. Er brauchte mich. Natürlich brauchte er mich. Sein Vater war mit sich selber beschäftigt. Seine Mutter würde im Irrenhaus landen. *Er brauchte mich.*
Ich brauchte ihn.
Warum brauchte ich ihn?
Warum blieb er bei mir?
Nein, ich muß nicht betrunken sein!
Seine Schenkel waren mit blondem Flaum bedeckt. Er lag langgestreckt auf dem Bett und wartete auf mich. Die Unterhose hatte er bereits ausgezogen. Seine Haut war noch feucht vom Duschen.

«Tu alles, was du willst», sagte er. «Ich möchte, daß du glücklich bist.»
Er hatte überhaupt keine Hemmungen. Er liebte mich zärtlich, ungestüm und leidenschaftlich, als hätte er bereits zahllose Männer und Frauen geliebt. Er kniete über mich, schloß die Augen und ließ, unverhofft und ohne einen Laut der Wollust seinen Samen auf meinen Bauch spritzen, dann verrieb er ihn mit der Hand zu den Buchstaben «R + Ph».
Er lachte dabei.
Noch im Einschlafen spürte ich seine Schenkel zwischen meinen Beinen. Er hielt meinen Körper fest umklammert und ließ mich die ganze Nacht nicht los.
Beim Frühstück gestand er mir dann, daß er nur Mädchen lieben könne.

Pension da Martino, 30.9.79, 08.10 Uhr
Ein Anruf von Claudia Singer riß mich aus dem Schlaf. Es ist Sonntagmorgen. Durch das Balkonfenster sehe ich, daß es regnet. Zum erstenmal in Messina: Regen.
Wunderte mich, daß Claudia meine Telefonnummer herausbekommen hat. Natürlich von Barmettler. Sie bat mich, heute noch in die Schweiz zurückzukehren, Bodmer sei verhaftet worden. Seine Firma hat Konkurs angemeldet.
Eigentlich müßte ich jetzt furchtbar aufgeregt sein. Ich bin jedoch ganz ruhig. Nichts vermag mich mehr zu erschüttern. Ich weiß, daß Bodmer ein Lügner ist. Die Umstände seines Lebens haben ihn dazu gemacht. Für mich ist sein Handeln entschuldigt. Als er mir vor zehn Tagen versprach, ich würde in spätestens sechs Monaten mein Geld, zumindest teilweise, zurückerhalten, ahnte ich, daß er mich anlog, nur konnte ich seine Behauptung, das Geschäft

gehe im Moment wieder besser, nicht widerlegen. Vielleicht machte er auch nur in Zweckoptimismus, vielleicht glaubte er selbst, was er mir erzählte.
Bodmer weiß, daß er meine Lebensfäden in der Hand hält.
Hielt. Er hielt sie in der Hand. Ich habe sie ihm, ohne daß er es merkte, weggenommen. Ich bin ihm nicht mehr ausgeliefert. Ich kann über mich selber bestimmen. Ich frage mich allen Ernstes, weshalb ich Bodmer nicht böse sein kann. Weil Philipp sein Sohn war? Weil ich Philipp liebte?
Raphael Rasumowsky, Bodmers Gegenanwalt im Scheidungsprozeß, schrieb mir einmal, mein Klient Bodmer sei in höchstem Maße kriminell. Ich antwortete nicht auf den Brief.
Es gibt Leute, die menschliche Schwäche mit Kriminalität gleichsetzen. Ich weiß heute noch nicht, was «kriminell» ist, obschon ich im Verlauf der letzten Jahre ein paar hundert «Kriminelle» verteidigt habe. Die Schuldfrage blieb für mich immer offen.
Ich finde es abscheulich, wenn ein Gefängnisdirektor das Wort «Schuld» über die Lippen bringt.
Ich finde es auch abscheulich, wenn ein Gefängnisdirektor, der seinen Häftlingen die Faust ins Gesicht schlägt und sie dreißig Tage in Arrest sperrt, gleichzeitig Mitglied des «Gefangenenfürsorge-Vereins» ist, der sich um die entlassenen Häftlinge zu kümmern hat.
Alltagsschizophrenie.
Gestern hat Sergio mich zu seinen Eltern mitgenommen. Es war meine erste Begegnung mit den Crivellis seit Renzos Tod. Man lud mich zum Essen ein. Lasagne, sizilianischer Rotwein, Reispudding mit Rosinen. Sergio saß mir beim Essen gegenüber. Er lachte den ganzen Abend. Auch Frau Crivelli lachte. Für meine Begriffe etwas zu laut. Ich bewundere

ihren Fatalismus. Für sie ist Renzo in guter Obhut. Sie glaubt an einen himmlischen Vater, an einen Gott, der allmächtig ist.
Sergio hat mich dann in die «Pension da Martino» zurückbegleitet, und ich habe, entgegen meinen Vorsätzen, mit ihm geschlafen. Schaffte es nicht bis zum Orgasmus. Schaffe es wahrscheinlich nie mehr. Ich mußte ununterbrochen an Renzo denken. Während Sergio sich mit meinem lahmen Glied abmühte, hörte ich Renzos Stimme: «Ich werde immer sagen, was ich denke, und wenn ich dabei verrecke.»
In einer Woche werde ich nichts mehr sagen.
Morgen fliege ich in die Schweiz zurück. Ich muß versuchen, die Sache mit Henriette Chenaux in Ordnung zu bringen. Vielleicht gelingt es mir, eine Bank übers Ohr zu hauen. Eine Bank kann den Schaden leichter verkraften, Hand in Hand mit ihrer Versicherung. Frau Chenaux hatte Vertrauen zu mir. Sie war fair und großzügig, brachte eine Kirschtorte in meine Praxis. Von ihr möchte ich mich anständig verabschieden.
Wo soll ich drei Millionen hernehmen?
Vielleicht sind meine Sorgen unberechtigt. Vielleicht komme ich gar nicht mehr dazu, die Angelegenheit zu regeln. Wenn Bodmer ausgepackt hat, wird man mich am Flughafen verhaften. Ich habe keine Angst. Wer keine Angst mehr hat, ist tot.
Schon?
Noch nicht.
Ich lebe tot.

Vierte Kassette

Messina, 30. September 1979
Pension da Martino 11.45 Uhr

Geliebt hat Philipp Bodmer mich nie. Er konnte mich gar nicht lieben, weil Liebe Sexualität miteinschließt, und Philipp war nicht homosexuell.
Ich bereute, daß ich mit ihm geschlafen hatte, doch vermochte ich daran nichts mehr zu ändern. Philipp war nicht anders als sonst. Er kam jeden Tag zu mir, machte seine Schularbeiten in meinem Wohnzimmer, und er war, so kam es mir jedenfalls vor, gesprächiger als früher. Daß er mit mir schlief, schien für ihn eine Selbstverständlichkeit zu sein, auch wenn ich lange Zeit nicht wußte, weshalb er es tat.
Vielleicht hatte ich Angst, die Wahrheit zu erfahren. Mir fiel bald auf, daß Philipp viel von mir verlangen konnte, und daß ich all seine Wünsche erfüllte. Wenn ich am Morgen in die Stadt fuhr, zum Gericht oder in meine Kanzlei, freute ich mich bereits auf den Abend, wenn Philipp zu Hause auf mich warten würde.
Er wurde immer offener, kecker, und manchmal hatte ich den Eindruck, daß er jede Achtung vor mir verloren hatte. Er kannte meine Schwächen nur zu gut. Er merkte, daß ich von ihm abhängig war.
Ich fühlte mich gefangen, aber ich konnte nichts dagegen tun. Meine Sekretärin äußerte sich besorgt über meine Nervosität und Zerstreutheit. Sie erkundigte sich zaghaft, ob ich Probleme hätte, bei deren Lösung sie mir behilflich sein könne. Bevor ich Philipp kennengelernt hatte, hatte ich zu Hause jeden

Abend bis tief in die Nacht am Schreibtisch gesessen und gearbeitet. Jetzt blieb ich immer mit Philipp zusammen und sah mir im Fernsehen Westernfilme an, die mich langweilten. Ich setzte mich neben ihn, legte ihm meinen Arm um die Schultern, war froh, in seiner Nähe zu sein, seinen Körper spüren zu dürfen. Bevor er sich auf den Heimweg machte, ging er fast immer ins Schlafzimmer und legte sich auf mein Bett. Bereitwillig. Ich hatte keine Ahnung, was in den Minuten der körperlichen Vereinigung in ihm vorging, er sprach nie darüber. Als ich ihn einmal fragte, warum er mit mir schlafe, wenn er sich doch zu Mädchen hingezogen fühle, sagte er nur: «Weil du mein Freund bist, und weil ich dir auch etwas geben möchte.»
Wir kannten uns vielleicht ein halbes Jahr, als ich eines Abends noch an einer fristgebundenen Rechtsschrift arbeiten mußte, die von mir völlige Konzentration verlangte. Ich zog mich in mein Arbeitszimmer zurück und bat Philipp, mir einen Whisky Soda zu bringen.
Er stellte mir das Glas auf den Schreibtisch und sagte: «Rolf, ich muß mit dir reden.»
«Nicht jetzt. Du siehst doch, daß ich beschäftigt bin.»
«Du willst also nicht mit mir reden?» Seine Stimme klang ungewohnt aggressiv.
«Vielleicht morgen, wenn wir etwas mehr Zeit haben.»
Er sah mich nachdenklich an und schien einen Entschluß zu fassen. «Gut», sagte er nach einer Weile, «dann kann ich ja gehen.»
«Nein! Bitte bleib hier!»
«Und warum nicht?» Er kam zu mir an den Schreibtisch, blieb dicht neben mir stehen und sagte: «Warum willst du, daß ich bei dir bleibe?»

«Du weißt doch, daß ich dich brauche. Wenn du nicht hier bist, kann ich nicht arbeiten, finde ich keine Ruhe.»
«Ach, du Armer», meinte er zynisch und ging ins Wohnzimmer. Nach etwa zwei Stunden hörte ich, wie Philipp über den Korridor zur Toilette ging. Aus dem Wohnzimmer kam Musik! Elvis Presley.
Elvis hörte er nur, wenn es ihm schlecht ging oder wenn es ihm langweilig war.
Ich trank noch einen Whisky.
Ich hatte plötzlich Mühe, mich zu konzentrieren, stand auf und schlich mich über den Korridor zur Toilettentür. Horchte. Versuchte durchs Schlüsselloch zu sehen, erkannte nichts. Ich ging ins Wohnzimmer und wartete. Nach etwa zehn Minuten wurde ich ungeduldig. «Philipp!» rief ich.
«Was ist?» tönte es aus der Toilette.
«Kommst du endlich. Ich warte auf dich!»
«Moment!» Nach einer Viertelstunde kam er ins Wohnzimmer zurück und fragte mich: «Bist du fertig mit deiner Arbeit?»
«Nein.»
«Magst du nicht mehr arbeiten?» Er blickte mich erstaunt an.
«Nein.»
«Was hast du?» Er setzte sich neben mich. Ich mußte all meinen Mut zusammennehmen und fragte ihn, was er solange auf der Toilette gemacht habe.
Er sagte: «Ich gehe.»
«Nein», schrie ich und verlor plötzlich die Nerven. «Du kannst mich jetzt nicht allein lassen. Sag mir lieber, was du auf der Toilette gemacht hast. Ich kann es mir vorstellen.»
Er lachte. «Wenn du es dir vorstellen kannst, warum fragst du mich dann?»

Ich nahm seine Hand, hielt sie fest und sagte: «Philipp, bitte sei ehrlich zu mir. Ich habe mich an dich gewöhnt. Du gehörst zu mir. Ich weiß, daß unsere Beziehung schwierig ist, aber ich brauche dich.»
«Ja, leider.» Er stand auf und ging im Zimmer auf und ab. Am Fenster blieb er stehen und blickte auf den Balkon hinaus in die Nacht.
«Ich habe auf der Toilette gewichst», begann er plötzlich. «Ich wichse, wenn es mir paßt, ich brauche dich nicht um Erlaubnis zu fragen, ich bin nicht dein Eigentum.»
Er drehte sich zu mir um. Sein Gesichtsausdruck, die zusammengepreßten Lippen und die bebenden Nasenflügel hatten etwas Drohendes, erinnerten mich plötzlich an seinen Vater, der während der Sühneverhandlung in seinem Scheidungsprozeß die Nerven verloren und getobt hatte, bis der Gerichtsvorsitzende ihm mit einer Ordnungsbuße drohte. Damals hatte ich mich vor Bodmer gefürchtet. Rechtsanwalt Rasumowsky hatte sich beschützend vor seine Mandantin gestellt.
«Philipp, bitte beruhige dich!»
Er setzte sich zwei Meter von mir entfernt aufs Sofa und schwieg. Jetzt müßte ich ihn wegschicken, müßte ich unsere Beziehung abbrechen, befahl mir mein Verstand.
Ich liebe ihn, er darf nicht fortgehen, er gehört zu mir.
Meine Gefühle waren stärker.
Auch dann noch, als er sagte: «Ich brauche ein Mädchen.»
Später kam er mit mir ins Schlafzimmer, doch er legte sich nicht neben mich, sondern blieb neben mir auf dem Bettrand sitzen. Ohne eine Miene zu verziehen sagte er: «Schau zu, daß es rasch geht. Ich bin müde und will nach Hause.»

Dann öffnete er meine Hosen.
«Es muß nicht unbedingt sein», sagte ich.
«Doch, es muß sein. Du brauchst es», sagte er.
Fünf Minuten später, als er sich im Badezimmer die Hände wusch, fragte er mich unvermittelt, weshalb ich bloß einen Opel Kadett fahre. Als Rechtsanwalt könnte ich mir doch einen anständigen Wagen leisten.
«Möchtest du denn, daß ich einen anderen Wagen hätte?»
Er nickte. «Ja, zum Beispiel einen Ferrari oder einen Lamborghini. Für dich ist das doch kein Problem. Finanziell, meine ich. Du arbeitest immer nur, gönnst dir überhaupt nichts. Manchmal kommst du mir vor wie ein Roboter.»
«Ich werde es mir überlegen», sagte ich und gab ihm einen Kuß.
Am nächsten Nachmittag kaufte ich einen Lamborghini Jarama 400 GT. Von diesem Tag an holte mich Philipp jeden Abend im Büro ab, um mit mir nach Hause zu fahren.
Es kam immer häufiger vor, daß er mich um Geld bat. Zunächst waren es nur kleine Beträge, weil er angeblich mit den hundert Franken Taschengeld, die ihm seine Mutter jeden Monat gab, nicht zurechtkam. Doch dann wurde er sehr schnell anspruchsvoll: Er kaufte fast jeden Tag eine Schallplatte, Jeans und Pullover, bis mich sein Vater anrief und sich erkundigte, warum ich seinen Sohn so verwöhne, auf die Dauer könne das nicht gutgehen. Kurz darauf rief mich Rasumowsky an und meinte freundschaftlich, Frau Bodmer habe sich bei ihm über die Intensität meiner Beziehung zu ihrem Sohn beschwert, sie sei äußerst besorgt darüber, daß der Junge jede freie Minute bei mir verbringe und in jüngster Zeit von mir sogar Geschenke bekomme,

über deren Ausmaß man sich als Mutter Gedanken machen müsse. Rasumowsky, mit dem mich schon seit Jahren ein kollegiales Verhältnis verband, selbst dann, wenn wir Prozeßgegner waren, warnte mich eindringlich, mich weiterhin in einem so ungesunden Übermaß um den minderjährigen – das Wort «minderjährig» betonte er diskret – Sohn seiner Mandantin zu kümmern, weil er so unter Umständen gezwungen sei, Bodmer im hängigen Scheidungsprozeß eine Vernachlässigung seiner väterlichen Sorgfaltspflicht vorzuwerfen. Nur mit Mühe konnte ich Rasumowsky davon überzeugen, daß sich die Beziehung zwischen Philipp Bodmer und mir im legalen Rahmen bewege.
Ich hatte zu dieser Zeit nicht mehr die Kraft, meine Beziehung zu Philipp abzubrechen. Wenn ich allein war und mit klarem Verstand über unser Verhältnis nachdachte, wurde mir zwar bewußt, daß diese Freundschaft niemals Bestand haben konnte. Sobald Philipp jedoch wieder bei mir war oder gar neben mir im Bett lag, schöpfte ich wieder Hoffnung, glaubte ich an ein Wunder, wie alle Liebenden es zu tun pflegen.
Über Ostern fuhr Philipps Mutter für einige Tage mit ihrer Freundin nach Bad Ragaz zur Erholung.
Philipp sagte zu mir: «Das wäre doch eine Gelegenheit, um ins Ausland zu reisen. Irgendwohin, wir beide ganz allein.»
Wenn er wollte, konnte er sehr charmant sein.
Am Karfreitag flogen wir nach Kairo. Wir mieteten im Meridien-Hotel ein Doppelzimmer mit Blick auf den Nil. Philipp war so ausgelassen, wie ich ihn nie zuvor erlebt hatte. Er meinte, so frei und unbeschwert habe er sich in seinem ganzen Leben noch nie gefühlt, er sei glücklich.
«Jetzt gäbe ich alles darum, wenn ich auch dich

ganz glücklich machen könnte», sagte er, als wir nebeneinander im Bett lagen und nicht einschlafen konnten.
Am nächsten Tag besichtigten wir in der Altstadt den berühmten Kairoer-Souk, bummelten stundenlang von einem Bazar zum anderen, feilschten mit einem bärtigen Teppichhändler, obschon wir nichts kaufen wollten, und empörten uns über eine junge Ägypterin, die uns ihr Kind für zehn Pfund zum Kauf anbot. Im Taxi fuhren wir zum Hotel zurück.
Der Taxifahrer fragte uns, ob wir die Zitadelle schon besichtigt hätten, doch wir winkten ab und erklärten ihm, daß wir noch bis Ostermontag hierbleiben würden, Sphinx, Zitadelle und natürlich auch das Ägyptische Museum stünden bereits auf unserem Programm.
Er grinste verstohlen und drehte sich zu uns um: «Liebe steht auch auf dem Programm?» wollte er wissen.
«Was meint er wohl?» fragte mich Philipp.
Der Taxifahrer erklärte uns umständlich, daß er ein Liebesnest kenne; dort fänden wir die hübschesten Mädchen von ganz Kairo, er würde uns gerne hinfahren.
Ich sah, wie Philipp mich ansah. Verlegen und bittend zugleich. Und dann sagte er plötzlich: «Wenn du dabei bist, tut es dir vielleicht weniger weh. Es wird unserer Freundschaft bestimmt nicht schaden. Ich bin jetzt fast sechzehn und habe noch nie mit einem Mädchen geschlafen. Einmal muß es geschehen, ich brauche eine Frau. Das mußt du begreifen, und du mußt es auch tolerieren, sonst können wir nicht länger zusammenbleiben.»
Ich willigte sofort ein. Bis jetzt hatte ich den Gedanken, Philipp könnte sich einem Mädchen zuwenden, immer verdrängt. Aber er hatte natürlich recht:

Über kurz oder lang würde es geschehen. Manchmal hatte ich gehofft und gleichzeitig auch befürchtet, er hätte es bereits hinter sich, doch das schien nicht der Fall zu sein. Ich nahm mir vor, tolerant zu sein und ihn, wenn er dies wünschte, mit dem Mädchen allein zu lassen.
Das Taxi fuhr im Schrittempo gegen die Innenstadt. Wo man hinschaute, sah man Autokolonnen. Niemand beachtete die Verkehrssignale, keiner gewährte dem anderen den Vortritt. Nach einer guten Stunde Fahrt bog der Fahrer in die Rue Kasti Zokak Elblat ein, eine Seitenstraße, in der sich nur Wohnhäuser befanden. Vor einem der Häuser hielt er an und bat uns, ihm zu folgen. Wir stiegen die Treppe hoch in den dritten Stock, wo er an einer Wohnungstür klingelte. Eine ältere Ägypterin, fett und schmutzig, öffnete uns. Der Fahrer redete auf sie ein, sie begann zu strahlen und sagte auf arabisch, wir sollten eintreten.
Es war eine ganz gewöhnliche Wohnung, in der im Vorzimmer hinter einem durchsichtigen Vorhang vier junge Mädchen, keines älter als achtzehn, herumsaßen. Die Alte riß den Vorhang auf, zeigte auf die Mädchen, die uns neugierig musterten, und fragte in schlechtem Französisch, welche beiden wir haben möchten.
Philipp blickte mich verlegen an. Ich erklärte dem Taxichauffeur, der noch immer neben uns stand, daß uns ein Mädchen genügen würde. Er nickte verständnisvoll.
Ich bemerkte, wie Philipp die Mädchen begutachtete. «Welche willst du?» fragte ich ungeduldig. Plötzlich fühlte ich mich nicht mehr wohl, wäre am liebsten umgekehrt und ins Hotel zurückgefahren.
Er zeigte auf eine höchstens sechzehnjährige Ägypterin mit dunkler Haut, langen schwarzen Haaren

und fragenden Augen. Sie trug nur einen hellblauen Bikini, hatte eine makellose Figur.
«Fünf Pfund», sagte die Alte.
Ich gab ihr das Geld.
«Fünf Pfund», sagte der Taxifahrer.
Ich gab ihm das Geld.
Er sagte: «Ich warte hier auf euch.»
Die Alte ging voraus durch einen düsteren Gang und öffnete die Tür zu einem kleinen Zimmer, in welchem sich nichts als ein schmales Bett und zwei Holzstühle befand. Sie grinste mir frech ins Gesicht, dann ging sie hinaus und schloß hinter sich die Tür.
Das Mädchen lächelte zaghaft. Sie sprach nur arabisch.
Philipp blickte mich unschlüssig an.
«Nun zieh dich schon aus», sagte ich.
Das Mädchen schlüpfte aus seinem Bikini und legte sich aufs Bett. Philipp zögerte, dann begann er sich auch auszuziehen.
«Und du?» fragte er mich, während er seine Jeans auf den Boden warf. «Willst du dich nicht auch ausziehen und zu uns legen?»
«Ich weiß nicht recht», wich ich aus. Irgendwie war mir unbehaglich zumute, hatte ich den Mut zur Konfrontation mit mir selbst verloren.
Das Mädchen lag auf dem Bett und lächelte. Es war ein trauriges, hilfloses, leeres Lächeln.
Philipp hatte sich ganz ausgezogen, ich setzte mich auf einen der beiden Stühle. Unsere Blicke begegneten sich, Philipp grinste, ich nickte ihm aufmunternd zu. «Soll ich sie wirklich bumsen?» fragte er unbeholfen.
Ich nickte abermals.
Er wandte sich von mir ab und begann ihre kleinen, straffen Brüste zu streicheln. Sie lag bloß da, regungslos, und lächelte zur Decke.

Ich sah, wie Philipp sie auf den Mund küssen wollte, doch plötzlich zurückwich. Sie nahm sein Glied in die Hand und begann daran zu reiben. Nichts regte sich. Philipp spreizte mit beiden Händen ihre Schenkel auseinander, fuhr mit dem Zeigefinger der rechten Hand durch ihre kurzen, krausen Schamhaare, dann drehte er sich unvermittelt zu mir um und sagte kleinlaut: «Ich kann nicht. Die Kleine stinkt nach Fisch.»
«Willst du, daß ich hinausgehe?» fragte ich ihn. Ich vermutete, daß er nur eine Ausrede gesucht hatte, daß meine Anwesenheit ihn störte.
Er schüttelte den Kopf und stieg vom Bett herunter.
«Komm, wir gehen», sagte er. Das Mädchen lächelte noch immer.
Wir gingen ins Badezimmer. Philipp bat mich, ihn einzuseifen und abzuduschen.
«Du glaubst nicht, wie dreckig ich mir vorkomme», meinte er und fügte erstaunt hinzu: «Komisch, ich war überhaupt nicht geil. Nicht im geringsten.»
Als wir aus dem Badezimmer kamen, stand die Alte im Korridor und gab uns gestikulierend zu verstehen, wir müßten uns noch ein paar Minuten gedulden. Die Tür zum Schlafzimmer war etwas geöffnet. Wir sahen, wie unser Taxifahrer auf dem Bett lag und das Mädchen, das wie vorhin zur Decke lächelte, rasch und lieblos fickte.
«Habe ich jetzt versagt?» fragte mich Philipp, nachdem wir ins Hotel zurückgekehrt waren.
«Ich glaube, wir haben beide versagt», sagte ich und war froh, daß Philipp kurz darauf wieder lachte.
Kaum waren wir aus Kairo zurückgekehrt, wollte Philipp sich ein neues Moped kaufen, kurze Zeit darauf eine neue Stereoanlage, weil der Verstärker seines alten Plattenspielers zu wenig Ausgangsleistung habe. Er versicherte mir, seine Mutter hätte

bestimmt nichts dagegen, wenn ich ihm den Plattenspieler kaufen würde, wahrscheinlich merke sie nicht einmal etwas, denn sie komme höchst selten in sein Zimmer.
Ich gab ihm das Geld.
Ein paar Tage später klingelte es nachts um halb zwölf an meiner Wohnungstür. Philipp war erst vor wenigen Minuten nach Hause gegangen. Ich dachte zunächst, er sei noch einmal zurückgekehrt und wolle mich durch das Klingeln erschrecken, doch als ich die Wohnungstür öffnete, stand eine Frau vor mir. Sie hatte langes, blondes Haar, trug einen Regenmantel und war ungewöhnlich blaß.
«Ich bin Frau Bodmer», sagte sie. «Kann ich Sie einen Moment sprechen.»
Ich ließ sie eintreten. Sie folgte mir in mein Arbeitszimmer, sah sich mißtrauisch um und setzte sich unaufgefordert in einen Sessel. Den Mantel legte sie nicht ab.
«Darf ich rauchen?» fragte sie.
Ich nickte und schob ihr einen Aschenbecher hin.
«Sie sind der Anwalt meines Mannes. Ich habe mir lange überlegt, ob es einen Sinn hat, wenn ich zu Ihnen komme...»
«Es hat *keinen* Sinn», unterbrach ich sie. «Ich bin nicht befugt, mich mit Ihnen zu unterhalten. Was Ihre Scheidung angeht, so ist Ihr Anwalt, Doktor Rasumowsky, mein Gesprächspartner. Es gilt als ungeschriebenes Gesetz, daß die Parteien nur über ihre Anwälte miteinander verhandeln.»
Sie rauchte nervös, ließ mich ausreden, dann sah sie mich an und meinte: «Es handelt sich um Philipp.»
«Ach so», sagte ich rasch. «Das ist natürlich etwas anderes.» Ich wurde verlegen, fragte Frau Bodmer, ob sie etwas trinken wolle, doch sie schüttelte nur den Kopf und meinte: «Ich möchte nicht lange um

den heißen Brei herumreden, Doktor Landert. Mein Sohn macht mir in jüngster Zeit große Sorgen. Er gehorcht nicht mehr, er ist frech. Am Morgen ist er kaum wach zu kriegen. Auch seine schulischen Leistungen sind nicht mehr wie früher. Sein Klassenlehrer, Doktor Knecht, hat sich in den letzten Wochen schon zweimal bei mir beklagt. Es ist durchaus möglich, daß Philipp eine Klasse repetieren muß.» Sie machte eine Pause und schaute mich prüfend an. «Ich weiß, daß Philipp oft mit Ihnen zusammen ist», fuhr sie fort. «Ich glaubte lange Zeit, er suche in Ihnen eine starke Hand. Jene Autorität, die ich ihm als Frau und Mutter nicht geben kann. Seit heute weiß ich allerdings, daß ich mich geirrt habe. Ich weiß nun, daß die Verbindung zwischen Ihnen und meinem Sohn ... wie soll ich mich ausdrücken? ... etwas Anrüchiges hat.»
«Wie darf ich das verstehen?» fragte ich, ohne sie dabei anzusehen.
Frau Bodmer nahm aus ihrer Manteltasche ein Blatt Papier, das mehrmals zusammengefaltet und ganz offensichtlich aus einem Schulheft herausgerissen worden war. Sie reichte mir das Blatt und sagte: «Diesen Briefentwurf habe ich heute in Philipps Papierkorb gefunden.»
Ich erkannte Philipps Handschrift sofort und überflog schnell den Brief, den er an mich gerichtet und schließlich aus unerfindlichen Gründen weggeworfen hatte.

Stäfa, 23. April, nachts um 03.35
Rolf!
Warum begreifst Du nicht endlich: Du bist ein Mann und ich brauche ein Mädchen.
Du bist für mich unter allen männlichen Wesen, die ich kenne, mit Abstand der liebste, verständigste und

ehrlichste Freund. Ich kann mit niemandem so reden wie mit Dir. Von Dir fühle ich mich verstanden. Aber ich kann nicht mehr zusehen, wie Du leidest, wenn ich nicht so reagiere, wie Du es Dir erhoffst, und ich kann nicht mehr hören, wie Du um Zärtlichkeit bittest, die ich Dir nicht geben kann. Wenn ich mit Dir schlafe, so nicht deshalb, weil Dein Körper mich reizt: Ich tue es nur als Konzession an unsere Freundschaft, die so tief und so echt ist, daß ich es fast schon für meine Pflicht halte, Dich glücklich zu machen, und manchmal – nicht immer – fällt ein wenig von dem Glück, das ich Dir geben kann, auf mich zurück.
Ich merke, daß Du mich brauchst. Das gibt mir zu denken. Ich merke aber auch, daß ich Dich brauche. Das macht mir zu schaffen. Ich möchte Dich nicht ausnützen. Ich nütze Dich aber aus.
Ich habe Angst, mit einem Mädchen zu schlafen, weil das vielleicht bedeuten würde, daß wir uns seltener sehen.
Auf der einen Seite verstehst Du mich, wie mich sonst niemand versteht, und auf der anderen Seite weißt Du überhaupt nichts von mir.
Ich habe Dich gern, und ich hasse Dich manchmal. Ich möchte bei Dir sein und von Dir weggehen. Bitte sei nicht böse, wenn ein Mädchen in mein Leben tritt. Ich brauche ein Mädchen, so wie Du mich brauchst.
Hoffentlich erträgst Du diese Tatsachen.

Dein Philipp

Ich spürte, daß sie ihren Blick keine Sekunde von mir abwandte.
Nachdem ich den Brief gelesen hatte, faltete ich ihn zusammen und legte ihn auf meinen Schreibtisch.
«Kann ich ihn behalten?» fragte ich.

Sie fuhr sich mit der rechten Hand, an der sie einen riesigen Brillantring trug, nachdenklich über die Stirn, dann sagte sie: «Unter gewissen Voraussetzungen können Sie den Brief behalten. Sie müssen meinen Standpunkt verstehen, Doktor Landert. Ich bin von Ihnen enttäuscht, sehr enttäuscht sogar. Ich habe schon immer vermutet, daß zwischen Philipp und Ihnen etwas nicht stimmt. Deshalb ist es sicher auch meine Schuld. Ich hätte nicht solange zusehen dürfen, ich hätte etwas unternehmen müssen. Doch nun ist es zu spät. Gut, ich könnte meinem Sohn verbieten, Sie zu treffen, aber er würde sich an dieses Verbot nicht halten. Er tut, was er will. Und Sie unterstützen ihn dabei wahrscheinlich noch. Eine ganz konkrete Frage, die Sie mir ehrlich beantworten wollen: Schlafen Sie tatsächlich mit meinem Sohn? Ich kann mir das überhaupt nicht vorstellen. Er ist doch noch ein Kind.» Sie preßte ihre Hände zusammen, verkrampfte sie ineinander und blickte mich ratlos an. Dann wiederholte sie noch einmal: «Schlafen Sie tatsächlich mit meinem Sohn? Bitte geben Sie mir eine ehrliche Antwort.»

«Ich habe Philipp sehr gern», sagte ich, und es kostete mich seltsamerweise keine Überwindung, ihr gegenüber von meinen Gefühlen zu sprechen. «Unsere Beziehung ist kompliziert. So kompliziert, daß man sie mit Worten nicht erklären kann. Sie müssen sich damit begnügen, daß ich Ihnen sage, daß ich noch nie in meinem Leben für einen Menschen soviel empfunden habe wie für Ihren Sohn. Aber ich habe auch noch nie um einen Menschen soviel gelitten.»

«Das ist ihre Schuld», sagte sie kalt. «Sie haben gewußt, daß Philipp nicht homosexuell ist. Wahrscheinlich wurde er von Ihnen verführt. Du lieber Himmel, Sie sind ein erwachsener Mann, Sie sind

Anwalt, Sie werden doch wissen, was Sie tun. Sie sind ein intelligenter Mensch.»
«Gefühle haben mit Intelligenz nur sehr wenig zu tun. Die intelligentesten Menschen verhalten sich in der Liebe oft am dümmsten, das ist eine uralte Tatsache.»
Frau Bodmer steckte sich erneut eine Zigarette an. «Gut», sagte sie entschlossen. «Sie denken an sich, und ich denke an *mich*. Das dürfen Sie mir nicht verargen. Ich habe in den letzten Monaten bestimmt nicht weniger gelitten als Sie. Ich bin sicher, daß ich die Enttäuschung, die mein Mann mir zugefügt hat, nie werde überwinden können. Deshalb will ich zumindest in materieller Hinsicht abgesichert sein. Wenn mein Mann mich mit lächerlichen fünftausend Franken im Monat abfinden will und gleichzeitig sein Geld mit diesem Flittchen zum Fenster hinauswirft, so werde ich mich dagegen zur Wehr setzen.»
«Ich sagte Ihnen schon, Frau Bodmer, daß ich nicht befugt bin, mit Ihnen über Ihre Scheidung zu sprechen.»
«Aber Sie sind befugt, mit meinem fünfzehnjährigen Sohn ins Bett zu gehen.» Sie sagte es zynisch und ruhig, blickte dabei auf ihre lackierten Fingernägel.
Ich merkte, wo sie hinauswollte, und ich wußte auch, daß ich ihr ausgeliefert war. «Was wollen Sie von mir?» fragte ich mit gespielter Gelassenheit.
«Gerechtigkeit», sagte sie und sah mir dabei ins Gesicht. «Ich verlange von Ihnen, daß ich für die Erniedrigungen, die mein Mann mir zugefügt hat, entschädigt werde.»
«Finanziell?»
Sie nickte. «Ich verlange, daß mein Mann mir eine Abfindung von sechs Millionen bezahlt.»

Ich mußte lachen. Ich kannte Bodmers Vermögensverhältnisse nur zu gut. Ich wußte, daß diese Forderung unerfüllbar war. Im vergangenen Jahr hatte die Bodmer-Möbel AG mit einem Millionenverlust abgeschlossen, Bodmer selbst hatte keinen Franken Einkommen versteuert. In Anbetracht seiner prekären Vermögenssituation hielt ich als sein Anwalt sogar die von ihm vorgeschlagene Zahlung von monatlich fünftausend Franken für überhöht.
«Frau Bodmer», begann ich vorsichtig und nahm mir vor, mich nicht einschüchtern zu lassen. «Wir müssen auf dem Boden der Tatsachen bleiben. Ihre Forderung ist utopisch. Die Firma Ihres Mannes steht vor dem Bankrott. Kein Gericht wird Ihnen im Augenblick mehr als dreitausend Franken im Monat zusprechen.»
«Ich verlange sechs Millionen», wiederholte sie ruhig und sachlich. «Ich weiß, wieviel Geld mein Mann in den letzten zehn Jahren verdient hat.»
«Dieses Geld ist in seiner Firma investiert.»
«Für wie dumm halten Sie mich? Sechs Millionen kann Alois jederzeit flüssig machen. Und er *wird* sie flüssig machen, mit Ihrer Hilfe. Sie werden meinen Mann solange bearbeiten, bis er sich bereit erklärt, meine Ansprüche zu erfüllen. Schließlich sind Sie sein Anwalt, auf Sie wird er hören.»
Sie kam zu mir an den Schreibtisch und steckte Philipps Brief, den ich vor mich hingelegt hatte, in ihre Manteltasche.
«Den Brief bekommen Sie wieder, wenn ich meine sechs Millionen habe.»
«Sie wollen mich erpressen?»
«Ich sagte Ihnen doch: Ich verlange Gerechtigkeit. Nicht mehr und nicht weniger. Mein Mann wird nicht untergehen, darauf können Sie sich verlassen. Er ist kaltschnäuzig und abgebrüht. Er findet immer

irgendwo ein Hintertürchen. Soll er sich mit dieser kleinen Hure vergnügen! Aber ich will das Geld haben, das mir zusteht. Das hat nichts mit Erpressung zu tun.»
Sie ging zur Tür.
Ich rief ihr nach, ich könne ihr nichts versprechen, ich sei der Anwalt ihres Mannes und müsse seine Interessen vertreten.
Sie drehte sich zu mir um und sagte: «Vielleicht überlegen Sie sich alles noch einmal in Ruhe. Es wäre schade, wenn wir uns im Gerichtssaal über die ganze Sache unterhalten müßten. Gute Nacht, Doktor Landert. Und geben Sie acht auf meinen Sohn. Seien Sie nicht zu nachgiebig, er braucht eine starke Hand, sonst wird er es einmal sehr schwer haben im Leben.»
Sie knallte die Wohnungstür hinter sich zu. Es war genau zwei Minuten vor Mitternacht. Ich konnte plötzlich verstehen, daß Bodmer sich von seiner Frau scheiden lassen wollte.
Am nächsten Tag sagte ich zu Philipp, der nichts von meiner nächtlichen Unterredung mit seiner Mutter wußte, daß es wohl vernünftiger sei, wenn wir uns eine Zeitlang nicht mehr sehen würden.
«Warum?» wollte er wissen. «Ich habe dir doch nichts zuleide getan. Du kannst mich nicht einfach fortschicken. Du hast doch selber gesagt, daß wir Freunde sind.»
«Unsere Beziehung ist illegal», meinte ich ausweichend. «Ich halte die ständige Furcht, daß man uns erwischen könnte, nicht mehr länger aus. Für mich steht meine ganze Existenz auf dem Spiel.»
Er sah mich erstaunt an. «Und das hast du jetzt erst gemerkt? Ich glaube dir nicht, du lügst mich an. Wahrscheinlich hast du einen anderen und willst mich loswerden.»

Er blickte mich trotzig an. Ich merkte, daß er sich freiwillig nicht von mir trennen wollte. Ich schöpfte neue Hoffnung. Sagte mir: Vielleicht bedeute ich ihm doch mehr, als ich selber glaube. Doch dann meinte er: «Es ist deine Entscheidung. Ich dränge mich dir nicht auf.»
Er ging zur Tür, dann drehte er sich noch einmal um und verschwand im Wohnzimmer. Ich folgte ihm. Er stand beim Plattenspieler und suchte einige Schallplatten, die ihm gehörten und die er mitnehmen wollte. Also war es ihm doch ernst. Nun bereute ich meinen Entschluß. Ich sagte: «Philipp, du spürst doch selber, daß unsere Beziehung nicht klappt. Wir tun einander nur weh. Du kannst nun einmal meine Gefühle nicht erwidern.»
«Soll das ein Vorwurf sein?» Er stand auf und kam auf mich zu. «Bin ich vielleicht daran schuld, daß ich nicht schwul bin? Was verlangst du eigentlich noch alles von mir?»
«Nichts», sagte ich ruhig. «Ich verlange gar nichts mehr von dir. Ich möchte nur, daß du jetzt gehst.»
Ich begleitete ihn zur Wohnungstür.
«Kannst du mir noch etwas Geld geben», fragte er mich. Ich gab ihm einen Hundertfrankenschein, den er achtlos einsteckte.
«Bitte versteh mich nicht falsch, Philipp», sagte ich und legte ihm meine Hand auf die Schulter. «Ich hab' dich wirklich gern, aber ich ertrage es nicht, daß wir im Grunde beide unglücklich sind. Keiner kann dem anderen das geben, was er eigentlich braucht. Es wird höchste Zeit, daß du ein Mädchen kennenlernst.»
«Und was wird aus dir?»
Ich versuchte zu lachen. «Ich werde damit fertigwerden müssen», sagte ich. «Ich bin in meinem Leben schon mit manchem fertiggeworden.»

«Hoffentlich schaffst du es», sagte er. Dann nahm er seine Schallplatten unter den Arm und ging.
Ich nahm zwei Valium und versuchte zu schlafen, doch meine Gedanken kehrten immer wieder zu Philipp zurück. Zwar erfüllte es mich mit Genugtuung, daß ich unsere Beziehung, die nicht leben und nicht sterben konnte, aus eigener Kraft abgebrochen hatte, ohne mich allzusehr zu erniedrigen oder von ihm demütigen zu lassen.
Ich wußte seit Monaten, daß ich ihm hörig war. Wenn er neben mir im Bett lag, konnte er alles von mir verlangen. Ich war in solchen Momenten nicht mehr fähig, meine Entscheidungen mit dem Verstand zu fällen, sondern ich war meinen Gefühlen zu ihm bedingungslos ausgeliefert. Davor fürchtete ich mich.
Nun war ich wieder allein.
Der Gedanke, ihn nicht wiederzusehen, quälte mich, hielt mich trotz der Beruhigungsmittel wach. Gegen zwei Uhr früh rief ich meinen Freund Giezendanner an, der mich für den Nachmittag in seine Praxis bestellte.
«Du siehst schlecht aus», meinte er, als er mich sah. «Wahrscheinlich spielst du wieder einmal den Märtyrer und weinst einer unerfüllbaren Liebe nach.»
«Du hast recht», sagte ich und erzählte ihm von meiner Freundschaft mit Philipp Bodmer.
Er hörte mir ruhig zu. Als ich mit meiner Schilderung fertig war, schüttelte er den Kopf und meinte: «Du verliebst dich anscheinend immer in die Falschen. Du bist ein Masochist. Mir scheint, daß du nur glücklich bist, wenn du unglücklich bist. Dagegen kommst du mit Valium nicht an. Du müßtest eine Analyse machen und dem Übel auf den Grund gehen. Es kommt nicht von ungefähr, daß du halbwüchsige Knaben liebst. Du suchst in diesen Kna-

ben nur dich selbst. Du versuchst durch ihre Gegenwart ein Erlebnis aus deiner Jugendzeit zu bewältigen, das dich im Unterbewußtsein noch immer beschäftigt, mit dem du bis heute nicht fertiggeworden bist.» Er griff zum Telefonhörer und bat seine Sprechstundenhilfe uns Tee zu servieren. «Du mußt den Knopf auflösen», sagte er, «der dich daran hindert, einen Partner zu lieben. Deine Spielereien mit jungen Burschen sind sexuelle Ausweichmanöver, die dir nichts bringen außer immer neuen Konflikten. Es wird, solange du dich mit diesen Knaben einläßt, stets zu einer Konfrontation mit deinem eigenen Ich kommen, weil dir diese Knaben geistig nichts geben können. Sie blicken vielleicht eine Zeitlang zu dir auf, verehren dich, weil du einen teuren Wagen fährst und ihnen Geschenke machst, aber sobald sie älter werden, wollen sie selbständig sein und sich einem Mädchen zuwenden. Das wiederum erträgst du nicht. Dann kommt es automatisch zu Reibungen. Du brichst die Beziehung ab, wie du es mit Philipp Bodmer gemacht hast, aber damit löst du deine Probleme nicht, du schiebst sie nur vor dir her.»
«Was soll ich tun?» fragte ich Giezendanner.
«Komm jede Woche zwei Stunden zu mir in die Therapie. Wir werden versuchen, die Ursache deines Verhaltens zu ergründen. Das braucht natürlich viel Zeit. Du wirst dich ein paar Monate oder unter Umständen sogar ein bis zwei Jahre gedulden müssen.»
«Und was schaut dabei heraus?»
«Daß du weißt, wer du bist. Ich bin fast sicher, daß du in deiner Kindheit verschiedene Erlebnisse hattest, die du bis heute nicht verarbeiten konntest. Deine Zuneigung zu Philipp Bodmer ist Eigenliebe, sonst nichts. Du suchst in dem Jungen deine eigene

Kindheit wieder, suchst eine Gelegenheit, in seiner Gegenwart deine Vergangenheit zu bewältigen.»
Ich hielt nicht viel von Giezendanners Theorien. Sie waren für mich zu weit hergeholt. Ich fühlte mich nicht krank, ich fühlte mich nur unglücklich, so wie sich Tausende von Menschen unglücklich fühlen, wenn sie mit sich selber einen aussichtslosen Kampf zwischen Verstand und Leidenschaft auszufechten haben.
«Ich habe keine Lust, in meiner Vergangenheit herumzustochern und für alles, was ich denke, tue und empfinde, eine Erklärung zu suchen, wie ihr Psychiater das zu tun pflegt. Ich möchte meine Zukunft bewältigen können, nicht meine Vergangenheit.»
Giezendanner sah mich nachdenklich an. «Wir reden aneinander vorbei, Rolf», sagte er dann und trank seinen Tee aus. «Wenn du deine Lebenssituation nicht von Grund auf ändern willst, kann ich dir nur den Rat geben: Kauf dir ein paar Pornohefte und wichs dir vor dem Einschlafen einen ab. Das ist immer noch vernünftiger und natürlicher als Medikamente schlucken. Langfristig gesehen ist das jedoch keine Lösung. Du kannst dir damit momentane Erleichterung verschaffen, Ablenkung, das ist dringend notwendig, wenn du über die Trennung von diesem Philipp Bodmer unbeschadet hinwegkommen willst. Aber du solltest dir doch ganz ernsthaft überlegen, ob du meinen Rat nicht befolgen möchtest. Du bist nicht mehr jung, du bist einiges über dreißig. Deine Lebensbedingungen als Homosexueller werden immer schwieriger. Du wärest nicht der erste, der, weil er die Konfrontation mit seinen wirklichen Problemen scheute, eines Tages in einer Klinik landet oder sogar einen Suizidversuch unternimmt.»
Ich versprach Giezendanner, seinen Vorschlag in

Ruhe zu überdenken, doch als ich seine Praxis verließ, war ich, ohne daß ich eine Erklärung dafür hatte, eigentlich sicher, daß ich nie mehr hierherkommen würde.
Ich ging in die Stadt und kaufte mir in einem Sex-Shop einige Pornomagazine mit Abbildungen von nackten Jünglingen in allen nur denkbaren Stellungen. Am Abend hatte ich eine Besprechung mit zwei Geschäftsleuten, für die ich eine Firmengründung vorgenommen hatte, und ich war froh, daß es sehr spät wurde und ich erst nach Mitternacht nach Hause kam. Es war der erste Abend seit langem, an dem ich Philipp nicht gesehen hatte.
Ich blätterte in den Pornoheften, wurde nach einiger Zeit auch erregt, doch sobald ich zu onanieren begann, schweiften meine Gedanken von den Abbildungen ab zu Philipp. In meiner Phantasie vergegenwärtigte ich mir, wie er mich geliebt hatte, unzählige Male, und ich erreichte den Höhepunkt nur, wenn ich in meinen Gedanken mit Philipps Körper vereint war.
Zwei Wochen lang litt ich unter der Trennung von Philipp, nahm ich mir jeden Morgen aufs neue vor, durchzuhalten, um mich nachts, wenn ich mich betrunken in meinem Bett hin und her wälzte, zu fragen, warum ich mich selber kasteite, wo ich doch nur zum Telefonhörer zu greifen und zu sagen brauchte: «Bitte komm zu mir, ich hab' dich lieb.»
Nach zwei Wochen tat ich es.
Es war alles wie früher.
Philipp kam wieder jeden Abend zu mir. Manchmal kam er sogar über Mittag in meine Kanzlei und fragte mich, ob wir zusammen essen gehen wollten. Er schien sich überhaupt nicht zu wundern, daß ich die Beziehung zu ihm wieder aufgenommen hatte. Er sagte nur: «Wenn du mich das nächste Mal zum

Teufel jagst, komme ich nicht mehr zu dir zurück. Ich habe auch meinen Stolz, und ich lasse nicht mit mir spielen.»
Wir waren jetzt schon soweit, daß ich ihm jedesmal, wenn ich mit ihm schlafen wollte, Geld geben mußte.
Eines Tages rief Bodmer mich an und erkundigte sich, weshalb der Gerichtstermin seiner Scheidung bereits zum drittenmal verschoben worden sei. Ich sagte ihm, daß Rasumowsky eine genaue Abklärung seiner Vermögensverhältnisse beantragt habe, das könne Monate, vielleicht sogar Jahre dauern.
«Herrgott noch mal», fluchte Bodmer, «ich möchte endlich geschieden werden. Claudia wird allmählich ungeduldig. Wir wollen zwar nicht heiraten, aber wir möchten doch wissen, woran wir sind. Bevor ich eine Ahnung habe, was finanziell auf mich zukommt, können wir keine Zukunftspläne machen.»
Dann sagte er, seine Freundin würde mich gerne kennenlernen, und lud mich für den nächsten Abend zum Essen ein.
Ich hatte mir Claudia Singer ganz anders vorgestellt. Aufgeputzter, frivoler und oberflächlicher. Dabei war sie ein intelligentes, fröhliches Mädchen, etwas burschikos vielleicht aber mit viel weiblichem Charme.
Wir verstanden uns auf Anhieb.
Als Bodmer während des Essens hinausging, um zu telefonieren, meinte sie zu mir: «Ganz unter uns gesagt, Doktor Landert, ich habe oft Gewissensbisse. Ich frage mich dann, ob ich ein Recht habe, eine Ehe zu zerstören, nur weil ich...» Sie hielt mitten im Satz inne und blickte nervös zum Ausgang, als fürchte sie sich vor Bodmers Rückkehr.
«Sprechen Sie weiter», munterte ich sie auf. «Sie

können Vertrauen zu mir haben. Ich bin an mein Anwaltsgeheimnis gebunden.»
Sie sah mich aus ihren großen, verträumten Augen fragend an und meinte: «Interessiert es Sie überhaupt?»
Ich nickte und sagte: «Ich bin Ihnen dankbar, wenn Sie mir die Wahrheit sagen. Die Scheidung ist noch nicht ausgesprochen. Im jetzigen Stadium läßt sich alles noch rückgängig machen. Vielleicht könnte dadurch viel Unheil verhindert werden.»
Wenn Claudia Singer sich von Bodmer trennen würde, ging es mir plötzlich durch den Kopf, würde der Fabrikant zu seiner Familie zurückkehren und Jenny Bodmer könnte mich nicht mehr mit ihren utopischen Forderungen unter Druck setzen.
«Ich habe manchmal große Zweifel, ob ich Alois wirklich liebe», meinte Claudia und spielte dabei nervös mit ihrem Weinglas. «Immerhin ist er mehr als zwanzig Jahre älter als ich. Nur gibt es da eben ein großes Problem . . .»
Sie zögerte abermals, und ich munterte sie auf, weiterzusprechen.
«Ich stehe tief in seiner Schuld», sagte sie. «Er hat mir die Schauspielschule finanziert. Er bezahlt meine Miete, meine Kleider, durch ihn habe ich mich an einen gewissen Luxus gewöhnt, den ich, wenn ich zu mir selber ehrlich bin, nicht mehr missen möchte.»
Sie war genau wie Philipp. Auch er blieb bei mir, weil ich ihm Geschenke machte und ihn finanziell unterstützte. Ich hatte mich in jüngster Zeit oft gefragt, ob er auch noch zu mir käme, wenn ich nicht mehr so großzügig wäre. Ich war der Antwort, die ich im Innersten genau kannte, immer ausgewichen. Früher hatte Philipp oft mit mir diskutiert, ich hatte den Eindruck, er suche in mir den Gesprächspart-

ner, doch jetzt kam er eigentlich nur noch zu mir, um mit mir zu schlafen und anschließend seine Wünsche zu äußern.
Es waren oft ausgefallene Wünsche.
So sagte er neulich mitten in der Nacht, er möchte mit meinem Sportwagen eine Spritzfahrt machen. Als ich ihn erstaunt ansah und meinte, er habe doch gar keinen Führerschein, grinste er bloß und gestand mir, daß er mit dem Auto seiner Mutter schon oft heimlich gefahren sei. Und er redete solange auf mich ein, bis ich zuließ, daß er sich ans Steuer meines Wagens setzte und über die Hauptstraße nach Zürich raste. Wenn man uns erwischt hätte, wäre ich meinen Führerschein losgewesen und wäre vermutlich ins Gefängnis gekommen.
Philipp wußte das, aber er kümmerte sich nicht darum.
Er sagte nur: «Uns beiden kann nichts passieren. Und wenn uns doch etwas geschieht, wirst du uns schon herauspauken. Wozu bist du denn Rechtsanwalt?»
Seine Wünsche wurden immer maßloser und ungeheuerlicher. Und dennoch erfüllte ich sie.
Wenige Tage nach meiner Begegnung mit Claudia Singer bekam ich von ihr einen Brief.

Lieber Doktor Landert,
der Abend mit Ihnen war für mich eine große Bereicherung. Es war wie eine Befreiung, daß ich mich Ihnen anvertrauen konnte. Sie sind mir sehr sympathisch. Wenn ich nicht von Alois wüßte, daß Sie homosexuell sind, würde ich mich wahrscheinlich in Sie verlieben. Darf ich Sie einmal allein treffen? Aber nur, wenn es Ihre Zeit erlaubt.
Fassen Sie diesen Brief bitte nicht als Aufdringlichkeit auf. Ich weiß, daß Sie ein vielbeschäftigter

Mann sind, trotzdem hoffe ich, daß wir uns bald sehen.
Liebe Grüße von Ihrer Claudia Singer
PS. Bitte erwähnen Sie Alois Bodmer gegenüber nichts von diesem Brief. Er könnte mich mißverstehen. Danke!

Als Philipp kurze Zeit darauf für eine Woche in Zermatt im Klassenlager war, lud ich Claudia Singer zu mir nach Stäfa ein. Ich merkte bald, daß ich mit ihr ganz offen sprechen konnte. Auch über Philipp.
Sie sagte mir, daß sie aus meinen Schilderungen schließen müsse, daß Philipp viel Ähnlichkeit mit seinem Vater habe. Auch Alois Bodmer sei eigenwillig, rasch gekränkt und in seinen Wünschen oft maßlos.
Claudia wurde meine Vertraute.
Von ihr fühlte ich mich verstanden. Obschon ich spürte, daß ich ihr nicht gleichgültig war, tolerierte sie mich so, wie ich war, und unternahm, im Gegensatz zu anderen Frauen in meinem Bekanntenkreis, nie den Versuch, mich für das weibliche Geschlecht zu begeistern.
Bodmer ahnte nichts davon, daß Claudia mir anvertraut hatte, sie könne auf die Dauer nicht mit ihrem Freund zusammenbleiben. Ihre Interessen seien zu verschieden, Bodmer habe nur sein Geschäft im Kopf und bringe für ihre beruflichen Ambitionen kaum Verständnis auf. So habe er noch nie eine Aufführung der Schauspielakademie besucht, nicht einmal, als sie die Titelrolle in Wedekinds «Lulu» habe spielen dürfen und die Zürcher Presse ihr eine vielversprechende Karriere prophezeit habe.
«Bodmer ist ein lieber Kerl», sagte Claudia, «aber er lebt in einer ganz anderen Welt. Er kommt zu mir in

mein Appartement um mit mir zu schlafen, oder er geht mit mir in ein vornehmes Lokal, damit die Leute sehen können, daß er sich eine junge Freundin leisten kann.»
Aus Claudias Worten spürte ich immer häufiger, daß sie von ihrem Freund enttäuscht war.
Am 5. Juni 1978 wurde Philipp sechzehn Jahre alt. Wir feierten seinen Geburtstag in meiner Wohnung, und ich lud auch Claudia Singer ein. Philipp wußte jedoch nicht, daß Claudia die Freundin seines Vaters war, das hätte er wahrscheinlich nicht verkraften können. Ich stellte sie ihm als Tochter eines meiner Klienten vor.
Ich sah, wie er den ganzen Abend mit Claudia flirtete, sah auch, daß er das Mädchen keinen Augenblick aus den Augen ließ. Als Philipp wenige Minuten vor Mitternacht die Flasche Dom Perignon aus dem Eisschrank holte, damit wir auf seinen Geburtstag anstoßen konnten, zündete Claudia im Wohnzimmer eine Kerze an und nickte mir zu. Ich begriff sofort, was sie meinte.
Sie ergriff meine Hand und meinte leise: «Ich tue es nur dir zuliebe. Ich stehe nicht auf kleine Jungen. Philipp ist charmant und nett, aber ich kann mir tatsächlich nicht recht vorstellen, daß es ihm gelingt, mich glücklich zu machen, wenn du nicht dabei bist.»
Philipp kam zurück, ließ den Champagnerkorken knallen, und wir stießen an.
«Jetzt bist du fast schon erwachsen», sagte Claudia zu ihm.
Er mußte lachen. «Ich fühle mich längst schon erwachsen», meinte er. «Erwachsensein hat nichts mit dem Geburtsschein zu tun.»
Claudia nahm seine Hand und sah ihm in die Augen. Philipp wurde verlegen.

Sie sagte: «Was bedeutet dir Rolf?»
Philipp blickte mich vorwurfsvoll an. «Was soll diese Frage?» rief er aufgebracht. «Wollt ihr mir den Geburtstag vermiesen?»
«Nein», sagte Claudia. «Wir möchten dir helfen. Es wäre schön, wenn wir uns alle verstehen würden.»
Philipp drückte Claudias Hand immer fester und meinte erleichtert: «An mir soll's nicht liegen.»
Claudia warf mir einen vielsagenden Blick zu, als wolle sie mein Einverständnis einholen, dann legte sie ihre Arme um Philipps Hals und gab ihm einen Kuß auf den Mund. Ich bemerkte, daß er errötete und zu mir herüberschielte, als wolle er meine Reaktion abwarten. Ich nickte ihm verstohlen zu.
Es ging mir in diesem Augenblick nicht schlecht. Es beruhigte mich, daß ich dabei sein konnte, wenigstens beim ersten Mal. Fast teilnahmslos saß ich auf dem Fußboden, vor mir das halbvolle Champagnerglas, und ich sah, wie Claudia Philipps enge Jeans abstreifte und ihm den Pullover über den Kopf zog. Dann begann auch sie sich auszuziehen. Philipp beobachtete jede ihrer Bewegungen, und er zeigte sich fast etwas überrascht, als Claudia sich an mich wandte und sagte: «Zieh dich auch aus. Wir wollen es zu dritt genießen. Diesen Augenblick kann uns niemand mehr wegnehmen. Niemand.»
Im Kerzenschein verfolgte ich, wie Claudia und Philipp sich auf dem Teppich liebten. In wilder, stürmischer Ekstase preßten sie ihre Körper aneinander, und als das Mädchen Philipps Glied mit der Hand zwischen ihre Schenkel preßte, hörte ich sie kurz und laut aufstöhnen. Es klang wie eine Erlösung. Philipp preßte seinen Mund auf ihre Lippen, sein Gesicht bekam einen verklärten Ausdruck. So hatte ich ihn in all den Monaten, in denen ich täglich mit ihm zusammen war, noch nie gesehen.

Ich lag unbeteiligt daneben, sah zu, wie die beiden miteinander beschäftigt waren, dem gemeinsamen Höhepunkt entgegentrieben, erfüllt und glücklich und unfähig, mich auch nur noch in Gedanken wahrzunehmen. Es war, wenn ich heute zurückblickte, eine schreckliche Demütigung. Ich hätte aufstehen und hinausgehen müssen, aber ich hatte nicht die Kraft dazu.
Bevor Claudia nach Hause fuhr, nahm sie mich zur Seite und sagte: «Es tut mir leid. Ich habe nur an mich gedacht.»
«War es wenigstens schön?» wollte ich wissen.
Sie antwortete: «Zuerst dachte ich, ich könnte nur mit ihm schlafen, wenn du dabei bist, doch dann vergaß ich alles um uns herum, seine Unerfahrenheit und sein Verlangen nach meinem Körper reizten mich, unser Zusammensein war beinahe vollkommen.»
Dann fragte sie mich, ob es mir sehr weh getan habe.
«Nein», log ich. Aber sie glaubte es mir.
Ich hatte vorgehabt, in den Sommerferien mit Philipp nach Bali zu fliegen, doch wenige Wochen vor unserer Abreise merkte ich, daß ihm nicht mehr sehr viel daran lag, mit mir in die Ferien zu reisen. Als ich ihn fragte, warum er plötzlich zögere, suchte er alle nur denkbaren Ausflüchte, ich spürte aber sehr rasch, daß seine veränderte Haltung mir gegenüber mit Claudia zusammenhing.
Er hatte sich in Claudia Singer verliebt.
Sie wußte nichts davon, für sie war jene Nacht in meiner Wohnung an Philipps Geburtstag ein Abenteuer gewesen, mehr nicht. Es machte auch nicht den Anschein, als sei sie darauf erpicht, ihre Beziehung zu Philipp Bodmer zu vertiefen. Als ich ihr gegenüber einmal eine Andeutung machte, Philipp sei

in jüngster Zeit sehr verändert, er habe sich auch nach ihrer Adresse erkundigt und würde sie gerne besuchen, da erschrak sie und meinte betroffen: «Das wollte ich nicht. Das wollte ich wirklich nicht. Ich habe es eigentlich nur dir zuliebe getan, weil ich wußte, daß Philipp ein Mädchen braucht. Gut, es war schön, aber ich stehe nicht auf fünfzehnjährige Jungen. Er darf sich keine falschen Hoffnungen machen.»
Vielleicht fürchtete sie auch, Bodmer könnte von ihrem Abenteuer mit seinem Sohn erfahren und daraus seine Konsequenzen ziehen. Immerhin war sie von ihrem Freund noch immer finanziell abhängig und es machte, wie ich aus meinen Gesprächen mit Claudia schloß, beinahe den Eindruck, als wolle sie mit Bodmer zusammenbleiben. Zumindest solange, bis sie beruflich selbständig sein würde.
Im August – Bodmer war gerade mit Claudia Singer von einem Urlaub auf den Bahamas zurückgekehrt – rief mich der Fabrikant frühmorgens um sieben in meiner Wohnung an und bat mich, sofort an den Hauptsitz seiner Firma in Teufenbach zu kommen. Seine Stimme war aufgeregt, verzweifelt fast, und ich hatte Grund zur Annahme, daß etwas Ungewöhnliches geschehen war, daß er den Beistand eines Rechtsanwaltes benötigte.
Bodmer empfing mich in seinem Büro im obersten Stockwerk seiner Firmenzentrale. Er bat seine Sekretärin, uns Kaffee zu bringen und sagte ihr, er möchte während der nächsten zwei Stunden nicht gestört werden.
Dann steckte er sich nervös eine Zigarette an und sagte: «Wenn jetzt nicht ein Wunder geschieht, Landert, bin ich am Ende. Das Sommergeschäft ging so schlecht, daß wir gegenüber dem Vorjahr einen Umsatzrückgang von über fünfzig Prozent zu

verzeichnen haben. Ich brauche dringend 1,2 Millionen, und zwar sofort, sonst kann ich übermorgen die Löhne meiner Angestellten nicht mehr bezahlen.»
«Haben Sie mit Ihrer Hausbank gesprochen?» fragte ich ihn. Es schien für mich naheliegend zu sein, daß ihm seine Bank, mit der er seit vielen Jahren, und nicht nur in schlechten Zeiten, zusammenarbeitete, jetzt beistand.
«Sämtliche Kreditlimiten sind überzogen. Die Buchhaltung hat vor ein paar Tagen noch Lieferantenrechnungen im Betrage von über zwei Millionen Franken bezahlt, damit wir den Skonto abziehen konnten. Jetzt stehen wir bei unserer Bank haushoch in der Kreide. Ich muß froh sein, wenn man mir den Kredit nicht kündigt.»
Ich hatte Bodmer bereits im Frühjahr mit einem Darlehen von einer Million Franken ausgeholfen. Geld, das mir von einer Klientin zur Vermögensverwaltung anvertraut worden war, und für das mir Bodmer eine fünfprozentige Verzinsung zugesichert hatte. Außerdem hatte er sich bereit erklärt, für das Darlehen mit seinem Privatvermögen zu haften.
«Sie müssen mir nochmals helfen, Doktor Landert», flehte er mich an. «Sie wissen doch selber, daß unser Land allmählich aus der Rezessionsflaute herauskommt. In ein bis zwei Jahren sind wir über den Berg, dann machen wir wieder Gewinne, und Sie bekommen Ihr Geld auf Heller und Pfennig zurück.»
«Mein lieber Bodmer», sagte ich freundlich, «Sie vergessen, daß es nicht mein Geld ist, sondern das Geld einer Klientin, die blind darauf vertraut, daß ich ihr Vermögen mündelsicher anlege.»
Henriette Chenaux war eine vermögende Witwe, für die ich einen Erbschaftsprozeß über drei Millio-

nen Franken geführt und gewonnen hatte. Sie wollte das Geld nicht versteuern und bat mich, es auf meinen Namen bei der Schweizerischen Bankgesellschaft in Zürich auf einem Nummernkonto anzulegen. Möglichst sicher und in Schweizer Franken. Ich kaufte steuerfreie Obligationen, die ich, um Bodmer das Darlehen über eine Million gewähren zu können, belehnen lassen mußte. Diese Transaktion war möglicherweise unverantwortlich gewesen, aber nicht illegal, denn ich hatte mit Bodmer einen juristisch einwandfreien Darlehensvertrag mit klaren Rückzahlungsbedingungen abgeschlossen. Ich war jedoch nicht bereit, dem Fabrikanten weitere Gelder zur Verfügung zu stellen, zumal seine Firma bei den Banken in fast schon unzulässigem Maße verschuldet war.
Bodmer bot mir eine Zigarette an und meinte: «Ich bin sicher, daß Sie mich nicht im Stich lassen werden, Doktor Landert. Wir sitzen schließlich in einem Boot.»
«Wie meinen Sie das?» fragte ich erstaunt.
Er lachte. «Mein lieber Landert», begann er ohne Umschweife. «Sie haben seit über einem Jahr ein Verhältnis mit meinem Sohn. Ich weiß Bescheid. Einem Bodmer kann man nichts vormachen.»
Ich starrte ihn fassungslos an. «Woher wissen Sie es?» fragte ich.
Er schlug mit der Faust so heftig auf die Schreibtischplatte, daß seine Kaffeetasse umkippte. «Für wie dumm halten Sie mich eigentlich, Landert?» fuhr er mich an. «Wenn ein Mann in Ihrem Alter tagtäglich mit einem fünfzehnjährigen Jungen zusammensteckt, stimmt zwischen den beiden etwas nicht. Für mich ist das ein ganz klarer Fall. Ich habe Sie damals gewarnt, Landert. Er machte eine Pause und steckte sich umständlich eine Zigarette an.

«Wollen Sie nun vernünftig mit mir reden oder nicht? Entweder wir ziehen an einem Strang – oder aber wir führen Krieg. Die Entscheidung liegt ganz allein bei Ihnen.»
Ich wußte, daß ich am kürzeren Hebelarm saß.
«Was wollen Sie von mir?» Ich kannte die Antwort bereits.
«Ich muß die Gehälter meiner Angestellten bezahlen», sagte er ruhig. «Natürlich bekommen Sie das Geld zurück. Spätestens in zwei Jahren.»
Es blieb mir keine andere Wahl. Ich mußte zahlen. Die Obligationen, die ich für Henriette Chenaux gekauft hatte, wurden erst 1982 zur Rückzahlung fällig. Wenn Bodmer sein Versprechen einhalten konnte, würde niemand etwas von dieser unrechtmäßigen Transaktion merken. Damals wußte ich allerdings noch nicht, daß Bodmer Ende 1978 noch einmal eine Million Franken von mir verlangen würde und damit meine finanziellen Möglichkeiten bis zum letzten Franken ausschöpfte. Und vor allem ahnte ich nicht, daß Henriette Chenaux mich bitten könnte, ihr von mir verwaltetes Vermögen vorzeitig per Ende September an sie zurückzuzahlen, weil ihr Sohn sich in finanzieller Bedrängnis befand. Weil ich mit Bodmer keine verbindlichen Rückzahlungsvereinbarungen getroffen hatte, konnte ich rechtlich gegen ihn kaum vorgehen, außerdem befand sich seine Firma noch immer in Liquiditätsschwierigkeiten. Gerüchtsweise hatte ich sogar vernommen, die Bodmer-Möbel AG stehe unmittelbar vor dem Bankrott.
Am Sonntag, den 23. September, tauchte Philipp am Nachmittag plötzlich in meiner Wohnung auf. Er sagte, daß er ganz dringend mit Claudia Singer sprechen müsse, ich solle ihm ihre Adresse geben. Als ich ihn fragte, was er von Claudia wolle, meinte er

nur, das ginge mich überhaupt nichts an, ich sei ja bloß eifersüchtig.

Philipp war wie verändert. Ich hatte ihn mehr als eine Woche nicht gesehen, er hatte mich auch nie angerufen, sondern war grundlos weggeblieben.

Nachdem er fast zwanzig Minuten auf mich eingeredet hatte und mir sagte, daß er seine Beziehung zu mir abbrechen wolle, ich sei eine schwule Sau, das habe er inzwischen begriffen, ich wolle ihn nur ausnützen und sei nur auf mein eigenes Vergnügen bedacht, gab ich ihm Claudias Adresse.

Ich wußte, daß ich Philipp verloren hatte.

Er fuhr mit dem Vorortszug nach Zürich und ging zu Fuß an die Minervastraße 27. Er hatte sich vorgenommen, mit Claudia zu reden und ihr seine Empfindungen für sie einzugestehen. Fünfzehn Monate lang hatte er die Erinnerungen an jene Geburtstagsnacht mit sich herumgetragen. Fünfzehn Monate lang hatte er, wenn er neben mir im Bett lag und mir, kalt und teilnahmslos, zu sexueller Entspannung verhalf, unentwegt an Claudia gedacht. Jetzt mußte er ihr sagen, daß er sie liebte.

Doch es kam nicht soweit.

In Claudias Appartement stieß er auf seinen Vater, der gerade aus dem Badezimmer kam und Philipp wie einem Trugbild entgegenstarrte.

Claudia versuchte, zwischen Bodmer und seinem Sohn zu vermitteln, doch die ließen nicht mit sich reden. Philipp sagte seinem Vater, er sei ein geiles Schwein; Bodmer wiederum gab seinem Sohn eine Ohrfeige und brüllte ihn an, er lasse sich von ihm nicht bespitzeln, er sei ein erwachsener Mensch, der tun und lassen könne, was er für richtig halte.

Philipp ging zur Hausbar, trank eine halbe Flasche Eierlikör, dann ging er, etwas angeheitert schon, auf Claudia zu und sagte leise: «Ich werde dich nicht

vergessen. Aber du wirst mich auch nicht vergessen.»
Er wandte sich brüsk von ihr ab und ging in den Flur hinaus, wo er auf der Garderobenkonsole die Schlüssel von Claudias Sportwagen liegen sah. Er steckte sie rasch ein, verließ das Appartement und rannte die Treppe hinunter. Er hörte noch, wie sein Vater ihm durch das Treppenhaus nachrief: «Junge, mach keine Dummheiten. Wir können doch vernünftig miteinander reden. Von Mann zu Mann.»
Aber er kehrte nicht um.
Eine halbe Stunde später stand er wieder in meiner Wohnung. Er kam in mein Arbeitszimmer und sagte: «Wenn ich einen Revolver hätte, würde ich dich jetzt umlegen.» Er ging ins Wohnzimmer zur Bar, nahm eine Flasche Chivas und füllte sich ein Glas bis zum Rand. Dann ließ er sich auf das Sofa fallen. «Du wußtest die ganze Zeit, daß Claudia Singer die Geliebte meines Vaters ist, aber du hast mir kein Wort davon gesagt. Im Gegenteil: Du hast dich daran aufgegeilt, als sie mit mir schlief. Du hast mich regelrecht mit ihr verkuppelt. Du bist eine perverse Sau!» Er trank sein Glas in einem Zug leer.
Ich setzte mich neben ihn und versuchte ihn zu beschwichtigen.
«Rühr mich nicht an!» sagte er drohend.
«Philipp, ich konnte dir die Wahrheit nicht sagen, weil ich dir nicht weh tun wollte. Bitte, laß es mich dir erklären.»
Er lehnte sich benommen zurück. «Du brauchst mir nichts mehr zu erklären», lallte er. «Aber ich bereue alles, was ich jemals für dich getan habe. Ich habe dich keine Sekunde geliebt. Alles war nur Berechnung von mir. Gott sei Dank! Es hat mich angewidert, wenn ich neben dir auf dem Bett lag und mir dein gräßliches Gestöhne anhören mußte.

Meine Gedanken waren immer bei einem Mädchen. Wenn du mich geküßt hast und dein Bart mich kratzte, lief es mir kalt über den Rücken. Ich kam mir vor wie eine Hure. Alles, was ich zu dir sagte, war geheuchelt. Und heute bin ich froh darüber, daß ich nie etwas empfunden habe für dich, sonst würde mir alles noch viel mehr leid tun.»
Er taumelte aus meiner Wohnung. Ich bemerkte nicht, daß er meine Autoschlüssel mitnahm. Zweieinhalb Stunden später rief Claudia Singer mich an und teilte mir mit, sie habe soeben von der Polizei erfahren, daß Philipp mit meinem Wagen tödlich verunglückt sei.

Rom, Flughafen-Fiumicino
1.10.79, 20.25 Uhr

Nun habe ich doch Angst. In einer halben Stunde fliege ich nach Zürich. Wer weiß, was mich dort erwartet. Claudia will mich in Kloten abholen. Wenn es überhaupt dazu kommt. Plötzlich habe ich Zweifel, daß Barmettler es ehrlich mit mir meinte. Falls man mich am Flughafen festnimmt, habe ich keine Chance, in absehbarer Zeit freizukommen. Alles spricht gegen mich. Kein Mensch wird mir glauben. In der Gefängniszelle drehe ich durch.
Ich habe vorhin versucht, Claudia anzurufen. Sie meldete sich nicht. Wahrscheinlich ist sie bereits unterwegs nach Kloten. Gestern nacht träumte ich von Philipp. Ich liebe ihn trotz allem immer noch. Zu Beginn unserer Freundschaft haßte er mich nicht. Wir hätten aus unserer Beziehung etwas machen können. Ich hätte toleranter sein sollen. Ich habe zuviel von ihm verlangt.
Ich frage mich, wie ich reagieren werde, wenn Barmettler tatsächlich am Flughafen steht und mich

festnimmt. Ich habe kein Geld mehr, um eine Kaution zu stellen.
Abflug Swissair 609.
Die Maschine ist aufgerufen.
Ich werde im Flugzeug einen Wodka Orange trinken. Oder zwei.
Vielleicht stürzt die Maschine ab.
Sie stürzt nicht ab.
Ich stürze ab.
Angst. Unendliche Angst.
Jetzt nützt auch beten nichts.

Fünfte Kassette

Stäfa, 5. Oktober 1979
02.55 Uhr

Ich habe es geschafft.
Endlich.
In drei Stunden und fünf Minuten würde man mich verhaften. Barmettler hat mich am Telefon gewarnt. Ich bin ihm dankbar dafür, auch wenn ich nicht weiß, warum er es getan hat. Er ist mir nichts schuldig. Ich bin ihm nichts schuldig. Barmettler und ich haben nichts gemeinsam. Er ist für mich einer von drei Milliarden Menschen, die mich nichts angehen.
Zum erstenmal tut mir das Alleinsein gut.
Der Gedanke, nie mehr einen Menschen zu sehen, nie mehr mit einem Menschen zu reden, nie mehr einen Menschen zu lieben, hat etwas Erschreckendes und etwas Wohltuendes zugleich.
Die Tage in Sizilien haben mir gut getan.
Ich weiß jetzt viel mehr über mich. Das macht mir meine Entscheidung leicht. Es ist alles geregelt.
Gestern abend bin ich länger als sonst im Büro geblieben. Von meiner Sekretärin konnte ich mich nicht verabschieden, es wäre ihr sonst aufgefallen. Ich legte ihr ein Goldstück auf den Schreibtisch, zusammen mit ein paar erklärenden Zeilen und ihrem Gehalt.
Dann traf ich Claudia Singer im «Odeon». Wir tranken einen Espresso, Hunger hatte ich nicht.
Außer Renzo ist Claudia der einzige Mensch, von dem ich geliebt wurde.
Claudia erzählte mir von einem Filmangebot aus Deutschland. Nächste Woche fährt sie zu Probeauf-

nahmen nach München. Sie will sich von Bodmer trennen. Ich habe ihr zehntausend Franken geschenkt, das ganze Geld, das noch in meinem Safe lag. Es reicht zum Überleben. Auch ohne Bodmer.
Ich frage mich, ob es Homosexuelle gibt, die glücklich sind?
Länger als zwei Tage.
Länger als zwei Wochen.
Ich habe meine Kräfte verschwendet, komme mir vor wie eine leere Tube, aus der es nichts mehr herauszupressen gibt. Ich fühle mich leer, müde und erlöst.
Bin froh, daß alles vorbei ist.
Vorhin ging ich in mein Schlafzimmer, wo ich mit Renzo glücklich war. Später mit Philipp. Nichts zeugt mehr davon, daß hier Menschen lebten.
Die Leute behaupten, Schwule seien Schweine. Das kann schon allein deswegen nicht stimmen, weil es keine schwulen Schweine gibt.
Wieso störte es Hans Müller, daß Rolf Landert einen Jungen liebte?
Warum saufe ich soviel?
Ich müßte jetzt nicht mehr saufen. Jetzt doch nicht. Habe schon eine halbe Flasche Chivas geleert, werde sie in den nächsten paar Minuten noch ganz leeren.
Dreiundsiebzig Valium. Neununddreißig Lexotanil.
Die Bewohner der griechischen Insel Hydra glauben daran, daß sie nach ihrem Tod ein Stück ihres Heimatfelsens werden. Ich glaube nicht an eine Wiedergeburt. Ich hoffe, daß alles zu Ende ist. Unwiderruflich. Es war die Hölle. Haß, Leidenschaft und Gewalt. Sonst nichts.
Die Liebe ist längst verdorrt.
Gott scheißt den Menschen ins Gesicht. Sie merken es nur nicht. Ich verachte die Menschen.

Ich möchte nicht mehr länger das Opfer von Umständen sein. Mit sieben hätte man mich totschlagen müssen. Vielleicht schon mit sechs.
Niemand hatte den Mut dazu.
Man darf erst mit zwanzig totgeschlagen werden, wenn man einen Soldatenrock trägt.
Ich habe meine Doktorarbeit mit summa cum laude abgeschlossen, aber ich weiß nicht, wer ich bin.
Wo ich hingehe, ist mir scheißegal.
Die Walther Pistole ist ein Andenken von meinem Vater. Bevor er starb, schenkte er sie mir, weil er sich Sorgen um mich machte. Er sagte: «In unserer Zeit lebt man gefährlich.»
Recht hatte er.
Papa war gütig.
Glücklich der Mensch, der kein Testament zu machen braucht. Man wird meine Habe versteigern, damit Henriette Chenaux wenigstens einen Teil ihres Geldes zurückbekommt.
Lexotanil schmeckt bitter.
Wenn ich die Kraft hätte, würde ich wichsen. Ich würde mich hinüberwichsen in den Tod. Aus der Hölle herauswichsen.
Auch Valium schmeckt bitter.
Die Whiskyflasche ist jetzt fast leer.
Ein Glas noch. Fast noch ein Glas.
Sonst nichts mehr.
Ich fühle mich plötzlich nicht mehr allein.
Barmettler tut mir leid.
Jetzt kann ich es mir leisten, überheblich zu sein. Überheblich sein ist alles. Ich habe die höchste Stufe der Freiheit erreicht.
Renzo ist bei mir. Philipp ist bei mir. Und Claudia.
Die Whiskyflasche ist leer.
Ich habe viel geraucht und bin nicht an Lungenkrebs gestorben.

Mama wollte ein Mädchen.
Ich haßte sie, bevor ich aus ihrem Leib kroch.
Warum soll ich nicht hassen dürfen?
Ob Barmettler eine schlaflose Nacht hat? In zwei Stunden und fünfundzwanzig Minuten klingelt es an meiner Tür. Es wird meine Tür nicht mehr sein.
Ich erinnere mich an keinen Tag, an dem es sich gelohnt hat, zu leben. Keinen Tag und keine Nacht.
Wir waren alle zu schwach.
In der Hausordnung steht, daß man nachts keine Musik hören darf. Ich *darf* Musik hören. Niemand kann mich daran hindern.
Mein Arbeitszimmer beginnt sich um mich zu drehen. Die Blumenvase auf meinem Schreibtisch tanzt. Der Pharao lacht. Ich habe mir immer gewünscht, auf einem Karussell zu sterben.
Der Weg zum Plattenspieler, drei Schritte nur, ist ein letzter Weg nach Canossa.
Bob Dylan. I beliefe in you.
Ich brauche keine Fingerabdrücke zu beseitigen.
Hat man dem Erfinder der Pistole eigentlich einen Preis verliehen? Den Friedensnobelpreis zum Beispiel?
Schwule bekamen im Dritten Reich ein Glas Freibier, bevor man sie vergaste.
Franz Josef Strauß wird mit dem Bundesverdienstkreuz ausgezeichnet.
I beliefe in you.
Nur eine Fingerübung.
Die Pistole ist leichter, als ich dachte.
I beliefe in you.
I beliefe.
Ich drücke jetzt ab. Den Schuß werde ich nicht mehr hören.
Renzo.
Phil...

6

Rolf Landerts Leiche wurde zur Obduktion ins Gerichtsmedizinische Institut nach Zürich gebracht. Der Kommandant zeigte sich wenig erschüttert, als Barmettler ihn von dem Selbstmord unterrichtete. Er meinte bloß: «Nun ist uns der Kerl doch noch abgehauen». Dann verständigte er Regierungsrat Rüfenacht.
Rüfenacht bat Caflisch, man möge der Presse keine Einzelheiten über den Vorfall bekanntgeben, sonst heiße es am Ende noch, die Justizbehörden hätten Landert in den Tod getrieben. Das möchte er verhindern, auch wenn Landerts Selbstmord eindeutig als Schuldbekenntnis zu werten sei.
Im übrigen werde er Staatsanwalt Dünnenberger beauftragen, das Strafverfahren gegen Landert auch nach dessen Tod noch weiterzuführen und weitere Schuldige zu ermitteln, falls es solche überhaupt gebe.
Im «Tagblatt der Stadt Zürich» wurde eine Todesanzeige veröffentlicht, die der Kommandant am Kaderrapport als «pietätlos» bezeichnete. Landert hatte sie unmittelbar vor seinem Selbstmord persönlich aufgegeben und, wie sich erst nachträglich herausstellte, mit einem ungedeckten Scheck bezahlt. Dünnenberger hatte Landerts Bankkonten sperren lassen.

Stäfa, 6. Oktober 1979
Bergstrasse 399

«*Sein oder Nichtsein,*
das ist hier die Frage.»

ROLF LANDERT
12.3.1944–5.10.1979

hat sich gestern nacht für das Nichtsein entschieden.
Das Begräbnis findet am Dienstag, den 9. Oktober 1979, um 15.30 Uhr unter kirchlichem Ausschluß auf dem Dorffriedhof Stäfa statt. Es wird dringend gebeten, von Blumenspenden und Trauerkleidung abzusehen.

Barmettler, der noch nicht dazugekommen war, Landerts Tonbandkassetten anzuhören – er hatte die Bänder Olga gegeben, die mehr Zeit hatte als er –, nahm nicht etwa an Landerts Begräbnis teil, weil er dem Rechtsanwalt die letzte Ehre erweisen wollte, dazu hätte er wenig Grund gehabt. Aber es interessierte ihn, wer kommen würde.
Es waren nur ein paar Neugierige und einige Klienten von Landert; sie versammelten sich stumm um das offene Grab, allesamt waren sie schwarz gekleidet, keiner sprach mit dem anderen ein Wort.
Die ganze Trauergemeinde umfaßte knapp zwei Dutzend Leute.
Die Anwesenden standen unschlüssig um das Grab. Jemand räusperte sich verlegen, dann war es wieder ruhig. Keiner wagte etwas zu sagen. Alle schienen darauf zu warten, daß vielleicht doch noch jemand eine kurze Ansprache hielt. Schließlich raunte der Friedhofsgärtner den beiden Totengräbern zu, sie

könnten nun den Sarg versenken, der Pfarrer komme nicht.
Barmettler wurde immer unbehaglicher zumute. Er fragte sich, weshalb er eigentlich hierher gekommen sei und machte sich auf den Weg zum Ausgang. Die übrigen Trauergäste, sichtlich erleichtert, daß jemand das Zeichen zum Aufbruch gegeben hatte, folgten ihm stumm.
Hinter sich hörte Barmettler eine Frau flüstern: «Nicht einmal ein Leidmahl gibt es, so etwas habe ich noch nie erlebt. Dabei hat der Kerl einen so teuren Wagen gefahren.»
Als der Oberleutnant gegen halb fünf in die Polizeikaserne zurückkam stieß er auf Vögtlin, der ihm ausrichtete, der Kommandant habe ihn überall gesucht, er solle sich bei ihm im Büro melden. Er ging hinauf in den zweiten Stock. Unterwegs traf er Guyer, der ebenfalls zu Caflisch bestellt war.
«Was will der Chef denn von uns?» fragte ihn Barmettler.
Guyer zuckte bloß die Achseln. «Keine Ahnung. Wahrscheinlich hat er wieder einmal etwas zu stänkern.»
Im Büro des Kommandanten war das gesamte Kader der Kantonspolizei versammelt. Selbst Laubacher, der wie immer seinen grauen Flanellanzug trug und einen Notizblock bei sich hatte. Caflisch stellte, wie er dies nur bei ganz besonderen Anlässen tat, seine Zigarrenkiste zur allgemeinen Benützung auf den runden Sitzungstisch, an dem alle Anwesenden Platz nahmen. Heeb setzte sich neben den Oberleutnant und meinte spöttisch: «Unser Bigboß kommt natürlich wieder zu spät.»
In diesem Augenblick wurde die Tür aufgerissen und Regierungsrat Rüfenacht betrat in Begleitung eines etwa fünfzigjährigen Mannes den Raum. Ca-

flisch erhob sich sogleich und ging Rüfenacht entgegen. Er schüttelte ihm überschwenglich die Hand. Zu dem Fremden, den Barmettler noch nie an der Kasernenstraße gesehen hatte, meinte er liebenswürdig: «Willkommen bei der Zürcher Kantonspolizei.»
Rüfenacht setzte sich auf einen der freien Stühle und lächelte verbindlich in die Runde. Caflisch und der Fremde blieben neben ihm stehen, bis er die beiden, fast schon ungehalten, aufforderte, neben ihm Platz zu nehmen.
«Meine Herren», begann Rüfenacht in sachlichem Ton, «ich darf Ihnen Herrn Doktor Bruno Kummer vorstellen.» Er zeigte auf den Fremden, der kurz nickte und sich mit beiden Händen an den Armlehnen seines Sessels festhielt, um seine Unsicherheit zu überwinden.
«Herr Doktor Kummer», fuhr Rüfenacht fort, «kommt von der Basler Kriminalpolizei zu uns und übernimmt am ersten Oktober die neugeschaffene Abteilung ‹spezielle Aufgaben im Dienste der Verbrechensbekämpfung›. Herr Doktor Kummer wurde vom Regierungsrat auf dem Berufungsweg nach Zürich geholt und wird in drei Jahren, wenn unser hochgeschätzter Doktor Caflisch in Pension geht, die Leitung des Polizeikorps übernehmen.»
Barmettler zuckte unmerklich zusammen. Er wollte sich seine Enttäuschung nicht anmerken lassen. Er blickte zu Guyer, auf dessen Gesicht er ein verstohlenes Grinsen zu entdecken glaubte. Laubacher griff nach einer Zigarre, Caflisch gab ihm Feuer. Nur Heeb verzog keine Miene; er lehnte sich in seinem Sessel zurück und schaute teilnahmslos in die Runde.
Rüfenacht sah auf seine Uhr und flüsterte Caflisch etwas zu. Der Kommandant erhob sich und sagte:

«Meine Herren, vielleicht wundert sich der eine oder andere unter Ihnen, daß wir meinen künftigen Nachfolger nicht aus unserem eigenen Kreis gestellt haben. Dies geschah nicht, weil wir über keine qualifizierten Leute verfügen, sondern weil jeder von Ihnen den ihm anvertrauten Aufgabenbereich zu meiner vollsten Zufriedenheit erfüllt. Langjährige Erfahrung, Fachwissen und Kompetenz sind heute in unserem schwierigen Beruf besonders wichtig. Deshalb lege ich größten Wert darauf, daß innerhalb unserer Belegschaft an der Führungsspitze keine Veränderungen vorgenommen werden. Doktor Kummer hat sich bei unseren Basler Kollegen durch seine Loyalität, seinen vorbildlichen Führungsstil und sein ausgeprägtes kriminalistisches Wissen einen Namen gemacht. Ich kann nur hoffen, daß er sich bei uns in Zürich wohlfühlen wird, und ich bitte Sie, meine Herren, seine Tätigkeit im Rahmen Ihrer Möglichkeiten zu unterstützen.»
Dann ging man gemeinsam in die Polizeikantine, wo es heiße Würstchen gab und wo zur Feier des Tages Chianti ausgeschenkt wurde.
Barmettler setzte sich allein an einen Tisch.
Er war niedergeschlagen und erschöpft, und er hatte keine Lust, mit jemandem zu reden. Er trank einen Becher Rotwein nach dem anderen und beobachtete von seinem Tisch aus, wie Laubacher sich unterwürfig an Kummer heranpirschte und sich dem künftigen Kommandanten vorstellte.
Arschlecker, dachte er abschätzig, und gleichzeitig tat es ihm jedoch leid, daß er selber kein Arschlecker war.
Heeb und Guyer kamen an seinen Tisch, setzten sich zu ihm.
«Ihr müßt mich entschuldigen», sagte Barmettler. «Ich muß gehen. Meine Frau wartet auf mich.»

«Nimm's nicht zu tragisch, Erich», meinte Heeb und klopfte dem Oberleutnant kollegial auf die Schulter.
«Ich muß gehen», wiederholte Barmettler nachdenklich.
Aber er blieb sitzen.